Марина
СЕРОВА

Это только цветочки

ЭКСМО-ПРЕСС

Москва, 2001

УДК 882
ББК 84(2Рос-Рус)6-4
С 32

Оформление художника *А. Старикова*

Серова М. С.
С 32 Это только цветочки. Ловушка для крысы. Сюита для убийцы: Повести. — М.: Изд-во ЭКСМО-Пресс, 2001. — 416 с.

ISBN 5-04-007009-8

Частный детектив Татьяна Иванова узнала бы звук выстрела из тысячи других, даже если бы не видела происходящего. Но в том-то и дело, что она оказалась невольной свидетельницей преступления. Что ей было делать? Помочь несчастному, который лежал на поляне с дырой в черепе, она уже не могла. Самым правильным было убежать подальше в лес, пока убийцы ее не обнаружили... А вскоре Таню нанимает найти пропавшего мужа одна женщина. По фотографии сыщица узнает убитого на ее глазах в лесу мужчину...

УДК 882
ББК 84(2Рос-Рус)6-4

ISBN 5-04-007009-8 © ЗАО «Издательство «ЭКСМО», 2001

Это только цветочки

ПОВЕСТЬ

Глава 1

Настойчивый до умопомрачения трезвон разорвал ватный полог моего утреннего сна. Я с большим трудом открыла слипающиеся глаза и взглянула на настенные часы: половина восьмого. Конечно, мне тысячу раз приходилось вставать в такую рань, но это когда на то была необходимость, например, очередное расследование. Сегодня же мной был запланирован выходной, самый обыкновенный день, в течение которого мне полагалось вкусно завтракать, обедать и ужинать, лежать на диване с задранными вверх ногами и с самым беззаботным видом листать какой-нибудь «Elle» или «Cosmopolitan». Неплохое занятие для уик-энда вечно занятого детектива! То, что этот звонок имеет хоть какое-нибудь отношение к полным тревоги и опасности будням вышеупомянутого детектива, мне не приходило в голову. Быть такого не может!

Я снова прикрыла веки, вдруг понадеявшись, что этот несносный трезвон приснился мне и является воплощением моего гиперответственного отношения к профессии детектива, доставляющей мне массу трудностей, как, впрочем, и немало приятных минут. Но едва комната, освещенная августовским утром, померкла передо мной, вычеркнутая до времени из реестра моих непосредственных ощущений, звонок грянул с новой силой. Он прозвучал даже более отрывисто и резко, с отчетливой, требовательной интонацией.

Обозленная на непрошеного визитера и раздосадованная, я вскочила с кровати и ринулась к амбразуре, то бишь к входной двери. Накинула по дороге халатик, кокетливо открывающий мои ноги до половины бедер. Мои руки спросонья никак не могли завязать пояс. Наконец узел худо-бедно получился. Я пригладила волосы, обнаружив свою кислую мину в висевшем в прихожей зеркале, и, прочистив горло, рявкнула:

— Кто?

— Танюш, — весело отозвался гость, — это Витька, не узнаешь?

— Витька? — зевнула я.

«Ну и что?» — хотела я добавить, узнав по голосу моего экс-бойфренда.

— Тань, мы за тобой! — победоносно скандировал он. — Ухи с грибами хочешь?

— Постой-постой, — скривилась я, стоя у двери, — а разве такое бывает?

— Что? — нетерпеливо воскликнул Витька. — Дверь-то открой!

— Уха с грибами бывает? — занудно и злобно повторила я, не желая сдаваться на милость бывшего бойфренда, которому пришло в голову лишить меня сладкого утреннего сна ради сомнительной радости дегустации такого чудовищного блюда, как уха из грибов.

— Кончай прикидываться, Иванова, — хихикнул неугомонный Витька, — мы тебя приглашаем в лес, на озеро.

— А-а, — с легким стервозным оттенком заулыбалась я, отпирая дверь.

Витька совсем не был похож на героя-любовника. Не внешностью покорил он мое закаленное в борьбе с разного рода отморозками и беспредельщиками сердце, а своей обаятельной мальчишеской грацией, которой особую пикантность придавали его смешливая вертлявость и вечно весеннее настроение. Он был симпатичным малым, который год назад чуть не вылетел из Юридического университета, куда его определил один из друзей его отца, занимающий нешуточный пост в областной прокуратуре. Светлые Витькины волосы, постриженные бобриком, часто казались мне антеннами, ловящими из космоса благоприятные энергетические волны. Очки не добавляли ему солидности, а, совсем наоборот, делали похожим на школьника. Длинные бачки, отпущенные им за время нашей разлуки, вносили в его игривый облик нотку модной искушенности. Как бы то ни было, живой блеск его синих глаз не потускнел, фигура была все такой же стройной и подвижной, голос — звонким и приподнятым.

— Ты не один? — явила я чудо проницательности.

— Наташка в машине ждет, — коротко рапортовал Витька, фамильярно целуя меня в щеку.

Как будто я знала, кто такая эта Наташка!

— Это твоя новая... — я отступила в сторону, давая ему возможность войти в квартиру.

— Ага, — беззаботно кивнул Витька, снимая кроссовки. — У нас на сегодня шашлык запланирован, — зевнул он.

— А уха?

— Это я так, для затравки, — засмеялся он, — представляешь, встали в шестом часу! У меня для тебя подарочек есть... — лукаво посмотрел на меня Витька.

— Вот как? Ну, давай, вручай, — я с демонстративно-независимым видом протянула руку ладонью вверх.

— Он тоже в машине, — игриво заулыбался Витька. — Костей зовут, во, — выпятил он большой палец, — парень.

— Значит, милый пикничок на четверых, — я потянулась, нимало не смущаясь короткого халатика, — где же ты нашел свою суженую?

Я меланхолично взяла щетку для волос и принялась наводить порядок в волосах.

— Учимся вместе, — нехотя ответил Витька. — Купальник взять не забудь, — заботливо добавил он.

— Не забуду, — машинально ответила я, — а что же ты свою красавицу в универе раньше не замечал? — с томным ехидством полюбопытствовала я.

— Не знаю, — пожал плечами Витька.

— У меня тоже сегодня отдых запланирован, — вздохнула я, — правда, в более спокойной форме.

— Вот и прекрасно! — обрадовался Витька. — Вместе отдохнем. На озере тишина, птицы, жучки-паучки...

— Да тебя заслушаться можно! — шутливо поддела я

бывшего, — значит, хочешь меня познакомить со своей régulière, как говорят французы?

— И с другом тоже, — Витька с наглым видом направился на кухню, — Тань, кофейку не найдется, а то головка бо-бо?

— Найдется, позаботься о себе сам, дорогой, пока я собираюсь.

— Вот в этом ты вся! — с деланной досадой воскликнул Витька, стуча джезвой о кран.

* * *

Я не стала устраивать Витьке допрос с пристрастием, мол, на кой черт ему понадобилась я, зачем он разыгрывает этакого цивилизованного мальчика, свободно знакомящего свою «бывшую» со своей «настоящей», и что он хочет доказать мне или себе, подсовывая мне своего дружка? Я молча оделась, подумав, что хватит затворничать, пора побаловать себя активным отдыхом на лоне природы с тремя юными созданиями, которые могут меня развлечь и позабавить. Одевшись по-походному, из всех своих «штучек», как-то: удавка, игла с сонным препаратом, отмычки и так далее — я прихватила лишь «ПМ». Не люблю с ним расставаться, честно говоря. Старая детективная привычка.

Перед спуском во двор заглянула в холодильник, достала бутылку «Финляндии» для поддержания всеобщего радостного мироощущения, несколько апельсинов и помидоров. Увидев бутылку, Витька весело закивал, подбадривая меня в моем рвении скрасить трезвую жизнь тихим возлиянием, и, взяв у меня из рук сумку, вышел на лестничную площадку. Я надела кроссовки, взяла ключи и вылетела следом.

В вишневом «Фиате» я обнаружила юную парочку: смазливую блондиночку с дурашливым выражением на округлом и гладком лице и темноволосого худощавого парня с родинкой над верхней губой, впалыми смуглыми щеками и горящими глазами. Оба производили интеллигентное впечатление. Я поздоровалась, плюхнулась на заднее сиденье, не удосужившись как следует рассмотреть «соперницу». Витьку я оставила сама, вернее, мы, как-то не сговариваясь и при этом на удивление мирно, расстались друг с другом, так что повода ревновать или испытывать неудовольствие у меня не было. Не нашлось у меня для этой вполне заурядной по внешним данным девочки и зависти: мои лицо и тело нравились мне, отлично служили и вызывали у мужчин понятный интерес. Так что пухлым губкам и щечкам мне завидовать не пристало. Наоборот, я наслаждалась взятой на себя сейчас ролью женщины-вамп, правда, совсем не агрессивной, а немножечко усталой и разочарованно-снисходительной.

— Знакомьтесь, — Витька смущенно улыбался, — знаменитая Татьяна Иванова, крутая сыщица, а это — мои друзья...

Я вяло слушала Витькину болтовню, ловя краем глаза заоконные пейзажи. Вскоре мы выехали из города и двинулись по широкой трассе навстречу лесным и озерным красотам.

— Когда это ты успел обзавестись «Фиатом»? — непринужденно спросила я, надевая темные очки.

— Подарок родителей на юбилей, — отозвался Витька, — а вот ты отделалась одной открыткой, — укоризненно качнул он головой.

— Ты же знаешь, какая я скряга, — усмехнулась я, — тем более твой юбилей ознаменовал собой начало нашей свободной жизни...

— С глаз долой, из сердца вон? — насмешливо взглянул на меня в зеркальце Витька.

— Ну зачем ты так, — с манерной усмешкой процедила я, повернув голову к Косте, рассеянно наблюдавшему за узкой полосой запыленных берез, тянувшихся вдоль трассы, — и потом, сейчас совсем не время обсуждать наши отношения...

Светлый затылок новой подружки моего «бывшего» беспокойно заерзал на спинке переднего сиденья. «Нет, все-таки много в тебе стервозного, Иванова», — пожурила я себя, доставая из пачки «Кэмела» сигарету.

— Курить тут у тебя можно?

Вместо ответа Витька кивнул, а сидевший рядом со мной Костя выудил из кармана дешевую пластиковую зажигалку и дал мне прикурить.

— Лучше расскажи, как сдал экзамены, маменькин сынок, — добродушно поддела я Витьку, — помнишь, я всегда так тебя называла?

Я дала волю своей желчной иронии, такая уж я вредная и мстительная! А может, моя реплика была лишь проявлением бессознательной мести за мой нарушенный утренний покой?

— Хорошо сдал, — с достоинством взрослого ответил Витька, — а ты все стреляешь-бегаешь?

«Началась перепалка! — азартно подумала я. — Это и есть обещанное развлечение?»

— Представь себе, мальчик-с-пальчик, — усмехнулась я, — хороший заработок требует определенной суеты и риска.

— Ты так упоена своим ремеслом! — хихикнул Витька. — Сейчас, поди, станешь рассказывать о тоннах адреналина и горах трупов...

— Вить, прекрати, — вмешалась блондинка, оказавшаяся не такой глупой, как представлялось мне вначале, — не порть настроение!

— Да нет, что ты, — успокаивающе улыбнулся он, — мы с Танюшей привыкли к таким невинным шуткам, правда, Тань?

— Ага, — снисходительно подтвердила я, неожиданно кладя ладонь на руку Кости.

Тот растерянно заморгал и стал смотреть строго перед собой. Вот потеха! «Ничего, я займусь твоим дружком», — мысленно обратилась я к Витьке.

Между тем, выехав на грунтовку, мы стали углубляться в лес. Деревья были с толстыми, высокими стволами, но росли довольно редко. Справа замаячил синий металлический забор спортивной базы «Динамо».

— Давайте подальше в лес отъедем, — предложила Наташа, — обогнем озеро...

— Я не против, — откликнулся Витька, ведя свой новенький «Фиат» на малой скорости.

Обогнув озеро слева, мы затормозили неподалеку от его крутого берега. Ребята разделись до плавок и занялись приготовлением шашлыка: нашли березовые ветки, соорудили горку из них, запалили, предварительно построив незамысловатое сооружение из камней и двух решеток. Замаринованное с вечера мясо надели на шампуры. Перед тем как выпить и закусить, мы искупались. Вода была чрезвычайно теплой, вот только дно и спуск к воде оставляли желать лучшего. Я заплыла на середину озера и легла на спину. Вскоре ко мне присоединился Костя. Лежа, мы непринужденно болтали о том о сем. Я узнала, что Костя работает фотографом в редакции молодежной газеты «Шалопай», что у него однокомнатная квартира в центре, доставшаяся ему от деда, и что у него есть мечта: обзавестись мастерской. Он предложил мне попозировать у него на квартире. Я отделалась шутками-прибаутками. Вскоре к нам подгреб Витька, в то время как его зазноба качалась на разноцветном матрасе недалеко от берега.

— У меня есть предложение, — сказал он, — давайте пойдем по грибы-ягоды.

— Может, лучше мидиями заняться? — предложил Костя.

— Как ты ими займешься, если мы маски забыли? — усмехнулся Витька. — Недавно дождь прошел, опята должны быть.

— Может, вначале пообедаем? — скромно предложила я.

— Какая же ты прожорливая, Татьяна Иванова! — воскликнул, едва не захлебнувшись, Витька.

— Смотри, как бы нам тебя спасать не пришлось, — засмеялась я, — вообще-то, я бы тебе предложила больше уделять внимания вон той, — неловко кивнула я, — симпатичной блондинке.

— Это намек, чтобы я оставил вас наедине? — оскалился неугомонный Витька.

— Ага, намек, — рассекая воду широкими гребками, я поплыла к противоположному берегу.

Костя в лучших традициях смелого ухажера последовал за мной. Потом мы вернулись к месту стоянки. Витька в сосредоточенной позе сидел над полуготовыми углями, а Наташа резала салат. Увидев нас, Витька лукаво заулыбался.

— Может, выпьем?

Никто не возражал. Я сделала два глотка белого сухого вина и растянулась на покрывале. Мальчики приняли граммов по сто «Финляндии», а Наташа — полстакана красного. Начался ни к чему не обязывающий треп, в конце которого привязчивый, как тысяча чертей, Витька все-таки добился у нас согласия на прогулку за лесными дарами.

— Жаль, сковородки нет, — весело говорил мой «экс», — а то бы мы этих опят прямо здесь и сейчас!

— Ты вначале найди, а потом о сковородке думай, — улыбнулась Наташа, лохматя мокрый бобрик его волос.

Теперь мы все сидели на покрывале, касаясь друг друга влажными телами. Косте, похоже, нравилось такое положение вещей. Он то и дело крутил головой, улыбаясь блаженной улыбкой и стряхивая на меня каскад теплых брызг. Потом его правая рука легла сзади на покрывале в неловком объятии. Я с молчаливой улыбкой посмотрела на него и предложила выпить еще, тем более что в моем стакане было больше половины белого сухого. Все дружно поддержали мое предложение.

— Тебе стала нравиться юриспруденция? — лениво спросила я своего «экса».

— Да так, — небрежно хмыкнул он, — отец пообещал мне машину и вообще полную материальную поддержку, если я, как он сказал, «не заставлю его краснеть перед Ильей Гавриловичем».

— Это тот крутой прокурор, который пособил ему с твоим устройством?

— Ага, — Витька взял с тарелки кусок помидора и отправил в рот.

— Ладно, — скомандовала я, — не будем терять время, — ты, Витька, остаешься приглядывать за шашлыком, а мы отправляемся по грибы. Возражения есть?

— Прямо босиком пойдем? — наивно поинтересовалась Наташа.

— Нет, лучше в обувке. Корзинок вы не захватили, поэтому придется ограничиться пакетами. Если они, конечно, понадобятся, — подмигнула я Витьке.

Натянув на ноги кроссовки, мы вооружились импровизированными посохами и отправились в сторону леса.

— Танька! — услышала я за спиной звонкий крик Витьки. — А этот свой не возьмешь?

Я вышла из-за дерева и увидела, как он машет в воздухе моим «макаровым». Наблюдательный, однако, усек, что я пистолет в дорогу прихватила!

— А на кой он мне? — растянула я губы в насмешливой улыбке.

— А вдруг маньяк или онанист какой? — по-козлиному бодро засмеялся Витька.

— И куда прикажешь мне «ПМ» повесить? На голый живот?

— Это было бы очень эротично, — Витька нагнал меня. — Возьми.

— За девушку, — кивнула я в Наташкину сторону, — переживаешь? Не бойсь, ногами и руками отобьюсь!

— Это я знаю! — многозначительно сощурил глаза мой «экс», — но все-таки... Положи в пакет. Вдруг крутые какие... Черт его знает, кто сейчас по лесам шляется.

— Ладно, уговорил, — махнула я рукой и раскрыла перед Витькой желтый шуршащий пакет.

Он осторожно опустил туда мою «игрушку» и счастливо заулыбался.

— Ты сам-то рот не разевай. А то придем, а тебя какая-нибудь дриада сцапала вместе с шашлыком!

— Все-то ты о еде, Иванова!

— Организм у меня такой, Витя, ему горючее нужно, — я повернулась и зашагала вслед за Костей и Наташей.

* * *

Если бы Витька знал, что его опасение насчет крутых угодит если не в «яблочко», то, по крайней мере, в «девятку», скорее всего, плюнул бы на пикник, сложил все вещи в машину и в срочном порядке ретировался бы с этого симпатичного озера вместе с нами. Он словно накаркал, предполагая какую-то опасность. Впрочем, то, что он всучил мне пистолет, тоже оказалось нелишним. Я и без его напоминаний не должна была оставлять мой славный «ПМ».

Но пока ничто не предвещало никаких эксцессов. Мы брели по довольно густому лесу. Как назло, грибы не попадались. Лес был смешанным, а в таких лесах растут разве что сыроежки. Костик шел немного позади меня, чуть левее, изредка окликая нас с Наташей, которая плелась где-то сзади. Ветки безжалостно хлестали руки и ноги, и я уже пожалела, что не накинула ничего сверху.

В какой-то момент я поняла, что оторвалась от моих спутников, потому что перестала слышать хруст веток у них под ногами и оклики Костика. «Ничего, не маленькие, не заблудятся», — решила я, продолжая двигаться вперед. Грибов по-прежнему не было, и я уже собиралась вернуться к чудесной тепленькой водичке и как следует поплескаться, смыть с себя паутину и пот, но тут лес начал редеть, я увидела какой-то просвет, и мне захотелось попытать счастья на опушке. Я подумала, что в том месте я смогу отыскать наконец грибы.

Я оказалась на огромной поляне, заросшей травой. На самом краю этой поляны, там где трава была не очень высокой, мне все-таки удалось обнаружить то, что я искала: раздвинув пожухлую листву, высунули светло-коричневые матовые шляпки два небольших гриба, а рядом, примерно в метре от них, еще один, размером с кофейное блюдце. Пожалев, что не захватила нож, я присела и принялась выкручивать первые два, стараясь не повредить грибницу. В этот момент я услышала звук мотора приближающегося автомобиля. Это было неудивительно: все-таки воскресенье, народ выезжает на природу, отдыхает, собирает грибы, ягоды, всякие цветочки лесные-луговые, поэтому я не придала этому никакого значения. Я вывернула маленькие грибки и переместилась к большому, когда звук двигателя смолк и раздались мужские голоса. «Давай, вытаскивай его», — сказал негромко баритон, немного шепелявя. У него получилось «выташкивай». «Вылазь», — второй голос был более высокий, почти мальчишеский, но в нем слышалась какая-то озлобленность. До меня донеслась возня, шуршание шагов по траве, хлопанье дверок и что-то вроде мычания. «Что там, — заинтересовалась почему-то я, — корову, что ли, привезли попастись?»

Вытащив наконец большой гриб и закинув его в пакет, я выпрямилась и, раздвигая ветки, сделала несколько шагов в ту сторону, откуда доносились эти странные звуки. Я смело (а чего мне бояться?) вышла на поляну и тут же присела и замерла.

На противоположном конце поляны, между толстыми стволами кленов, торчала «морда» огромного черного джипа «Шевроле». Он был слегка запылен, видимо, ехал по грунтовке. Передняя дверка со стороны водителя была открыта, и над ней возвышалась светлая стриженая голова парня, который смотрел куда-то в сторону. Я проследила за направлением его взгляда и увидела еще троих людей. Это были мужчины. Двое из них были крепкими, словно боровики, парнями лет по двадцать пять — тридцать. Судя по стрижкам, их нельзя было безоговорочно отнести к категории «братков»: волосы у них на головах были короткими, но не слишком, шеи — накачанные, но не чересчур. Цепей я тоже не заметила. Но во всем остальном они от «пацанов» не сильно отличались.

Один был повыше, темноволосый, в серых спортивных штанах и серо-голубой майке бсз рукавов. Другой, русоволосый, — пониже ростом, но шире в плечах. На нем были свободная зеленая майка с рукавами до локтей и шорты — красные с двойной белой полосой по низу. На грибников они тоже не были похожи, тем более третий в их компании — тот, кого русоволосый держал за локоть. Комплекцией он не уступал парню в серых штанах, но был лет на десять постарше. На нем были светло-серые брюки, белая рубашка с короткими рукавами и, что самое удивительное, — галстук. Руки у него были связаны за спиной.

Наконец я начала соображать, что к чему. Парень в шортах тащил упиравшегося мужика в белой рубашке в сторону от машины. Тот протестовал, бессильно мыча — рот у него был заклеен скотчем. Темноволосый подталкивал его в спину.

Все произошло так быстро, что я не успела даже крикнуть. Парень в шортах вдруг ударил мужика с заклеенным ртом в живот и оттолкнул к центру поляны. Тот со стоном повалился на бок, но быстро сумел подняться на колени. Тогда шатен в серых штанах подошел к нему, в руках у него откуда-то появился пистолет с глушителем, который я раньше не приметила. Он прицелился мужику в голову и, недолго думая, спустил курок.

Я бы узнала этот сухой щелчок из тысяч других, даже если бы не видела происходящего. Но в том-то и дело, что я оказалась невольной свидетельницей. Птицы сорвались со своих мест, вспугнутые непривычным звуком. Мужчина в белой рубашке на секунду замер, уронив голову на грудь, потом повалился в траву и, дернувшись еще несколько раз, замер окончательно.

— Давай лопату, — это был баритон шепелявого. Он повернул голову к русоволосому и посмотрел на него так спокойно, как будто сидел за столом и просил передать соль.

— Эй, че сидишь? — фальцетом произнес тот и направился к джипу. — Давай лопату, — теперь уже эта команда относилась к водителю, который все еще выглядывал из-за дверки.

Что мне было делать? Помочь несчастному, который, скрючившись, лежал в траве с дыркой в черепе, я уже не могла. Самым правильным было отойти на заранее подготовленные позиции (то есть в лес) и осмыслить ситуацию. Потом, возможно, пробраться к джипу и запомнить его номерной знак, потому что отсюда его не было видно. Затем... Обычно я не просчитываю свои действия на несколько ходов вперед, а действую по обстоятельствам и, как правило, интуитивно. Поэтому, присев пониже, я попятилась назад.

На ходу я сунула руку в пакет, собираясь достать оттуда «ПМ». Проклятый пакет предательски зашуршал. Возможно, меня бы заметили и не попытайся я достать пистолет, потому что шатен, отдав команду, начал оглядываться по сторонам, видимо, почувствовав, что за ними кто-то наблюдает. Но я все-таки грешу на пакет. Когда я была уже почти за деревом, в его ствол вгрызлась маленькая свинцовая пулька. Маленькая, но вполне не способная отправить на тот свет, в чем я только что сама убедилась на примере человека в рубашке с галстуком. Я прислонилась к стволу с безопасной стороны и сняла «макаров» с предохранителя.

— Эй, там кто-то есть, — закричал своим сообщникам шатен. — Нас застукали. Не дайте ему уйти.

«Ему, — машинально отметила я, срываясь с места, — значит, хорошенько меня не разглядели. Везет же тебе, Таня Иванова, на всякие приключения! Мало того, по работе, за деньги, приходится рисковать своей молодой жизнью и красивым телом, а тут еще в лесу какие-то отморозки устроили разборку, мимо которой ты никак не могла пройти!»

Я мчалась по лесу, не разбирая дороги. Ветки больно хлестали по лицу и телу. И тут я остановилась. В лесу я ориентируюсь неплохо, поэтому через несколько сотен метров вышла бы точнехонько к месту, где мы устроили свою стоянку, но ведь я была не одна! Хорошо, Витьку я без лишних разговоров запихала бы в машину, я помню, как с ним следует обращаться, но ведь есть еще Костя с Наташей. Эти бандиты наверняка будут шарить здесь и обязательно наткнутся на них. Что тогда с ними станет, я могла себе представить: то же самое, что и с тем мужиком, оставшимся лежать на поляне. Нет, так дело не пойдет! Я резко изменила направление и, производя как можно больше шума, начала пробираться сквозь кусты в противоположную сторону от места нашей стоянки и возможного пребывания Кости и Наташи.

Кажется, меня заметили. Позади послышался хруст ломающихся веток. Я на секунду остановилась, выглянула из-за дерева. Вот они, все трое. То, что мои преследователи не напуганы, я видела совершенно точно. Ничего, мы это быстренько исправим. Испуг первой степени. Или второй. Какой получится. «Главное, вывести из строя главаря», — скаламбурила я шепотом и выстрелила шатену в ногу. Птицы так и шарахнулись в разные стороны от этого выстрела.

Как он заревел! Это был рев дикого зверя! Он свалился, как подкошенный, и схватился за пробитую ногу. Ну, и что же ты, голубчик мой хромоногий, будешь делать теперь? Продолжишь преследовать бедную беззащитную девушку? Нет, он сразу передумал меня преследовать, но зато двое других начали палить из своих «стволов» в мою сторону. Ну, точно-то они не знали, где я нахожусь, поэтому изрешетили весь лес вокруг себя. Веток посшибали много.

Стараясь не шуметь пакетом, который все еще был со мной, я продолжала за ними наблюдать. Разорвав на главаре штанину, они кое-как перетянули ему ногу ниже колена и, взвалив его себе на плечи, потащили к поляне. Шатен чертыхался и грозился такими словами, которые даже бумага не выдержит, поэтому не будем смущать ими читателя. Могу только сказать, что шума было много.

Глава 2

Я не стала их провожать и двинулась искать своих грибников. Сделав шагов полтораста, услышала крики Константина.

— Таня, ау-у, — взывал он встревоженным голосом.

— Ау-у, Витя, — едва не истерически вторила ему подружка Виктора.

— Ау, ау, — буркнула я себе под нос и двинулась на их голоса.

Минуты через три мы встретились в небольшой ложбинке, поросшей папортником.

— Ну что, грибники, как успехи? — я посмотрела на их пакеты, говорившие сами за себя. — Видно, сегодня нам не повезло.

Костик бросился мне навстречу.

— С тобой все в порядке? — он внимательно осмотрел мою фигуру.

Такой заботливый мальчик! Его верхняя губа с чудесной родинкой чуть заметно дрожала. Хорошо все-таки, что они отстали от меня, неизвестно, чем тогда могло бы закончиться мое приключение.

— У меня все замечательно, — я коснулась рукой его плеча и заметила, что это ему приятно. — Пошли-ка в обратный путь.

— Мы не знаем, куда идти, — чуть не плача, сказала Наташа.

— Да вы никак заблудились? В этом-то редколесье? Пошли, — двинулась я по направлению к озеру, — буду вашим проводником.

— Ты знаешь, куда идти? — недоверчиво спросил Костя, но пошел следом.

— Сейчас увидишь, — усмехнулась я. — Сигареты, конечно, никто не догадался прихватить?

К моему удивлению, Костик достал из своего пакета пачку «Bond» и зажигалку.

— Ты слышала выстрелы? — он выбил из пачки сигарету и протянул мне. — Что это было?

— Не знаю, — я с удовольствием затянулась, решив пока не нервировать моих спутников лишними подробностями, — наверное, ученья идут.

— Ученья? — Костя недоверчиво шмыгнул носом. — Что-то не похоже. Скорее уж — охота.

— Угу, охота, — буркнула я, прибавляя шаг.

Вскоре мы вышли к нашему стойбищу, по которому распространялся упоительный запах шашлыка. «Умеет же, стервец», — мысленно похвалила я Виктора.

— Ну где же вы? — возопил он, помахивая над импровизированным мангалом огромным листом лопуха. — Шашлык же пережарится!

— Витя, мы заблудились, — кинулась к нему его ненаглядная.

Он приобнял ее и недоуменно посмотрел на меня.

— Так, ребята, — заявила я, когда подтянулся Костик, — слушай мою команду. Сейчас мы быстренько сгребаем все, загружаемся в машину и двигаем отсюда. Подробности по дороге. Даю вам на все три минуты.

Озадачив присутствующих, я прихватила джинсы и майку и пошла к озеру, чтобы смыть с себя пыль, пот и паутину. Когда я вернулась, все вещи, продукты и напитки были собраны и связаны в два больших тюка, которые Виктор с Костиком пытались запихнуть в багажник «Фиата». С одним они управились быстро, а вот с другим что-то у них не заладилось: багажник не закрывался.

В это время из-за деревьев на медленной скорости выполз черный «Шевроле» и направился прямехонько к нам. «Спокойно, — сказала я себе, — они меня не видели, не станут же эти уроды охотиться на всех, кого увидят в лесу!»

— Быстро, но без суеты, дергаем отсюда. — Я помогла надавить на крышку багажника, и она наконец-то закрылась. — Если будут задавать вопросы, говорить буду я. Все понятно? А теперь — в машину. Виктор — за руль, я — рядом.

Джип, приминая огромными колесами траву, подкатил почти вплотную. За его тонированными стеклами совершенно ничего не было видно. Костик к этому времени уже сидел в машине, Наташа пристроилась возле него. Виктор нетвердой рукой пытался вставить ключ в замок зажигания. Он смекнул, что дело серьезное. Он должен был это понять уже тогда, когда я протрубила общий сбор.

— Спокойно, Витюша, — приободрила я его, усаживаясь на переднее сиденье.

Я положила пакет с грибами и пистолетом на колени и, запустив в него руку, нащупала шершавую рукоятку. Одно стекло «Шевроле» медленно опустилось. Оттуда высунулось лицо белобрысого водителя. Черт, как быстро они нас нашли! Даже не повезли своего главаря к доктору. Он же может сдохнуть от потери крови. Впрочем, это меня не касается. Виктор наконец запустил двигатель и посмотрел на меня.

— Трогай, — шепнула я, — только не торопясь.

Конечно, чертов Виктор забыл снять машину с ручника. «Фиат» дернулся вперед и снова застыл на месте с заглохшим двигателем.

— Ну-ка, стой, — водитель «Шевроле» выпрыгнул из салона и, обходя капот нашего «Фиата», уставился немигающим взглядом в салон.

Когда он распахнул дверцу, я увидела на переднем сиденье, рядом с ним, их главного с перебинтованной ногой. Значит, третий устроился сзади? Точно. Он тоже вылез на травку и потянул на себя ручку дверцы с моей стороны, которую я предусмотрительно заблокировала.

— Открывай, — он постучал костяшками пальцев в стекло.

К счастью, Виктору удалось запустить движок.

— Пакет, — заорал вдруг из салона «Шевроле» шепелявый, — желтый пакет. Это она!

— Гони, Витя, если жизнь дорога, — я вытащила «макаров» и сунула в приоткрытое окно. — Замри, не то пузо продырявлю, — это уже относилось к крепышу в красных шортах.

И тут Виктор рванул. Он надавил на рифленую педаль акселератора. Двигатель взвыл, колеса бешено завращались, выбрасывая комья земли вместе с травой, и «Фиат», словно вспугнутый заяц, ринулся с места. Нам вслед прогремело несколько выстрелов, но мы были уже прикрыты деревьями. Я полностью опустила стекло и, чтобы бандиты не расслаблялись, выпустила по колесам их джипа несколько пуль. Пусть теперь займутся на досуге ремонтными работами.

— Кто такие и что им нужно? — через пару минут

сумасшедшей тряски по грунтовке Виктор повернул ко мне голову. — Это киллеры?

— Что-то вроде этого, — ответила я на его последний вопрос, — ну-ка, сверни здесь в лесок.

— Зачем? — удивленно спросил Виктор, но послушно сбавил скорость и заехал в лес, благо дорога позволяла это сделать.

— Не нравятся мне эти плохие парни, — с иронией сказала я, показывая, куда Виктору следует сворачивать, — и джип их не нравится, и колеса на этом джипе тоже не нравятся. Стой здесь.

— Ты можешь объяснить нам всем, что произошло и чего этим парням от тебя нужно? — Виктор нервно дернул меня за руку.

— Могу, конечно, — я достала из кармашка майки сигарету, из пистончика джинсов — зажигалку и закурила, — только нужно ли вам об этом знать?

— Раз уж мы вляпались во все это, — сзади подал голос Костик, — то имеем право хотя бы в общих чертах, так сказать...

— Ты тоже хочешь знать? — обернувшись, я посмотрела на подружку моего «экса».

Та молча кивнула.

— Ладно, — согласилась я, — раз вы так настаиваете. Эти плохие парни завалили какого-то мужика на полянке, попросту говоря, убили выстрелом из пистолета, — благодушно пояснила я. — Я случайно оказалась в это самое время на той самой полянке — грибы собирала. Вот они меня и приметили. Кинулись за мной всем скопом, так что мне пришлось отстреливаться.

— Так значит, — снова встрял Костик, — это они на тебя охотились?

— Угу, — кивнула я. — Теперь они видели нас всех. Не могу поручиться, что они не запомнили номер твоего, Витя, новенького «Фиата». Если они не дураки, что всегда нужно подразумевать, и имеют связи в органах, что вполне вероятно, вычислить эту машину им не составит большого труда, а за ней и ее владельца. Все понятно? — Я оглядела присутствующих, затушила окурок в пепельнице и, открыв дверцу, выбралась наружу. — А сейчас я хочу посмотреть, что собираются предпринять наши киллеры.

— Я тоже пойду, — заявил Виктор, — вдруг что-нибудь...

— Всем оставаться на местах, — прикрикнула я на него, взяв на себя общее руководство. — Ты лучше присматривай за своей девушкой. И потом, вдруг придется срочно сниматься с места...

Виктор, нахмурившись, остался за рулем, а я двинулась в сторону дороги. Через некоторое время я услышала за спиной хруст ломающихся веток и обернулась. Позади, прикрывая лицо от паутины, шагал Костик. Заметив, что я наблюдаю за ним, он в нерешительности остановился.

— Ладно уж, — махнула я ему рукой, — присоединяйся, раз пришел. Только не высовывайся без нужды.

Он улыбнулся открытой детской улыбкой, быстро догнал меня и пошел рядом.

— Ложись, — я прижала его голову к земле и сама плюхнулась рядом.

Натужное урчание мощного двигателя говорило о том, что по дороге, с которой мы свернули в лес, на предельной скорости движется «Шевроле». В том, что я, попала по крайней мере, в одно колесо, я не сомневалась. В том, что невозможно за такое короткое время сменить пробитое колесо на запаску — тоже. Значит, у них в колесах специальный состав, который тут же полимеризуется на открытом воздухе и заклеивает пробоину. Где-то я об этом читала.

Черная туша «Шевроле» промелькнула метрах в десяти от нас и исчезла за густой листвой. Вскоре стих и шум двигателя.

— Как ты догадалась, что они так быстро управятся? — удивленно посмотрел на меня Костик.

— Интуиция, — равнодушно пожала я плечами.

— Что мы будем делать теперь? — Костя принял сидячее положение и прислонился к стволу дерева.

— Немного подождем, а потом отправимся по домам, — я достала сигарету и закурила.

Костя пошарил по карманам, выудил сигареты и тоже задымил. Несколько минут мы сидели молча. Было такое впечатление, что ничего не произошло, никого не убили, никто ни за кем не гонялся. Среди листвы щебетали невидимые птицы, теплый ветер покачивал вершины деревьев, солнечные блики плясали на листве — идиллия! Возможно, мои спутники, двое из которых томились в настоящее время в машине, не до конца еще осознали серьезности ситуации. Но я-то знала, что на той большой поляне, почти в самом центре, валяется труп.

Я почувствовала, что Костина рука легла мне на плечо.

— Нет, Костик, — я мягко высвободилась из его объятий, — ты хороший парень, но мне сейчас не до этого.

Он все понял и больше не делал таких попыток. Мы выкурили еще по паре сигарет. Джип больше не возвращался, и я подумала, что они либо оставили свои поиски, решив, что мы от них улизнули, либо притаились где-нибудь возле трассы, чтобы сцапать нас, когда мы снова тронемся в путь. Честно говоря, во второй вариант я не очень-то верила, но, как говорил мой инструктор по рукопашному бою: «Лучше перебдеть, чем недобдеть». Кажется немного грубоватым, но по сути очень точное высказывание.

Итак, выждав в общей сложности минут сорок, мы с Костей вернулись к машине. Выяснилось, что Виктор знает кружной путь в город, который не проходит через КП. Этим объездным путем мы и добрались до города. Настояла на этом я, чтобы обезопасить не столько себя, сколько своих спутников от всяческих бандитских выходок: наездов, разборок, расстрелов, взрывов и тому подобной ерунды.

* * *

Виктор и Костик сделали было попытку затащить меня на квартиру к Косте, чтобы все-таки расправиться хоть и с холодным, но все же приготовленным на настоящих березовых углях шашлыком, но я мягко отказалась. Наташа, видимо, не слишком расстроилась, что я покидаю их теплую компанию, а может, у нее просто не было сил на уговоры.

— Ну, счастливо, — помахали мне руками ребята.

— Пока, — улыбнулась я им в ответ и вошла к себе в подъезд.

Быстренько приняв ванну и сменив одежду, я нашла лист бумаги и ручку и накатала заявление в милицию. Надела под легкую светло-зеленую курточку кобуру с «макаровым» и, спустившись на лифте вниз, устроилась за рулем своей бежевой «девятки».

Я остановилась на небольшой стоянке возле двухэтажного кирпичного строения, выкрашенного серо-голубой краской. Рядом дремал такой же невзрачный, видавший виды милицейский «уазик». В деревянной двери дома было проделано маленькое оконце. Над дверью красовалась запыленная табличка: «Одиннадцатое отделение милиции». В ведении этого отделения, насколько мне было известно, находился тот участок за городом, где так безоблачно начался наш сегодняшний пикник.

Я поднялась по ступенькам, толкнула дверь и вошла внутрь.

Прошагав вдоль стены, где притулились три деревянных кресла, и никого не обнаружив в коридоре, я открыла первую попавшуюся мне дверь без опознавательных знаков и очутилась в длинной комнате. В дальнем ее конце за письменным столом сидел, уткнувшись в бумаги, маленький человек с блестящей лысиной и капитанскими погонами. Высунув кончик языка, он что-то сосредоточенно писал и даже не поднял головы, когда я вошла. Ну, ладно, я не тороплюсь.

Стоявший на столе вентилятор гонял по комнате запах кирзы и крепкого мужского пота. Слегка поморщившись, я огляделась. Кроме стола и пары покосившихся стульев, сбитых для прочности гвоздями, здесь были еще коричневый полированный шкаф, обе створки которого были приоткрыты, потертый дерматиновый диван и красно-коричневый металлический сейф. Слева от меня полстены занимала карта района с какими-то непонятными пометками, а над головой пишущего человека висел портрет Железного Феликса, который (Феликс, конечно) глядел прямо мне в глаза с каким-то хитрым прищуром. Он как бы спрашивал: «А все ли у вас в порядке с вашей родословной, гражданка Иванова?»

— А кого это сейчас интересует? — я и не заметила, что произнесла это вслух.

— Не понял? — Капитан поднял голову и уставился на меня темными, глубоко посаженными глазами.

— Здравствуйте, — я шагнула к столу и положила перед капитаном лицензию на детективную деятельность.

Он молча взял со стола документ и начал внимательно его рассматривать.

— Я вас слушаю, Татьяна Александровна, — он продолжал держать лицензию в руках.

— Мне бы хотелось знать, с кем я говорю, — с легкой улыбкой сказала я.

— Капитан Гришанин, Михаил Михайлович, — представился он, произнеся имя-отчество как «Михал Михалыч».

— Очень приятно, — улыбнулась я шире, — дело в том, что я совершенно случайно стала свидетельницей преступления, которое произошло на территории вашего района. Это было убийство.

Я выдала эту тираду на одном дыхании. И теперь я ожидала живой реакции. Как это ни наивно или абсурдно звучит — я почти забыла, где нахожусь и что передо мной не простой человек, а милиционер, наш российский, закаленный в горниле бумажной волокиты и каждодневных новостей об убийствах, изнасилованиях и грабежах. Не знаю, на самом ли деле капитан Гришанин так закалился, читай: очерствел и отупел, или он принял равнодушно-снисходительный вид только для того, чтобы не утратить своего мужского достоинства, только он и глазом не моргнул в ответ на мое горячее сообщение. На миг его ледяное спокойствие даже ввело меня в замешательство. Перестав разыгрывать из себя философа-стоика, Гришанин скривил губы в противной насмешливой улыбочке и качнул своей отполированной головой.

— Ну, а от меня-то вы чего, гражданка Иванова, хотите? — флегматично до неприличия поинтересовался он.

— Как, то есть, чего! — прямо-таки вскипела я, задетая за живое подобным безразличием (солнце ли мне голову напекло или я жалела об утраченном гастрономическом удовольствии, что обычная реакция совкового мента вывела меня на миг из берегов?). — Я хочу, чтобы вы приступили к выполнению своих обязанностей.

— Вот как? — вскинул он на меня свои маленькие глазки.

— Я принесла заявление, а вы должны его зарегистрировать, — гордо отчеканила я.

— Зарегистрирую, — вяло произнес капитан, — у вас все?

Я кивнула.

— Так, — Гришанин погрузился в чтение моего заявления. — А вы там как оказались? — снова поднял он на меня глазки, казавшиеся двумя черными дырочками в тени мощных надбровных дуг.

— В заявлении все сказано, — терпеливо ответила я, — читайте дальше.

Гришанин с неизменным равнодушием продолжил чтение.

— А показать сможете? — вдруг оживился он и кивнул на стену, где висела карта.

Реакция у него, что ли, замедленная такая или он с бодуна? Я внимательней присмотрелась к пергаментнобледной физиономии капитана. Да нет, вроде не с бодуна...

— Конечно, — спокойно (себе на удивление) ответила я и ткнула пальцем в район озера.

— Сможете найти?

— Найду, — уверенно произнесла я.

— Хорошо, — сказал Гришанин.

Это милое словечко на редкость веско прозвучало в его устах.

— Я на машине, — конкретизировала я.

— Угу, — Гришанин сосредоточенно кашлянул, поднялся со стула, прикрыл лысину фуражкой и взглянул на меня как-то даже по-товарищески. — Пошли!

Я кивнула, открыла дверь и первая вышла в коридор. Навстречу нам попался молоденький высокорослый лейтенант с наглова́той физиономией.

— Куда, Михалыч? — фамильярно спросил он моего спутника.

— Жмурик в лесу, — профессионально объяснил Гришанин и снова кашлянул. — Скажи, чтоб Колька к машине шел.

Лейтенант что-то ответил и потопал дальше по коридору, а мы вышли на улицу. Остановившись возле «уазика», Гришанин достал пачку «Золотой Явы», из нее — сигарету и прикурил от какой-то грубой подделки под «Зиппо».

— Садитесь в машину, — лениво процедил он, — я поеду следом.

Я ничего не имела против этого. Сев за руль своей «девятки», я тоже закурила. Рядом с капитаном я почему-то решила обойтись без сигареты. Как это ни вздорно звучит, но курение бок о бок вселяет мысль о какой-то пусть маленькой, но близости между курящими, а мне не хотелось признавать между мной и Гришаниным никакой близости. Меня даже коробило, что я в принципе сделана из того же материала, что и этот серый занудный человечек. Хотя нет, что это я! Вовсе я не из того материала! А из какого? Кто я?

Не подозревая, какую смуту поднял в моей «робкой» девичьей душе, Гришанин тихо попыхивал своей «Явой». Наконец в дверях появился бравый широкоплечий сержант. Его простонародное лицо излучало казавшийся весьма странным и несвоевременным энтузиазм. Когда сержант подошел поближе, я уловила в царящем на его скуластом лице оживлении что-то глуповато-крестьянское. Этакий наивный парень на службе у Отечества! Я нажала на педаль акселератора, неторопливо выводя «Ладу» из состояния покоя. Сержант между тем бодро залез в «уазик», подождал, пока сядет командир, и лихо тронул машину с места.

Безотносительно к тому, что солнце сияло не так ярко, как пару часов назад, дорога к озеру показалась мне не такой праздничной и веселой, как в первый раз. Да и до веселья ли тут, когда трое молодчиков у тебя на глазах расстреливают человека! Кто этот человек, я, конечно, не знала, может, такой же мафиози, заказ на которого спустил этим гадам их общий босс... А может, какой-нибудь несговорчивый предприниматель... В любом случае, убийство есть убийство, и стать его свидетелем с риском для жизни не назовешь приятным событием.

Я выкурила еще одну сигарету и немного успокоилась. Что это я, на самом деле, так волнуюсь? Я к этому не имею никакого отношения... Или имею? Написала заявление — это да, это мой долг, если хотите! Не могу я просто так закрыть глаза, заткнуть уши и убеждать себя, что ничего не видела, ничего не слышала и не знаю. А раз написала... Эти бандиты ведь могут узнать, кто я, где живу, чем занимаюсь. Вот откуда твое волнение, Татьяна Иванова...

Свернув с трассы, я почувствовала гложущую пустоту в желудке. Это ощущение нельзя было назвать голодом. Под голод искусно гримировалась моя тревога. Меня немного мутило, когда я, объехав озеро, двинулась дальше в лес. Я затормозила прямо на поляне. «Уазик» остановился рядом. Опасаться здесь нового появления бандитов было глупо — неужели им могло прийти в голову, что девушка, которую они чуть было не застрелили, опять окажется на этой злосчастной поляне в «приятной» компании с ментами?

— Ну, где? — деловито повысил голос Гришанин.

Сержант вылез следом за ним и теперь разминал ноги, прохаживаясь перед «уазиком» и бросая на меня интригующие взгляды. Я молча огляделась, пересекла поляну и раздвинула кусты. Никого. Только на траве, возле густых зарослей кустарника, несколько бурых пятен.

— Вот, — не скрывая разочарования, сказала я, показывая рукой на пятна.

— Это? — приблизился ко мне Гришанин.

Он склонился над указанным местом, прищурившись так, словно пятна были величиной с инфузорию-туфельку.

— Че там, Михалыч? — весело крикнул сержант.

— Кровь, что ли... — озадаченно пробормотал Гришанин, садясь на корточки.

Сержант подбежал к нам. Тоже мне, эксперт с дебильной улыбкой на красной морде!

— Похоже, — помотал сержант своей большой головой.

— Но это ничего не доказывает, — напряжение Гришанина пошло на убыль, — кто его знает, чья это кровь, — он поднялся и скептически взглянул на меня. — Трупа-то нет.

— А может, его закопали? — без особой убежденности сказала я.

Следов свежевскопанной земли не наблюдалось. «Может, они отвезли труп подальше в лес?» — мелькнуло у меня в голове.

— Нет, — покачал головой Гришанин, — я думал, правда труп!

Он выразительно вздохнул, словно от нахождения трупа зависело его повышение по службе. На самом же деле, он был явно доволен таким раскладом.

— А если эти пятна на экспертизу? — упорствовала я.

— Ну, докажет она, что это кровь какого-то человека, дальше-то что? — грустно посмотрел на меня Гришанин. — Как говорит закон, нет трупа, нет и преступления.

— Отправляйтесь домой, девушка, — посоветовал мне сержант, нагло вклинившийся в наш разговор.

— Но у вас же есть номер джипа, на котором приехали те трое, — выложила я последний козырь.

— Номер? — без особой радости переспросил Гришанин. — И какой же он?

— Да вы что, смеетесь надо мной, что ли? — чуть не вскипела я. — В заявлении же все указано. Джип «Шевроле», черного цвета, номерной знак триста тридцать, зарегистрирован в нашем регионе.

— Хорошо, — кивнул капитан и со снисходительной жалостью посмотрел на меня, — тогда поехали обратно.

Я только пожала плечами.

Гришанин все-таки взял образцы земли с кровью, и мы отправились в обратный путь.

Глава 3

Дома я приготовила себе горячую ванну и хороший кофе. Это, может быть, единственные из атрибутов аристократической жизни, в которых я не могла себе отказать. Несмотря на то, что наш век все упрощает и привилегированные в прошлом вещи делает доступными для широких масс, ванна и чашка свежемолотого кофе представляются мне роскошным атавизмом давно ушедших дней.

После омовения я почувствовала себя помолодевшей лет на десять. А когда сделала первый глоток замечательного напитка, обретшего жизнь под жгучим солнцем Эфиопии, мне показалось, что я в раю. Я была на пике блаженства.

Это блаженство перешло понемногу в тихую радость, и я задремала — подняли-то меня в половине восьмого! Когда я проснулась, часы показывали без пятнадцати пять. Сегодняшний инцидент упорхнул из моего сознания летучим змеем. Образ капитана Гришанина тоже померк, словно я все это время сидела с кальяном. Я уже поздравляла себя с победой воображения и простых человеческих радостей над всякими неприятными моментами, когда тишину моего отдохновения прервала настырная трель телефона.

— Тань, — узнала я голос своего «экса» (голос был испуганным и таинственным одновременно), — ты мне срочно нужна.

— Вот как? И для чего же?

— Объяснить не могу по телефону, — упрямо прогундосил Витька (а ведь он никогда не изъяснялся в нос!), — приезжай немедленно. Дело серьезное.

— Что случилось? — не сдавалась я.

— Расскажу при встрече. Условный знак — три звонка.

Витька повесил трубку. Возмущенная таким нахальством, я откинулась на спинку дивана и раздраженно закачала ногой. Вот еще — приезжай! Почему я? Почему ему самому не погрузиться в свой новенький «Фиат» и не прокатиться до меня? Что за барские замашки! Он что, думает, что те неофициальные отношения, которые когда-то нас связывали, дают ему право распоряжаться моим свободным временем? У меня, между прочим, сегодня выходной был запланирован. А вместо этого я шляюсь по лесу, отстреливаюсь от бандитов, посещаю милицию, а теперь вот должна выехать к своему «эксу»! С доставкой на дом, как говорится! И что это за секретность? Три звонка. Минуту я не могла успокоиться, потом резко встала, подошла к стеллажу, достала с полки мешочек с гадальными костями и села с ними за стол. Сосредоточившись на интересующей меня проблеме, метнула их. Занимало меня сейчас одно: как я должна отреагировать на этот чертов звонок. Я ведь не какая-то там девочка на побегушках, а солидный частный детектив, и не стоит даже своих друзей развращать излишней сговорчивостью и услужливостью. Кроме того, я почувствовала нестерпимый голод. Шашлыка-то мне не удалось попробовать! И все-таки, что там говорят кости?

А говорили они следующее: 6+20+25 — «Предстоит выгодный деловой союз с партнером».

«Неплохо», — подумала я, убирая додекаэдры в мешочек. Хотя представить себе Виктора в качестве выгодного делового партнера мне удавалось с трудом. Он был маменькиным сынком, все решения за него принимали родители, и я часто подшучивала над ним, удивляясь тому, что его «предки», как он называл давших ему жизнь Марию Павловну и Федора Ивановича, все-таки сподобились купить ему однокомнатную квартиру с телефоном, позволив, таким образом, существовать более-менее самостоятельно. Федор Иванович был начальником не самой мелкой строительной фирмы, поэтому, наверное, считал своим долгом обеспечить сына отдельной жилплощадью. Как бы то ни было, Витька проводил в своей «хибарке» холостяцкие будни, а уик-энд посвящал родителям с такой же неукоснительностью, если не сказать, трепетностью, с какой евреи чтут субботу.

«Ладно», — я положила гадальные кости обратно на полку и начала собираться. Стиль в одежде я предпочитаю классический, хотя и люблю побаловать себя модной шмоткой, экстравагантным прикидом, который долго болтается потом у меня в шкафу, прежде чем я его не подарю или не продам какой-нибудь подруге. Все эти классные вещички я ношу на каникулах. Обычно же моя работа навязывает мне необходимость одеваться просто и удобно. А потому я залезаю в джинсы, напяливаю футболки, кроссовки. Самое большее, что я могу себе позволить — это надеть вместо футболки какой-нибудь топик, чтобы варьировать однообразную практичность моих «туалетов». Хотя, надо отметить, и в джинсах я выгляжу отлично.

Минут через десять я уже выходила из дома, сожалея лишь о том, что мне не удалось перекусить. Ну ничего, надеюсь, у Витьки найдется для меня кусочек холодного шашлыка.

Оседлав свою «девяточку», я припустилась во всю прыть за шашлыком и выгодным деловым партнером.

Витькин дом стоял на тихой улочке, неподалеку от набережной. Рядом с этим пятиэтажным скромным строением возвышалась элитная четырехэтажка с двумя входами и аляповато-претенциозным фасадом с коринфскими колоннами и безвкусно выполненным акантом. Я все время шутила, с серьезным, если не трагическим видом спрашивая моего дружка: «Может, твой папа чего напутал? Почему он не приобрел тебе квартиру в этом солидном доме, а ограничился чистенькой, но простенькой пятиэтажкой?» Витька ужасно злился, упрекая меня в злоязычии и склонности к жестоким розыгрышам.

Я въехала в тихий тенистый двор, совершенно пустынный в этот час. Но не успела я выйти из машины, из соседнего с Витькиным подъезда появилась дородная тетка предпенсионного возраста и, обдав меня взглядом, полным жгучего любопытства, пошла по своим делам. Ни одной машины, если не считать стоявшего на дальней площадке белого «жигуленка» шестой модели. Я смело вошла в подъезд, нажав на три знакомые кнопки на щитке кодовой двери, и стала медленно подниматься, настороженно прислушиваясь (старая привычка, не оставленная без внимания колким и язвительным «эксом» — весь в меня, гад такой!). В подъезде царила приятная августовская прохлада и столь же отрадная тишина. Наконец я добралась до третьего этажа и позвонила в деревянную, обитую кожей дверь — стальную Витькины родители поставить поленились или не успели. Три звонка, как и было условлено. Рука машинально легла на кобуру под джинсовым жилетом. Про себя я усмехалась Витькиной таинственности.

Дверь медленно открылась, но, к моему глубокому удивлению, вместо приветливой улыбки Витьки меня встретило дуло пистолета, направленного прямехонько на меня. От моего внимания не укрылось, что пистолет с глушителем. Подняв глаза, я наткнулась на кривую от усмешки физиономию парня, облаченного в едко-зеленого цвета майку и красные спортивные трусы. Его короткая стрижка и лицо, а главное, невежливые манеры показались мне до боли знакомыми.

— Входи, быстро, — вполголоса скомандовал он, — а то твоим друзьям крышка.

Первым моим побуждением было выдернуть из кобуры «макаров». Следом за этим импульсом пришло беспокойство за «моих друзей». Я догадывалась, что Витька с Наташей, а возможно, и Костик — внутри.

— Ладно, — спокойно процедила я, стараясь не выдать своей тревоги ни мимикой, ни жестами, — я вхожу.

Подняв руки, я переступила порог знакомой квартиры, всегда встречавшей меня либо мирной тишиной, либо беззаботным Витькиным трепом, и оказалась в прихожей.

— Мы уже знаем, кто ты, — желчно ухмыльнулся русоволосый парень, держа меня на мушке, — давай в комнату.

Господи, я бы уже тысячу раз уложила этого ненормального... Только вот мне было неизвестно, сколько еще его приятелей в квартире.

Он протянул руку, в которую я покорно вложила свой «ПМ», и прошла в комнату. Моим глазам открылась печальная и нелепая картина: на диване сидели связанные по рукам и ногам, с кляпами во рту, Наташа и Костик, а Витька был привязан к стулу: руки заведены за спинку, ноги привязаны к ножкам. Как в лучших боевиках. Рядом на креслах развалились два мордастых и плечистых молодчика. Они лениво поигрывали своими «пушками» и как-то плотоядно улыбались. Одного из них я тоже узнала — шофер «Шевроле», а вот его соседа видела впервые. Видно, он заменил главаря, которому я прострелила ногу. У него было лицо простого деревенского парня, к тому же все покрытое веснушками, что придавало ему некоторую детскость, и оригинальная прическа: огненно-рыжие волосы были сбриты на затылке почти до самой макушки, а лоб закрывал чубчик.

Значит, пронюхали, высчитали Витьку по машине.

Быстро они работают. Я понимала, что в живых нас не оставят. «Здесь угрохают, — на удивление бесстрастно подумала я, — или вывезут на какую поляну?» В такие минуты, опасные для жизни, я заставляю себя быть безразличной до цинизма и бесстрашной до неприличия — это помогает соображать и принимать конструктивные решения. Для этого достаточно посмотреть на себя со стороны.

Витька скорее всего не догадывался о моих духовных упражнениях, в которых я поднаторела за мою детективную практику. Он таращил на меня испуганные глаза, недоумевая, что происходит и почему это случилось именно с ним. Особую трагическую нелепость его облику и растерянному выражению лица придавало то, что его рот был заклеен широким пластырем. Он хлопал ресницами, по его взглядам я поняла, что он извиняется за то, что вызвал меня, и просит помочь. Я попробовала вселить в него немного веры и надежды слабой улыбкой. Но он еще больше растерялся. Наташа сидела с потупленными глазами, мертвенно бледная и дрожащая. Один Костя, казалось, сохранял самообладание. Он смотрел на меня спокойно и сосредоточенно.

— Свяжи ее, — прошипел сидящий в кресле рыжий, кивнув на меня русоволосому.

Тот подошел ко мне развинченной походкой, упоенный своей властью и могуществом. Его тупая морда сияла самодовольством и язвительным презрением к тем, кому не повезло.

Решение пришло быстро: не успел русоволосый спрятать за пояс «ПМ», чтобы связать меня, я ударила его ногой по руке. Пистолет с грохотом упал на покрытый линолеумом пол, а русый парень схватился за руку. Бандиты повскакивали с кресел и наставили свои «пушки» на меня. Я резко притянула на себя русоволосого. Несколько пуль, выпущенных в меня, вонзились в его спину. Он потяжелел и стал клониться вперед. Я что было сил толкнула его тело на рыжего. Рыжий не удержался на ногах и бухнулся на пол. Одновременно я провела четкий и молниеносный удар в голову шоферу. Тот взвыл и упал на линолеум. Потом подскочила к немного очухавшемуся рыжему, который только что выбрался из-под русоволосого и уже направлял на меня ствол своего «ТТ», и одарила его серией жестких ударов. Рыжий, сделав несколько шагов назад, ударился своим бритым затылком о дверной косяк и сполз на пол. Взяв свой пистолет, я сунула его за пояс джинсов и приступила к освобождению Витьки, наблюдавшему за разборкой с широко распахнутыми от ужаса глазами. Сбегав на кухню за ножом, я разрезала веревки, связывавшие его, и осторожно отлепила пластырь.

— Ну ты, Иванова... — задыхаясь от страха, проговорил потрясенный Витька.

— Освободи товарищей, — я передала ему нож.

Витька размял затекшие запястья и ноги и, взяв нож, подошел к дивану. Я села в кресло и, достав из-за пояса оружие, взяла под контроль стонущего шофера и лежащего в отключке рыжего.

— А-а-а! — женский крик потряс Витькину квартиру. — Он мертвый!

Освобожденная Наташа вместо того, чтобы разминать ноги-руки, рухнула опять на диван и остекленевшими от ужаса глазами уставилась на труп русоволосого парня. Кровь, вытекающая из его ран, образовала уже приличную лужицу на полу. Наташа побледнела, мне казалось, что она вот-вот забьется в истерическом припадке. Разрезавший веревку у Кости на ногах Витька кинулся к ней.

— Наташа, Наташа, — восклицал он, — что с тобой?!

— Душевное потрясение, — спокойно объяснила я, — бьюсь об заклад, она такого отродясь не видела.

— Да помолчи ты! — прикрикнул на меня осмелевший Витька.

Я ответила ему скептической ухмылкой и взялась за телефон. Набрала «02».

— Милиция, — я закурила, — улица Мичурина, пятнадцать...

Покончив со звонком, я обратилась к Витьке:

— Веревка есть?

— Откуда? — Витька все еще хлопотал над своей любимой.

Я махнула рукой. Костик, взяв нож, побежал на балкон. Срезал бельевые веревки и принес мне.

— Связывать умеешь? — спросила я его.

Он кивнул, и мы приступили к работе. Кое-как подтащили шофера к дивану, связали и, приложив огромные усилия, усадили на диван, привалив к подлокотнику. Наш «пациент» попробовал было оказать нам сопротивление, но его вялая атака разбилась о наше слитное упорство. Потом ту же самую операцию проделали с рыжим.

— Ну вот, порядок, — удовлетворенно сказала я, потирая руки, — ты как? — заботливо посмотрела я на Костю.

Он пожал плечами.

— Нормально.

— О'кей.

— Ты где так научилась драться? — с восхищением спросил он.

— Это моя работа, я этим деньги зарабатываю, — скромно ответила я.

Вите наконец удалось привести девушку в чувство.

— Я должен отвезти ее домой, — затравленно взглянул он на меня.

— Она — важный свидетель, — спокойно возразила я, — чем больше свидетелей, тем лучше.

— Но она же... — он уперся в меня враждебным взглядом.

— Отведи ее на кухню, напои чаем или корвалолом, — с легкой иронией посоветовала я, — ты как, Наташ? — обратилась я к девушке, уставившейся в потолок, чтобы только не смотреть на труп.

Она вздохнула и приподняла плечи. Я поняла, что она смущена и растеряна.

— Веди, веди, — сказала я Витьке, который пребывал в замешательстве.

— Да она сейчас в обморок брякнется! — Витька приобнял Наташу за плечи.

Она прижалась к подлокотнику дивана, на котором ей нежелательное, мягко говоря, соседство составляла парочка бандитов.

— На кухне в аптечке имеется нашатырный спирт, — я терпеливо и снисходительно посмотрела на Витьку, — иди, напои девушку валерианкой или чем покрепче, дай ей ватку с нашатырем, а нам кофе свари.

— Что это ты распоряжаешься?! — неожиданно вскипел Витька.

— Да если б не она, — вмешался благодарный и справедливый Костик, — мы бы, знаешь, где были!

— Если бы не ее любопытство, — упирался беспокойно взирающий на свою зазнобу Витька, — мы бы радостно жрали шашлык!

В последней Витькиной реплике звучала смесь брезгливости и отчаяния. Вот какие тонкости уловило мое внимательное ухо!

— Ты вовремя напомнил про шашлык, — цинично заметила я, — надеюсь, вы его не весь оприходовали...

— Ну, Иванова, ты и сейчас не можешь удержаться от разговоров о жратве! — с негодованием воскликнул Витька.

— Не могу, Витя, у меня сегодня маковой росинки во рту не было. И потом, не советую тебе разряжаться на мне, — я меланхолично зевнула и скользнула взглядом по Косте. — Лучше расскажи, как эти гаврики, — кивнула я на бандитов, — оказались здесь?

— Ворвались! — истерично взвизгнула Наташа, обретшая дар речи.

— А поконкретнее, — холодно попросила я.

Только сейчас я заметила, что все присутствующие в Витькиной квартире, кроме меня и непрошеных гостей, немного подшофе. Витька блестящими глазками, в которых застыла тревога, осматривался вокруг, Наташа вообще была не в себе, только Костик, хотя и был навеселе, быстро протрезвел и, как мне казалось, был единственным, кто адекватно оценивал обстановку.

Обстановочка была та еще. Один труп, из которого все еще вытекала кровь, лежал на полу, двое — тут же рядышком со связанными руками и ногами. Оружие нападавших я собрала и сложила на журнальном столике. Отправила Наташу готовить кофе, сама уселась в кресло, которое до моего прихода занимал рыжий, и закурила.

— Ну, мальчики, рассказывайте, — я пододвинула к себе пепельницу и откинулась назад, — как все случилось?

— Е-мое, — Виктор потряс головой, — ну сидели мы, пили, шашлык ели, — начал он и посмотрел на меня. — Ну, ты же отказалась...

— Отказалась, — подтвердила я, — как они попали в квартиру?

— Е-мое, как попали, — Витька развел руками, — позвонили в дверь, ну я и открыл... А они сразу мне «пушку» в живот. Что мне оставалось делать? Всех повязали, заставили тебе звонить.

— И ты сразу согласился? — с полубрезгливым недоверием спросила я.

— Не сразу, — Витька потрогал распухшую губу, — но они настаивали.

— Поэтому надо было подставить лучшую подругу, — не выдержала я. — А если бы они меня убили?

— Тань, — встрял в наш разговор Костик, — он правда не сразу согласился. Их трое было, все вооруженные, а мы еще и выпили немного.

— Хорошо, — снисходительно кивнула я, — что дальше?

— Дальше ты знаешь, — продолжил Витька. — Я думал какой-нибудь знак тебе подать, но этот, — он кивнул в сторону рыжего, — ткнул стволом прямо в висок... Я надеялся, что ты по голосу поймешь.

— Да, — согласилась я, — по твоему голосу я должна была понять, что вы вляпались в дерьмо. Жалко, что по телефону запах не передается...

— Ну это ты загнула, Иванова, — обиделся Виктор.

Я и сама поняла, что немного перегнула палку.

— Хорошо, — я сделала затяжку и посмотрела на Виктора, — как они узнали твой адрес? Вычислили по номеру машины?

— Да, — Виктор встал, нашел сигареты и тоже закурил. Я видела, как дрожали его руки, когда он прикуривал. — Только здесь все не так просто. Я управляю машиной по доверенности. Папа не захотел переплачивать деньги государству и купил ее у своего знакомого без оформления, так сказать.

— Ага, — кивнула я, — понимаю. Фактически машина принадлежит не тебе.

— Вот именно, — Виктор продолжил: — Сергей, Сергей Владимирович, — поправился он, — который гоняет машины из Германии, знакомый моего отца. Папа договорился с ним, что отдает ему деньги, а тот оформляет на меня генеральную доверенность с правом продажи. Дело, конечно, рискованное, но ты же знакома с моим папой...

С отцом Виктора я, надо сказать, виделась всего два раза, да и то случайно, так что о его характере не имела четкого представления. Но раз Виктор представил все в таком свете, мне пришлось согласиться.

— Предположим, — сигарета в моей руке догорела почти до фильтра, и я бросила ее в пепельницу, — и что же дальше?

— Сергей Владимирович звонил мне сегодня, — насупившись, сообщил мне Виктор, — сказал, что меня кто-то разыскивает. Я не придал этому особого значения, был немного выпивши...

— Значит, ты знал, что тебя ищут, и не позвонил мне?.. — Я понимала, что сейчас бессмысленно взывать к его здравому смыслу, но удержаться от критического замечания не смогла. — Ты же поставил под угрозу жизнь своих товарищей, не говоря уж обо мне.

Появившаяся Натали с подносом, на котором стояли чашки с дымящимся кофе, немного разрядила атмосферу.

— Пожалуйста, — она с опаской отодвинула лежащие на столике пистолеты и поставила туда поднос.

Мы разобрали чашки и принялись за кофе, как бы забыв о том, что в квартире мы не одни. Наши незваные гости (оставшиеся в живых) пришли в себя и внимательно следили за нашим разговором. Рыжий, который, судя по всему, был у них за главного, решил принять участие в беседе. Он, кажется, нисколько не был смущен тем, что связан по рукам и ногам и что несколько минут назад прикончил своего приятеля, пытаясь убить меня.

— Эй, кончай базар, в натуре, — эта его фраза меня немного покоробила. — Ну-ка, развяжи нас.

Он с ненавистью смотрел на меня.

— Чего тебе, голубчик? — я подняла брови. — Неужто очухался?

— Хва дурить, тетка, — безапелляционно заявил он. — И не называй меня так. Давай разойдемся тихо-мирно. Я с тобой немного лопухнулся, впредь буду умнее. Ты, конечно, крутая телка, но со мной лучше не шути, пожалеешь.

Давненько меня никто телкой не называл! Я медленно поднялась и врезала ему ногой по зубам, благо он сидел совсем недалеко.

— Ты че, очумела?! — взвыл рыжий, слизывая с губ выступившую кровь. — Ты еще об этом пожалеешь.

— Сиди спокойно, голубчик, — невозмутимо сказала я, усаживаясь на свое место, — сейчас за тобой приедут. Не думаю, что мы сможем с тобой пообщаться раньше, чем лет через восемь. Не забывай, что ты укокошил этого парня, — я кивнула в сторону трупа.

— Какого черта, — помотал головой рыжий, — он сам виноват: нечего лезть под пули.

— Но ведь ты целил в меня! — возмутилась я.

— Жаль, что не попал, — произнес он, — но ты от меня не уйдешь.

В это время в прихожей затрепыхался звонок. Виктор, помня о своей оплошности, вопросительно посмотрел на меня.

— Иди открой, — разрешила я, — только узнай, не их ли это товарищи, — кивнула я на рыжего и его приятеля.

Витек поднялся и поплелся в прихожую.

* * *

Старший лейтенант, приехавший по моему вызову, оказался стройным голубоглазым блондином интеллигентного вида и говорил довольно правильно. Просто удивительно, откуда в нашей милиции такие берутся. Его сопровождали двое. Эти были так себе. Один — плотный, но низкорослый сержант в фуражке с вылинявшим верхом, другой — высокий и худой, как высохший тростник. Витька тащился следом.

Старлей брезгливо покосился на труп и устроился подальше от него, пододвинув стул к подоконнику. Объяснять ему, как все происходило, начал Виктор. Я вклинилась в том месте, где разговор зашел о том, какие причины заставили наших гостей заявиться в Витькину квартиру. Тогда я сказала ему, с чего все началось, как я увидела этих отморозков, которые убили мужчину на поляне, как они заметили меня и выпустили в мою сторону по целой обойме, а потом пытались прикончить всех, когда настигли у озера.

Витька добавил, что его заставили позвонить мне и обманным путем, под дулом пистолета, вызвать к нему на квартиру. Что происходило дальше, снова поясняла я.

— Вы хотите сказать, что справились с тремя здоровенными мужиками? — поднял на меня старлей, представившийся Андреем Васильевичем Гуньковым, свои голубые глаза.

Не было у него ко мне никакого доверия. Во всяком случае, я этого не заметила.

— Да, — вклинился Костик, — это она их всех уделала. Если бы не Иванова, конец бы всем нам пришел.

Второй раз за сегодняшний день я общалась с ментами. И не могла сказать, что это мне очень нравилось.

В конечном итоге, сняв со всех присутствующих (за исключением бедолаг со связанными руками) показания, старлей велел сопровождавшим его сержантам забрать живых бандитов, а труп увезли на «Скорой» в морг, где ему должны сделать аутопсию, то есть вскрытие для установления причин смерти.

— Значит, вы утверждаете, — оставшись с нами четверыми, спросил голубоглазый Андрей Васильевич, — что эта троица сегодня убила какого-то человека в лесу?

— Утверждаю, — кивнула я, закуривая сигарету, — о чем я сделала соответствующее заявление в районный отдел милиции. Заявление у меня принял капитан Гришанин Михаил Михайлович.

— Хорошо, — пробормотал голубоглазый, почему-то почесав себе нос, — так и запишем.

— Кстати, — заметила я, — капитан Гришанин взял образцы крови с поляны. А еще, если бы он захотел, я бы могла показать ему место, где стреляли в меня. Там наверняка остались стреляные гильзы. Уверена, они могли бы пригодиться для расследования.

— Мы с вами еще свяжемся, — закивал головой старлей, собирая бланки протоколов. — До свидания.

— Рады были познакомиться, — ответила я за всех.

Витька пошел провожать Андрея Васильевича, а я залпом выпила холодный кофе и посмотрела на Костика.

— Там у вас ничего не осталось?

Мне было так хреново, что я просто не могла не выпить граммов пятьдесят или немного больше чего-нибудь крепкого.

Костик сразу все понял. Он сгонял на кухню и вернулся через несколько минут с рюмкой водки и тарелочкой с ветчиной и нарезанным помидором.

— Замечательно, — поблагодарила я его. — Можете ко мне присоединиться. Думаю, на сегодня все закончено.

— На сегодня? — тревожно спросил зашедший в комнату Виктор. — Что ты хочешь этим сказать?

Сперва я выпила рюмочку, закусила ветчинкой и

помидорчиком, а уж потом с оттенком жалостливого снисхождения посмотрела на Виктора.

— Я хочу сказать, — четко произнесла я, доставая из пачки последнюю сигарету, — что у меня есть предчувствие, а предчувствия, как правило, меня не обманывают, что это не есть завершение нашей сегодняшней эпопеи.

— Что же нам теперь, — Виктор округлил глаза, — сидеть по домам и никуда носа не высовывать?

— Вот именно, — кивнула я, — если вы не хотите, чтобы вам его отстрелили. Впрочем, Наташа и Костя спокойно могут жить в своих квартирах, насколько я понимаю, бандиты не успели узнать, где они живут, а вот тебе лучше сменить место обитания. Есть где пристроиться?

— Ну, — неопределенно произнес Виктор, — я бы мог переехать к родителям...

— Можешь пожить у меня, — неожиданно предложила Наташа, — если хочешь, конечно.

— Ну вот и прекрасно, — сказала я, — если возникнут какие проблемы, звоните, будем решать.

Глава 4

Дома я приготовила себе славный ужин, пожарив несколько хорошо отбитых кусков свинины и сварив стручковую фасоль. Очень люблю это блюдо. Достаточно опустить фасоль в кипящую подсоленную воду, накрыть крышкой и оставить на среднем огне на десять минут — за уши не оттянешь! Очень рекомендую.

После ужина я включила телевизор, и, попотчевав себя изрядной дозой плохих новостей в общероссийском масштабе, перебралась в кровать и моментально уснула.

Наутро я поздравила себя с тем, что выгодный деловой партнер так и не появился на горизонте. Витьку я таковым не считала, да и повода думать о нем, как о реальном клиенте, не было. «Но ведь додекаэдры никогда не врут!» — возразила я сама себе. Следовательно, нужно ждать, авось кто-нибудь нарисуется. Позавтракав остатками ужина, позвонила старлею и спросила, как движутся дела. Он был немногословен, отвечал небрежно и неохотно, и в итоге я решила пока его больше не беспокоить — кто его знает, может, он нервничает? Пускай сосредоточится, все продумает, просмотрит внимательно бумаги. Меня он пока вызывать не собирался — это я поняла. Положив трубку, я снова перекочевала к телевизору. Но в этот раз включила видео и погрузилась в студенческие будни Аризонского колледжа. Выходить я не то чтобы боялась, но решила временно сохранять особую бдительность и осторожность.

В этом тихом режиме прошло два дня. Мой досуг не был прерван ни одним деловым звонком, и я все больше недоумевала, где же обещанный мне выгодный партнер. Так ведь и дисквалифицироваться можно! Витька мне не звонил, Костик — тоже. Меня это не раздражало и не печалило, просто наводило на не очень приятную мысль, что людская благодарность и внимание не имеют возможности выжить в каждодневной суете.

На третий день я позвонила старлею и полюбопытствовала, как там мои парни? Он пробурчал в ответ что-то невразумительное, мол, если я понадоблюсь, меня вызовут повесткой. Эта ситуация мне показалась странной. «Как это: если понадоблюсь? — удивлялась и даже негодовала я. — Я же главный свидетель!»

Недолго думая, я решила все выяснить у своего школьного приятеля Димки Кожухова, служившего в областной прокуратуре. Я отыскала свою старую записную книжку и открыла ее на букве «К». А, вот и номерок.

— Дима, привет, не пугайся, — бодро и весело сказала я в трубку, — это Таня Иванова тебя беспокоит, знаешь такую?

Послышался смех.

— Знаю-знаю, — с ироничной интонацией произнес Димка, — какими судьбами?

— По делу, Дима. Я в Октябрьском РОВД по одному делу как свидетель прохожу. Следствие ведет старлей Гуньков.

— Не слышал, — усмехнулся Дима.

— Так это и понятно, ты фигура большая, к тому же прокуратура и следственный отдел уголовного розыска — вещи разные. У меня к тебе, как к старому другу, просьба будет: не узнаешь ли, как там идет расследование? Я очень в этом заинтересована!

— О чем речь, постараюсь. Но вкратце-то расскажешь, как ты себя проявила?

Я в нескольких словах поведала Кожухову лесную сагу. Он внимательно выслушал и еще раз пообещал помочь.

— Может, встретимся где-нибудь, посидим? — неожиданно предложил он.

— Конечно. По телефону все не обговоришь, — воспряла я духом, — когда и где?

— Ты — женщина, — проявил чудо галантности Димка, — тебе и решать.

— Но я-то вольный стрелок Робин Гуд, — пошутила я, — а ты — величина!

— Ты, насколько я знаю, тоже величина. И дело у нас одно — с нарушителями общественного порядка бороться.

«Что-то, Дима, ты запортовался, — саркастически подумала я, — мы же не на слете молодых прокуроров».

— Это ты правильно сказал, — польстила я Диме, — это ты молодец. Давай сегодня вечером, ты как, можешь?

— Часиков в восемь, — со своей стороны предложил Кожухов.

— Ага, в кафе «Роксана», что на набережной.

— Идет.

— Ты к этому времени что-нибудь узнаешь?

— Постараюсь, — с готовностью ответил Димка.

— Заранее спасибо.

Я-то знала, что дело прокуратуры не только, как ляпнул Димка, с нарушителями общественного порядка бороться, а наблюдать за действиями отделов милиции. Короче, своих контролировать. Хотя «своими» прокуроры могли назвать следователей, оперов и простых ментов с большой-пребольшой натяжкой. Я знала о скрытой ненависти между прокурорами и ментами, вторые считали первых гнилой интеллигенцией, а себя — работягами. На это я и надеялась. Димка, движимый желанием мне помочь и своим если не отвращением, то неодобрением действий ментов, должен был способствовать моему скорейшему просвещению на предмет интересующего меня расследования.

До вечера оставалась еще бездна времени, и я решила прогуляться по бутикам и, может быть, съездить искупаться и позагорать в Затон. Почему бы и нет? Я быстренько собралась, не забыла ни одного из своих средств радикального решения возникающих неожиданно проблем: иглу, удавку, «ПМ» — и спустилась к машине. Двор был тихим и пустым. Я села в машину и выехала на автостраду. У меня кончились лосьон для лица и ночной крем. В последнее время я предпочитала «Гарнье». Один из магазинчиков, где имелся полный набор косметических средств этой фирмы, располагался на улице Горького, недалеко от Московской. Я оставила машину возле тротуара и вошла в оборудованный кондиционером салон. Голова кружилась от парфюмерных запахов, глаза разбегались, ловя отблески цветных этикеток, прозрачных, серебристых и золотистых упаковок. Я быстро нашла подходящий лосьон, крем и задержалась у прилавка с духами.

Мой взгляд скользнул по витрине, потом — по улице. Огромных размеров стекло позволяло видеть все, что там происходило. Пьяный бомж, которого мой острый глаз приметил, когда я выходила из машины, по-прежнему не подавал признаков жизни. Он лежал на той стороне улицы, перед фасадом кинотеатра, закрытого на ремонт. Прохожие почти не обращали на него внимания. Откуда ни возьмись появились два мента. Они лениво подошли к бомжу и склонились над ним, очевидно, решая, что с ним делать. «Нет, таких они не забирают», — с пренебрежением подумала я.

Но к моему великому удивлению, они дружно подняли его и потащили не в машину, правда, каковой и не было, а через дорогу. Бомж не упирался, не возражал, он пребывал в сказочной стране грез. Мне не удалось увидеть, куда они его пристроили, может, посадили в стоявшую возле тротуара машину, которую я не могла видеть.

Купив флакончик духов, я вышла из магазина. Краем глаза заметила того самого бомжа. Он мирно спал теперь уже на этом тротуаре, не вызывая в прохожих ничего, кроме равнодушия. Менты, несколькими минутами ранее «трудившиеся» над ним, исчезли. Но на смену им пришли другие. Они стояли рядышком, презрительно кося в сторону посапывающего в обе дырочки бомжа. Потом, обменявшись парой реплик, вдруг подхватили бедного соню и снова поволокли через дорогу, в обратном направлении. Вот так сюрприз! У кинотеатра, нимало не смущаясь недоуменно-заинтересованных взглядов прохожих, опустили его на асфальт и, с демонстративной брезгливостью отряхнув руки, пошли прочь.

«Может, это такое соревнование по перетаскиванию бомжей с места на место?» — мелькнуло в моем мозгу. Спит себе бедолага и в ус не дует, что две пары крепких и не очень крепких ребят в голубовато-серой, точно вылинявшей, форме его с одной стороны улицы на другую носят. Какой-то сюрреализм прямо! Я не могла понять, чему обязана этим зрелищем, пока не сообразила, что улица Горького является водоразделом между двумя районами — Фрунзенским и Волжским.

Там, где кинотеатр — один район, а там, где магазин, в котором я косметикой отоварилась, другой. Вот и носят милиционеры бомжа туда-сюда. Потому что возиться с ним неохота. Перенесли через дорогу — и дело с плеч. Лежит себе пьяный бомж, но лежит-то он за пределами подведомственной территории. Не успела я подивиться про себя ментовской «сообразительности» и «сноровке», как какая-то сила толкнула меня за стену газетного киоска. Мимо проехал джип «Шевроле», черный и огромный. Он резко затормозил у светофора. Я услышала, как заскрипели и зашипели шины. Этот звук скальпелем резанул по моим ушам.

«Да ладно тебе, — попробовала я успокоить свое смятение, — «Шевроле» много». Я осторожно выглянула из-за ларька. Тонированное стекло джипа было опущено, и за рулем я увидела профиль блондинистого парня. Того самого, которого я два дня назад учила жизни в квартире моего «экса». Вот так случай! Нет, ошибиться я не могла.

Загорелся зеленый. Джип рванул к Волге. Я быстро села за руль своей «девятки» и поехала следом. Какая-то неведомая сила притягивала меня к этому «Шевроле». А попросту говоря, я чувствовала себя одураченной. Как это получилось, что взятый под стражу за разбой и хулиганство, а также находящийся под подозрением в убийстве белобрысый рассекает город на «Шевроле»? Кровь бросилась мне в голову. Нет, я не могу с этим смириться. Вот, значит, почему эти бандюги меня на время оставили в покое — зализывали раны. Я вспомнила раненного мной в лесу шатена, убитого своими же товарищами русоволосого бандита, так неудачно пытавшегося связать меня...

Почему их отпустили? А может, отпустили только белобрысого? Но тогда я не могу понять молчания Гунькова. Что он, заодно с ними, что ли? Или ему приказали этих сволочей освободить? Мой мозг бурлил, как котел. Джип снова затормозил на красный свет, я пристроилась через несколько машин от него. Куда это мальчики собрались? Почему ко мне не едут? А может, уже были? А я за покупками отправилась...

Джип резко тронулся с места, я не отставала. Слава богу, что в городе скорость не должна превышать шестидесяти километров в час: я спокойно следовала за джипом. У моста «Шевроле» свернул к Глебучеву оврагу, и я поняла, что машина едет за город. Я двинулась за ними, уже не надеясь, что могу безотрывно преследовать их на открытой трассе. Но чем черт не шутит!

Я еще толком не знала, что предприму, если сумею

проследить их до места назначения. На всякий случай я напялила бейсболку, под которую спрятала волосы, и надела темные очки. Дорога начала взбираться на холм и пустеть. Мне пришлось даже сбросить немного скорость, чтобы не мозолить глаза белобрысому, который наверняка смотрит в зеркало заднего вида. И в тот момент, когда дорога пошла под уклон, джип начал набирать обороты. Мне тоже нужно было в срочном порядке ускорять движение. Единственное, что меня в данной ситуации немного успокаивало — это то, что ребятки не знают, на какой машине я езжу. То есть даже если водитель джипа и заметил мою «девятку», он не мог видеть, кто сидит за рулем. Так что я ехала себе потихонечку (на скорости около сотни километров в час) за черным «Шевроле», дымя по дороге сигаретой.

Наше путешествие продолжалось недолго. Быстро промелькнул за окнами пригородный поселок Праздничный, названный так в честь какого-то очередного юбилея нашего любимого города, за поселком полетели дачные участки по обеим сторонам трассы. Кургузые барашки редких облачков низко висели на ярко-голубом небосклоне, едва не цепляясь тугими кудряшками за вершины холмов, по которым проходила дорога.

Перед одним из боковых ответвлений джип сбавил скорость и свернул в сторону Волги. Здесь располагались дачи городской элиты. Не дачи — дворцы. В этом месте были участки, приобретенные еще в доперестроечные времена, поэтому среди этаких двух-трехэтажных монстров ютились и скромные домишки, довольно убогие, так как построены были хозяевами, которые больших средств на их возведение не имели.

Дорога резко пошла под уклон. Лавируя по узкому участку дороги, «Шевроле» быстро приближался к берегу реки. Через приоткрытое стекло на меня повеяло влажным воздухом. Неожиданно джип скрылся за одним из поворотов дороги. Свернув следом, я чуть не столкнулась со встречным «жигуленком» пятой модели. Пока мы разъезжались, я поняла, что джип куда-то пропал. Впереди был еще один поворот, но, как я прикинула, «Шевроле» не мог так быстро миновать его. Резко сбросив скорость, я начала внимательно смотреть по сторонам. Наконец, в одном из проездов между садовыми участками, который был наполовину скрыт ветвями огромной ветлы, я заметила джип. Я проехала немного вперед, с трудом развернула машину и, поставив ее на обочине дороги, вышла наружу.

Мне нетрудно было оставаться незамеченной за густой листвой деревьев и кустов, которые в изобилии росли на участках и вокруг них. «Шевроле» стоял перед изящными чугунными воротами в стиле модерн, которые владелец участка наверняка где-то спер. Я осторожно приблизилась к джипу и заглянула в оставленное опущенным окно. Никого. Приехал ли водитель один или с ним был кто-то еще, я не знала. За воротами стояла еще одна машина — «Крайслер» темно-вишневого цвета. Автомобиль был не новый, но от него веяло такой скрытой мощью, и в то же время его обтекаемые формы были так изящны, что многие наверняка бы согласились поменять свои новенькие авто на этот болид. Стекла его были тонированны, как и у «Шевроле», но сквозь них, по крайней мере, можно было заглянуть внутрь. Что я и сделала. Там тоже никого не было.

Я двинулась дальше. Вообще, в этом райском тенистом уголке заниматься слежкой было одно удовольствие: множество укромных местечек, где можно было спрятаться, делали этот участок для такой работы просто идеальным.

Сама дача была деревянной и состояла из двух этажей. Одной стороной она упиралась в склон холма, другая — полностью застекленная — смотрела на Волгу. Чуть дальше, вся оплетенная виноградом, возвышалась резная беседка. Было видно, что и дача, и беседка построены не вчера. Потемневшее от времени некрашеное дерево было лучшим тому подтверждением. Этим строениям было лет по двадцать — двадцать пять, но сделаны они были на совесть, по всем правилам строительного искусства, так что могли простоять еще не одно десятилетие.

Со стороны беседки раздавались голоса, приглушенные шумом волн, и я направилась туда. Обойдя беседку по периметру, я приблизилась к ней на расстояние, позволявшее слышать разговор. К сожалению, за густой листвой видно было очень плохо. Мне все же удалось разглядеть профиль рыжего, который, видимо, приехал на джипе, и узнать голос белобрысого водителя. Там был, по крайней мере, еще один человек, говоривший густым басом.

Чуть позже, зайдя немного правее, я смогла разглядеть его толстое обрюзгшее лицо с двойным подбородком, мощную грудь, поросшую светлыми волосами, торчавшими из белоснежной сорочки, распахнутой до пупа, но сейчас мое внимание привлекла их беседа, и я застыла на месте.

Видимо, приехавшие уже успели обменяться с хозяином приветствиями и произнести по нескольку фраз. Мне удалось услышать лишь продолжение.

— ...Так что придется вам, пацаны, отрабатывать, — как бы подводя чему-то итог, пробасил хозяин.

— О чем разговор, Пал Василич, — заерзал на лавке рыжий, — вы же нас знаете.

— Это не имеет никакого значения, — пренебрежительно произнес хозяин, — думайте теперь сами, как вам дальше выкручиваться. Эта девка, как мне стало известно, не дает прохода оперу, который вел ваше дело. Уже несколько раз звонила ему.

Что-то мне подсказывало, что «девкой» Павел Васильевич окрестил меня. Бог с ним, это-то я переживу. Интересно, как они собираются «выкручиваться»?

— Да уберем мы ее, Пал Василич, — попытался заверить хозяина рыжий, — не проблема. Считайте, что дело уже сделано.

— Заткнись, дурень, — презрительно бросил ему Пал Василич, — тебе мало, что по ее милости у нас труп Сивого. Может, рано тебе еще в бригадиры, а?

— Так это ж случайно вышло, — поспешил оправдаться рыжий, — теперь она от нас не уйдет.

— А Шепелявого она тоже случайно подстрелила? — недовольно спросил хозяин. — Сколько он еще в постели проваляется?

— Ему только мышцу пробило, — продолжал оправдываться рыжий, — скоро оклемается.

— Ладно, — закашлялся Пал Василич, — это я тебе в репу вдалбливаю, чтобы ты понял: девка эта не проста. Сыщица она. Фамилия Иванова, чтобы ты знал. Вот тебе ее адресок, но в квартиру ее не суйтесь, замки у нее просто так не открываются, а дверь стальная.

— И сейфы отпирают, Пал Василич, — самодовольно вставил рыжий.

— Заткнись, щенок, — взревел хозяин.

Вот тут-то я и сменила месторасположение, пытаясь разглядеть его.

Лицо его было красным от напряжения. Огромные мешки под глазами говорили о том, что Пал Василич частенько прикладывается к стаканчику, а может, пьет просто бутылками. С его комплекцией это было бы неудивительно. Впрочем, спиртного на столе я не заметила.

— Козел, — продолжил взбучку Пал Василич, — сделаешь так, как я говорю, или отправишься раков кормить. Понял меня?

— Понял, понял, — закивал рыжий.

Водитель, сидевший рядом с ним, даже опустил голову, боясь встретиться с Пал Василичем взглядом.

Дальше пошел совершенно неинтересный разговор о том, как они собираются меня убивать. Ха, если бы они знали, что я стою чуть ли не под носом у них, вот бы они засуетились!

Суть их плана, как я услышала, сводилась к тому, что меня нужно подкараулить на выходе из квартиры или на пути от подъезда до машины. Два киллера с пистолетами с глушителями должны были приехать на двух автомобилях с заляпанными номерами.

— Тачки лучше угнать незадолго до покушения, — по-отечески пояснил Пал Василич, — потом бросить их где-нибудь на окраине.

— Это сделаем, — вклинился в разговор молчаливый водитель.

Время покушения Рыжий должен был выбрать самостоятельно. У него действительно была такая кличка — Рыжий, потому что Пал Васильич так его называл в течение всей беседы. Рыжий предложил еще для начала попугать меня как следует, предположив, что после этого я сбавлю прыть, но Пал Василич собрал обо мне неплохую информацию. Он брезгливо поморщился и покачал головой, сказав, что с Ивановой такие штучки не проходят. Что ж, в этом он был прав: многие уже пытались меня предупреждать и запугивать, но где они теперь?

— Значит, так, — подвел итог Пал Василич, с прищуром глядя на Рыжего, — то, что заплатили за вас Ильичу, будем считать погашенным долгом, как только уберете эту девку. Сроку вам три дня. Если снова вляпаетесь — башлять за вас не буду, выбирайтесь сами. Вздумаете расколоться — достану даже на зоне!

— Да вы что, Пал Василич! Да разве мы?..

— Все, — Пал Василич налил в высокий граненый стакан с толстым дном минералки из запотевшей бутылки, в несколько глотков опорожнил его и опустил на деревянную столешницу, — сгинь с глаз моих, надоел!

— А с ее приятелями что делать, — поинтересовался Рыжий, поднимаясь с лавки, — они ведь видели нас в квартире и в лесу?

— А вот их достаточно припугнуть, это лохи, — выпятив нижнюю губу, ответил Пал Василич. — Валите отсюда. Да, — снова остановил он Рыжего, — где труп этого?..

— Мы его пока в гараже оставили, — пробормотал Рыжий, — как только разберемся с девкой, устроим ему конфирмацию.

— Хорошо, — Пал Василич сделал жест рукой, отпуская своих прихвостней.

Рыжий с водителем суетливо двинулись по направлению к воротам.

— Эй, — остановил их Пал Василич, — пусть Шурик за вами ворота запрет.

«Эге, — прикинула я, — значит, на даче есть еще кто-то. Телохранитель? Шофер? А может, и то и другое в одном лице?»

Я дождалась, пока скрипнут, закрываясь, ворота, выждала еще немного и собралась уже делать ноги, как к беседке подошел внушительного роста молодой парень с фигурой атлета. Ног, правда, из-за зелени мне видно не было, но торс был что надо! Бицепсы и грудные мышцы так и играли под тонкой майкой. На узкой талии была закреплена легкая прямоугольная кобура, с клапаном на «липучке». Значит, «телок», то есть телохранитель. Его большая бугристая голова была совершенно лишена растительности и поблескивала на солнце.

— Шурик? — ласково посмотрел на него хозяин. — Уехали?

— Уехали, — лаконично ответил Шурик.

— Тогда давай обедать, — вздохнул Пал Василич, глотая слюну. — Что там у нас сегодня?

— Жареный окорок.

— Замечательно, — улыбнулся Пал Василич в предвкушении обеда. — Пошли.

Он с трудом поднялся и, тряся тучными телесами, двинулся следом за Шуриком, который шел впереди. Неужто этот Шурик еще и повар? Подождав, когда хлопнет входная дверь, я тоже ретировалась. Преодолеть решетчатые ворота не составило большого труда, и уже через несколько минут я с ветерком неслась в сторону города, обдумывая ситуацию.

Достав сигарету, я мысленно похвалила себя за то, что я такая замечательная женщина, в том смысле, что вовремя заметила знакомый «Шевроле». Что ж, ребята, раз вы решили устроить мне сюрприз, так сказать, путешествие в один конец, в которое я пока что не собиралась, я отплачу вам тем же. Не заезжая домой, я поехала в отдел по борьбе с организованной преступностью, где работал знакомый мне майор — Олег Стригунов. Для его ребят это тоже будет чем-то вроде развлечения.

Глава 5

Олег оказался на месте. Обрадовавшись моему появлению, он пригласил меня в кафе, чтобы перекусить, а заодно и обсудить мое предложение. В принципе, я и сама могла бы за себя постоять, не бог весть какие киллеры парни Рыжего, но для Олега такое мероприятие пошло бы в графу об обезвреженных бандитах. Так почему бы не оказать услугу своему давнишнему приятелю? И потом, мне так надоело, мягко говоря, общение с представителями наших органов, что я даже с удовольствием рассказала о предстоящем покушении Олегу.

— Значит, он дал им три дня, ты говоришь? — весело переспросил меня Олег, доедая цыпленка табака.

Мы сидели в открытом кафе на тарасовском Арбате, мимо которого сновали озабоченные житейскими делами горожане.

— Ага, — кивнула я, доставая сигареты.

— Тогда сделаем следующим образом, — Олег начал делиться со мной своим планом, — ты мне составишь график твоих уходов и приходов домой на ближайшие два дня, остальное я беру на себя. Возможно, ты даже не заметишь моих хлопцев, но не волнуйся, они всегда будут рядом.

— Да я не волнуюсь, — усмехнулась я, — ты что, забыл, с кем имеешь дело?

— Не забыл, — немного смутился Олег, — но все-таки двое киллеров, да еще два водителя, которые, возможно, тоже будут вооружены...

— Да все будет в порядке, Олег.

— Можно подумать, что это меня собираются убивать, — он пожал плечами, — ладно, мне пора. Не забудь график, — он не позволил мне заплатить за обед и, попрощавшись, отправился на работу.

* * *

Ободренная таким пониманием и заступничеством, я поехала на встречу с Кожуховым. Вмешательство в дело Стригунова было мне весьма полезно именно тем, что могло избавить меня от разборок с гвардией Пал Василича в момент, когда я буду занята другим, более важным, делом. Ибо я чуяла, что вся эта катавасия имеет более глубокие корни, чем просто сведение счетов с неугодным предпринимателем, убитым на поляне, или что-то в этом роде.

На Димку Кожухова можно было положиться. В школе и потом, учась в юридическом, он не выпячивался, не задирал носа, но всегда стремился помочь, если, например, кто-нибудь обращался к нему за консультацией. У Димки была миловидная жена, очень женственная и терпеливая, дочка, которая посещала детсад. В общем, он был обычным человеком. Единственное, что его отличало от многих ему подобных сверстников, это дьявольское прилежание и целеустремленность. Отсутствие странностей и чудачеств компенсировалось этими ценными жизненными качествами, делая Димку надежным партнером и хорошим семьянином. Он всегда радовал глаз армейской выправкой, чистой рубашкой с галстуком, ладно сидящими на нем брюками и пиджаками и приветливым выражением на лице. Я даже подшучивала над ним: мол, не похож ты, Дима, на прокурора, больно лицо у тебя мягкое и добродушное.

Димка ждал меня за круглым столиком в глубине зала. Единственное, что я успела, отправляясь на «свидание», это подушиться недавно купленными духами, снять бейсболку, поправить волосы и расцвести улыбкой. Он тоже заулыбался, увидев меня.

— Привет, сто лет не виделись, — он подался ко мне, и на миг мне показалось, что мы сейчас поцелуемся.

— Рада тебя видеть. Что-то ты ничего не заказал...
— Жду тебя. Что будешь?

Я взяла меню. К нам подошла официантка, высоченная блондинка с короткой стрижкой и татуированным предплечьем. Она была одета в темное платье без рукавов и белый передник, в одном из карманов которого виднелся маленький блокнотик.

— Что-нибудь экзотическое, — сощурила я глаза, — а-а, у вас шашлык есть! — я по-детски обрадовалась. — Конечно, это не так уж и экзотично, но пару дней назад я была близка к тому, чтобы поесть в лесу шашлыка, только моя мечта не осуществилась. Почему бы не наверстать упущенное?

— Значит, шашлык, — деловито стала записывать в свой миниатюрный блокнотик официантка, — еще что?

— Мне тоже шашлык, — поддержал меня Кожухов, — и еще дайте нам один салат из помидоров с огурцами, — он вопросительно взглянул на меня, я кивнула, — два салата, — поправился он, — мягкое мороженое с шоколадным сиропом, кофе и апельсиновый сок.

— А выпить? — озадаченно уставилась на Димку официантка.

— Я за рулем, — он снова поднял на меня глаза.

— Я тоже, — улыбнулась я.

Официантка понимающе кивнула и зашагала к стойке.

— Тебе удалось что-нибудь выяснить? — без обиняков спросила я, горя нетерпением.

— Ну, — пожевал губами Димка, — что тебе сказать... Следствие ведется, но...

— Что но? — округлила я глаза.

— Ты же знаешь, как медленно работает машина, — вздохнул Димка.

— Что тебе сказал Гуньков? — Я пристально смотрела на помощника прокурора и не могла понять причину его замешательства и неохоты говорить.

— Танюша, — дружески похлопал он меня по руке, — все идет как надо. Только старлей жаловался, что наказать этих злодеев будет очень трудно.

— Почему это? — изумилась я.

— Видишь ли, доказать, что те трое, один из которых отдал богу душу, совершили нападение, очень трудно. Твой товарищ сам открыл им дверь... — принялся вяло объяснять он.

— Но ведь таких случаев сколько угодно. Бывает,

человек открывает дверь знакомому, а тот его — бабах топором по голове и прет из квартиры золото, бриллианты, аудио- и видеотехнику! Это ж как дважды два! — не унималась я. — А ты мне говоришь, что Витька, мол, сам открыл дверь! Бред какой-то!

— Я передаю тебе лишь то, что мне сказал Гуньков, я не могу отвечать за его действия, — холодно поправил меня Димка.

— Но ты же прокурор! С твоей точки зрения это нормально? — требовательно спросила я.

Кожухов кривовато усмехнулся и пожал плечами. Да что это с ним? Заколдованный круг! Загипнотизировали, что ли, наше правосудие? Я была не просто огорчена, я была расстроена. Одно дело, когда вам не доверяет какой-то старлей или капитан, но совсем другое, когда ваш друг, которого вы знаете со школьной скамьи, придя на встречу с вами и пообещав что-то узнать, вдруг выдает вам такое!

— Гуньков также сказал, что выстрел мог произойти по чистой случайности.

— Но у меня есть свидетели! — едва сдержалась я, чтобы не закричать.

— Там и без твоих ребят масса свидетелей нашлась. В общем, Тань, пошли ты куда подальше тех бандитов. Если будут приставать, звони в милицию, — как-то смущенно и одновременно с оттенком раздражения пробормотал Кожухов.

— И как они себя чувствуют, эти двое, чудом оставшиеся в живых? — ехидно полюбопытствовала я.

— Переживают, наверное, — усмехнулся Димка.

— Это с тобой Гуньков поделился? — язвительно поинтересовалась я.

— Сколько тебя знаю, все ты какая-то неуемная, — сделал попытку шутливо пожурить меня Кожухов, — все правду ищешь...

— А ты уже не ищешь? — с вызовом спросила я.

— Ищу, но в пределах разумного, — меланхолично отозвался Димка.

Официантка принесла наш заказ. Видя, что я, онемевшая и разочарованная, неподвижно сижу над тарелкой с мясом, Кожухов осторожно поинтересовался моим самочувствием.

— Да просто есть расхотелось...

— Это ты брось, — неожиданно весело сказал он, — если из-за всего, что с нами происходит, аппетит терять!

— А он тебе не сказал, этот ушлый старлей, что бандиты уже на свободе? — я в упор посмотрела на своего друга, которого мне все меньше и меньше хотелось так называть.

— Да что ты говоришь! — изобразил удивление Кожухов.

— Я их видела пару часов назад. Они прекрасно себя чувствуют и, по-моему, замышляют новую гадость в отношении меня, — я неотрывно следила за Димкиным лицом, пытаясь увидеть хоть слабый намек на раскаяние или стыд.

Хотя чего ему стыдиться, не он же дал распоряжение отпустить этих отморозков. И все-таки я ждала хотя бы слова участия или сожаления по поводу того, что все так нелепо получилось, возмущения или, по крайней мере, неодобрения действий Гунькова... Лицо же Кожухова не выражало ничего, кроме усталого смирения, если не сказать равнодушия.

От шашлыка шел аромат, и я наконец соблазнилась, в глубине души плюнув на Кожухова. На него мое молчание подействовало угнетающим образом. Он стремился побыстрее разделаться с ужином, чтобы отчалить. Я это поняла по тому, как лихорадочно и сосредоточенно он ел мясо и салат. «Все-таки стыдно, — мысленно комментировала я это темпераментное поглощение пищи, — волнуется. Или это не стыд, а просто неловкость, желание поскорее избавиться от неприятного соседства? Продался, значит... Конечно, семью надо кормить и все такое... Но кому не надо? Тем, кто остается честным и порядочным, выходит, не надо? Выходит, они меньше о своих заботятся?»

— Так как ты это объяснишь? — вернулась я к теме «досрочного освобождения» охломонов Пал Василича.

— Что? — непонимающе заморгал ресницами Кожухов, отвлекшись от страстного поедания шашлыка.

— На свободе бандиты, вот что, — вспыхнула я, — что ты на это скажешь?

— Ну, значит, — Димка проглотил неразжеванный кусок и выпил сока, — быстро со всем этим управились. Прямых улик нет, собрали показания свидетелей, выслушали парней и отпустили. Все равно они бы попали под амнистию. Надо и это учитывать, — менторским тоном добавил он.

— О-очень интересно, — скривила я рот в ядовитой усмешке, — как же все-таки им повезло... Не успели нахулиганить и человека укокошить, а здесь амнистия, терпеливый и понимающий старлей, вежливые и на удивление гуманные прокуроры...

— Что ты хочешь этим сказать? — насторожился Кожухов.

— Ничего хорошего для тебя, — нагло заявила я, пережевывая мясо. — Отличный шашлык, ты как находишь?

— Мне не хотелось бы, чтобы ты думала обо мне...

— Я вообще о тебе не думаю, обижайся не обижайся, — с едкой улыбочкой «успокоила» я «друга», — много чести.

По сценарию я должна была встать и уйти, гордо держа голову и сохраняя величественную осанку. На прощанье дежурно, почти саркастически улыбнуться, намекая на мое отношение к собеседнику. Я так и хотела сделать, уверяю вас. Но потом вдруг во мне взыграл эгоизм. Никто, тем более этот жалкий прокуроришка, не заставит меня отказаться от пищи. Я сегодня почти весь день на ногах, могу же я позволить себе ужин! Видно, Кожухов тоже ждал от меня чего-то театрального, какого-нибудь дополнительного презрительного жеста или откровенно злобного замечания, потому что он перестал жевать и выжидательно поглядывал на меня исподлобья. Но и здесь я его разочаровала, как, впрочем, и он меня. Поняв, что спектакля не будет, он с выражением неловкости на лице пожал плечами и снова принялся за шашлык. Так мы ели, молча, не глядя друг на друга, полные тихого недовольства и желания поскорее распрощаться друг с другом.

— Что ты намерена делать? — с прокурорским неверием в мою благонадежность полюбопытствовал Кожухов.

Димкин вопрос растаял в гостеприимном воздухе кафе, едва слетев с его губ. На этот раз была моя очередь равнодушно пожимать плечами, что я и сделала.

— Добиваться справедливости? — ответил за меня Димка.

Как славно: сам спрашивает, сам отвечает. Может, ему поднатореть в этом искусстве? Или это следствие судебной практики?

— Как ты догадался? — я покончила с мороженым и закурила.

— Просто немного знаю тебя, — улыбнулся Кожухов, вытерев рот салфеткой.

— Я почти уверена, что Гуньков куплен, — не моргнув глазом, сказала я, — и что есть кто-то выше его по рангу, готовый за деньги оказывать бандитам разные услуги. Возможно, — пронизала я его «рентгеновским» взглядом, — тебе об этом известно или даже ты пользуешься особым доверием этого коррумпированного деятеля...

— Перестань! — вспылил Кожухов. — За кого ты меня принимаешь?

— За человека, которому надо кормить семью, — с язвительной иронией ответила я, поднимаясь со стула.

Кожухов направился следом за мной. Сухо попрощавшись с ним, я подошла к своей «девятке», а он — к своему черному «Ниссану». Раньше-то он тоже ездил на «девятке», только не бежевой, а коричневой. Взрослеет мальчик, приобретает значение и популярность.

* * *

Я отперла дверь бабушкиной квартиры со смешанным чувством досады и удовлетворения. Последнее имело своим источником избавление от иллюзий, которые я строила в отношении Кожухова. Все-таки какое-то освобождение!

К тому же меня смешила мысль, что, пока Рыжий и иже с ним устраивают мне засаду возле подъезда или прямо в нем, я могу понежиться час-другой в апартаментах своей дорогой бабули, завещавшей мне этот скромный оазис. Оставляя пальцами дорожки на пыльной поверхности старинного круглого стола, я дошла до дивана и плюхнулась на него.

«Может, и правда послать правосудие к чертовой матери? — было первое, что пришло мне в голову, когда я приняла горизонтальное положение. — А что тогда ты намерена делать с Рыжим? Он ведь получил задание отправить тебя на тот свет... И потом, ты обратилась к Стригунову. Он не может обойтись без тебя. Самое разумное — расхлебать эту кашу вместе с ним, бандитов посадить за решетку и жить себе припеваючи».

Поразмышляв в таком примерно духе некоторое время, я набрала номер служебного телефона Стригунова. Олег сам поднял трубку.

— Это я, Олег, — сказала я, узнав его голос, — слушай мой график на ближайшие сутки. Сегодня буду дома через час. Успеете подготовиться?

— Успеем, — успокоил меня он, — я уже посадил одного парнишку на крышу пятиэтажки, которая стоит напротив твоего дома — он будет координировать наши действия. Да, может, ты наденешь бронежилет на всякий пожарный?

— Нет, — отвергла я его предложение. — Спасибо, конечно, за заботу, но в жилете я чувствую себя скованно. Лучше уж налегке.

— Ладно, как хочешь, — он знал, что спорить со мной бесполезно. — Только имей в виду, моих людей ты можешь и не заметить, но знай, у нас все под контролем.

— Возможно, я их и не замечу, — усмехнулась я, в глубине души сомневаясь в этом, — главное, чтобы они меня заметили.

— Это я тебе гарантирую.

Мы обсудили детали операции, после чего я распрощалась с ним и повесила трубку. До назначенного времени оставалось еще минут сорок. Я включила «ящик» и бездумно уставилась в голубой экран.

Через двадцать минут, выключив телик, я спустилась к машине и отправилась домой. На въезде во двор я удвоила, утроила свое внимание. Ничего подозрительного. На малой скорости я въехала на стоянку перед домом. Ага, один наблюдательный пункт я приметила. Это был невзрачный серый микроавтобус «Форд» с запыленными окнами. Ни у кого из жильцов нашего дома такого не было. Водителя не видно, а сам микроавтобус развернут боком к проезду и стоит у соседнего с моим подъезда. Я подняла голову и посмотрела на пятиэтажку. На крыше мелькнула какая-то фигура, едва различимая на фоне темно-синего неба, и исчезла. Значит, все в порядке, это люди Олега.

Оставив машину на стоянке, я направилась к подъезду, готовая в любой момент к отражению нападения. Но все было тихо. Я помахала рукой в сторону микроавтобуса, уверенная, что меня там заметили, и вошла в подъезд. Конечно, это было ребячеством: если бы люди Рыжего были где-то рядом, они бы засекли мой жест, но почему-то я догадывалась, что сегодня меня убивать не будут.

В подъезде тоже все было спокойно. Оставалась площадка седьмого этажа. Я вызвала лифт и нажала кнопку с цифрой «девять». Если меня кто-то караулит на моем седьмом, это будет для него неожиданностью. Двери лифта открылись на девятом, и я сразу же почувствовала, что я не одна.

На самой площадке никого не было, это мне стало ясно сразу же, как только распахнулись двери. Кто-то ждал меня этажом ниже. Если это человек Стригунова, ему, возможно, уже сообщили о моем прибытии. Если же нет...

Создавая побольше шума, я вытащила связку ключей и загремела ими в замке ближайшей двери. Потом бросила ключи в карман жилетки и мягко, как кошка, быстро спустилась на один пролет. Рукоятка снятого с предохранителя пистолета плотно лежала в руке. Здесь никого. Но я не могла ошибиться. Как можно тише и немного медленнее я добралась до восьмого этажа.

Парень стоял на лестнице, чуть выше площадки, разделяющей седьмой и восьмой этажи. Его фигура была напряжена, и он явно ловил каждый шорох. Все-таки он меня услышал. Парень обернулся в то время, когда я увидела его. Мой «ПМ» уже был направлен ему в голову, а он только еще собрался поднять свой «АКМ» с укороченным прикладом.

Парню было лет двадцать пять. На нем были синие джинсы, зеленая ветровка, под которую при желании легко можно было спрятать «ствол», на ногах — дешевые кроссовки.

— Положи автомат, он меня нервирует, — приказала я, спустившись на пару ступеней.

Парень почему-то улыбнулся и, не отводя от меня взгляда, присел и положил автомат на лестницу.

— Чему ты радуешься, мальчик? — сделав суровое лицо, спросила я.

— Олег Борисович предупреждал о ваших способностях, — у него был ровный и немного расстроенный, несмотря на улыбку, голос. — Удивляюсь, как я вас проморгал?

— Ты работаешь со Стригуновым? — недоверчиво спросила я, хотя была уже в этом уверена. Все равно, не мешало в этом удостовериться.

— Со Стригуновым, — с сожалением кивнул он. Улыбка медленно сползла с его лица. — Теперь мне хороший втык будет.

— Достань удостоверение, только медленно, — я все еще продолжала держать его на мушке.

Он послушно вытащил «корочки», раскрыл их и вытянул руку вперед.

— Положи и спустись на площадку, я сама посмотрю.

— Я не имею права, — он попытался возразить.

— Считаю до одного. Раз, — грозно сказала я.

Парень подчинился. А что ему оставалось делать? Смотрящий на вас пистолет — весомый аргумент. Я подняла его «корочки» и в тусклом свете лампочки прочла его имя и фамилию: Кокорин Иван. Удостоверение было подлинным.

— Какие сигареты курит Олег Борисович? — перестраховалась я.

Когда Кокорин правильно ответил на этот вопрос, я сунула «ПМ» в кобуру и протянула ему удостоверение.

— Держи, Ваня, и не забудь автомат, — пройдя мимо, я направилась к своей двери.

— Татьяна Александровна, — подхватив «АКМ», Иван бросился за мной. — Может, не будем говорить Стригунову, что я вас проворонил?

Мне почему-то он показался таким забавным, что я пошла ему навстречу.

— Ладно, Ваня, — улыбнулась я, — будем считать, что ты оказался начеку. Здесь все спокойно?

— Пока никого не было, — снова улыбнулся Иван.

— Ну, счастливо, — я отперла дверь и вошла в квартиру.

Там вовсю трезвонил телефон.

— Да, — не разуваясь, я прошла в комнату и, плюхнувшись в кресло, сняла трубку.

— Что так долго, Иванова? — голос Олега был слегка встревоженным.

— Знакомилась с твоим парнем, — усмехнулась я.

— Все в порядке, не подкачал? — ревниво поинтересовался он.

— Да все нормально, Олег, — успокоила я его, — у тебя отличные ребята.

— Хорошо, — сказал он, — тогда до завтра. Если соберешься выходить раньше оговоренного срока — позвони.

Он попытался еще порекомендовать мне не отпирать двери незнакомым и что-то еще в том же духе, но я остановила его.

— Прекрати, Олег, я же не маленькая, — сказала я, хотя, черт побери, мне было приятно, что обо мне хоть кто-то заботится, кроме меня самой.

Глава 6

«Ну нет, трубку я брать не буду, звони хоть до второго пришествия!» — такой была моя первоначальная реакция на ранний телефонный звонок. Я готова была разбить аппарат о стену вдребезги. Но сама мысль о подобном вандализме вывела меня из состояния сладкого утреннего сна. Возможно, у Олега что-то изменилось и он хочет поставить меня в известность? Я села на постели, досчитала до трех и сняла трубку.

— Да-а, — надо полагать, в голосе моем не было особой приветливости.

Это был не Олег. Звонила женщина. Извинившись, что меня несколько порадовало, она назвала номер моего телефона. Голос у нее был довольно приятный. Потирая уголки глаз, я подтвердила, что попала она правильно.

— Могу я поговорить с Татьяной Ивановой?

— Вы уже с ней говорите, — наконец-то мне удалось продрать глаза.

Оказалось, что утро было уже далеко не раннее. Бросив взгляд на часы, я подумала, что через час люди Олега будут ждать моего выхода.

— Моя фамилия Трегубова, зовут Галина Семеновна, — представилась женщина, еще раз извинившись за ранний звонок.

Мгновенно перебрав в уме своих знакомых, я поняла, что среди них людей с такой фамилией нет. И все же где-то я ее слышала.

— Чем могу служить? — я уже вполне проснулась и могла соображать.

— Я хочу нанять вас, — сразу же расставила точки над i Трегубова. — Дело очень важное. Пропал мой муж, и я прошу вас его разыскать. Живого или мертвого, — после маленькой паузы добавила она.

— Кто вам дал номер моего телефона?

— Горбунов Александр Александрович. Вы его знаете? — на том конце трубки повисло напряженное молчание.

Еще бы я не знала Сан Саныча! Мой милый, мой толстенький, мой лысенький доктор. Любитель коньяка и хороших сигарет. С нежными коротенькими пальчиками, которые так часто заштопывали меня и обрабатывали разными медицинскими составами. Господи, ну конечно, я знаю Сан Саныча! Когда-то мне даже довелось расследовать убийство его племянника, с которым у меня был довольно бурный роман. Но это так, лирическое отступление.

— Знаю, — выдохнула я.

— Значит, я могу к вам приехать? — Трегубова оказалось настойчивой дамой.

— Вот это вряд ли, — я помнила, что из дома я должна выйти около десяти. — Если вас устроит, мы могли бы встретиться где-нибудь в городе.

— Тогда приезжайте ко мне, если вас не затруднит, — она продиктовала адрес, — номер квартиры является кодом домофона.

— О'кей, — я положила трубку и отправилась в ванную на водные процедуры.

* * *

— Ваня, — позвала я, выходя из квартиры.

Кокорин быстро сбежал с площадки восьмого этажа.

— Доброе утро, Татьяна Александровна, — улыбнулся он.

— Зови меня просто Таней, — разрешила я. — Все спокойно?

— Пока — да, — он пожал плечами. — Мы уже давно здесь кукуем.

— Нужно не куковать, а работать, Ваня, — с добродушной усмешкой пожурила я его и вызвала лифт. — Передай Стригунову, что вечером буду часиков в восемь. Если задержусь, я ему перезвоню.

— Хорошо, Татьяна Александровна, — в его голосе было столько обожания! Видно, Олег расписал мои способности. — Внизу еще один наш.

Я кивнула и вошла в лифт.

Миновав еще одного охранника, молодого парня с развитой мускулатурой и твердым волевым подбородком, я села за руль своей «девятки» и двинулась по указанному адресу. Минут через десять я остановила машину в уютном дворике, образованном двумя четырехэтажными «сталинками». Госпожа Трегубова жила на втором этаже одной из них. Квартира оказалась пятикомнатной.

— Спасибо, что приехали, — вместо приветствия сказала Галина Семеновна, — проходите вот сюда.

Я переступила порог гостиной, оформленной в стиле ретро. Но поразила меня не мебель, не тяжелые, затканные золотом шторы, а граммофон с большой медной трубой. Книги тоже произвели на меня впечатление. Среди них было много дореволюционных, с золотыми обрезами, в сафьяновых переплетах. Вообще, я заметила, что квартира кишмя кишит антиквариатом. Самовар, китайская ваза, разные сувениры, подсвечники и прочее.

— У вас очень мило, — я села на диван с изогнутыми ножками и округлой спинкой.

— Это все Слава... — суховатый голос Трегубовой заметно дрогнул.

Я видела перед собой ее бледное матовое лицо с классическими чертами. Если бы не крупный орлиный нос, голову Трегубовой можно было бы смело выставлять в зале римской скульптуры. Хотя, по справедливости говоря, у римлян такие носы встречались часто! Черные глаза Галины Семеновны лихорадочно блестели. Контрастом к этому беспокойному блеску выступали ее царственная осанка и жесткая линия подбородка.

«Смелая и решительная», — определила я ее характер.

Трегубова встретила меня в темно-синем костюме, великолепно облегающем ее стройную высокую фигуру. Темно-каштановые волосы Галины Семеновны были собраны на затылке в аккуратный пучок, ярко выраженные надбровные дуги усиливали впечатление чего-то строгого и принципиального, исходившего от ее лица и фигуры.

— Кофе? — приподняла она черную, точно нарисованную бровь.

— Можно, — непринужденно улыбнулась я, хотя чувствовала в присутствии этой явно незаурядной женщины какое-то напряжение.

В ней не было ничего подавляющего, Трегубова не сразила меня ни чрезмерной теплотой, ни надменностью. Но аура, овевавшая ее скорбный и благородный облик, ее манера скашивать глаза, растягивая рот в горькой усмешке, которая тут же сменялась какой-то виноватой улыбкой, настораживали меня, электризовали, заряжая воздух почти физически ощущаемым магнетизмом. Даже когда она ушла на кухню готовить кофе, в гостиной вполне явственно ощущалось ее присутствие.

— Можете курить, если хотите, — она поставила на столик поднос с кофейными чашками, положила рядом пачку «Мальборо-лайт» и опустилась на кресло. — Не знаю, может, вы предпочитаете покрепче? — она протянула руку и взяла с инкрустированной поверхности маленькой тумбочки пачку «Голуаз» без фильтра.

— Спасибо, — поблагодарила я, доставая свой привычный «Кэмел», — я давно курю «Верблюда». Вы сказали, что у вас пропал муж? — чтобы она слишком не растекалась в любезностях, я направила беседу в нужное русло.

— Да, — кивнула она, закуривая, — уже пятый день.

— Вы заявляли в милицию?

— На третьи сутки, раньше они заявления не принимают.

— Может, ваш муж еще найдется? — предположила я.

— Я на это очень надеюсь, вы даже не представляете, как я на это надеюсь, — горячо произнесла Трегубова, — именно поэтому я и обратилась к вам.

— Вы его очень любите?

— Я не представляю без него свою жизнь.

— Сильно сказано, — с сомнением заметила я, — а что, если он погиб?

— Все равно, — твердо произнесла она, — я хочу знать.

— Что ж, тогда начнем с самого начала, — я глотнула кофе (настоящий, надо сказать, не растворимый), — если меня вам порекомендовал Сан Саныч, значит, вы знаете мои расценки?

— Мне это известно, — сухо кивнула она.

— У вас есть какие-то версии исчезновения Вячеслава...

— Шатров, Вячеслав Николаевич Шатров, — торопливо подсказала Трегубова, — после женитьбы мы не стали менять своих фамилий. А насчет версий... Слава работает старшим охотоведом в Тарасовском районе. Зимой прошлого года он с егерями во время рейда поймал на браконьерстве Садыха Тагирова, младшего брата начальника РУБОПа...

— Бывшего начальника, потому что сейчас РУБОПом руководит полковник Самойлов, — уточнила я.

— Да, бывшего, — кивнула Трегубова.

— Вот откуда мне знакома фамилия вашего мужа! Я помню, в «Тарасовских вестях» была статья о нем. Кажется, он обвинялся в получении взятки...

— Да, — нетерпеливо и даже как-то раздраженно перебила меня Трегубова, — но все это было подстроено самым бессовестным образом.

— Вашего мужа оправдали, об этом я тоже читала, — я попробовала улыбнуться, — рубоповцы подбросили пакет с долларами ему в машину, после чего он и был обвинен в получении взятки. Но суд его оправдал.

— И знаете почему? — с вызовом воскликнула Трегубова, утратив свое слегка надменное очарование и превратившись в простую страдающую женщину.

— Об этом в статье было как-то вскользь написано, — вздохнула я, — да и статья была не самая большая.

— Вот именно! — торжествующе улыбнулась Трегубова. — Вы не представляете, что Слава пережил, что я пережила! — ее губы задрожали, лицо исказила гримаса боли, которая ценой неимоверных усилий все же была вскоре вытеснена выражением гордой непримиримости и сдержанного отчаяния.

— Я понимаю... — неловко посочувствовала я.

— Да что вы понимаете, — горько усмехнулась Трегубова, — простите, — спохватилась она, — это очень болезненная тема... Славу пытали противогазом, не давали дышать, только бы он подтвердил свою вину. На его руках не было обнаружено следов химического вещества, которым были помечены купюры. Зато они в избытке имелись на пальцах задержавших его рубоповцев. Слава долгое время молчал, не хотел меня расстраивать. Но я все-таки вытащила из него правду. Думала сначала, что он молчит, потому что сломлен, думала, что он замкнулся, потому что находится в страшной депрессии. Но оказалось совсем не так, — она грустно улыбнулась, — просто он размышлял над тем, как накажет обидчиков... Перед ним стоял выбор: перейти на другую работу или остаться на своей и по-прежнему выполнять свой долг, — гордо произнесла она, — он и остался.

Трегубова сокрушенно покачала головой.

— Вы полагаете, что его исчезновение связано с этим делом?

— Не знаю, может, и связано, — вздохнула Трегубова, — это не первое дело, когда ему приходилось рисковать жизнью и семьей.

— Я вижу, вы его очень любите, — уважительно сказала я, — ведь многие женщины не выдерживают подобных испытаний.

— Да, — отрывисто произнесла Трегубова, — люблю. И не только терплю его работу и неприятности, связанные с ней, но и стараюсь помочь, чем могу. Он честный, порядочный человек, не боящийся отстаивать свои убеждения!

Я обвела оценивающим взглядом нашпигованную дорогой мебелью и антиквариатом гостиную. Трегубова перехватила мой взгляд и саркастически усмехнулась.

— Вы, наверное, задаетесь вопросом, откуда у нас все это, — ее усмешка уступила место печальной улыбке, — Слава ценит антиквариат, сам покупает, но на мои деньги. Вернее, на деньги, оставшиеся мне после моего отца. Он был у меня первым секретарем горкома, помните, — иронично взглянула она на меня, — были такие заведения.

— То-то я смотрю, мне ваша фамилия знакома, — осенило меня, — отец у вас, значит, был большим человеком.

«Вот откуда эта стать, эти манеры, эти лоск и изящество, — подумала я, — детство, окруженное нежными заботами нянек, вольготная, обеспеченная жизнь, где заграничные путешествия чередовались с поездками на наши южные курорты, любящие родители, кровно заинтересованные, чтобы дочь получила отличное образование, чтобы удачно вышла замуж и продолжила фамилию... Совдеповская аристократия — не новорусская, еще толком не успевшая освоить техническое и культурное наследие Запада, хотя уже обзаведшаяся всей этой дорогой мишурой: мобильными телефонами, виллами, компьютерами, аудио- и видеотехникой, телохранителями, яхтами, вертолетами, отелями и прочим».

— За Славу я вышла по любви, — спокойно продолжила Галина Семеновна, — он никогда не разочаровывал меня. Меня сразу подкупила его честность, его принципиальность и искренность.

— У него были друзья, понимающие коллеги и так далее? — спросила я.

— Несомненно, но было и много врагов, — горько вздохнула Трегубова.

— В этом я уверена, — кивнула я, — вы не могли бы подробнее рассказать об аресте Садыха Тагирова? Ведь, насколько я поняла, ваш муж подготовил материалы дела и передал их в прокуратуру.

— Правильно, — Трегубова сделала глоток остывшего кофе, — он сотрудничал с областной прокуратурой и конкретно — с Луниным Аркадием Александровичем, помощником главного прокурора.

— Ага, — я достала блокнот и записала фамилию, имя и отчество помощника прокурора.

— Аркадий Александрович не раз бывал у нас, они со Славой дружили, — Галина Семеновна поставила локоть на подлокотник и подперла рукой голову, — он тоже подвергался преследованиям.

— А главный прокурор у нас сейчас Селиванов?

— Да, Илья Гаврилович.

Я снова открыла блокнот и записала. Кажется, это тот самый друг Виткиного отца.

— А как Аркадий Александрович сейчас поживает, трудно ему приходится?

— Он уволился по собственному желанию, — многозначительно посмотрела на меня Трегубова.

— После этого случая с Тагировым?

— Некоторое время спустя...

— А вы случайно не знаете, где нынче бывший начальник РУБОПа?

— Не знаю точно, — пожала плечами Трегубова, — но Слава говорил, что он переведен в район на такую же должность.

— После скандала с его братцем и задержанием вашего мужа?

Галина Семеновна кивнула.

— Кто-нибудь угрожал вашему мужу? Может быть, по телефону... Он вам ничего не говорил?

— Нет, — отрицательно покачала головой Трегубова.

— Чем он занимался на работе в последнее время?

— Да как обычно... Я толком не знаю.

— А что говорят в прокуратуре по поводу исчезновения Вячеслава Николаевича?

— Уверяют меня, что сделают все возможное со своей стороны, чтобы найти Славу... Со мной разговаривал сам Илья Гаврилович. Да и у Аркадия Александровича я тоже была, советовалась с ним. Но мне показалось, что он не хочет вникать в это дело, — она скептически пожала плечами.

— Вы им верите? — прямо спросила я.

— Это сложный вопрос, — уклончиво ответила Галина Семеновна.

— Хорошо, я сама с ними поговорю, — деловито сказала я, допив кофе и снова закурив. — Галина Семеновна, вы не могли бы мне дать фотографию вашего мужа?

— Конечно, — улыбнулась Трегубова.

Она встала и направилась в другую комнату. Вскоре она появилась с небольшим фотоальбомом в руках.

— Вот, посмотрите, не знаю, какая вас больше устроит, — Галина Семеновна протянула мне альбом и села рядом на диване.

Я взяла альбом и принялась перелистывать страницы, внимательно вглядываясь в фотографии. Черт побери! Вот уж к чему я определенно не была готова, так это увидеть в этом альбоме знакомое лицо. В тот солнечный день, пять суток назад, я видела этого человека. Это его расстреляли там, на поляне. А может, он остался жив? Нет, если я правильно поняла разговор на даче у Пал Василича, то речь шла именно о трупе Шатрова. Господи, надо же как-то сказать об этом его жене... Я повернула голову и посмотрела на Галину Семеновну. Заметив, что я перестала смотреть фотографии, она сразу же что-то почувствовала и вся напряглась.

— Вы что-нибудь знаете о Славе? — резко спросила она.

— Не хочу вас раньше времени расстраивать, — неуверенно произнесла я, — в жизни всякое бывает...

— Говорите, — потребовала она, — я ко всему готова. Не пугайтесь, со мной не будет истерики, если вы скажете, что Слава мертв.

— Я не вполне уверена, — сказала я, хотя была уверена на все сто процентов, — но я стала случайным свидетелем убийства...

— Как это произошло?

Я ей рассказала все, что видела в лесу, и все, что случилось потом со мной и моими приятелями, чтобы ей стало понятно, что сначала я не успела вмешаться, а потом мы сами оказались в качестве преследуемых. Я не оправдывалась, потому что знала, что иначе поступить не могла, а просто говорила. Галина Семеновна очень внимательно меня слушала, дымя своими крепкими сигаретами. Если она в душе и переживала, то по ее лицу заметить этого было нельзя. Я просто поразилась ее выдержке.

— Вы должны найти его тело, — с каменным величием сказала она, когда я закончила. — Я хочу его видеть.

— Но... — я собиралась ей возразить, но Трегубова не слушала меня.

Она поднялась и вышла в другую комнату, оставив меня одну. Вскоре она вернулась и положила на столик рядом со мной тонкую стопку стодолларовых банкнот.

— Здесь тысяча, — Трегубова опустилась в кресло и закинула ногу на ногу.

На ее лице была написана такая решимость, что было понятно — она что-то задумала.

— Это аванс за пять дней, — продолжила она, глядя мимо меня, — если найдете тело моего мужа раньше, оставшиеся деньги можете мне не возвращать. Это еще не все. Вы должны найти убийцу Славы, живого или мертвого. Когда предоставите мне доказательства, получите еще три тысячи. Это вас устраивает?

— Вы не предполагаете, что ваш муж может просто исчезнуть? Это называется конфирмацией. А когда нет тела, нет и преступления. Понимаете, о чем я?

— Понимаю, — Трегубова достала из пачки сигарету и прикурила.

В комнате воцарилась тишина, прерываемая только слабым шумом автомобилей да тиканьем напольных часов, стоящих в углу гостиной. Галина Семеновна поднялась и снова, ни слова не сказав, куда-то ушла. Вернулась она с новыми порциями кофе и с принятым решением.

— Тогда, — с суровым лицом сказала она, словно мы не прерывали нашего разговора, — вы убьете его. Десяти тысяч будет достаточно?

— Наверное, Сан Саныч вас неправильно информировал, — покачала я головой. — Я не киллер, а частный детектив.

— Но ведь вы видели убийцу моего мужа, знаете его в лицо, — немного растерялась она. — Может быть, пятнадцать тысяч?.. Двадцать?

Я молчала. Предложение было заманчивым. Деньги, можно сказать, сами просились мне в руки. В этот самый момент я вспомнила предсказание гадальных костей о выгодном торговом партнере. Да, этот партнер был действительно выгодным. Но убивать людей ради денег? Даже ради очень больших? Я не сомневалась, что легко могла бы выполнить поручение Трегубовой, только вот брать на себя роль карающей десницы было как-то не по мне. Я понимала, что может так случиться, что смерть Шатрова не будет доказана, что он просто исчезнет с лица земли, словно он вовсе и не жил, а довольный убийца будет гулять на свободе и, возможно, вскоре убьет еще кого-нибудь... И все-таки решиться на преступление (а убийство — это преступление, как ни крути и какие ни подводи под него обоснования) было выше моих сил.

Наверное, целую минуту я боролась со своими чувствами, вернее сказать, чувства боролись во мне. Не знаю, сколько бы это могло еще продолжаться, если бы Трегубова не пришла мне на помощь. «Вот железная женщина!» — восхищалась я про себя ее мужеством.

— Давайте поступим вот как, — видя мои терзания,

снизошла Трегубова. — Сперва вы займетесь поисками моего мужа или его тела. Потом или параллельно, как вам будет угодно, сбором улик против его убийцы. А затем мы возобновим наш разговор. Вы согласны?

— Согласна, — с облегчением кивнула я и поднялась с кресла.

Глава 7

От Трегубовой я вышла немного в растрепанных чувствах, потому что не была уверена, что смогла бы устоять, не согласиться на ее предложение расправиться с убийцей мужа, если бы она и дальше продолжала прибавлять цену. Двадцать тысяч долларов — сумма для меня не запредельная, но она позволила бы мне, ни о чем не заботясь, достойно существовать год или даже больше. Я вполне могла бы съездить туда, где круглый год стоит лето, где не нужно заботиться о приготовлении пищи, можно сутки напролет потягивать хорошее вино, плескаться в голубых лагунах и нежиться в лучах ласкового солнца, покрываясь медным загаром. Что и говорить, перспектива заманчивая.

С другой стороны, деньги у меня и так были. То есть не такие, конечно, большие, но те, что позволяли мне отправиться не так далеко, но отдохнуть почти в таких же условиях. Это могла быть, к примеру, Испания, с ее бесконечными пляжами и бесчисленными рыбными деликатесами вроде морских ежей, лангустов, омаров... Я непроизвольно сглотнула слюну. Не так уж много мне нужно денег, чтобы устроить себе небольшой праздник. Я успокоилась. Да и зачем мне сейчас ехать на отдых? День, два, даже неделю я вполне могу позагорать и на Волге. Не зря ведь тучи москвичей летом прилетают и приезжают в наш провинциальный город — столицу Поволжья — на берега великой русской реки. Ладно, так, пожалуй, недолго дойти до великодержавного шовинизма. Собственно, и не устала я еще, с чего бы мне отдыхать? А вот подкрепиться не мешает. Дома я не позавтракала, а кофе у Трегубовой хоть и замечательный, но малокалорийный.

Я заметила, что нахожусь в самом центре города. Надавив на тормоза, я остановила машину у тротуара, неподалеку от пересечения с Немецкой улицей — так называемым тарасовским Арбатом — единственной пешеходной улицей в нашем городе. Там десятки открытых кафе, так что в одном из них я надеялась найти сносную кухню. Например, в том, где мы обедали с Кожуховым. Нет, туда не пойду, пока еще оно неприятно ассоциировалось у меня с Димкой и его уклончивыми ответами. Найду что-нибудь другое. Дойдя до перекрестка, я свернула налево и неспешно побрела в сторону консерватории.

Пластиковыми стульями и столами кафе были похожи одно на другое, но в то же время были совершенно разными. Отличия заключались в основном в форме и материале навеса и ограждения и в степени доброжелательности обслуживающего персонала. Миновав два или три кафе, я интуитивно нырнула в третье и, кажется, не ошиблась. Тут же ко мне подлетела молодая расторопная официантка — стройная невысокая шатенка с умеренным макияжем.

Она отправилась выполнять мой заказ, а я вынула замшевый мешочек, выудила оттуда магические додекаэдры и метнула их на стол. Видимо, я плохо сосредоточилась. Выпало: 14+28+3 — «Звезды засветили ярче и предвещают вам начало пылкой страсти». Ошибочка вышла, однако. Никакой такой страсти ни на горизонте, ни дальше не маячило. Собрав кости в кулак, я сконцентрировалась и метнула их еще раз. Ну вот, теперь что-то похожее на правду: 24+33+11 — «Ваши авантюрные похождения, к сожалению, могут привести к неприятным последствиям, может пострадать ваше здоровье». Я спрятала в сумочку мешочек с додекаэдрами.

Официантка принесла поднос с заказом и принялась выставлять тарелки на стол. Когда она отчалила, я с удовольствием выпила полстакана холодного томатного сока и принялась за картофель фри, заедая его салатом. В кафе было занято всего несколько столиков, и поэтому я не волновалась, что ко мне подсядет кто-нибудь. Я спокойно пережевывала пищу и размышляла, как мне лучше выполнить поручение Трегубовой. По старой сыщицкой привычке я сидела лицом ко входу, краем глаза наблюдая за пешеходами. Народ шатался по Немецкой группами, парами и поодиночке. Казалось, что сегодня выходной день и горожане, не зная чем себя занять, всем скопом двинулись в центр города. Но особой радости на лицах я не замечала. Все были озабочены какими-то своими делами. Вот, например, эта толстушка в цветастом развевающемся платье-халате и с огромной сумкой. Наверняка тащится с рынка с продуктами. А вот юноша. Фигурка что надо: узкая талия, обтянутые черными джинсами стройные ноги, черная майка-сетка и хороший фотоаппарат на черно-желтом ремне через плечо. Лицо сосредоточено, а глаза так и бегают по сторонам. Господи, да это же Костя. Он встретился со мной взглядом и узнал меня. Лицо его озарилось широкой улыбкой. Вот это другое дело. Я поманила его рукой:

— Давай сюда.

— Привет, — он подошел и замер возле моего столика.

— Привет, — улыбнулась я, — да садись ты, в ногах правды нет, — я взглянула на его «Никон». — Вышел на редакционное задание?

— Нет, я в отпуске, а это, — он показал на фотоаппарат, — просто по привычке прихватил. И все-таки бог есть! — заявил он, пожирая меня глазами.

Ну чем не начало пылкой страсти? А я еще сомневалась в предсказаниях додекаэдров!

— С чего это такая убежденность? — спросила я.

— Я тебя со вчерашнего вечера разыскиваю, — признался он.

Родинка так чудесно подрагивала над его верхней губой.

— Ты так хотел меня увидеть?

— Мне нужно с тобой посоветоваться, — посерьезнел Костя. — Я звонил тебе вчера до десяти вечера, потом уже было неудобно...

— Я пришла домой как раз после десяти, — разочарованно произнесла я. — А в чем, собственно, проблема?

— Я боюсь, вот в чем проблема, — честно признался он. — Вчера после обеда мне несколько раз звонили. Такой неприятный мужской голос.

— Вот как? — Я догадалась, что это кто-то из людей Рыжего, а может, он сам. — И что же этот голос тебе говорил?

— Только, пожалуйста, не смейся надо мной, — попросил Костя.

Мне почему-то стало его жалко.

— Ладно, не буду, — заверила я его, — выкладывай.

Я покончила со своим завтраком, допила сок и, дождавшись, когда официантка уберет посуду, закурила. Заказав пару чашек кофе, приготовилась слушать. Оказалось, что ничего страшного пока еще не случилось. Просто Костю прессовали по всем правилам, чтобы он не вздумал болтать лишнего.

— Да я и не думал болтать, — сказал он и неуверенно добавил: — Если, конечно, меня не вызовут куда следует.

— Успокойся, — я взяла принесенную чашку кофе, — вероятнее всего, тебя никуда не пригласят, поэтому и говорить ничего не придется. А если бы пришлось, ты бы сказал? — гипотетический вопрос, конечно, но мне было интересно.

Костя глубоко вздохнул.

— Наверное, сказал бы. Ведь я должен? — он вопросительно посмотрел на меня.

— Пей кофе, — улыбнулась я, — и ничего не бойся. Не выходи несколько дней из дома, на всякий случай, или просто приходи засветло.

— А можно я сегодня приду к тебе?

— Вот это исключено, — покачала я головой, — меня сегодня дома не будет.

— Тогда я пойду с тобой сейчас, ты не возражаешь?

В его глазах было столько затаенной надежды, что отказать я не смогла. Да и пусть покатается пока со мной — и мне будет веселее, и ему спокойнее. Я поймала себя на мысли, что, может быть, спокойнее будет мне?

— Не возражаю, — снова улыбнулась я, — будешь моим фотокорреспондентом, согласен?

Он был на все согласен.

* * *

По дороге к машине я нашла таксофон и позвонила Гунькову. Он был на месте. Я представилась и сказала, что мне нужно с ним срочно поговорить.

— Я через пятнадцать минут уезжаю, — попытался отвертеться он.

Но не на ту напал.

— Я буду у вас через десять минут, — отчеканила я и повесила трубку.

Через семь с половиной минут я постучала в его кабинет и, не дожидаясь приглашения, вошла. Он торопливо собирал дипломат. Увидев меня, с сожалением улыбнулся. Не понятно только было, к чему относится его сожаление. К тому, что не успел смыться до моего прихода?

— У меня пока нет никаких новостей, — он закрыл дипломат и защелкнул замки.

— Да-а? — я саркастично улыбнулась, усаживаясь на стул рядом с его столом. — То, что преступники, можно сказать, убийцы, дело которых вы вели, гуляют на свободе, конечно, не является для вас новостью?!

— Кха-кха, — Гуньков поднес кулак ко рту, — ну...

— Можете не объяснять, — прервала я его не слишком связную речь. — Дайте мне их адреса и телефоны, и я от вас отстану.

— Это невозможно, — вздохнул старлей, моргнув голубыми глазами.

— Почему это? — недоуменно спросила я.

— Потому что их адреса являются тайной следствия, вот почему. Вдруг вы будете оказывать на них давление?

— Именно это я и хочу сделать, я хочу оказать на них такое давление, что у них дерьмо изо всех щелей полезет, — как можно спокойнее произнесла я. — Кстати, они уже не подследственные, так что давайте адреса, иначе завтра обо всех ваших делишках прочитают в крупнейших областных газетах. У меня в машине корреспондент одной из них, можете полюбоваться.

Старлей, недоверчиво косясь на меня, поднялся и подошел к окну, я встала рядом. Костик, как я ему и велела, стоял внизу с «Никоном» наперевес.

Из здания райотдела милиции я вышла с необходимыми мне адресами.

* * *

У меня было несколько возможностей узнать, где находится труп Шатрова. И самая, как мне казалось, простая — это зажать Рыжего или любого из его бригады в темном углу и, приставив пистолет к башке, потребовать выложить мне все как на духу. Роль столь грозной духовницы была мне по нутру. Именно сейчас. Почему-то всем вынюхиваниям и слежкам я предпочла действия грубые и решительные. Или в этом находили выход эмоции, связанные с появлением Кости? Ну не бревно же я в конце-то концов! Целую минуту я воображала, как круто разберусь с Рыжим. У меня в записной книжке значились две фамилии: Горшков и Ревякин. Я испытывала затруднение с выбором: кому какую фамилию дать. Конечно, не мое это дело — давать фамилии, просто мое воображение работало, выполняя роль адаптера. Я должна была привыкнуть к тому, что Рыжий — Павел Горшков или Николай Ревякин.

Горшков жил в трехэтажном старом доме, не очень опрятном и не очень спокойном. Поднимаясь на третий этаж, я слышала, как бурлит нутро этого причудливого дома, расположенного в центре города, но имеющего за окнами вполне деревенский ландшафт. Первый и второй этажи сотрясали пьяные вопли и зычный блатняк «Лесоповала». Едва я миновала второй этаж, дверь одной из квартир отворилась и оттуда с диким визгом выскочила всклокоченная баба и, заливаясь слезами, побежала вниз. Вдогонку ей неслись несвязные речи ее товарок. Ругань или жалобы — понять было трудно. Она выла белугой и тоже что-то выкрикивала, переходя то на плач, то на ожесточенный мат-перемат.

Я поднялась на третий этаж. «Ну, а сейчас мы развлечемся», — злорадно усмехнулась я, сжимая рукоятку пистолета. Я нажала на звонок. Дверь была стальная, за ней, очевидно, находилась еще одна. Вместо двери, в которую я звонила, открылась другая, та, что была напротив. Оттуда выглянула девица лет двадцати с выкрашенными в белый цвет волосами. Ее круглое, немного одутловатое лицо изнемогало под вечерним макияжем. Она пожевала губами и, дерзко сплюнув, обратилась ко мне:

— К Пашке, что ль, пришла?

— Ну, — пренебрежительно хмыкнула я, пряча за спину «ПМ».

— Он вчера уехал со своими дружками и еще не возвращался, — девица выступила из темного проема, — ты кто ему будешь?

Она была коренастой и пышнотелой. Короткий штапельный халат в цветочек открывал ее толстые некрасивые ноги выше колен. Чудовищных размеров бедра натягивали ткань до невозможности. Мне даже стало как-то жаль ее незамысловатую одежду.

— Знакомая, — вяло отозвалась я, соображая, какую линию поведения целесообразней гнуть с этой девицей, ведь она могла быть мне полезной как источник информации, — а что?

— А ничего! — сделала презрительную гримасу девица. — Нет его.

— А где его можно найти? Он мне срочно нужен.

— Ха, — девица растянула губы в самодовольной улыбке, — он мне тоже нужен.

Что-то подсказывало мне, что она знает, где его можно найти. Я полезла в карман за деньгами.

— Ага, вот за этим он мне и нужен, — одобрительно зыркнула она на сторублевку, которой я осторожно зашелестела у нее под носом.

— Если скажешь, где он, она будет твоей, — лукаво улыбнулась я.

— При одном условии... — глаза девицы хищно блеснули.

— При каком?

— Ты не станешь Пашке говорить, что это я тебе сказала, ладно?

— Идет.

— Честно? — спросила недоверчивая блондинка. — Но это не сто процентов... — замялась она.

— Ну, говори.

— Ой, — девица дернулась, — у меня ж картошка сгорит! Ты пройди, чего на лестнице разговаривать...

Не закрывая двери, она исчезла в проеме. Я спрятала «ПМ» в кобуру и перешагнула порог ее жилища. Картошкой, однако, не пахло... И вскоре я поняла почему. Сбоку мне в висок уперлось что-то твердое и холодное.

— Вот и свиделись, — осклабился Рыжий. — Подними руки!

Я подчинилась. Он профессионально обыскал меня, достал мой «ПМ» и подтолкнул меня стволом в спину. «Что же это за осиное гнездо такое?» — я села на диван и неторопливо обвела комнату взглядом. Ничего особенного. Довольно современная мебель, хотя и не супер. Светлые обои, не свежие, но и не вытертые. Небольшой телевизор «Сони» на тумбочке, полки в стенке заставлены бульварным чтивом, совдеповским хрусталем и фарфором.

Рыжий приземлился в кресле напротив. Потом достал из кармана сотовый и, не выпуская меня из поля зрения, поднес к уху.

— Давай, подгребай сюда живее, она уже здесь, — буркнул он в трубку. — Вот так, — он спрятал мобильник и с интересом посмотрел на меня, — ты думала, сыщица, что с лохами дело имеешь?

Он злобно усмехнулся и положил ногу на ногу. На этот раз на нем были черная майка со значком «Nike» на груди и синие тренировочные штаны.

— Теперь тебе каюк, — криво усмехнулся он, — но ты не бойся, это быстро. Светка! — крикнул он.

Та появилась откуда-то со стороны кухни и уставилась на Рыжего.

— Свяжи ее, быстро, — приказал Рыжий, не спуская с меня глаз.

Светка сунула руку в карман халата и выудила веревку. Специалист мог бы надежно связать руки и таким не слишком длинным мотком, но судя по всему, Пашкина подружка если и была специалистом, то совсем в другом деле.

«Тем хуже для вас», — злорадно подумала я, выставив вперед руки, чтобы помочь ей справиться с возложенной на нее задачей. Я вывернула кисти, оставив между запястьями небольшой зазор. Вообще-то, это был хороший момент, чтобы, прикрывшись Светкиным телом, выбить у Рыжего пистолет, но что-то остановило меня. Раз здесь они меня убивать не собираются, а это было понятно, то, возможно, повезут туда, где припрятали труп Шатрова. По дороге я бы ослабила веревку и в нужный момент смогла бы освободить руки. А уж со свободными-то руками...

Вскоре кто-то позвонил в дверь.

— Это Колян, — сказал Рыжий и кивнул в сторону прихожей, — иди открой.

Светка вышла из комнаты. Через минуту она вошла снова в сопровождении белобрысого водителя «Шевроле». Теперь я знала, что зовут его Николай Ревякин. Только что мне с этого было? Коля посмотрел сперва на меня, потом на своего кореша.

— Ну что, пошли? — спросил он Рыжего, оставаясь стоять на месте.

— Погоди, — криво усмехнулся Рыжий, — у меня

еще должок имеется. На-ка подержи, — он отдал пистолет Коляну, а сам подошел ко мне.

— Помнишь, ты меня ударила? — Рыжий показал на разбитую, но уже подсохшую губу. Это в Витькиной квартире я его, кажется, так приголубила.

Рыжий почти без размаха ударил меня наотмашь по лицу. Во рту я почувствовала соленый привкус крови. Я попыталась отвести лицо, но неудачно. Тут же последовал удар с другой стороны. Моя голова дернулась в другую сторону. «Ладно, дружок, мы с тобой еще сквитаемся». Сглотнув кровь, я с ненавистью посмотрела на Рыжего. Он удовлетворенно улыбался.

— Бери ее, пошли, — сказал он блондину и взял пистолет в свои руки.

Колян ухватил меня за локоть и потащил к выходу. Я особенно не сопротивлялась. Мы спустились по лестнице вниз и вышли на улицу. Моя «девятка» стояла невдалеке, не подавая признаков жизни. Перед ней примостился «Шевроле». Я покорно прошла вперед и остановилась перед джипом. Колян держал меня за руку, а Рыжий со «стволом», спрятанным под куртку, остановился чуть позади. Он щелкнул электронным ключом, отпирая двери, и потянулся к ручке. Я уже приготовилась сесть в машину, но тут вдруг заметила, что из моей «девятки», стоявшей позади «Шевроле», выбирается Костя. Бандиты, чье внимание было приковано ко мне, не заметили его или просто не обратили на него внимания.

Оставив дверку «девятки» открытой, Костя крадучись подошел почти вплотную к Рыжему и, размахнувшись своим «Никоном», как пращой, ударил Рыжего по бритому затылку. Раздался такой «хрясь», что непонятно было, то ли хрустит череп Рыжего, то ли Костин аппарат разлетелся вдребезги. Пашка, удивленно обернувшись, начал оседать на асфальт. Мне не оставалось ничего другого, как вырубить водителя. Я зарядила ему пяткой в живот, отчего он согнулся пополам и, издав хриплый вздох, повалился рядом с Рыжим.

Костик накинул ремень «Никона» на плечо и бросился ко мне. В руках у него откуда-то появился маленький перочинный нож, которым он принялся разрезать мои путы. Нож, надо сказать, был не очень-то острым, поэтому быстро освободить меня Костику не удалось. Когда он наконец справился со своим делом, тут же кинулся к машине и занял переднее сиденье. Размяв затекшие запястья, я наклонилась над Рыжим и, обыскав его, нашла свой «ПМ». Опустив его в кобуру, я села за руль своей «девятки», двигатель которой уже работал, и, резко вывернув руль, рванула с места.

Глава 8

— Спасибо, конечно, за помощь, — с нервной улыбочкой поблагодарила я Костика, — но у меня, надо сказать, были несколько иные планы...

— Я тебе помешал? — разочарованно вздохнул он.

— Да нет, что ты! — потрепала я его по плечу свободной рукой. — Ты — молодец, быстро сориентировался! Просто теперь я несколько изменю свой проект.

Он озадаченно посмотрел на меня.

— Какие у тебя планы на сегодня? — с добродушной усмешкой поинтересовалась я.

— А что? — насторожился Костик. — Хочешь меня высадить?

— Нет, хочу только предупредить, что не знаю, когда у меня появится свободное время.

— Это не беда, — беззаботно хмыкнул Костя, — я с тобой.

— Тогда я приглашаю тебя в областную прокуратуру, — лукаво улыбнулась я, — хотя тебе и на этот раз придется подождать меня в машине.

— Нет проблем, — хитро улыбнулся мне в ответ Костик, — боевую готовность сохранять?

— Думаю, в этом не будет нужды, — зевнула я, — в прокуратуре работают люди благонадежные.

Костик уловил мою иронию и многозначительно усмехнулся.

Здание областной прокуратуры радовало глаз торжественной респектабельностью фасада. Хотя я с большим напрягом всегда выносила постные физиономии тех, кто с озабоченным и ответственным видом бегал по ее коридорам. Внизу я доложила дежурному милиционеру, кто я и что хочу, он пронизал меня недоверчивым взглядом и позволил пройти только после того, как связался по моей просьбе с Кожуховым. Тому, видать, стыдно было мне отказывать. Он любезно согласился принять меня. Я легче птицы взлетела на третий этаж и, миновав холл, уснащенный вьющимися растениями и облагороженный кожаным диваном и креслами, постучалась в знакомую дверь. В комнате, куда я вошла, за двумя поставленными друг напротив друга столами трудились те, без кого Кожухову пришлось бы нелегко. Статная дама лет тридцати семи и молодой парень приятной наружности бодро щелкали на машинках, и я в который раз подивилась отсутствию компьютеров в столь престижном и серьезном заведении.

— Здравствуйте, — улыбнулась я, — меня ждет Дмитрий Алексеевич, я только что разговаривала с ним по телефону.

Не успела я договорить, как дверь Димкиного кабинета распахнулась, и оттуда вышел здоровенный дядечка лет сорока в строгом деловом костюме. В руках он держал плотно набитую папку из коричневой кожи. Он скользнул по мне острым взглядом и вышел в коридор. Вслед за ним на пороге появился Димка.

— Таня, — улыбнулся он, — заходи.

Он посторонился, и я вошла в кабинет. Он закрыл дверь и сел на свое рабочее место. Я с удовлетворением отметила про себя появление новенького «Пентиума». Перехватив мой озорной взгляд, Димка сказал так, словно оправдывался:

— Вот, компьютеризуемся. А у тебя что новенького?

— У меня к тебе, Дима, огромная просьба... — изображая легкое замешательство, я кашлянула, — но вначале мне бы хотелось извиниться перед тобой за тот раз...

Я подняла на него невинные глаза, стараясь сообщить взору максимальную степень раскаяния и жалобного надрыва.

— Ну что ты, — махнул рукой Димка.

Надо сказать, что созерцание его в таком внушительных размеров кабинете, окруженного ненавязчивым вниманием подчиненных, чуткой тишиной телефонов, бумагами, папками, шкафами, уставленными «делами» и кодексами, будило во мне тихое ликование: вот он, мой школьный приятель, сидит в этом кресле, руководит столькими людьми... Ну, вы понимаете, весь этот бред, все это наивное тщеславие, которое испытывает человек, проведший детство или юность бок о бок с тем, кто добился таких успехов в карьере!

И сам Димка — в белоснежной рубашке, в хорошего покроя брюках, подтянутый, молодцеватый, с дорогими часами на запястье, добрый и сильный... Я прямо-таки залюбовалась!

— Настроение у меня было паршивое, — с виноватой улыбкой проговорила я, — сам понимаешь: такие неприятности!

Для убедительности я еще горько вздохнула и задумалась, словно заново переживала те досадные минуты.

— Да ладно, чего уж там, — расслабился Димка, — ты говоришь, у тебя ко мне просьба?

Он выжидательно посмотрел на меня. В этом его взгляде я не заметила ничего настороженного, никакого скрытого раздражения или недовольства.

— Мне нужно срочно увидеться с твоим начальником.

— Селивановым? — приподнял Димка брови.

Я кивнула.

— Но... — Димка призадумался.

— Очень надо, иначе я бы не стала донимать тебя просьбами, — я готова была в мольбе сложить руки на груди.

— Но он просто так не принимает. Во-первых, у него для приема граждан есть определенные часы, а во-вторых... — он растерянно посмотрел на меня, — с чего ты взяла, что он захочет с тобой разговаривать?

— Захочет, если ты ему все представишь как надо, — упрямо возразила я, — ну, Димочка, ну, ради нашего школьного прошлого...

— Вечно ты паясничаешь... — снисходительно усмехнулся Димка, — ладно, подожди, схожу на разведку.

Он вышел из кабинета и вскоре появился, озабоченный и немного даже расстроенный. Впрочем, может, мне это показалось...

— Через десять минут он примет тебя. Сначала — ни в какую. Я ему и так, и эдак, мол, моя хорошая знакомая... Даже вкратце обрисовал, что тебя к нам привело, ну... эту твою лесную историю рассказал...

«Что это, Димочка, ты так хлопочешь обо мне? Соблюдаешь приличия, создаешь видимость?»

— Большое тебе спасибо! — возликовала я.

— Как вообще у тебя дела? — благосклонно поинтересовался Димка.

— Курить тут у тебя можно?

Димка молча пододвинул ко мне массивную хрустальную пепельницу.

— Дела мои так себе, — хмыкнула я, доставая из кармана пачку «Кэмела» и зажигалку, — но самое интересное то, что я знаю фамилию того парня, которого расстреляли на поляне...

Я следила за выражением Димкиного лица.

— Вот как? — оживился он.

«Судя по реакции, он знает об этом деле, — мелькнуло у меня в голове, — знает, кому понадобилась смерть Шатрова».

— Старший охотовед Тарасовского района Шатров Вячеслав Николаевич. Тебе это имя ничего не говорит?

— Ну как же, он проходил по обвинению в получении взятки, потом его оправдали...

— У него был друг в вашей прокуратуре, некий Лунин Аркадий Александрович, которому он в свое время передал разоблачительный материал на Садыха Тагирова, брата начальника РУБОПа.

— Да, только Лунин уволился... — смущенно сказал Димка.

— Это я знаю. У тебя нет его координат?

— Телефон могу дать, — Димка полез в карман, достал записную книжку и приготовился диктовать.

Увидев, что я таращу на него глаза, он порекомендовал мне записать номер.

— У меня хорошая память, — с усмешкой ответила я.

— Ах, да, я и забыл, что имею дело с супервумен, — насмешливо улыбнулся он.

Он сказал мне номер телефона Лунина, и моя феноменальная память не замедлила тут же зафиксировать новое сочетание из шести цифр.

— Спасибо. А что ты можешь сказать о нем? — напрямик спросила я Димку.

— Нормальный мужик, — пожал плечами Димка.

— А почему он уволился? Его что, вынудили? — не отступала я.

— Да не знаю я, написал заявление и уволился.

— А главный как прореагировал? Просил остаться?

— Не знаю, мы с Луниным друг друга немного недолюбливали, он про свое увольнение до последнего молчал. Селиванов ценит хороших работников, наверняка он просил Лунина остаться... — без особой убежденности произнес Димка.

— А с тобой Селиванов не делился?

— У нас и без того забот хватает, чтобы еще увольнение товарищей обсасывать... Уволился так уволился. У нас демократия, человек где хочет, там и работает. Вот ты, например, сделала себе лицензию и работаешь детективом... — он с улыбкой посмотрел на меня.

— А Тагирова знаешь? — продолжила я.

— Знаю, приходилось даже на совещаниях встречаться.

— Я вот все думаю: Шатров задержал его брата, поймал на браконьерстве, передал бумаги в прокуратуру, то бишь Лунину, а потом вдруг был обвинен в получении взятки. А Садых на свободе, его братец хоть и переведен в район, но по-прежнему работает в РУБОПе.

— Я тебе даже больше скажу, — таинственно посмотрел на меня Димка, — Рустам Тагиров был пойман на передаче сведений бандитам, он связан с преступной группой, которой руководит некий Богомаз. ФСБ давно хочет этого Богомаза на чистую воду вывести. Но то ли он такой осторожный и увертливый, то ли и в ФСБ предатели есть, только пока у них ничего не получается. Представляешь, обстановочка: бандит связан с начальником организации, призванной с этим бандитом бороться!

Я, честно говоря, не ожидала от Димки такой вот тирады. Очень уж откровенно и доверительно. Что это на него нашло?

Видя мою растерянность, Кожухов опустил глаза.

— Я не должен был тебе всего этого говорить, но накипело, понимаешь ли... — Димка вздохнул.

— А где те бумаги, которые Шатров передал Лунину, материалы дела?

— Здесь, где ж им еще быть!

— Просто так лежат? Интересно было бы на них взглянуть...

Димка сделал вид, что рассматривает свои руки.

— Но ведь в РУБОПе и такие люди есть, как Стригунов, — гордо изрекла я.

— Есть, — без особого энтузиазма согласился Кожухов.

Спохватившись, он взглянул на часы.

— Тебе пора.

Я затушила сигарету в пепельнице и вышла из кабинета. Он объяснил мне, как найти Селиванова. Я прошла по коридору до конца и уперлась в большую дверь из темного дерева, на которой красовалась бронзовая табличка, извещающая, что за этой дверью кабинет главного прокурора области.

У Селиванова была самая настоящая приемная, пол которой устилал ковер. Вдоль стен стояли шикарные шкафы с документацией, за овальным столом восседала грозная мадам со взбитыми в высокую прическу волосами. Один ее вид должен был настроить на торжественно-степенный лад. Я чинно поздоровалась с ней и объяснила, кто я и что хочу, ссылаясь на протекцию Кожухова. Она милостиво разрешила мне войти в кабинет, предварительно предупредив своего шефа по телефону.

Я очутилась в просторной комнате со светлыми занавесями и жалюзи на окнах. Меня обдало свежестью и прохладой — в кабинете работал кондиционер. За большим столом, к которому буквой «т» был приставлен еще один, длинный, сидел мужчина средней комплекции лет пятидесяти. На нем были белая рубашка и коричневый, в мелких желтых ромбиках галстук. На носу — массивные очки. Каштановые волосы, начавшие уже седеть, не отличались ни густотой, ни волнистостью, они были аккуратно зачесаны назад, демонстрируя лобную залысину. Ничего не выражающий взгляд пробежался по мне и ушел куда-то в сторону. Заученная улыбка раздвинула тонкие губы главного прокурора. Я сразу обратила внимание на его рот, чрезмерно розовый, жадный и напряженный. Создавалось впечатление, что у него вставная челюсть — так неестественно, точно натянутые усилием во что бы то ни стало изображать радость, замерли в улыбке его губы.

Обстановка кабинета поражала роскошью и комфортом: кроме столов и шкафов, в нем находились диван с высокой спинкой и пара кресел. Кругом позолоченные безделушки и сувениры, на столе покоился «Паркер», вазочка для ручек и карандашей напоминала ту, которая запечатлена на фото кремлевского кабинета Ильича.

— Здравствуйте, — я сделала несколько шагов вперед, — моя фамилия Иванова...

— Знаю, — вяло произнес Селиванов, — садитесь, пожалуйста, — он кивнул на кресло, стоящее напротив его стола.

Голос у него был бесцветный и монотонный. Было непонятно, то ли он устал выполнять свою благородную миссию, то ли это просто старая привычка, позволявшая ему не раз сохранять выдержку и спокойствие.

— Спасибо, — я опустилась в кресло, а Селиванов

переложил бумаги на столе и снова поднял на меня взгляд, показавшийся мне теперь вполне благожелательным.

— Что вас привело ко мне? — он продолжал по-отечески снисходительно и благосклонно смотреть на меня.

— Дмитрий Алексеевич вам, наверное, вкратце уже рассказал мою историю. Но он вам, по всей видимости, не сказал, что человек, которого на моих глазах убили на той злосчастной поляне, не кто иной, как Шатров Вячеслав Николаевич...

Я умолкла, наблюдая за реакцией главного. Он и бровью не повел, только пожевал губами и глухо кашлянул.

— Откуда вы это знаете? — процедил он.

— Я видела фотографию Шатрова, и мне было несложно сличить ее, так сказать, с оригиналом.

— Вот как? — чуть приподнял свои едва намеченные брови Селиванов. — И где же вы видели фотографию Шатрова? Были у его жены?

— Она ведь приходила к вам?

Его взгляд стал настороженно-хитрым.

— Да, мы разговаривали с Галиной Семеновной, и я заверил ее, что сделаю все возможное со своей стороны, чтобы прояснить ситуацию с ее мужем.

— Вячеслав Николаевич тесно сотрудничал с вами... — я не сводила глаз с его анемичного лица.

— Ну, если быть точным, не со мной, а с Луниным Аркадием Александровичем, — снова растянул в улыбке свой неприятный рот Селиванов.

— А что заставило Лунина уволиться? — не дала я ему передышки.

— Обстоятельства личного характера, он получил новую квартиру... Он давно хотел перейти на более спокойную, как он выразился, работу. А тут у него дочь родила... Вы не были еще у него?

— Нет, не успела.

— Я думаю, он вам сам обо всем расскажет, — улыбнулся Селиванов.

— И что вы намерены делать в свете новых обстоятельств? — напрямик спросила я.

— Разве этим делом не занимается милиция? — Селиванов изобразил удивление.

— Занимается, но так вяло, что можно сказать, вовсе не занимается, — решительно сказала я.

— Да, нашу милицию все время подгонять надо, — вздохнул Селиванов, — а вы, значит, лично заинтересованы в этом деле?

— Я видела людей, которые убили Шатрова. Эти люди гоняются за мной, и я даже была вынуждена обратиться к Стригунову, чтобы совместными усилиями бороться с этой шайкой.

— Боже мой, что вы такое говорите! Конечно же, мы займемся этим, вернее, уже занимаемся, — стал несказанно любезным Селиванов, — материалы дела у Кожухова, вашего друга. Вы можете обращаться напрямую к нему. Я со своей стороны могу только проконтролировать его работу. Обещаю вам, что виновники будут наказаны. Тем более что вы хотите и можете нам помочь...

— Это дело, как мне кажется, связано с той достопамятной историей, когда Шатров привлекался к суду за взятку. Суд оправдал его, помните?

— Конечно, помню, — обеспокоенно взглянул на меня Селиванов.

— Взятка была липовой, Шатрова подставили. И все потому, что он поймал на браконьерстве брата Рустама Тагирова! Тагиров решил отомстить, и Шатров оказался под следствием. И вот спустя какое-то время, после того, как он был освобожден, его похищают и убивают. И я думаю, не просто для того, чтобы он не мешался, но еще и для того, чтобы другим неповадно было! А на его место наверняка поставят, если уже не поставили, своего человека. Кроме того, мне стало известно, что Тагиров попался на передаче информации бандитам. И что же? Его переводят в район.

— Ну, это не ко мне, — облегченно заулыбался Селиванов, — с Тагировым разбиралась служба собственной безопасности.

— Но вы-то наверняка по долгу службы сотрудничали с Тагировым...

— Это ни о чем не говорит. Если хотите знать, я никогда не испытывал к нему симпатии. Он всегда был темной лошадкой.

— А вы знаете, что он сотрудничал с Богомазом?

— Были такие слухи, — вяло отозвался Селиванов, — может, он и сейчас продолжает с ним сотрудничать. Скажу вам по секрету: к нам обратился один, не буду называть его имени, рубоповец, — тон Селиванова сделался доверительным, — с материалами, изобличающими преступную деятельность Тагирова. Мы работаем над этим, так что от ответственности он не уйдет, можете мне поверить.

— Я вам верю, — без особой убедительности сказала я, — спасибо.

— Да не за что, — расплылся в улыбке Селиванов.

— Еще у меня есть подозрения насчет Гунькова, старлея в Октябрьском отделении милиции.

— Напишите сначала в районную прокуратуру, они разберутся, потом в городскую, если вас не устроит работа районной, и уж потом — милости прошу к нам, — засмеялся Селиванов.

— Хорошо.

— Смутные времена настали, — сокрушенно покачал головой Селиванов, — не поймешь: кто за кого. Вроде свой в доску, а глядишь, он тебя продать норовит!

— Я вас понимаю, — сухо произнесла я.

— Вот смотрю на вас и удивляюсь, такая молодая, такая обаятельная, а работаете детективом. Это же мужская профессия. Я, видите ли, немного ретроград, что касается семьи, роли мужчин и женщин в обществе...

«Поэтому и Лунина отослали помогать семье его дочери?» — хотела было сказать я.

— А ведь я вас знаю еще по другим источникам, — решила я немного расшевелить Селиванова.

— Да-а? — напрягся он.

— Я была одно время близка с Виктором Проказовым, сыном Федора Ивановича Проказова.

— Неужели? — взгляд Селиванова потеплел. — Вот не ожидал!

— Витька тоже был со мной в лесу в тот момент, когда на нас «наехали» бандиты. Его они тоже прессовали.

— А Федя мне ничего не говорил, — растерянно пробормотал Селиванов.

— Витька родителям ничего не стал говорить, чтобы их не расстраивать. Так что угроза нависла над нами всеми, — патетично закончила я.

— Да-а, — задумался Селиванов, — вон оно как вышло. Но ничего, Дмитрий Алексеевич со всем этим разберется, — в абстрактной манере выразился он, — ничего.

— Вы поможете нам? — выражая взором самую неистовую надежду, спросила я.

— Обещаю.

Не было у меня веры в Дмитрия Алексеевича, несмотря на все его заверения и дружбу. Тем более что дружба эта относилась к далекому школьному прошлому. Ну да ладно, диалог с главным прошел в нужном регистре. Не будем забегать вперед.

Я села в машину, где поджидал меня Костик, со смешанным чувством досады и удовлетворения. Чего я добилась, собственно, если сбросить со счетов расположение главного? Местонахождение трупа Шатрова остается загадкой, а его мне нужно найти в первую очередь. Если даже Димка проявит чудо энергии и неподкупности и Немезида с его помощью покарает бандитов, где уверенность, что труп будет найден? Да и как Кожухов будет привлекать бандитов к суду за смерть Шатрова, если труп последнего неизвестно где? «Нет трупа — нет дела», — вертелся в моем мозгу затертый до тошноты афоризм. И потом, если менты обнаружат труп, где тут мое участие и за что мне тогда платить?

Я поморщилась, удивляясь про себя своему циничному прагматизму. Но ведь не даром же я должна работать и к тому же рисковать жизнью!

— Что-нибудь не так? — спросил Костик, смущенный моей неразговорчивостью.

— Если бы все было так, как должно, было бы неинтересно жить, — запальчиво сказала я, раздраженная застоем в деле. — И хуже всего то, что чего-то лучшего я и не ожидала...

Озадаченный моей репликой, Костик умолк. Я пожевала губами сигарету. У меня был адрес Коляна. Я могла попробовать выпытать у него, где находится труп Шатрова, но белобрысого водителя сейчас наверняка нет дома. У меня была возможность пробраться на «дачу» Пал Василича и поставить закладки. Но где гарантия, что бандиты будут обсуждать место захоронения Шатрова? Вообще, логично ли ждать от них разговоров на эту тему? Пал Василич дал вполне определенные указания Рыжему, зачем им еще раз обговаривать одно и то же? Кстати, Пашка сказал Пал Василичу, что труп они пока оставили в гараже. Только вот, в каком гараже? Возможно, в том, в котором Колян оставляет на ночь «Шевроле»? Если он вообще ставит его в гараж. Что ж, пока нет других версий, не мешало бы проверить эту.

Сверившись на всякий случай с записью в блокноте, я запустила двигатель и тронулась с места.

— Куда теперь? — поинтересовался Костик.

— К Коле Ревякину, — сказала я и пояснила: — Это водитель «Шевроле».

— Тот сивый, которому ты расплющила кишки? — улыбнулся Костя.

— Именно, — кивнула я.

— Не думаю, что он будет дома после того, что случилось, — с сомнением в голосе произнес Костя.

— Я на это и рассчитываю, — усмехнулась я. — Если дома у него кто-то есть, нужно будет постараться выведать местонахождение Колиного гаража.

— Думаешь, труп Шатрова там?

— Догадливый мальчик, — я хлопнула его ладонью по колену.

— Может, ты не будешь называть меня мальчиком? — потупился он.

Мне показалось, что это его оскорбило.

— Ну ты же не девочка, — я пожала плечами, — впрочем, как знаешь, могу называть тебя... Как бы ты сам хотел, чтобы тебя называли?

— Меня вполне устраивает мое имя, — глядя в сторону, сказал Костя.

— Ладно, не обижайся, — миролюбиво потрепала я его по плечу, — кстати, что у тебя с «Никоном», выживет?

— Кажется... ничего страшного, — озабоченно вздохнул Костя, поглаживая аппарат, — главное — оптика цела, а механизм проверю дома.

Так, болтая о всякой всячине, мы добрались до окраины Ленинского района, где, если верить адресу, проживал Ревякин. Это была предпоследняя длинная девятиэтажка. Дальше протянулась еще одна, а за ней, возле большого пруда, куда крупный завод сливал отработанную воду вперемешку с отходами производства, ютились ветхие дачки, собранные из материалов, найденных на ближайшей свалке.

Остановив машину на маленькой дворовой стоянке, где поджидали своих хозяев синий «Москвич» и желтая «копейка», я заглушила двигатель и вынула ключи из замка зажигания.

— Хочешь, я схожу на разведку? — предложил вдруг Костя. — Будет выглядеть правдоподобнее, если его будет спрашивать мужчина.

Немного подумав, я согласилась.

— Не волнуйся, я буду тебя страховать, — сказала я, выбираясь из машины. — Пошли.

Пока мы добирались до квартиры Ревякина, я объяснила Косте, что нужно говорить и как себя вести. Он беспрепятственно проник в тамбур, куда выходили двери трех квартир, и надавил на кнопку звонка.

— Ну, с богом, — я осталась на лестничной площадке, встав за стеной, чтобы меня не было видно.

— Кто? — донесся до меня слабый женский голос.

— Мне нужен Николай, — смело произнес Костя. — Он дома?

Щелкнули замки, и тяжелая стальная дверь отворилась на длину цепочки.

— Его нет, — судя по голосу (самой говорящей я видеть не могла), женщине было лет сорок с небольшим.

— Мне сказали, что он должен быть в гараже, — заявил Костя, — подскажите, как его найти?

— Что-то я тебя раньше не видела, — голос женщины приобрел недоверчивую окраску. — Почему я тебе должна все докладывать?

— Как хотите, — Костя сделал шаг назад, показывая, что собирается уходить. — Я Коляну деньги должен. Две тысячи долларов. Сегодня вечером я уезжаю, тогда ему придется ждать целый месяц. Ну, до свидания.

— Эй, погоди-ка, — тормознула его женщина, видно, упоминание о деньгах сыграло свою роль. — Ты можешь деньги мне оставить, я передам.

— Не-ет, — усмехнулся Костя, — еще чего! Бабки отдам только ему лично.

— А кто тебе сказал про гараж? — поинтересовалась женщина.

— Рыжий сказал, — махнул рукой Костя, — ладно, Коляну привет передайте и скажите, что долг я ему приносил.

Костя повернулся и пошел прочь. Стальная дверь захлопнулась (я уже хотела спустить на Костю всех собак), но тут же снова открылась, теперь уже полностью. Я отпрянула за стену.

— Стой, ты куда? — женщина выскочила в тамбур.

Костя остановился и вопросительно посмотрел на нее (об этом я могла только догадываться, но, судя по дальнейшему разговору, все было именно так).

— Я же сказал, — недовольно пробурчал Костя, — сегодня уезжаю, мне еще собраться нужно.

— Сходи посмотри, — торопливо сказала женщина, — может, он и правда в гараже. Ты на машине?

— Угу, — кивнул Костя.

— Поедешь вдоль дома до стоянки, — добавила она, — сразу за ней начнутся гаражи. Наш — пятьдесят второй. Ворота зеленой краской выкрашены. Найдешь?

— Найду, — кивнул Костя.

— Я бы тебя проводила, да варенье у меня на плите...

— Ничего, сам справлюсь, не маленький.

Константин вызвал лифт. Когда хлопнула стальная дверь, я присоединилась к нему.

— Молодец, — я похлопала его по плечу, — здорово у тебя получилось!

— В школе я участвовал в художественной самодеятельности, — скромно пояснил он и пропустил меня в лифт, двери которого открылись.

— Да в тебе просто пропадает актерский талант, — пожурила я своего спутника.

Спустившись на улицу, мы быстро добрались до машины и поехали искать гараж Ревякина. Через пару минут, миновав стоянку, над которой возвышалась двухэтажная будка сторожа, моя «девятка» въехала на территорию гаражей. Видимо, организованы они были не так давно, потому что часть из них была еще недостроена: некоторые, будучи без ворот, зияли пустыми проемами, у других не было крыши, но основная часть все же была завершена. Тут и там валялись обломки кирпичей, горы строительного мусора, кучи свежевыкопанной земли и песка. Пара автовладельцев, выкатив свои средства передвижения из гаражей, занимались мелким ремонтом двигателей и ходовой части.

Гаражные блоки располагались несколькими длинными рядами, один против другого, между которыми были оставлены широкие проезды. В третьем отсеке мы и нашли гараж с зелеными воротами и номером «пятьдесят два» на белом прямоугольничке. Судя по размерам, в нем можно было поместить пару таких джипов, как «Шевроле», или три-четыре легковушки помельче.

Гараж был в дальнем конце отсека. Я развернула машину и поставила ее перед самыми воротами.

— Так здесь же никого нет, — недоуменно произнес Константин, — как мы попадем внутрь? Нужно было попросить ключи.

— По-моему, ты так вжился в роль, — усмехнулась я, — что сам поверил тому, что говорил. Конечно, здесь никого нет. Я на это и рассчитывала. Не думаешь же ты, что Коля захотел бы показать нам то, что у него в гараже?

— Ты думаешь, труп внутри? — Костя вышел из машины и принялся осматривать ворота.

— Думаю, что нужно проверить наше предположение, — я тоже осмотрелась.

Ворота были сделаны на совесть. Все примыкания ворот к раме были такими плотными, что туда невозможно было вставить не то что монтировку, но даже лезвие перочинного ножа.

— Здесь без автогена не обойтись, — заявил Константин, толкая ворота ладонью. Они даже не шевельнулись.

— Попробуем, — я уже определила, как без особых трудностей попасть в гараж.

Это только с виду кажется, что проникнуть туда, не взломав калитки, невозможно. На самом деле никакой сложности это не представляло. Как и большинство других гаражных ворот, они запираются изнутри специальными винтовыми тягами, и, чтобы вскрыть такие ворота, необходимо иметь небольшой бульдозер. Но калиточка, через которую после закрытия ворот автовладелец выходит из гаража, запиралась на самые обычные замки и щеколды. Здесь они тоже присутствовали. Большой амбарный замок, на открывание которого у меня ушло бы не больше минуты, и щеколда. Щеколду, конечно, видно не было, а вот отверстие, через которое вставлялся специальный ключ с откидывающейся бородкой, было видно хорошо. С ней придется немного повозиться, да и то только потому, что нужно будет действовать методом проб и ошибок.

В моем наборе отмычек была одна такая специальная, вращающуюся часть которой можно было регулировать. С открывания щеколды я и начала. Костя топтался рядом, и было заметно, как он нервничает, наверное, никогда еще ему не приходилось проникать в чужие помещения. Он закурил и постоянно поглядывал в сторону, откуда могли появиться владельцы соседних гаражей.

— Иди сядь в машину, — приказала я, чтобы иметь возможность спокойно работать.

— А если кто-нибудь увидит? — с опаской спросил он, продолжая топтаться рядом.

— Если увидят, что ты здесь сучишь ножками, то точно заподозрят неладное, — прикрикнула я на него, — а ну, марш в машину!

В это время я как раз почувствовала, что зацепила щеколду и начала поворачивать отмычку, чтобы отодвинуть засов. Что-то не пускало его. Ага, кажется, просто калитка прижимает его к воротам. Я уперлась в металл плечом, и щеколда поддалась. Теперь дело за замком. Как я и предполагала, он сдался через полторы минуты. Вынув дужку, я повесила его на ручку, приваренную к калитке. Слабо скрипнув, калитка открылась.

— Оставайся здесь, — махнула я Косте рукой, — если что, подашь мне какой-нибудь знак. Только не прыгай перед гаражом, как карась на раскаленной сковороде.

Костя молча кивнул, и я заметила, что он чувствует себя не в своей тарелке. Я шагнула внутрь, в душную тишину гаража и, найдя выключатель, зажгла свет. Внутри еще не была закончена отделка. На бетонном полу валялись какие-то инструменты, в углу была аккуратно сложена стопка колес, рядом стояли сварочный трансформатор и небольшая бетономешалка. Вдоль одной стены высился стеллаж из стального уголка, деревянные полки были прислонены к противоположной стене. Обойдя гараж по периметру, я убедилась: ничего похожего на труп здесь нет. Зато в дальнем углу я приметила люк, который, скорее всего, вел в погреб. Потянув за ручку, я открыла его и заглянула вниз. Было темно и сыро, как... как в погребе. Я спустилась на несколько ступеней и щелкнула зажигалкой. Прямо передо мной, словно груша, болталась лампочка без абажура. Выбравшись наверх, я нашла еще один выключатель. Нажала на клавишу и увидела, что в погребе вспыхнул свет. Снова спустилась вниз, теперь уже на самое дно. Здесь было прохладно и совершенно пусто. Полы, как и в самом гараже, были забетонированы, стены — выложены из красного кирпича. И ничего больше. Ничего, что могло бы говорить о том, что недавно здесь был труп. А может, здесь его и не было? Но куда они его дели, ведь, насколько я знаю, времени у них было не так уж много. Здесь для временного хранения трупов самое подходящее место, а отсюда его можно было потихоньку вывезти куда-нибудь и закопать или утопить в озере.

Что-то мне подсказывало, что я на верном пути. Выбравшись наверх, я снова принялась осматривать гараж, но уже более тщательно. Конечно, я не рассчитывала уже найти труп — спрятать его здесь было негде, но я искала какие-нибудь признаки, по которым можно было с большой уверенностью предположить, что труп Шатрова сюда привозили. Еще раз внимательно осмотрев полы, я нашла то, что искала, возле самого входа. Это было небольшое темное пятно, впитавшееся в бетонный пол. Кровь. Да, я была уверена, что это именно кровь.

Снаружи послышался натужный кашель Кости. Он что, простудился, что ли? Или ему что-то попало в дыхательное горло? Кашель был каким-то неестественным. Я выглянула наружу. Рядом с моей «девяткой» стояла еще одна легковушка — новенькая синяя «Лада». Видимо, она подъехала, когда я была в погребе, потому что я ничего не слышала. Ее водитель — высокий парень примерно моего возраста, только с ранним «пивным» пузом — о чем-то беседовал с Костей, который надрывно кашлял. А-а, так это он мне сигналы подает. Я кашлянула в ответ, и парень повернулся в мою сторону одновременно с Константином.

— Здрасьте, — улыбнулся он, увидев меня, — я сейчас к Коляну заходил, так его мать сказала, что он в гараже.

— Жаль, — улыбнулась я в ответ, — он только что отъехал.

— А вы?.. — парень слегка замялся.

— Мы тоже уже уезжаем, — сказала я.

— Я хотел у Коляна бетономешалку забрать, — пробормотал парень, — мне полы бетонировать нужно. Вот мой гараж, рядом.

— К сожалению, с этим вопросом нужно обращаться лично к Николаю, — я закрыла калитку и, сунув в отверстие отмычку, задвинула щеколду.

Замок я запирать не стала: парень мог неправильно меня понять, если бы я ковырялась у него перед носом с отмычками. Я просто сунула дужку в ушки и перевернула замок вверх ногами, так что со стороны он выглядел, как запертый. Я села в машину и, сделав прощальный жест, тронулась с места.

— Ух ты, — Костя вытер тыльной стороной ладони пот со лба. — Я думал, нам каюк.

— Самое главное в работе сыщика, — сказала я, доставая сигарету, — в определенных ситуациях сохранять спокойствие. Ты видишь, он даже ни о чем не догадался.

— Здорово! — восхищенно воскликнул Костя. — Что-нибудь нашла?

— Похоже, труп они уже успели куда-то вывезти, — я затянулась и выпустила дым в окно, — но на полу остались пятна крови.

— Ты уверена?

— Почти на сто процентов.

— Что мы будем делать теперь?

— Нам не мешало бы что-нибудь бросить в топку, у меня уже живот к спине прилип.

Я остановилась возле ларька, в котором продавали «горячих собачек», и протянула Косте деньги.

— Возьми что-нибудь пожевать и бутылочку водички.

Глава 9

Через несколько минут, съев «собачек» и запив их спрайтом, мы двинулись дальше. Теперь я снова решила посетить капитана Гришанина. Опять оставив Костю караулить машину, я заглянула в знакомый кабинет. Как и в первый раз, я застала капитана за столом, что-то записывающим в свои талмуды. Мне показалось, что он обрадовался, увидев меня, чего я, честно говоря, не ожидала. Он даже приподнял со стула задницу, показав мне место перед столом. Я с опаской опустилась на предложенный стул и закурила.

— Чем могу служить? — капитан был просто сама любезность. С чего бы такая обходительность?

— Зашла узнать, как продвигается расследование.

— Продвигается понемногу, — неопределенно ответил Михал Михалыч, отодвинув в сторону папки с бумагами.

— Я бы хотела услышать что-нибудь более определенное, — улыбнулась я. — Вы нашли преступников?

— Дело к этому движется, — удовлетворенно крякнул капитан. — Мы уже знаем владельца «Шевроле» государственный номерной знак триста тридцать. Если вы ничего не напутали, Татьяна Александровна, — назвал он меня по имени-отчеству, чем еще больше удивил, — то не сегодня-завтра мы его возьмем. Если они увезли труп на машине, там должны остаться какие-то следы.

— Николай Ревякин? — уточнила я как бы между прочим.

— Да-а, — теперь настала очередь капитана удивляться. — Откуда вы знаете?

— Мы тоже не сидим на месте, как говорится, — с гордой улыбкой сказала я, — кстати, загляните заодно в гараж Ревякина, номер пятьдесят два, там на входе есть пятна, похожие на кровь.

— Обязательно заглянем, — с уважением посмотрел на меня капитан.

— Что ж, — я с удовольствием поднялась с шаткого стула, — не смею больше вас отвлекать.

* * *

Костик предложил мне остановиться у какого-нибудь кафе.

— Деньги у меня есть, — изрек он, преисполненный мужского достоинства, — хоть вечер-то мы можем провести вместе?

В его глазах застыла просьба, но, верная духу противоречия и несогласия, я возразила:

— Мы с тобой и так целый день вместе катаемся.

— Это не то, — смущенно посмотрел на меня Костик, — я хотел тебя пригласить к себе, но думал, ты не так меня поймешь.

— А ты не думай, — дерзко засмеялась я, — ты приглашай, у меня найдется пара часов.

— Не могу я так! — с досадой воскликнул Костик.

— Что тебя, мой цинизм раздражает? — посмотрела я на него по-сестрински мягко и в то же время иронично. — Так это не цинизм, дорогой мой, это настоятельная необходимость сохранять бдительность.

— Я уже это слышал, — обиженно сказал Костик, — у тебя все подчинено необходимости.

— Не нравится? — поддела я его.

— Я, конечно, все понимаю, но...

— ...согласиться не можешь? Что ж, тогда давай по домам!

— Ну, так ты была бы... в общем... не против... — зарапортовался Костик.

— Но только без глупостей! — строго предупредила я.

В итоге мы оказались в его однокомнатной квартире, где мебель изнемогала под толстым слоем пыли. Настоящее холостяцкое дупло! Об этом я и заявила Костику. Он лишь виновато пожал плечами.

— Но наводить у тебя порядок я не собираюсь, — решительно сказала я, — я немного устала...

— Ты можешь пока телик посмотреть, а я займусь ужином.

Костик побежал на кухню, окрыленный тем, что все-таки затащил меня в свою берлогу. Я вольготно уселась на диване и включила телевизор. Но вскоре веки мои сами собой закрылись, и я погрузилась в приятную дрему. Когда какой-то внутренний импульс вывел меня. из состояния забытья, я встретилась лбом с горячими и сухими губами Костика.

— Ужин готов, насколько я понимаю, — лукаво улыбнулась я.

— Черт, это твоя бдительность и во сне тебе покоя не дает! — с шутливым отчаянием воскликнул Костя.

— А ты как думал? Чуть Татьяна Иванова отключилась, а ты тут как тут!

Глаза Костика смеялись.

— Ужин готов, — вдруг неожиданно понуро объявил он.

Тогда я взяла инициативу на себя — совсем запугала бедного мальчика! Я обняла его за шею и притянула к себе. Он хотел что-то сказать, но не успел: наши губы нашли друг друга и заключили тесный союз. Когда поцелуй утратил свой накал и силу и я смогла освободиться, Костик порывисто уткнулся лицом в мое плечо.

— Не думай, что это просто так, какая-то блажь...

— Я почти утратила способность соображать, — улыбнулась я, лаская рукой его волнистые волосы, оказавшиеся такими мягкими на ощупь, — выпить у тебя найдется?

Я увидела неодобрительный взгляд Костика. Он отпрянул от меня и теперь внимательно и настороженно изучал мое лицо.

— Нет, не за этим... — усмехнулась я, — не для того, чтобы потерять сознание или заглушить робость, просто мне нужно немного расслабиться, понятно?

Он кивнул и минуты через две принес рюмку коньяка. Я сделала три глотка и почувствовала, как вместе с жаром по телу разливается блаженная истома.

«Все-таки хорошо ты, Иванова, руководишь своим

организмом!» — мысленно вознесла я себе хвалу и снова привлекла к себе Костика. Излишне говорить, что ужин так и остался на плите.

Костик оказался довольно искусным любовником. На несколько мгновений он изгнал из моей памяти противные рожи Рыжего и белобрысого, отечную морду Пал Василича и потное от усилия до конца оставаться добрым и светлым лицо Кожухова. Нас подхватило неудержимое течение и влекло в своих бурных водах, пока мы не оказались на необитаемом острове среди манговых рощ и кокосовых наслаждений. Я почти утратила чувство реальности, в моем воспаленном мозгу порхали с цветка на цветок гигантские бабочки и кружились радуги. И вот, когда мое утомленное тело покойно и радостно праздновало простое человеческое счастье, я вдруг отчетливо поняла, что мне чего-то не хватает в этих манговых кущах. Вот именно, сигарет.

Мы дружно задымили, молча и отрешенно переживая свалившееся на нас счастье. Я путешествовала глазами по потолку, настоятельно нуждавшемуся в побелке. Костик немного пасовал — это я видела. Похоже, он смутно представлял себе, какого рода беседами нужно занимать женщину после «события». Я скосила на него глаза. Заметив, что я смотрю на него, он неловко улыбнулся и тут же уставился в потолок. Я почему-то тоже чувствовала себя не совсем в своей тарелке. Но это объяснимо, а, следовательно, простительно. Я взглянула на наручные часы.

— О-о, мне пора, — разрушила я хрустальное царство счастливого замешательства, — мне было хорошо, действительно хорошо.

— Но... — вскочил Костик, — я думал, ты останешься...

— Не могу, — я лениво поднялась и принялась одеваться, — у меня еще масса нерешенных дел.

— Тогда я поеду с тобой, — заявил Костик, нашел свои брюки и принялся их торопливо надевать.

— Нет, — я с ласковой улыбкой остановила его, — я

действительно не могу сейчас взять тебя с собой. Может быть, в следующий раз.

— Тебе предстоят какие-то разборки? — догадался Костик.

— Что-то вроде этого, — кивнула я, — но, возможно, ничего из ряда вон не случится. Просто лучше перестраховаться.

— Черт побери, — Костя сел на стул и покачал головой, — как-то все неправильно получается. Ты — женщина — будешь рисковать жизнью, а я — мужчина — должен сидеть в тихом уголочке.

— Господи, ну не переживай ты так, — я приподняла его голову за подбородок и прижалась губами к его губам. Он почти не ответил на мой поцелуй. — Просто я выбрала себе такую профессию. Возможно, во мне чересчур много мужского начала...

Костик хотел было что-то возразить, но я прикрыла ему рот ладонью. Он вышел в прихожую проводить меня.

— Я позвоню, — он на секунду сжал мою руку и, резко развернувшись, пошел в комнату.

— Дверь никому не отпирай, — крикнула я и вышла на лестничную площадку.

* * *

К своему дому я подъехала в восемь пятнадцать. На город уже спустились легкие сумерки, но видно еще было хорошо. Перед въездом во двор я ничего необычного не заметила, поэтому спокойно свернула направо. В дальнем конце двора, как и в прошлый раз, дежурил микроавтобус «Форд», значит, люди Стригунова на месте. Возможно, и на этот раз они приехали напрасно. Хотя нет. Чуть дальше от «Форда», почти на газоне, приткнулась голубая «шестерка» с затемненными стеклами. Я остановила машину на стоянке, вынула пистолет, сняла его с предохранителя и снова спрятала в кобуру. Перед тем как выйти из машины, я внимательно посмотрела по сторонам. Двор жил своей жизнью.

Кроме двух машин, в одной из которых сидели рубоповцы, а в другой, возможно, те, кто охотился на меня, ничего особенного незаинтересованный наблюдатель бы не заметил. Да, собственно, и некому было ничего замечать: никого из жильцов на улице не было.

Я повесила сумочку на плечо, нажала на кнопку электронного ключа и, держа руки свободными, двинулась к подъезду. В это время тронулась с места «шестерка». Я тут же разгадала их намерение: они хотели поравняться со мной в тот момент, когда я буду на полпути к подъезду, в аккурат на дороге, проходящей параллельно дому. Они все правильно рассчитали, но не учли одного — они имели дело не с обычным обывателем, а с человеком, владеющим приемами самозащиты. Даже если бы мне на помощь не пришли люди Олега и даже если бы я не знала о готовящемся на меня покушении, я не сомневалась, что смогла бы выкрутиться из создавшегося положения.

Короче говоря, «шестерка» двигалась потихоньку вдоль дома, наперерез мне. Когда я шагнула на проезжую часть, ее водитель нажал на тормоза и любезно дал мне пройти. Киллер, вероятно, собирался выстрелить мне в спину, это уж совсем не по-джентльменски. Внутри салона ничего видно не было, так как все стекла «шестерки» были подняты. Значит, если это покушение, то стреляющий должен будет выбраться из машины, чтобы действовать наверняка, а не стрелять через окно. Я не слышала, как позади меня открылась дверца «шестерки», но, сделав несколько шагов, резко обернулась, сжимая в руке «макаров». Киллер, а в этой роли решил выступить сам Рыжий, едва успел ступить на асфальт и только-только начал поднимать свою «пушку», на которую был навернут глушитель. Наши взгляды встретились. Конечно, он не ожидал от меня такой быстрой реакции, надеясь пустить мне пулю в спину или в затылок. Но теперь ему придется смотреть мне в глаза.

Поняв, что, кроме моих глаз, ему в лоб нацелен ствол боевого пистолета, он остановился и замер. Он не видел, как из «Форда» выбрались несколько человек в бронежилетах и, пригибаясь, бесшумно подобрались к «шестерке» со стороны водителя.

— Брось оружие, Рыжий, — усмехнулась я, — не выйдет из тебя нормального киллера.

— Ну, это мы еще посмотрим, — сморщив от умственного напряжения лоб, произнес он.

Я поняла, что сейчас он что-то предпримет, и не ошиблась. Рыжий резко присел, уходя с линии огня моего пистолета, одновременно приподняв ствол своего. Если я хотела остаться в живых, мне нужно было стрелять или броситься на землю и в сторону и уже в падении выпустить в него несколько пуль. Но я видела то, чего не мог видеть Рыжий. Позади него уже находился один из бойцов Стригунова. Рыжий успел все-таки надавить на курок, но пуля ушла в небо, потому что одна рука рубоповца схватила его за горло, а другая подняла руку с пистолетом вверх. Я сделала два шага вперед и всадила Рыжему ногой в солнечное сплетение. Рубоповец, державший его, в несколько мгновений завершил его обработку. Водителя «шестерки» — белобрысого Коляна — уже выволокли из салона и ткнули мордой в асфальт. Он почти не сопротивлялся, поэтому с ним обошлись более-менее любезно, разбив нос и сломав пару ребер.

Но на этом нападение не закончилось. В то мгновение, когда Рыжий выстрелил в воздух, во двор на большой скорости ворвалась еще одна легковушка — новенький синий «Москвич». Видимо, там сидели какие-то камикадзе, потому что не заметить во дворе вооруженных людей в бронежилетах они не могли. «Москвич» чуть притормозил на повороте, а потом снова дал полный газ. Из раскрытого окна задней двери высунулось дуло израильского «узи». Все это было довольно неожиданно, но рубоповцы были начеку. Водитель «Форда», который к этому времени уже подъезжал к «шестерке», чтобы не таскаться с задержанными через весь двор, мгновенно оценил изменившуюся обстановку и двинул наперерез «Москвичу». Обе машины остановились как вкопанные друг перед другом. Их бамперы разделяло буквально несколько миллиметров. Как только машины замерли, «узи» начал плеваться свинцом в мою сторону. Я упала на землю и откатилась под прикрытие «шестерки». Через секунду раздалась очередь из «АКМ», и выстрелы смолкли. Раненый киллер выронил «узи» на землю. Его тоже быстренько «заластали». Водителя «Москвича», который выскочил из машины в тот момент, когда киллер принялся поливать из своего пистолета-автомата, взял на выходе со двора Стригунов.

Вообще, вся сцена нападения была достойна лучших американских боевиков, только я сомневаюсь, что кто-нибудь из жильцов дома мог хорошенько все рассмотреть. Ведь все произошло настолько быстро. Всех нападавших сразу же после окончания операции затащили в салон «Форда», куда забрались и мы со Стригуновым. Мне показалось, что он чем-то расстроен.

— Что-нибудь случилось? — спросила я.

— Ты почему не стреляла? — Стригунов строго посмотрел на меня, а потом на корчившегося на полу Рыжего. — Он ведь мог убить тебя.

— Так это же ваша операция, — я хитро посмотрела на него и чмокнула в щеку. — Кстати, спасибо за помощь.

— Да ладно тебе, — его суровое лицо немного покраснело. Но это, наверное, от усердия. — Если ты в порядке, тогда мы поехали, нужно оформить этих киллеров на постоянное место жительства.

— Думаешь, их на этот раз не оправдают?

— Пусть только попробуют, — засмеялся Стригунов, доставая сигарету. — Ну, пока.

— Погоди-ка, — я склонилась над Рыжим, — мне нужно кое-что узнать.

Я легонько ткнула Рыжего в бок, чтобы он обратил на меня внимание. Когда он с ненавистью посмотрел на меня, я спросила:

— Паша, куда вы дели труп Шатрова?

— Да пошла ты, — сплюнув на пол кровь, он повернул голову в сторону.

— Знаешь, тебя ведь могли случайно убить в перестрелке. Как ты к этому относишься? Тебе ведь не хочется умирать, правда?

Он не обращал на меня внимания.

— Олег, — громко спросила я, присаживаясь на откидное сиденье, — как ты относишься к трупам?

Стригунов понял мою игру. Он выпустил дым через ноздри и хорошенько пнул Рыжего по ребрам.

— Если это трупы таких вот подонков, то очень даже хорошо отношусь. Мы можем проехать окраиной города...

— Не имеете права, — завопил Рыжий. — Нас должны судить. Это не по закону.

— Где труп Шатрова, Рыжий? — я снова склонилась над ним.

— Не знаю я, честное слово, не знаю, — задергался он на полу.

— Колян, — я пересела на другое сиденье, поближе к тому месту, где лежал белобрысый, — я знаю, что труп Шатрова был у тебя в гараже. Куда вы его дели? У вас ведь времени было в обрез.

— Нет трупа, нет, — вклинился в наш разговор Рыжий, — мы никого не убивали.

Стригунов поманил меня пальцем. Я поднялась и вышла следом за ним на улицу.

— Они тебе ничего не скажут, — озабоченно произнес он, — за умышленное убийство им впаяют по полной программе, а за покушение на твою жизнь лет по пять от силы, а то и того меньше. Они же не враги себе. Если они тебе признаются, тогда им крышка. Нет, — он покачал головой, — они будут молчать.

— Я ведь собственными глазами видела, как один из их шайки выстрелил Шатрову в голову, — я тоже достала сигареты и закурила.

Стригунов невесело усмехнулся.

— Ладно, нам пора.

— Все равно я доведу это дело до конца, — упрямо сказала я, — чего бы мне это ни стоило.

— Могу только пожелать тебе успеха, — Олег неловко сжал своими ручищами мои плечи. — Если найдешь пару-тройку бандитов, звони — разберемся.

Я еще раз поблагодарила Олега и направилась к подъезду. Несколько жильцов, в основном смелые старушки и пара крепких мужиков в спортивных штанах, издалека наблюдали за тем, как бойцы Стригунова рассаживаются по машинам и целой колонной выезжают со двора. Возглавлял процессию «Москвич», «Форд» двигался следом, а последней тронулась «шестерка», за рулем которой сидел Ваня. Он улыбнулся и махнул мне рукой на прощанье.

Глава 10

Войдя в квартиру, я тут же плюхнулась на диван. Несколько минут я лежала без движения, ни о чем не думая, позволяя уставшему за день телу немного отдохнуть. Почувствовав, что вполне готова к трудовым подвигам, легко поднялась и отправилась на кухню. Я нашла в холодильнике кусок говяжьей печени и решила поджарить ее с луком, а на закуску сделать салат из помидоров.

Пока я занималась приготовлениями, включила телевизор, висевший на кронштейне в углу. Но смотреть почему-то ничего не хотелось. Я выключила телевизор и стала просто смотреть в окно, за которым сгустились на удивление знойные августовские сумерки.

Ужин с красным вином немного умиротворил меня, и я заснула сразу же, как только добралась до кровати.

* * *

Мне приснилось, что я в подводной лодке. Вокруг задраивающиеся двери, стальные переборки, металлические поручни. Я отстояла вахту, пробралась к себе в крохотную каюту и только закрыла глаза, как раздался сигнал тревоги. «Дзынь, дзынь, дзынь, дзынь», — равномерно раздавалось у меня над головой. Но глаза не открываются, веки такие тяжелые, что их не поднять и домкратом. «Дзынь, дзынь, дзынь». «Нужно вставать, — говорю я себе, — товарищи без меня не справятся». Я делаю глубокий вдох, в голове начинает потихонечку проясняться, и я понимаю, что это снова надрывается телефон. «Выдернуть тебя, что ли, из розетки?» Ладно уж, все равно сон сгинул.

— Алло, — я сняла трубку и прижала ее к уху.
— Татьяна Александровна? — голос показался мне знакомым своей монотонностью. — Извините, что приходится вас беспокоить в такое время, но я подумал... — в трубке повисло молчание.

Не знаю, о чем там подумал мой собеседник, а я подумала, что поднимать меня в час ночи — это просто хамство. Где же я слышала этот нудный, бесцветный голос?

— Может, вы для начала представитесь? — мне надоело ломать голову.
— Вы не помните меня, жаль, — вздохнул ночной собеседник, — а мы ведь только сегодня с вами обсуждали положение дел с нашей милицией.
— А, — осенило меня, — Илья Гаврилович?
— Да-да, — раздался в трубке натянутый смех, — у меня есть для вас сюрприз, — таинственно добавил он, — хотя...
— Что хотя? — вмиг взбодрилась я.
— Я очень сочувствую Галине Семеновне... ей будет нелегко...
— Да что такое, объяснитесь, наконец! — довольно требовательно сказала я.
— Могу только сказать, что то, что я хочу вам сообщить, напрямую связано с вашими поисками. Но это нетелефонный разговор, вы меня понимаете?
— Конечно, — зевнула я, — но сейчас час ночи...
— Я думал...
— Хорошо, что вы предлагаете?
— Встретиться и поговорить, если вам, конечно, это нужно.

— У вас бессонница? — поддела я главного прокурора.

— Просто я не могу никак успокоиться. Сына моего хорошего друга, как вы выразились, «прессуют», я считаю себя обязанным что-нибудь предпринять, — со вздохом произнес Селиванов.

— Что, например?

— Послушайте, — вкрадчиво начал Селиванов, — дорога каждая минута. Я один дома. Приезжайте.

— Хорошо.

Селиванов продиктовал мне адрес. Я поняла, что это за городом. Он подтвердил, что речь идет о загородном «поместье». На всякий случай я сделала один звонок. Селиванову я пообещала приехать не раньше чем через час — так что время у меня было.

Приведя себя в порядок, я выскочила на лестничную площадку. Осторожно, прислушиваясь к каждому шороху, спустилась вниз. Стояла звездная ночь. Веяние теплого ветерка обдавало кожу лаской и обещанием романтического приключения. «Как хорошо сейчас влюбленным, — снова зевнув, подумала я, — ходят себе под луной и в ус не дуют, рассказывают друг другу сладкие глупости и смеются как тихопомешанные». Я вспомнила, в каком замешательстве оставила Костю.

«А ведь ты, Иванова, могла бы сейчас лежать в его объятиях и сентиментально мурлыкать». Я вздохнула и выехала со двора. В голове шумело. «Нет, — решила я, — завтра надо как следует выспаться».

Я покинула город, пересекла черту, условно отделяющую его от пригорода. Дорога была пустынной и унылой. По обе стороны тянулась темная стена лесопосадок. Казалось, звездный свет не доходит до окрестных степей или слишком слаб и робок, чтобы пробить их непроницаемую черноту. Мне стало даже жутко: я привыкла наблюдать мир в гармонии, а тут она явно отсутствовала. На ум пришли красноречиво описанные пейзажи Дантова ада. Те же мглистые круги, та же безысходность.

«Ну-ка, встряхнись!» — скомандовала я себе.

Увидев гостеприимно горящие окна в доме Селиванова, я обрадовалась, как ребенок. Дом был двухэтажный, занимал огромный участок. В темноте трудно было оценить архитектурные достоинства здания, да они меня, честно говоря, и не волновали. Я посигналила. Здоровенные ворота разъехались. Я очутилась во дворе, контуры которого терялись во мраке. На фасаде горели три небольших лампы. Машин во дворе не было. Стояла тишина. Я вышла из салона и огляделась. Никого. Поднялась на несколько ступенек и хотела уже нажать на кнопку звонка, как дверь с характерным металлическим щелчком открылась. На пороге, озаренная мягким светом зажженных в прихожей бра, стояла женщина. Я немного растерялась.

— Илья Гаврилович ждет вас в холле, — сказала она хорошо поставленным голосом.

Я вошла внутрь и поняла, что передо мной домработница. На ней было темное, до колен, платье, открывающее руки и шею, и маленький голубой передник. Женщине было лет тридцать пять. Она держалась с достоинством и грацией, весьма странными для прислуги. То есть, конечно, мне не раз доводилось видеть фильмы, повествующие о дореволюционной жизни зажиточной интеллигенции и буржуа. Я была совсем не против того, как уважительно и чинно держалась прислуга. Но в манерах открывшей мне дверь женщины было что-то, что наводило на мысль, что она не иначе как Золушка или какая-нибудь обедневшая дворянка на службе у буржуа.

У домработницы, как я определила ее статус для себя, хотя очень сомневалась, что это не какая-то игра или фокус, были тонкие черты лица, большие темные глаза и аккуратно уложенные черные волосы, по которым то и дело пробегали медные блики. Еще она мне напомнила фигуру с полотен Рембрандта. Заинтригованная, я застыла в немом созерцании этой аристократки в фартуке.

Она смело и спокойно прошла в холл, взглядом приглашая меня последовать за ней. Я вошла в гигантских размеров гостиную, отделанную дубом. Вдоль стен, на стеллажах, высящихся едва ли не до потолка, размещалась библиотека хозяина. Я представила, сколько томов она насчитывает, и почему-то остановилась на числе «четыре тысячи пятьсот». В торцевой части холла, глядя на меня черной прямоугольной бездной, находился оформленный в лучших готических традициях камин. Никаких завитков, сплошная строгость и чистота линий. На кожаном диване сидел Илья Гаврилович. Он курил, облаченный в пестрый вельветовый халат.

— Рад вас видеть, — поднялся он мне навстречу, — я думал грешным делом, что вы не приедете.

— Когда дело касается моей работы, я готова пожертвовать не только сном...

— Знаю-знаю, — засмеялся Селиванов, обнажая мелкие желтоватые зубы, — Олег Борисович мне о вас рассказывал.

— Вы разговаривали со Стригуновым? — изумилась я.

— Вас это удивляет? — приподнял брови и лукаво скосил на меня глаза Илья Гаврилович.

— Да нет... — смущенно пожала я плечами, — вы хотели мне что-то сообщить...

— Да, — кивнул Селиванов и затушил сигарету в миниатюрной бронзовой пепельнице. — Пойдемте наверх, там нам будет удобнее. — Клара, свари нам, пожалуйста, кофе.

Она тихо наклонила голову и удалилась.

— Наверху у меня кабинет, — пояснил Селиванов, — посмотрите, как живет обыкновенный прокурор.

— Так уж и обыкновенный, — усмехнулась я.

— Олег Борисович сообщил мне о том, что произошло возле вашего дома. Я вами восхищен. Такая милая, хрупкая на вид девушка, и вдруг такое самообладание, такое мужество. Вы говорите, что были близки одно время с Виктором Проказовым. Почему же вы теперь не...

— Простите, но я не люблю обсуждать свои личные дела с кем бы то ни было, — пресекла я его попытки потрепаться со мной о моем прошлым.

— Понимаю и уважаю, — кивнул Селиванов, — а вот этого, простите меня, оболтуса я не понимаю! Звонил сегодня его отцу, Феде, — кашлянул он, — так тот говорит, что Виктор общается с ними только по телефону. Федя очень беспокоится, не знает, где Виктор, у кого живет. Дома его нет, у них он уже дней шесть как не появляется. Вы не знаете, где его можно найти?

— Живет у одной из своих знакомых, — пожала я плечами, — ждет, когда я разберусь с бандитами.

Селиванов снова засмеялся, в полный голос.

— Надо же, — не мог он успокоиться, — девушка сражается с негодяями, а парень отсиживается у какой-то девицы! Ну да ладно, пойдемте. Да, кстати, у вас есть оружие?

— Да, — сухо ответила я.

— Я вас попрошу его оставить в холле, вот здесь, на столе, — он указал на журнальный столик, на котором стояла пепельница, — у меня такой закон в доме: никакого оружия. Все равно что в буддийском храме — там, кажется, обувь снимают, — одновременно хитро и виновато посмотрел он на меня.

Я опять пожала плечами и выложила на стол пистолет.

— Вот и прекрасно, — обрадованно произнес Селиванов.

Он подвел меня к лестнице, и мы стали подниматься. На втором этаже царила глубокая тишина. Мы миновали приоткрытую дверь, через которую доносилось дыхание ветерка, и остановились перед высокой и массивной дверью, находящейся в конце коридора.

— Сейчас включим свет, — с отеческой интонацией сказал Илья Гаврилович.

Он первым вошел в кабинет, я двинулась за ним. Он еще не успел зажечь свет, а я уже провалилась в темную купель, наэлектризованную сдерживаемым дыханием и хищным ожиданием. У меня по спине пошли мурашки, я чувствовала, что эта болотная тьма таит в себе что-то опасное и враждебное. Вспыхнуло электричество, обращая мою догадку в страшную реальность.

Картина, открывшаяся моему взору, была достойна кисти Эль Греко или лучше — Глазунова. Любит он всякого рода лубочные небылицы. Прямо передо мной, утопая в диванных подушках, сидел Пал Василич, рядом с ним на кресле — тот самый шепелявый шатен, который на моих глазах выстрелил в голову Шатрову. Поодаль, у окна, стоял незнакомый мне парень с «узи» наперевес, а возле меня по обеим сторонам возвышались громадные фигуры еще трех вооруженных автоматами атлетов, один из которых тут же встал у меня за спиной. Шепелявый поигрывал «макаровым», скаля зубы в презрительной ухмылке.

— Ну вот, кажется, все в сборе, — с затаенным злорадством произнес Селиванов, — правда, сюрприз? — с наглым бесстыдством посмотрел он на меня.

— Ага, — стараясь не терять выдержки, пренебрежительно откликнулась я, — честно говоря, не ожидала. Хотя и не строила на ваш счет особых иллюзий.

— Зато мы на твой счет строили, — неожиданно перешел на «ты» Селиванов.

Его тон стал резким и агрессивным.

— Но ты, Иванова, наверное, не знаешь толком, кто перед тобой, только догадываешься, — с ледяной улыбкой продолжил он карнавальное действо, — знакомься, Богомаз, — показал он на Пал Василича, — Рустам Тагиров, — ткнул он пальцем в шепелявого, — ну, а это, — он обвел взглядом бойцов, — наши преданные воины. Вот только Садыха нет, но ничего, мы ему перескажем эту историю, которая, увы, закончится для тебя совсем не так, как ты предполагала.

— Очень приятно, — скривила я губы в улыбке, — но кажется, здесь кое-кого не хватает.

— Кого же? — Селиванов вопросительно посмотрел на меня.

— Кожухова.

— Ну что ты, — недовольно поморщился Селиванов, — Кожухов не нашего поля ягода. Он никак не может понять, на какое хлебное место попал. Ищет какой-то правды. Видимо, тоже вскоре последует за Шатровым, — Илья Гаврилович переглянулся с Пал Василичем.

Я замолчала, лихорадочно соображая, что можно предпринять. Не знаю, как это объяснить, но в самой глубине моего существа, там, куда не добирался даже страх, я чувствовала сумасшедшую радость. Оттого ли, что мне представился случай столкнуться лицом к лицу с моими врагами, оттого ли, что выпала возможность снова испытать себя, решить некое уравнение, рискуя расстаться с самым дорогим, что есть у человека — жизнью, или просто оттого, что считала себя ничем не связанной, никакими гуманными соображениями, ощущая на щеке дыхание смерти? В такие минуты во мне пробуждалось какое-то животное безумие, с каким, например, самка борется за жизнь детенышей, а два самца — за право обладать своей избранницей.

— Ты интересовалась Шатровым, — скривил губы в садистской ухмылке Селиванов, который устроился на диване рядом с Пал Василичем, — его уже не вернешь, — с наигранной скорбью вздохнул он, — но он сам виноват, нечего было на рожон лезть. Ишь чего захотел — справедливости! — цинично присвистнул он.

— Хотелось посмотреть на тебя, — с развязным видом сказал Пал Василич, — все думал-гадал, кто такая эта Иванова, что с ней мои ребята справиться не могут. Вот, — бросил он заговорщицкий взгляд на Селиванова, — посоветовались с Ильей Гавриловичем и решили небольшое собрание организовать. Он молодец, ловко все обтяпал. Ты, говорят, трупом Шатрова интересуешься, ха-ха, — с вульгарной раскатистостью засмеялся он, — и в гараже у Коляна побывала. Не там, лапушка, искала, не в том гараже.

Он загоготал еще пуще.

— Не все еще у наших сыщиков доморощенных получается, — с притворным сожалением проговорил Селиванов, — а тем более у бабы. В мужские игры поиграть захотела? Только игра-то твоя затянулась. Но мы это дело поправим.

— Только вот мальцов моих жалко. Но, надеюсь, Илья Гаврилыч поможет, — Богомаз заискивающе посмотрел в лицо прокурору.

— Значит, это вы, — не выдержала я, — покрывали Тагировых? — пристально взглянула я на Селиванова. — А может, и Шатрова посоветовали или приказали убрать? Ведь он мешал вам. Сильно мешал. Даже после того, как его три месяца обрабатывали в СИЗО.

— Какая умненькая! — фиглярствуя, засюсюкал Селиванов. — Именно я, а Пал Василич поддержал. А то она, — он бросил веселый взгляд на Богомаза, — все интересовалась, кто такой Богомаз, что с ним Тагиров дружит. Теперь поняла? Больно ты глубоко копнула. Запомни, Селиванов не любит, когда в его дела вмешиваются! Хотя чего уж запоминать — время твое истекает.

Я и сама понимала это, но у меня была надежда на то, что мне удастся если и не повернуть часы вспять, то все же умереть своей смертью, лежа, как говорится, на пуховой перине. А почему бы нет? Я не стала толкать пафосных речей, мол, какие вы все тут сволочи и гады продажные, какие беспринципные типы. Нет, вся эта беллетристика не по мне. Я была озабочена тем, как мне из этой передряги выбраться. У меня тоже был, в общем-то, приготовлен для Селиванова подарочек, но я не знала, насколько все удачно пройдет. А посему я замолчала, прикидывая в уме, как бы мне улизнуть от этих тяжелоатлетов с автоматами.

Мои размышления прервал Богомаз.

— Ладно, Илья, — Пал Василич, одышливо сопя, посмотрел в сторону Селиванова, — нужно базар кончать.

Прокурор посмотрел на наручные часы и согласно кивнул. Пал Василич, не вставая, — поворачиваться ему было очень трудно, а точнее сказать, невозможно, — поднял свой короткий и толстый, как сарделька, палец и сделал знак стоявшему у него за спиной Рустаму. Тот быстро направил пистолет мне в грудь.

— Да не здесь же, идиот! — заорал на него Селиванов. — Василич!

— Отвези ее куда-нибудь подальше, — потрясая жиром, скомандовал Пал Василич.

— Не шомневайся, Вашилич, — осклабился Тагиров. — Мне ш ней еще за ногу нужно поквитаться.

Они вели себя так, словно меня уже здесь не было. Словно я была бледным хладным трупом, который только оставалось оттранспортировать на постоянное «местожительство» в какой-нибудь овраг, как я понимала. По приблизительным прикидкам, силы были на стороне моих врагов: трое автоматчиков сзади, один с «узи», да еще Тагиров с пистолетом. Но ведь я пока жива, ребята, и руки-ноги у меня не связаны. Я ведь еще могу за себя постоять.

Тагиров, прихрамывая на простреленную ногу, обогнул диван и направился ко мне. Я слегка поводила головой из стороны в сторону, оценивая обстановку. Автоматчики, стоявшие по бокам, развернулись и направили стволы на меня. Когда Шепелявый подошел совсем близко, я оказалась как бы зажатой с четырех сторон. Дело, казалось, совсем дрянь, но в этот момент я как раз и решила действовать.

Ударом ноги я выбила пистолет из рук Шепелявого и собралась уже разделаться с бойцами, стоявшими по бокам, но расположившийся у двери автоматчик сработал очень быстро. Стрелять он не посмел, так как спокойно мог пристрелить Тагирова или кого-нибудь из теплой компании, оставшихся сидеть на диванах.

Тогда он схватил меня за горло и принялся душить. Но у меня в руке уже была приготовлена игла с сонным ядом. Я незамедлительно вонзила ее ему в бедро, одновременно ударом ноги в живот выведя из строя Тагирова. Теперь уже было не до церемоний. К тому же я заметила, что в руках у Селиванова и Пал Василича тоже появились пистолеты. Вот тебе и буддийский храм!

Автоматчик, державший меня за горло, начал оседать, хватка его ослабла, и он всем телом навалился на меня. Двое, стоявшие по бокам, заметили, что с товарищем что-то не то, но стрелять тоже не решились, так как стояли на одной линии со мной. Они опустили свое грозное оружие и кинулись ко мне. Как будто меня можно взять голыми руками! Здесь они, конечно, просчитались. Одному из них я воткнула иглу с остатками зелья в плечо, и он тоже начал засыпать, а вот второй зажал меня «конкретно», как они сами любят выражаться. Я уже стала падать, изнемогая под тяжестью огромных тел, но сумела вывернуться и дотянуться до автомата бандита, который был сзади. Действовать приходилось почти на ощупь. Направив ствол автомата в бедро, я нажала на спусковой курок.

Раздался страшный грохот одиночного выстрела, гильза, выброшенная из автомата, ударила куда-то в стену, и почти одновременно дикий вопль раненого потряс стены кабинета. Я все-таки упала на пол, придавленная сверху разгоряченными телами.

Дальше было совсем уж неинтересно. В кабинете зазвенели стекла, посыпались осколки, и через окна в комнату залетели люди в бронежилетах. Почти в то же мгновение распахнулась дверь, и в кабинет ворвался Стригунов.

— РУБОП! — заорал он. — Всем оставаться на местах, бросить оружие.

— Это провокация, — с достоинством произнес вдруг Селиванов. — Я главный прокурор области и официально заявляю, что на меня было совершено покушение.

— Иванова, ты где? — Стригунов обвел взглядом помещение.

— Здесь, — я кое-как выбралась из-под братков и, обессиленная, осталась сидеть на полу, положив себе на колени ближайший автомат.

— Покажи господину прокурору, что у тебя есть, — весело сказал Олег.

Все с интересом посмотрели на меня. Я жестом факира, вынимающего из пустой шляпы кролика, запустила руку за пазуху и, отодрав скотч, вытащила на божий свет маленького «жучка».

— Весь ваш треп, господин прокурор, — сказал Олег, — записан на магнитофон, да и сейчас продолжает записываться, так что, думаю, подобного рода заявления вам не помогут.

В эту секунду раздался выстрел. Стригунов покачнулся, инстинктивно схватился за бок, куда попала пуля, но на ногах устоял. Пока мы обсуждали прокурорские проблемы, очухавшийся Тагиров дотянулся до пистолета, который я у него выбила, и выстрелил в Олега. Недолго думая, я развернула автомат, который покоился у меня на коленях, и мгновенно спустила курок. Пуля попала Шепелявому прямо в лоб. Он грохнулся на пол, и рядом с его головой тут же образовалась маленькая лужица черной крови.

— Олег, ты как? — я вскочила и бросилась к Стригунову.

— Нормально, — он расстегнул камуфляжную форму и показал мне бронежилет, — синяк, правда, будет приличный, но до свадьбы заживет. Всех в машину, — скомандовал он.

* * *

Вы, наверное, сами догадались, что тот звоночек я сделала никому иному, как Стригунову, и сговорилась с ним о координации действий. Селиванову я не доверяла с самого начала. Я сознательно пошла на риск, чтобы сдвинуть дело с мертвой точки. С моей подачи труп Шатрова вскоре был обнаружен. Я поняла, что имел в виду Пал Василич, сказав, что я не в том гараже искала. Тело Шатрова откопали в гараже, чей хозяин решил бетонировать пол. Мы его с Костиком видели, когда делали обыск у Коляна. Кроме меня, вашей покорной слуги, на процедуре присутствовал, разумеется, капитан Гришанин. Он долго и нудно извинялся передо мной и потирал руки — у него был повод отличиться перед начальством..

Я получила обещанный гонорар. Разговор с Галиной Семеновной был трудным, хотя и непродолжительным. Она вела себя сдержанно и деликатно, словно старалась не растравлять саму себя и не отягощать меня скорбью. Прощаясь с ней, я опять поймала себя на том, что выхожу от нее в скомканных чувствах. Деньги приятно грели карман, но на душе было тяжело. Я не могла избавиться от воспоминания о мертвом Шатрове.

И, конечно, я навестила Кожухова. Он признался мне, что давно собирал компромат на Рустама Тагирова и на Селиванова, а мне из тактических соображений не хотел открываться. Пытался делать вид, что во всем подчиняется Илье Гавриловичу, у которого была кличка Ильич, и идет у того на поводу. В общем, всеми доступными средствами создавал иллюзию, что безгранично предан ему. А сам в это время копал под шефа. Я просветила наивного Димку, что для Селиванова его игра не была тайной, и мой друг искренне изумился тому, что все его грандиозные планы с разоблачением едва не оказались под угрозой. Он-то был уверен в своей победе.

Кожухов порадовал меня, показав, сколько материалов накопил. Визитом своим я была довольна. К Лунину я обращаться за разъяснениями не стала — все и так было понятно. Тем более что Кожухов со мной поделился на его счет. Оказывается, Лунина задавили, ему помогли получить квартиру в расчете на его услугу, заключавшуюся в прекращении «дела» Тагирова. Он сдался, а если говорить начистоту — продался.

Кожухов сказал, что на суде я буду главным свидетелем. Я не возражала.

По моему поручению Костя нашел Витьку и просигналил «отбой». Витька делал страшные глаза, слушая мой рассказ о дружке своего отца. Вначале он не поверил и начал, как всегда, зарываться, но Костик его быстро осадил, порекомендовав ознакомиться с местной прессой. Витька сник, но вскоре снова обрел свое беззаботное настроение.

— Это даже к лучшему, — хитро заулыбался он, — теперь я могу запросто дернуть из юридического — моему стыдливому папашке не перед кем будет краснеть.

Я шутливо пожурила Витьку за подобное циничное высказывание и, попрощавшись, объявила, что у нас с Костиком грандиозные планы на вечер, а посему, мол, разрешите откланяться. Видели бы вы, как вытянулась Витькина физиономия!

Ловушка для крысы

ПОВЕСТЬ

Звонок будильника дошел наконец до моего сознания. «Что за садист придумал эти штуки?» — подумала я, протянула руку в поисках кнопки отключения мерзкого звука. Мучитель замолчал.

Приоткрыв с огромным трудом один глаз, я скосила его на циферблат. Половина девятого. Боже мой! Ни свет ни заря! Чтобы проснуться в такую рань, мне всегда требовались неимоверные усилия. Тем не менее надо вставать — на девять тридцать запланирована встреча. Я собрала волю в кулак и попыталась оторвать голову от подушки. Безрезультатно. Тело как будто пригвоздили к кровати. Еще попытка — на этот раз мне удалось преодолеть притяжение любимого ложа. Главное — добраться до душа, а там дело пойдет лучше. Кое-как, с полузакрытыми глазами, я все-таки доплелась до ванной. Бодрящая водная процедура помогла. Но только за чашкой ароматного кофе, окончательно проснувшись, задумалась о предстоящем визите.

Несколько дней назад я встретила Ниночку, соседку с девятого этажа, молодую приветливую женщину. Она работает в гастрономе недалеко от нашего дома и частенько обслуживает меня по-свойски, без очереди. В тот день она специально ждала моего возвращения домой у подъезда, чтобы поговорить о своем двоюродном брате. У него возникли проблемы, которые Ниночка тут же вкратце и обрисовала. Он стал подозревать свою жену в неверности. «Тоже мне проблемы — жена гуляет!» — съязвила я про себя. Моя соседка долго и красочно описывала, как ее несчастный родственник весь извелся от неопределенности, и я, естественно, начала догадываться, к чему, собственно, и был затеян весь этот разговор. «Ну что ж, дорогая, — мысленно поздравила я сама себя, — пожинай плоды славы, Шерлок Холмс в юбке!» Я было начала ей объяснять, что такими делами не занимаюсь, но, увидев, что ее глаза наполнились слезами, осеклась. Мне не раз приходилось отказывать людям, я умею сказать «нет», но при виде слез этой милой женщины мне стало не по себе.

— Пожалуйста, Таня, — она всхлипнула. — Ты не представляешь себе, какой он хороший! Я ему многим обязана! Мужа вот на работу устроил, детей — в садик. Да и деньгами выручает.

— Ну что ты, — попыталась я ее успокоить. — Я ни в коем случае не хотела тебя так расстроить. Просто я действительно никогда не занималась такими делами...

— Хотя бы поговори с ним, — и Ниночка жалостливо сдвинула бровки домиком.

— Хорошо, — сдалась я, вняв ее мольбам, ведь сердце мое — не камень. — Но это еще не значит, что я возьмусь за это дело.

— Конечно, конечно, я понимаю, — заверила меня Ниночка. Казавшийся неиссякаемым источник слез тут же высох, и она улыбнулась.

С одной стороны, такие дела мне, мягко говоря, не интересны, начала рассуждать я, наслаждаясь завтраком, который состоял из омлета с грибами, кусочка бородинского хлеба и чашки крепкого кофе. Подумаешь, жена ему изменила! У него самого наверняка не одна интрижка за плечами. А тут сразу детектива ему подавай. Но что меня раздражает больше всего — это отношение к неверности в обществе. Если гуляет мужчина, то он — Дон-Жуан, Казанова или, самое страшное, кобель. Но если женщина позволит себе что-то в этом роде, ей дадут такие определения, что их вслух и произнести неприлично. Нет, не хочется мне этим заниматься. Женская солидарность, знаете ли...

Но с другой стороны, Ниночка говорила, что наш «рогоносец» готов заплатить кругленькую сумму. А деньги сейчас мне ой как бы пригодились. От последнего гонорара уже почти ничего не осталось. Уж что-

что, а тратить деньги я умею. У меня на это — просто талант. Что ж, талантливый человек талантлив во всем.

Я подошла к зеркалу и оглядела себя с головы до пят. Слегка прикрытая после душа махровым полотенцем, я выглядела весьма соблазнительно. И тут меня озарило. Подвергну-ка я нашего ревнивца испытанию. Если выдержит его, возьмусь за дело, если нет... На нет и суда нет. Испытание будет заключаться в следующем: я обрушиваю на него всю мощь своего обаяния, и если он сможет устоять перед моими чарами, чего на моей памяти еще ни одному мужчине не удавалось, займусь расследованием. Дам ему шанс, решила я, удивляясь своей безмерной доброте.

Я начала готовиться к встрече: забрала волосы в строгую прическу, подкрасила ресницы. Акцент сделала на губы, выбрав ярко-красную губную помаду.

Затем я долго копалась в своих нарядах и наконец остановила выбор на дорогом итальянском костюме черного цвета. Он великолепно облегал фигуру и делал меня одновременно элегантной и сексуальной. Изящные туфельки на высоком каблуке придали, как говорится, законченность моему образу... Ни дать ни взять — Шарон Стоун. И последний штрих — легкие французские духи. Оглядев себя еще раз в зеркало, я осталась довольна. «Красота — это страшная сила!» — вспомнилась фраза из известного фильма. Едва успела закончить работу над своим имиджем — выбрать соответствующее выражение лица, как в дверь позвонили.

На пороге стоял высокий, хорошо сложенный, необыкновенно интересный мужчина лет тридцати пяти. Вообще мне нравятся мужчины такого типа: не сладкие, обладающие чисто мужским обаянием.

— Доброе утро, я Сергей Беспалов, — представился он и протянул визитку. Бросив взгляд на нее, я узнала, что «Сергей Андреевич Беспалов является президентом акционерного общества «Тарасов-авто». Что ж, поддержим его официальный тон.

— Татьяна Иванова. Прошу.

Я провела его в комнату и заняла место в кресле,

изящно положив одну ногу на другую. Жестом пригласила его сесть в кресло, стоящее рядом. Его реакция на меня была несколько обескураживающей — полное отсутствие какой бы то ни было реакции. У любого нормального мужчины при виде меня обычно расширялись зрачки, взгляд загорался и тому подобное. А этот — ноль эмоций. Либо у него совсем нет вкуса, либо он тяжело болен и ему уже ни до чего, решила я. Но так просто сдаваться не в моих привычках.

— Чай? Кофе? — предложила я и улыбнулась самой ослепительной из своих улыбок.

— Нет, спасибо. Я бы хотел перейти сразу к делу.

— К делу так к делу. Что вас беспокоит? — я мысленно ухмыльнулась — этот вопрос больше подходит лексикону врача. Но, черт возьми, разве я в каком-то смысле не врач? Психотерапевт, например?

— Это дело сугубо личное, — начал он, а я откинулась на спинку кресла и слегка вытянула свои длинные ноги. Неужели и на это не клюнет? — Инна — моя жена — моложе меня на шестнадцать лет. Мы женаты около года. Последний месяц она как-то странно себя ведет. Какие-то непонятные телефонные звонки, поздние возвращения домой. В общем, ничего определенного, но я склонен думать, что у нее роман на стороне.

Сергей замолчал. И я вдруг увидела его глаза — полные муки, как у больной собаки. Несмотря на довольно сухой рассказ, по выражению глаз моего собеседника я поняла, что жена действительно очень дорога ему и он действительно страдает от неопределенности. Я даже почувствовала укол совести за придуманное мною дурацкое испытание.

— Мне бы очень хотелось, чтобы именно вы, женщина, взялись за это дело. Мужчины работают более грубо, я бы сказал, топорно. У них, конечно, есть свои преимущества, но это дело требует определенной деликатности.

— Обычно я не берусь за такие дела... — не очень твердо заметила я, хотя в душе уже была согласна поступиться своими правилами.

— Я в курсе. Ниночка мне рассказала. Но, может быть, вы сделаете исключение? Мне очень нужна помощь.

— Что ж, видимо, придется пойти вам навстречу. Именно в порядке исключения. Давайте обсудим сроки и оплату.

— По поводу сроков. Мне бы хотелось, чтобы вы понаблюдали за моей женой неделю. Если за неделю доказательств измены не будет, так тому и быть. Буду считать, что на этот раз интуиция меня обманула.

— Какие доказательства вы имеете в виду? Видео-, аудиозапись, фотографии?

— Я думаю, фотографии, — мрачно пояснил Сергей.

Да уж, мало приятного обсуждать возможные доказательства измены собственной жены.

— А если я соберу доказательства уже завтра?
— Я все равно заплачу вам за всю неделю.
— Обычно я беру двести долларов в день. За неделю получится довольно большая сумма.

— Я плачу вам пятьсот долларов в день в следующем порядке: половину сегодня, вторую половину — по окончании расследования. Окончанием будет считаться либо истечение семидневного срока, либо день получения доказательств. Итого, вы получаете три с половиной тысячи долларов. Такая сумма вас устраивает?

— Считайте, что мы договорились, — спокойно ответила я, радуясь в душе, что заключила очень выгодную сделку. Дело, конечно, такое, что скучней не придумаешь. Но недельку-то я вытерплю. И не придется от Ниночки глаза прятать. Сергей достал из бумажника аванс — тысячу семьсот пятьдесят долларов и цветную фотографию, на которой была изображена молоденькая, удивительно привлекательная, заразительно смеющаяся темноволосая девушка.

— Это Инна. Я подумал, что вам понадобится ее фото.

— Естественно, — я взяла у него снимок. На коварную изменницу и предательницу Инна была совершенно непохожа. Такой открытый и искренний взгляд... Но кто лучше меня знает, как обманчива бывает внешность?

Затем я выяснила всю необходимую для начала расследования информацию, и на этом мы расстались.

* * *

После ухода клиента я первым делом позвонила в экономический университет, где училась его жена, и узнала, в котором часу заканчивались в тот день лекции ее группы. «Надо бы подъехать к университету пораньше, узнать все расписание на неделю и ждать подопечную у входа», — набросала я мысленно приблизительный план начала операции.

У меня оставалось еще немного времени на сборы. Прежде всего проверила свою аппаратуру, на которую я, кстати, никогда не жалела денег. Вот куда уходит львиная доля моих гонораров. Но ведь глупо экономить на том, что тебя кормит. Моя отличная фотокамера, привезенная не так давно из Стокгольма, в превосходном состоянии. Запасные батарейки к ней и пленка всегда лежали в «бардачке» машины, так что беспокоиться о том, что в самый ответственный момент у меня кончится пленка или сядут батарейки, не стоило.

Я переоделась в черные бриджи «корсар» и нежно-розовое боди. В этой универсальной одежде можно следить за «изменницей» в любом месте, где бы ей ни вздумалось пообщаться с предполагаемым любовником. Из обуви я остановилась на изысканных босоножках на высоком каблуке с модным удлиненным квадратным носом: в таком виде не стыдно и в ресторан. Тем не менее необходимо взять кроссовки. Кто знает, где современная молодежь предпочитает заниматься любовью. По крышам, например, удобнее лазить в кроссовках, чем на каблуках. В нашем деле выбор одежды и обуви играет немаловажную роль. Я посмотрелась в зеркало и обнаружила, что все-таки чего-то не хватает. Ну конечно! Темные очки. Какой детектив без них? Это все равно что новый русский без любимого сотового телефона. Вот теперь, по-моему, все в порядке.

К экономическому университету я подъехала за несколько секунд до окончания занятий Инны. Проклятые пробки! Еще немного — и опоздала бы. Теперь не до расписания. Слава богу, студентов не отпустили пораньше. Вот потянулись первые из них. Я приготовилась.

Студенты, как воробьи, стайками высыпали из университета. Сонная до того момента улица сразу ожила и наполнилась их веселым чириканьем и щебетаньем. День был теплым и солнечным, и будущие экономисты не торопились расходиться по домам. Я уже заволновалась, что не узнаю Инну в этой толчее, как на крыльцо вышли две девушки. Вот она, моя птичка! Ошибиться было невозможно — распущенные длинные темные, почти черные волосы, но главное — глаза. Глаза у Инны необыкновенные. Не только потому, что сказочно красивы, но и потому, что такие горящие от ожидания чего-то прекрасного глаза редко встретишь даже у молодых людей. Что ж, надо отдать должное вкусу г-на Беспалова. Такая девушка и в толпе не останется незамеченной.

Как бы подтверждая мои слова, несколько молодых людей проводили Инну взглядом, полным восхищения. А она с подружкой, о чем-то весело болтая, спустилась с лестницы, не обращая на них никакого внимания.

И тут к ним подошел молодой человек весьма странного вида: потертые джинсы, несмотря на жару, какой-то растянутый джемпер с длинными рукавами. Волосы до плеч были забраны в хвостик.

Как только он появился, подружка Инны быстренько попрощалась и исчезла, оставив нашу сказочную красавицу с ним вдвоем. Ба, да неужели это наш герой-любовник? Но мои последние сомнения таяли, как пломбир на солнцепеке: взгляды парочки притягивались, как разноименные заряды, и, столкнувшись, искрились, как от высокого напряжения. Хотя, по правде говоря, огненными брызгами сыпали в основном глаза

Инны, а глаза ее визави вяленько так поискривали. Бедная девочка, она, наверное, пугала его таким фейерверком чувств.

Они поговорили о чем-то недолго и расстались. И это все? Я даже почувствовала некоторое разочарование. Начало было таким многообещающим.

Инна посмотрела на часы и села за руль белой «Хонды».«Ах, какая машина — красавица!» — не смогла я сдержать восхищение, следуя за ней на своей «девятке». Только моя машина все равно лучше! Сколько раз она вытаскивала меня из разных передряг. «Девочка моя! — я с любовью похлопала по панели приборов. — Я бы тебя ни на одну иномарку не поменяла. А куда мы, собственно говоря, едем?» Ответа на этот вопрос долго ждать не пришлось. На одной из центральных улиц Инна включила поворотник и въехала во двор девятиэтажного дома. Так и есть — домашний адрес г-на Беспалова. Мы, оказывается, домой так торопились.

У подъезда стоял «шестисотый» «Мерседес» темно-синего цвета. Судя по номеру, это была служебная машина Сергея. Итак, он тоже дома. Что ж, время обеденное. Как только я подумала о еде, у меня заурчало в животе. «Ну вот, — подумала я об издержках своей профессии. — Они сейчас что-нибудь вкусненькое будут наворачивать, а я сиди тут, голодная».

Остановившись у дома напротив, оттуда прекрасно были видны беспаловский подъезд и обе машины, я устроилась поудобней. Кто знает, сколько придется тут торчать? Чтобы скоротать время, решила думать о чем-нибудь приятном. Например, на что буду тратить три с половиной тысячи долларов. Не успела я мысленно промотать и половину суммы, как из подъезда вышла Инна. Она явно куда-то торопилась.

На этот раз мы приехали к одному из самых популярных у тарасовской молодежи кафе. «Что ж за издевательство? Непременно нужно было ехать в кафе, когда я голодная! — вышла я из себя. — Хотя... Пойду-ка я туда тоже, понаблюдаю за своей подопечной, а заодно и пообедаю». Конечно, был риск, что меня заметят. «Но, во-первых, меня никто не знает, во-вторых, если уж на меня обратят внимание, я в дальнейшем изменю внешность. В этом деле опыт у меня большой», — развеяла я собственные сомнения.

В плане расследования этот визит в кафе не дал мне ничего нового, кроме растущей уверенности, что возлюбленный нашей Иннуси — уже знакомый по университету «хиппи». Они облюбовали столик в дальнем углу зала, поэтому я заняла место прямо у бара. С аппетитом ела великолепную пиццу и наблюдала за парочкой, оставаясь при этом незамеченной. Хотя, по-моему, они были так поглощены друг другом, что начнись в тот момент землетрясение, и его бы не заметили. Интимная атмосфера кафе только способствовала романтичному настроению: полумрак, приятная музыка. Меня потянуло в сон. Терпения смотреть на то, как Инна с жадностью ловит каждое слово своего спутника, буквально заглядывая ему в рот, у меня больше не хватало. Я вышла на улицу и села в машину. Первое приятное впечатление, которое на меня произвела эта юная леди, стало сменяться раздражением.

Минут через пятнадцать вышли и мои голубки. Оба сели в «Хонду». «Ну конечно, Беспалов купил тебе машину, чтобы ты в ней любовников катала», — съехидничала я. Дав им немного отъехать, тронулась следом. «Куда же мы теперь путь держим? — заинтересовалась я, когда мы выехали за город. — Деткам, похоже, на природе захотелось порезвиться».

После получасовой поездки мы приехали к дачному поселку, одному из самых престижных возле Тарасова. Такие дворцы и дачами-то назвать язык не поворачивается. Я сбросила скорость. Чтобы не обнаружить себя, ехать нужно было очень осторожно.

Наконец «Хонда» остановилась у двухэтажного особняка. Во дворе залаяла собака. Из дома вышел рыжий парень. Сторож, по всей видимости. Инна пошла ему навстречу.

Я оставила машину за углом и прокралась вдоль забора. Как раз у калитки, ведущей во двор дачи, куда зашла Инна, рос великолепный пушистый куст смородины. Вот за него-то я и спряталась. Оттуда мне даже удалось расслышать обрывок разговора нашей голубки со сторожем.

— ...Мой однокурсник, — она махнула рукой на машину, где остался ее Ромео. — Нам нужно позаниматься.

— Конечно, — сторож широко ей улыбнулся.

— Только, пожалуйста, Сергею ни слова, а то он вообразит бог знает что, — и сунула ему в руку сторублевку.

— Можешь на меня рассчитывать, — ухмыляясь, заверил ее собеседник.

— Антон! Идем! — позвала Инна томящегося в ожидании друга.

«Антошка, Антошка, пойдем копать картошку», — пропела я про себя. Вся троица зашла в дом. Нужно было переобуться в кроссовки и взять фотоаппарат. Через пару минут я снова была у калитки. Естественно, закрытой. Другого и быть не могло. Оставалось одно — брать барьер в виде забора. Для меня это никогда особой трудности не составляло, и секунду спустя я приземлилась во дворе.

Огромная лохматая собака, сидевшая около будки, начала лаять и рваться в мою сторону. Слава богу, она была на цепи. Я бегом пересекла двор и спряталась за угол дома. Рыжий сторож вышел, огляделся, не заметил ничего подозрительного и, успокоив собаку, вернулся в дом. Я немного отдышалась. Теперь нужно узнать, в какой комнате находится моя парочка. Я подошла к окну, прижалась спиной к стене и заглянула в комнату. Это была кухня. За столом сидел сторож и что-то попивал из стакана. Пригнувшись, я прокралась под окном и свернула за угол. С этой стороны, прямо у дома, росла раскидистая яблоня. Если забраться на нее, то можно будет заглянуть в окно на втором этаже.

Интуиция подсказывала мне, что голубки должны быть там, ведь спальни обычно расположены именно на втором этаже. И я не ошиблась. С огромным трудом забравшись на ветку поближе к окну, я увидела Антона, сидящего на кровати. Положение у меня было, прямо скажем, незавидное. Ветка оказалась не слишком крепкой и немного прогибалась под моим весом. «Черт меня дернул взяться за это дело, — мысленно ругалась я. — Еще не хватало разбиться при съемках крутой эротики. Тоже мне, папарацци». Я замерла, растянувшись на ветке и стараясь дышать через раз.

В комнату вошла Инна в шелковом халате, подошла к Антону. Я приготовила фотоаппарат. Юная порнозвезда сбросила халатик и осталась в чем мать родила. Я сделала снимок. А соблазнительница, сорвав со своего партнера одежду, начала ласкать его. Они были так охвачены страстью, что я, не боясь раскрыть своего присутствия, села на ветке, чтобы выбрать ракурс получше. Несколько минут — и я отщелкала полпленки. Хотелось скорее с этим покончить, и я решила основного действия не ждать, так как ласки были настолько откровенными, что фотографии, на коих они запечатлены, и так станут стопроцентными доказательствами измены.

Я уже собиралась слезть с яблони, когда увидела, что дверь в спальню приоткрылась. В щели разглядела пятнистую куртку и рыжую шевелюру сторожа. Он, видимо, рассчитывал, так же, как и я, что любовники слишком заняты собой, чтобы замечать что-то еще, и подглядывал. Извращенец! Хотя это мне на руку. Я быстренько спустилась с дерева и побежала к забору. Собака залилась лаем. Лохматое чудовище! Я перелезла через забор. К бьющемуся в истерике псу никто не вышел. Наверное, всем троим в доме было не до него.

С ощущением, будто я лазила по помойке, села в машину и поехала назад. «Все, — дала я себе слово, — больше за такие дела не берусь ни за какие деньги!»

Заехав к фотографу, который быстро и качественно печатал мне снимки и которому я более чем достойно платила за конфиденциальность, отдала пленку на проявку и отправилась домой. Готовые фотографии заберу через часок. Раньше мне приходилось делать все самой — и проявлять, и печатать, но теперь я могу себе позволить нанимать на подсобные работы надежного человека, который к тому же отличный профессионал, так что за качество своего материала я была совершенно спокойна.

Теперь хотелось только одного — принять ванну.

Я набрала воды, добавив в нее расслабляющее средство, принесла чашку кофе и телефон — вдруг важный звонок. Опустившись в густую нежную пену, похожую на взбитый белок, я закрыла глаза от наслаждения. Меня окутал ненавязчивый аромат искусно подобранных трав. Все неприятные ощущения дня отошли на задний план. Я сделала глоток крепкого кофе. Какое блаженство! Потеряв счет времени, я нежилась в ванне.

Наконец я почувствовала себя отдохнувшей и способной довести дело до конца. Предстояло позвонить клиенту и договориться о встрече. Нужно как можно скорее развязаться с этим расследованием.

Мобильный номер Сергея отозвался длинными гудками.

«Может, он на каком-нибудь совещании? Позвоню в офис», — решила я.

Там мне ответил приятный женский голос:

— Акционерное общество «Тарасов-авто», добрый день.

— Могу я поговорить с Сергеем Андреевичем Беспаловым? — поинтересовалась я.

— Вынуждена вас огорчить, но его сейчас нет.

— Вы не подскажете, где я могу его найти? Это Татьяна Иванова. У меня для него важная информация, которую он ждет.

— К сожалению, ничем не могу помочь... Попробуйте позвонить позже.

Я положила трубку. Куда это девался наш Отелло? А что, если сторож с дачи позвонил ему и настучал на женушку? В общем-то Сергей произвел на меня впечатление человека достаточно уравновешенного, поэтому я надеялась, что до кровопролития дело не дойдет.

Что ж, если он убедился в измене без моих доказательств, то будет справедливо, если он оставит себе оставшуюся часть гонорара. Конечно, я уже привыкла к мысли о трех с половиной тысячах долларов, но нужно быть справедливой.

«Ничего, переживу», — рассудила я.

Тем не менее с клиентом необходимо поговорить. После нескольких тщетных попыток дозвониться удача в конце концов улыбнулась мне.

— Алло, — услышала я на том конце до неузнаваемости усталый голос Беспалова.

— Здравствуйте, Сергей. Это Татьяна Иванова.

— Здравствуйте. У вас уже есть какая-нибудь информация или вам нужны дополнительные сведения?

«По всей видимости, он ничего не знает, — подумала я. — Отчего же у него такой убитый голос?»

— Нам нужно встретиться. Я достала то, что вас интересует.

— Уже?

— Мне очень жаль...

На несколько секунд повисло тягостное молчание. Я, конечно, понимала, что ему несладко, но эта история уже начинала меня бесить. Я, в конце концов, не обязана ему вытирать сопли. Я не жилетка, в которую можно поплакать. Если у него на душе скребут кошки — пусть идет к психологу. А я — детектив. И свою работу я уже сделала. Все, умываю руки! Серьезные люди так дела не ведут и нюни не распускают.

— Вы предпочитаете сами заехать за фотографиями или мне их вам привезти? — нетерпеливо прервала я драматическую паузу.

— Да, пожалуйста, привезите, если вас это не затруднит. Я сейчас в больнице, реанимационное отделение. Боюсь, что до вечера мне отсюда не вырваться. Когда вы сможете приехать?

— Минут через сорок, — ответила я, а сама удивилась: «Он что, собирается умереть от несчастной любви, как нервная барышня? А может, он пытался свести счеты с жизнью?»

— Хорошо. Думаю, меня уже переведут в другое отделение, наверное, в терапию. Точно не знаю. В приемном покое вам скажут, где я нахожусь.

— Конечно. Извините, Сергей, могу я вас о чем-то спросить?

— Естественно, спрашивайте.

— Еще раз извините, это, разумеется, не мое дело, но что случилось? Почему вы в больнице?

— Не бойтесь. Ничего заразного. Кажется, это называется анафилактический шок.

— Какой шок? — не смогла я сдержать удивления.

— Сильная аллергическая реакция, — пояснил Беспалов.

— Понятно. Надеюсь, это не очень опасно?

— Теперь уже нет.

— Отлично. Выздоравливайте, а я минут через сорок подъеду к вам.

— Хорошо. Договорились.

Что ж, придется ехать в больницу. Хотя я, как всякий нормальный человек, не очень-то люблю такие места и стараюсь по мере возможности их избегать. И что еще за шок? У моей однокурсницы была аллергия на полынь, пол-лета она чихала, но ее почему-то не отвозили в реанимацию.

* * *

Сергей встретил меня не слишком радостной улыбкой. Можно понять — мужику везет, как утопленнику: мало того, что жена неверная, так еще и шок какой-то подхватил.

— Ну как вы себя чувствуете?

— Нормально, насколько это возможно. Спать очень хочется после димедрола. Принесли?

— Да, возьмите.

Только я протянула ему конверт со снимками, как в палату буквально ворвалась женщина. Я тут же спрятала фотографии обратно в сумку. Сергей посмотрел на меня с благодарностью. Ему, конечно, меньше всего хотелось предавать гласности это дело. Ворвавшаяся дама, не замечая меня, бросилась к кровати.

— Сережа! Как ты меня напугал! Я чуть с ума не сошла, когда узнала. Почему ты сразу не позвонил?

— Ну зачем ты приехала? Ты должна быть на совещании. Я уже в порядке. На этот раз выкарабкался.

— Что ты говоришь? Разве я могла не приехать? Черт с ним, с совещанием. Тем более что основные вопросы мы решили до твоего звонка. Что ты съел на этот раз?

— Ничего особенного. Все как обычно.

— Раз ты здесь — значит, не все. Ты обедал дома?

— Естественно. Ты же заезжала ко мне прямо перед обедом.

— Да кто тебя знает. Может, ты в последний момент передумал и поехал обедать в ресторан или в гости.

— Нет. Обедал я дома.

— С Инной?

— Нет. Ей нужно было переписать конспекты у подруги.

— Готовила Галина Ивановна?

— Да, как всегда.

— В таком случае я ничего не понимаю. Каким же образом уксус попал в еду?

— Понятия не имею. Может быть, уксус был в соусе, который купили недавно. Я хотел прочитать состав еще в супермаркете, но там все на английском, и я понадеялся, что уксуса среди ингредиентов нет.

— Понадеялся, — посетительница укоризненно покачала головой. — Как ты можешь так халатно относиться к своему здоровью! Ты просто как ребенок. За тобой глаз да глаз нужен. Инна уже знает?

— Да. Я ей только что дозвонился.

Молодая (вероятно, моя ровесница), стройная, изысканная, очень ухоженная женщина с прекрасными пепельными волосами была сильно взволнована. Ее большие серые глаза смотрели на Сергея с нескрываемым беспокойством.

«Наверное, сестра», — подумала я, наблюдая за посетительницей, чем-то похожей на принцессу Диану. В ее отношении к Сергею не было ни капли кокетства, поэтому я сразу исключила ее из разряда любовниц. Такие отношения обычно бывают между близкими родственниками или между супругами со стажем, которые тоже уже становятся своего рода родственниками. Но, поскольку наш пациент был женат, то единственная оставшаяся вакансия — это вакансия заботливой сестры. Странно, что Ниночка ничего не говорила про существование кузины.

Похвально, похвально. Сестренка узнала, что брат попал в больницу, и сразу примчалась к нему. Сергей же, по-моему, испытывал некоторые угрызения совести, вероятно, из-за доставленного беспокойства. Было очевидно, что сестренка имела на него огромное влияние. Даже смешно было видеть взрослого мужчину, бизнесмена, который, как красна девица, опускал глаза и оправдывался. Наконец он улучил момент и представил меня.

— Вика, познакомься, пожалуйста. Это Татьяна — переводчик. Она помогает мне в работе над контрактом с американцами.

Посетительница явно была обескуражена моим присутствием, хотя и умело скрыла свое удивление. На ее лице не дрогнул ни один мускул, но все же бровь на секунду взметнулась вверх, выдавая ее истинные чувства. Мгновение спустя она уже с милой улыбкой протягивала мне руку:

— Вероника Беспалова.

«Ага, значит, все-таки сестра», — подумала я, не без гордости отмечая свою догадливость.

— Моя правая рука в «Тарасов-авто», — добавил Сергей.

Не успела я заверить «правую руку» в том, что очень рада нашему знакомству, как в палату вошел врач. Он нахмурил брови и тоном, не терпящим возражений, велел нам покинуть палату: больному нужен покой. Не обращая внимания на его слова, Вика спокойно, с деловым видом взяла его под руку и повела в коридор справиться о состоянии Сергея. Она делала все так уверенно, что доктор даже не пытался сопротивляться.

Человек наблюдательный благодаря этому, казалось бы, маловажному жесту смог бы увидеть за милой внешней оболочкой Вероники человека, способного подчинять своей воле других людей. А я считаю наблюдательность одним из своих достоинств. Как говорится, рыбак рыбака видит издалека. По этому принципу я, как сильная личность, всегда узнаю другую сильную личность. А Вероника должна была быть личностью, причем именно сильной, иначе не выжила бы в мире бизнеса.

Беседуя с доктором, она ни на секунду не спускала с нас взгляд сквозь стеклянную дверь, и возможность передать Сергею компромат так мне и не представилась.

— Извините, что так получилось. Я не ожидал, что она сразу приедет, — начал оправдываться он.

— Ничего. Все нормально.

— Слава богу, теперь ты вне опасности, — вернувшись, сообщила Вика то, что все и так уже знали. — Мне обещали, что тебя сегодня же выпишут и ночевать ты отправишься домой. Но до вечера тебе лучше остаться здесь и выспаться хорошенько. Если хочешь, я вечером заеду и заберу тебя.

— Не волнуйся. Меня Инна отвезет.

— Как хочешь. Только обещай мне, что сам за руль не сядешь. У тебя будет еще плохая реакция.

— Хорошо. Обещаю, — Сергей устало вздохнул. Глаза у него слипались.

— Нам с вами дали пять минут, чтобы попрощаться с ним, — обратилась она ко мне и выжидающе посмотрела.

А иначе к чему же этот испуг в глазах, который она так тщательно прячет и маскирует приветливостью обращения? Ей явно было интересно знать, как мы расстанемся. Неужели она ревнует Сергея ко мне? Но разве сестры ревнуют братьев? Или ей обидно за Инну? Что только не встретишь на белом свете.

— До свидания, Таня. Еще раз извините, что так получилось. Давайте встретимся завтра в офисе, тогда и продолжим работу над контрактом, — обратился ко мне Сергей.

— Да, конечно, в десять часов вас устраивает? — ответила я.

— Вполне. Я буду вас ждать.

— Договорились. Выздоравливайте, — и я вышла из палаты.

Но не успела дойти до конца коридора — меня окликнули. Обернувшись, я увидела, что это Вероника. Странно, ведь казалось, что прощанием в палате наше знакомство и закончится.

— Таня... Вы не возражаете, если я буду вас так называть? — подойдя ко мне, Вероника доброжелательно улыбнулась и жестом пригласила отойти к окну. По всей видимости, разговор обещал быть некоротким. Лучше бы он, конечно, состоялся в другом месте, не в больнице, здание которой мне все сильнее хотелось побыстрее покинуть. Но я решила воспользоваться случаем и прояснить для себя кое-какие возникшие вопросы. Правда, больше ради собственного любопытства, чем для облегчения хода расследования.

— Так, значит, вы, Танечка, помогаете Сергею с английским контрактом?

Что это — ошибка? Или она намеренно проверяет меня? Что ж, с памятью у меня все в порядке.

— Вы хотели сказать, с американским, — мягко поправила я.

— Ну да, конечно. Английский, американский — для меня это практически одно и то же. Я сейчас очень жалею, что не стала более углубленно изучать английский после школы. А ведь мне говорили, что у меня способности. Сейчас уже почти все забыла... А вы переводите Сергею контракт или что-то еще?

— Я помогаю с переводом документации.

— По-моему, Сергей сомневался по поводу условий поставки. Интересно, какой же он в конце концов выбрал вариант?

Вдруг появилось ощущение, будто я разговариваю с разведчиком, с сероглазым Джеймсом Бондом на шпильках. Глаза Вероники, казалось, просвечивали насквозь, как рентгеновские лучи. В чем же она меня подозревает? Я решила стоять насмерть, но не выдавать коммерческих секретов, которых, между прочим, и не знала.

— Я думаю, вам лучше поговорить об этом с Сергеем.

Вероника очень внимательно посмотрела на меня: я оказалась, наверное, крепким орешком. Чем вызвала ее еще больший интерес и даже в некотором роде уважение.

— Извините, я не должна была задавать вам подобных вопросов.

— Ну что вы, ничего страшного. Скажите, а эта аллергия у Сергея давно? — сменила я тему.

— Да, довольно давно, хотя, впрочем, не с рождения. Я помню, когда мы учились еще в институте и собирались на студенческих вечеринках, он с удовольствием лопал маринованные помидоры и салаты с майонезом. Так что в ту пору аллергии на уксус у него еще не было.

— Вы учились вместе с Сергеем?

— В одной группе.

Это сообщение меня просто ошарашило. Я считала, что она — моя ровесница, а она, оказывается, училась вместе с Сергеем. То есть ей должно быть лет тридцать пять.

Неужели они двойняшки?

— Что-то не так? — спросила она, заметив мое удивление.

— Вы необыкновенно молодо выглядите. Я считала, что вы минимум лет на семь моложе Сергея.

— Нет. Мы с ним одногодки, — улыбнулась она.

— А когда же все-таки появилась аллергия?

— Уже после нашей с Сергеем свадьбы, а поженились мы на пятом курсе.

Вот это удар! Оказывается, Вероника и Сергей не брат с сестрой, а бывшие супруги. Я была шокирована, но быстренько взяла себя в руки и сделала вид, что была в курсе этого.

— Я очень испугалась, когда это случилось в первый раз, — продолжала Вика, не заметив, как обескуражила меня. — Мы с ним тогда возвращались с дачи его родителей, где нас угощали великолепным шашлыком. Буквально минут через десять-пятнадцать он весь покрылся красными пятнами, затем прямо на глазах отек, начал задыхаться. Я думала, что потеряю его. Но, слава богу, мы были недалеко от больницы, и благодаря своевременно оказанной помощи он был спасен. Потом он прошел обследование в аллергоцентре, где и выяснили, что у него аллергия на уксус.

— Но ведь это, наверное, очень опасно?

— Безусловно. Врачи предупредили меня, что однажды помощь просто может не успеть. Поэтому ему необходимо категорически исключить уксус из своего рациона. А он так безалаберно к себе относится... — она укоризненно покачала головой.

— Неужели нет никакого лекарства?

— Ах, Танечка, что только мы не перепробовали. К сожалению, пока единственным способом сохранить ему жизнь остается отказ от уксуса. К тому же он слишком легкомысленно относится к своей аллергии, а ведь можно было бы попробовать полечиться за границей, в Германии, например, или в Израиле...

Вероника не закончила фразу, увидев бегом поднимающуюся по лестнице Инну. Она так торопилась, что не замечала на своем пути людей, которые в последний момент шарахались в сторону, чтобы избежать столкновения, а потом удивленно смотрели ей вслед.

— Инна! — Вероника замахала рукой, чтобы привлечь ее внимание.

Увидев первую жену своего мужа, Инна зарыдала и бросилась к ней на грудь. Ну просто ближайшая родственница! Вероника ласково обняла ее, успокаивающе похлопывая по спине:

— Успокойся. Все хорошо. Опасность миновала.

Но Инне, видимо, нужно было выплакаться. Слезы

Ниагарским водопадом лились из опухших глаз, нос покраснел, волосы растрепались. Взъерошенный воробышек! Можно было подумать, что она теряет самого дорогого человека. Даже я так и подумала бы, если бы не была в курсе ее амурных дел. Понемногу успокоившись, она вытерла слезы, перестала всхлипывать, поблагодарила Веронику за поддержку, пообещала созвониться с ней вечером и пошла к Сергею в палату.

— Это — Инна, жена Сергея, — пояснила мне Вероника.

— Я поняла. Вы, Вероника, удивительная женщина, я не перестаю вами восхищаться, — сделала я совершенно искренний комплимент.

— Что же во мне такого необыкновенного? — засмеялась бывшая супруга моего клиента.

— У вас такие прекрасные отношения с Сергеем. Я, честно говоря, еще не встречала разведенных супругов, которые остались бы друзьями в полном смысле этого слова. А уж ваши отношения с новой женой Сергея просто лишили меня дара речи.

— Мы же интеллигентные люди. Тем более Инночка вообще мне очень нравится: такой открытый, непосредственный человечек. Я даже рада, что Сергей попал в такие хорошие руки.

— Вы так говорите, как будто рады были от него избавиться. Неужели вам совершенно все равно?

— Безусловно, нет. Мы все-таки прожили с ним двенадцать лет. Когда он встретил Инну и решил развестись, для меня это было настоящим потрясением. Я очень сильно переживала. Не знаю, в каком качестве я боялась его потерять больше: как мужа или как друга. Наверное, его дружба для меня важнее, чем любовь. Поэтому я отпустила его с миром. Я хочу, чтобы он был счастлив, пусть даже не со мной, и надеюсь, что так оно и есть.

Я много раз слышала похожие слова из уст героинь сериалов, но в реальной жизни Вероника была первым человеком, кто повел себя таким образом в подобной ситуации.

— Я вас, наверное, задерживаю тут своими разговорами? — опомнилась Вероника, тем самым давая понять, что наш разговор затянулся.

Мы расстались практически подругами. Я отправилась домой — хотелось посидеть в тишине, подумать. Что-то не давало мне покоя, что-то мешало расслабиться, отвлечься. Но что?

* * *

Прекрасный ясный день вдруг стал хмуриться. Стало душно. Огромная серая туча ползла по небу, оккупируя все новые и новые его участки. Порывы сильного ветра поднимали в воздух пыль и песок. Все говорило о приближающейся грозе.

Первый раскат грома раздался как раз в тот момент, когда я, уютно устроившись на диване и накрыв ноги пледом, сделала глоток горячего ароматного кофе.

Как хорошо думается под стук капель о стекло! Но какова Инночка! Какова лицемерка! Актриса! Грета Гарбо! Слезы-то, слезы — просто всемирный потоп. Какое органическое перевоплощение! У самого Станиславского язык бы не повернулся сказать: «Не верю!» Девочке не в экономический институт нужно было поступать, а в театральный. А там, глядишь, и «Оскар» не за горами.

Мое живое воображение тут же нарисовало церемонию вручения «Оскара». Я представила Инну в ослепительном вечернем платье, получающую самую престижную кинонаграду за лучшую женскую роль и со слезами счастья благодарящую своего мужа за поддержку и любовь. Ладно, бог с ней, с Инной. Но почему-то у меня возникло ощущение, что за этим на первый взгляд простеньким делом кроется нечто более серьезное. Может быть, на меня так подействовал визит в больницу? Больница, больница... Разгадка где-то рядом.

Ага, вот что меня тревожит. По-моему, нельзя исключать возможность, что Сергею добавили уксус в пищу намеренно. Да, не исключено, что его хотели убрать таким способом. Но зачем его убивать? Кому это нужно? Кому выгодно... Кому? Да хотя бы Инне. Скажем, она решила избавиться от мужа, чтобы прибрать к рукам все его денежки и зажить припеваючи с хипповым Ромео. Нельзя также сбрасывать со счетов конкурентов, завистников, а их наверняка пруд пруди у президента «Тарасов-авто». Да мало ли кому еще была бы на руку смерть моего клиента. А зачем человека душить, топить или резать, если можно элементарно добавить в его пищу уксус? Тем более что Сергей, насколько я знаю, из своей болезни секрета не делал.

Доказательств, конечно, никаких, но я чувствовала, что Сергею Беспалову грозит опасность. Шестое чувство, если хотите. И решила, что, когда увижу его завтра, непременно предостерегу.

Мне захотелось посоветоваться со своими двенадцатигранниками. Может быть, мои волшебные друзья прольют свет на происходящее. Они нередко помогали мне раскрыть самые запутанные дела. Я сконцентрировалась на том, что меня тревожит, и метнула кости.

Выпала комбинация 21+33+1: «Среди ваших знакомых есть злой человек, к тому же прямой ваш недоброжелатель. Его следует остерегаться».

Хороший совет. Постараюсь поберечься и быть в два раза осмотрительней, если это возможно.

Я начала анализировать результаты гадания, соображать, кого именно имели в виду мои магические косточки. За этим занятием и уснула.

Подвал. Темно и сыро. Около меня что-то зашевелилось. Огромная крыса — жирная, мерзкая, с лысым хвостом. Она посмотрела своими красными глазками прямо мне в душу и ухмыльнулась. Ухмыльнулась, как человек. Парализованная страхом, я не могла ни убежать, ни закричать.

По спине поползли мурашки, и я проснулась. Приснится же такая гадость.

Гроза кончилась. Часы показывали два часа ночи. Я встала с дивана и закрыла балконную дверь, которая, вероятно, открылась от порыва ветра. После дождя воздух в комнате стал прохладным и чуть влажным. По мне все еще бегали мурашки, но уже от холода, а не от страха. Почему-то подумалось: в такой атмосфере и не такая пакость присниться может.

Я вспомнила крысиную ухмылку. Бр-р-рр. Она определенно кого-то мне напоминала. Но кого? Я напрягла свою память. Нет. Тщетно. Все впечатление было настолько расплывчато, на уровне каких-то неясных ощущений, что я решила не мучиться.

Чашка горячего кофе, вот что поможет мне согреться и отвлечься от ночного кошмара. После кофе я приняла горячий душ и легла спать уже в кровать. Стало тепло и уютно. Я спокойно заснула. Но все же где-то в глубине души чувствовала, что этот сон — плохое предзнаменование.

* * *

К десяти часам я подъехала к офису «Тарасов-авто», который находился в центре города. Вход в него вел с небольшой тихой улочки, на которой располагалось еще несколько фирм и жилые дома. Мне не хотелось разворачиваться, поэтому я закрыла машину и оставила ее на противоположной стороне улицы, тем более что на стоянке перед офисом яблоку негде было упасть.

На первом этаже в дверях меня встретил молоденький охранник с веселыми глазами. Я представилась. Он связался с кем-то по внутренней связи и доложил о моем приходе. Минуту спустя за мной спустилась девушка. «Наверное, секретарь», — подумала я. Девушка предложила мне пройти за ней, при этом я заметила в ее взгляде некоторую настороженность. Она, конечно, была вежлива, но даже не потрудилась воспроизвести на лице хотя бы подобие улыбки. Что же, я и не рассчитывала на особенную доброжелательность со стороны женского пола.

Такая реакция на меня не была редкостью. Женщины нередко воспринимают меня как соперницу, хотя я чаще всего вовсе не собираюсь посягать на их возлюбленных. Кто знает, может быть, эта девушка влюблена в своего начальника и в каждой посетительнице видит потенциальную конкурентку? А почему, собственно, обязательно в начальника? Может быть, в охранника. Он, кстати, очень даже ничего.

Девушка открыла дверь в кабинет и пропустила меня вперед. Сергей сидел за столом и был занят вводом данных в свой ноутбук. Услышав, что кто-то вошел, он закрыл файл и встал мне навстречу. Выглядел он вполне прилично для человека, который вчера чуть не отдал богу душу.

— Здравствуйте, Татьяна. Проходите, садитесь. Еще раз прошу прощения за причиненные неудобства.

Я не стала уверять его в том, что он совершенно меня не побеспокоил. Не то чтобы я была на него обижена, просто не хотелось продолжать обмениваться пустыми фразами. Меня всегда удивляла люди, способные говорить ни о чем. Слов много, а смысла — ноль...

Я молча села в кресло. Сергей нажал кнопку громкой связи и коротко сказал:

— Светлана, зайдите, пожалуйста.

Светочка не заставила себя долго ждать: впорхнула в кабинет и вопросительно захлопала ресницами. А девочка она фигуристая: высокая грудка, плотные ножки — в общем, сбитенькая. Многие мужчины посчитали бы ее фигуру идеальной. Но, по всей видимости, Беспалов к этим мужчинам не относился. Он совершенно спокойно вручил ей какие-то бумаги и попросил принести две чашки кофе, проигнорировав волнующую грудь, соблазнительно обтянутую кофточкой, и открытые по самое не хочу ноги. «Да, Светочка, — подумала я, — шансов у тебя ноль». Я мысленно сравнила Инну и секретаршу: небо и земля. И можно ли сравнивать гибкую, стройную, черноглазую лань и пусть молоденькую, хорошенькую, но все-таки коровку.

Как только «коровка» скрылась за дверью, я достала из сумки пакет со снимками и передала Сергею. Он приоткрыл его и, не доставая, бросил взгляд на фото, что лежало сверху. Мне не хотелось смотреть, как у обманутого мужа от боли и ярости сжимаются кулаки при виде своей обнаженной супруги в объятиях другого мужчины, и я отвела глаза в сторону. Ему сполна хватило одной фотографии. Он не стал рассматривать другие снимки, бросил всю стопку в ящик стола, встал и отошел к окну. Снова драматическая пауза.

Я не знала, что сказать. По-моему, любые слова звучали бы глупо. Захотелось уйти. В такие минуты человеку нужно побыть одному, а я, хотя присутствие мое и было вынужденным, как будто подглядывала в замочную скважину. Я уже собралась встать и попрощаться, но в кабинет постучали, после чего в дверях появилась Светочка с подносом в руках.

Мой клиент очнулся от мрачных дум и взял себя в руки. А я преисполнилась благодарности к этой голубоглазой «коровке» за то, что она избавила меня от неловкой ситуации. Светочка, виляя бедрами, прошла к журнальному столику и, нагнувшись так, что появилась возможность рассмотреть ее нижнее белье, поставила поднос. Но Беспалов возможностью не воспользовался.

Бедная Света! Столько стараний — и все коту под хвост. «Не человек, а ледяная глыба», — вероятно, думала она.

«Милая буренка, напрасно ты так стараешься. После только что увиденных фотографий он еще долго не сможет смотреть на женщин без содрогания», — пожалела я в душе секретаря Свету, с обожанием смотревшую на шефа большими ясными, лишенными интеллекта глазами и готовую исполнить любое его желание. Однако у него никаких желаний не возникло, и Светочка не солоно хлебавши ушла «пастись» в соседний кабинет.

Такое повышенное внимание со стороны слабого пола к моему пока еще клиенту интриговало. «Что в нем есть такого, чего нет в других мужиках?» — задумалась я. И тут же мысленно передразнила саму себя: «Что, что... — деньги, вот что! У него много денег!»

А кроме того, он, конечно, очень привлекателен внешне. Я сама с первого взгляда охарактеризовала его как «необыкновенно интересного мужчину». Есть в нем что-то голливудское. Ну да, он же безумно похож на Алека Болдуина: красивый брюнет с синими глазами.

«Стоп, — приказала я самой себе. — А то еще влюбишься, как дурочка, в своего клиента и будешь с глупым выражением лица кокетливо хлопать ресницами или, того хуже, начнешь показывать ему краешек кружевного нижнего белья». Я так устыдилась, что почувствовала, как заливаюсь румянцем.

Тем временем тарасовский Алек Болдуин достал конверт из внутреннего кармана клубного пиджака и передал его мне:

— Спасибо вам.

Я заглянула в конверт:

— Но тут две тысячи. Насколько я помню, вы мне должны за работу тысячу семьсот пятьдесят.

— Это скромное вознаграждение за причиненное вам беспокойство.

— Ну что ж, спасибо.

— Вам спасибо. Вы действительно классный профессионал. Я надеюсь, вы не откажете мне в помощи, если возникнут еще какие-нибудь проблемы.

— Не хочу вас огорчать, — вспомнила я о том, что собиралась предупредить его об опасности, — но, по-моему, проблемы у вас уже возникли.

— Что вы имеете в виду? — синие глаза Сергея удивленно расширились.

— Вам не приходило в голову, что уксус оказался в пище не случайно?

— Ах это. Ну что вы. Со мной такое произошло не в первый раз. Если бы кто-то задумал отправить меня на тот свет таким способом, то уже сделал бы это.

— Мое дело предупредить. Можете мне не верить, но будьте осторожны. Моя интуиция подсказывает, что тут не все чисто.

— Скорее всего на этот раз интуиция вас обманывает. Уверяю, вы ошибаетесь. Если бы кто-то из моих врагов захотел меня убрать, меня бы уже давно не было в живых. В наше время нанять киллера намного проще, чем найти хорошую домработницу.

— Верить или не верить — вам решать. Предупрежден — значит вооружен, так, по-моему, — сказала я, поднимаясь с кресла. — Мне пора.

«Что за осел! — думала я. — Кто, в конце концов, должен думать о его безопасности — он или я? Заладил: не может быть, не может быть».

— Я вас провожу, — Сергей тоже поднялся, и мне вдруг показалось, что он не хочет, чтобы я уходила. Но снова себя одернула: какая ерунда лезет в голову. На первом этаже я собралась было попрощаться с ним, но он выразил желание проводить меня до машины.

Разговаривая о машинах, мы дошли до моей «девятки». Сергей не уходил. У меня, честно говоря, в глубине души затеплилась надежда, что он попросит разрешения позвонить мне или пригласит в ресторан, но этого я так и не дождалась. Даже стало обидно — не желает продолжить наше знакомство, и не надо. Не очень-то и хотелось. Ему же хуже.

— До свидания, — сказала я, пытаясь скрыть обиду, — берегите себя.

— До свидания, — сказал Сергей, хотел добавить еще что-то, но не решился. Он развернулся и пошел через дорогу к своему офису.

В тот момент, когда я уже садилась в свою бежевую «девяточку», на дорогу из-за угла длинного девятиэтажного дома выскочила какая-то сумасшедшая «шестерка» и на огромной скорости понеслась прямо на Беспалова. Шансов выжить у него было ноль целых ноль десятых. Даже если бы водитель машины нажал на тормоз, чего он делать явно не собирался, Сергея все равно бы задело — так мало было между ними расстояние.

Машина целенаправленно на бешеной скорости летела на Сергея, и смерть, вероятно, уже потирала костяшки рук от предвкушения скорой добычи.

* * *

Расстояние между машиной и Сергеем неминуемо сокращалось. Все дальнейшее произошло за доли секунды. Я выхватила из сумочки пистолет, который, слава богу, не выложила оттуда, и прицелилась в переднее колесо «Жигулей». Где-то в подсознании отметилось, что номер «шестерки» замазан грязью. Я выстрелила. Пуля попала в цель. Машину, которая была уже около Беспалова, резко бросило в сторону, и она на полной скорости врезалась в столб на обочине. «Шестерка» не доехала до Сергея каких-нибудь полметра. Я рванула к «Жигулям».

Беспалов, бледный как полотно, ошарашенно смотрел на все происходящее. Нянчиться с ним времени не было, поэтому я пронеслась, не останавливаясь, мимо него. Со стороны я выглядела, наверное, ужасно смешно: элегантный костюм, узкая юбка, шпильки, и в этом наряде я бежала, причем бежала в полную силу, высоко задирая длинные ноги, похожая, вероятно, на страуса. А еще у меня в руках было оружие. Но все произошло настолько молниеносно, что люди, ставшие невольными свидетелями происшествия, не сразу поняли, в чем дело.

Из «шестерки» выскочил белобрысый парень и бросился наутек. Я навела на него пистолет и заорала страшным голосом: «Стоять». Голос прозвучал устрашающе, но мой приказ выполнили все, кроме интересовавшего меня человека. Он свернул во двор жилого дома. Я помчалась за ним. Слава богу, дом одноподъездный, и во дворе спрятаться негде, значит, у беглеца оставался один путь: в подъезд. А тогда возникало несколько вариантов. Он мог, например, спрятаться в подвале, мог бы вылезти на крышу, а с нее уйти на соседнюю, тем более что к дому вплотную прилегало еще одно здание. Медлить было нельзя.

Вдруг я услышала за спиной шаги и резко развернулась, держа пистолет на вытянутой руке. Позади стоял спасенный мною местный Алек Болдуин.

— Черт возьми, вы меня напугали!

— Где он? — пропустил Сергей мимо ушей мою не слишком вежливую реплику. В тот момент было не до сюсюканья.

— В подъезде, больше негде.

К нам подбежал тот самый симпатичный охранник из офиса «Тарасов-авто», который встретил меня утром. Такой молоденький, совсем мальчишка.

Совершенно неожиданно Беспалов сделал попытку взять командование в свои руки.

— Таня, вы остаетесь здесь, а мы с Алексеем прочешем подъезд.

— Глупости. Вы безоружны. И прошу не забывать то, что вы сами еще сегодня утром сказали: я — профессионал. Поэтому действовать мы будем так... Возьмете оружие у Алексея...

— Я не вооружен, — краснея, «обрадовал» меня охранник.

— О господи! Но хоть что-то у вас есть? — спросила я, подавляя раздражение. На кой черт нужен охранник, если он совершенно безоружен?

— Газовый баллончик и дубинка.

— Отлично. Значит, Сергей берет баллончик и идет со мной, а ты, Леша, остаешься здесь с дубинкой, и чтобы мимо тебя ни одна мышь не проскочила. Все, пошли.

Для начала мы с Беспаловым проверили подвал. Он был закрыт на замок. Подумав, я решила, что поеду на лифте на последний этаж, а Сергей будет подниматься по лестнице. Если наверху нашего парня не окажется, я временно выведу из строя лифт и пойду по лестнице навстречу Беспалову.

Когда двери лифта открылись на девятом этаже, я увидела того, за кем гналась. Смешно: я вообще-то не имею привычки бегать за мужчинами, но по работе приходится это делать довольно часто. Услышав, как открылся лифт, парень вздрогнул, но продолжал возиться с замком чердака. Нам очень повезло, что выход на крышу был, как и подвал, заперт.

— Руки! — приказала я, направив на беглеца ствол. — Подними руки!

Он послушно выполнил мою команду. Я велела ему встать лицом к стене и обыскала. Оружия не было. На лестнице показался Сергей. Пока я держала на мушке пойманного водителя, Беспалов снял с себя галстук и связал ему за спиной руки.

Вниз мы спускались на лифте. Я воткнула ствол парню в пузо и предупредила:

— Дернешься — кишки выпущу!

В лифте Сергей стоял так близко, что я могла слышать его дыхание. Он, в свою очередь, с удивлением посматривал на меня.

«Что же он обо мне думает? — возник у меня в голове вопрос. — По идее должен думать что-то хорошее. Я же его спасительница, в конце концов. Эх, ехать бы так подольше...»

На первом этаже нас встретил Алеша. Мы передали ему нашу добычу, которую нужно было сопроводить для беседы в офис Сергея. Парень послушно шагал под бдительным присмотром охранника, поэтому я, не волнуясь, немного отстала от них и убрала оружие обратно в сумочку. Беспалов шел рядом со мной.

— Спасибо, Таня. Я вам жизнью обязан. Глупо было с моей стороны быть таким неосмотрительным.

А ведь советовали магические кости быть осторожнее... Боже мой, ведь когда я гадала, я думала о Сергее, поэтому все, что тогда выпало, относится к нему.

Я попыталась воспроизвести в памяти все, что предсказали мои волшебные друзья.

— Среди ваших знакомых есть злой человек, к тому же прямой ваш недоброжелатель. Его следует остерегаться, — пробормотала я, вспоминая.

— Но кто же это может быть? — спросил меня Сергей, думая, что я разговариваю с ним.

— А вот мы сейчас и узнаем, — я ускорила шаг.

Допрос решили устроить в кабинете Беспалова. Леша предложил нам свою помощь, но я его успокоила, сказав, что справлюсь. Он, нисколько не сомневаясь в моих способностях, спокойно остался на своем посту. Удивленно наблюдавшей за нашей компанией зашедшей в кабинет Светочке Сергей велел ни с кем его не соединять и никого к нему не пускать.

Не развязывая парню рук, мы посадили его в кресло. Я устроилась на краешке стола рядом с ним. Беспалов остался стоять, сложив руки на груди, точь-в-точь как памятник Чернышевскому в центре Тарасова.

— Ну, говори, киллер недоделанный, зачем человека хотел убить? — строго спросила я.

— Никого я не хотел убивать.

— Да что ты?! Стало быть, ты Сергея Андреевича отутюжить просто хотел? Помятым он тебе показался?

— Я его не видел.

— Ну конечно, не видел. Ты, наверное, очки носишь с двойными линзами, и на твоей машине, вероятно, есть предупреждающий знак: осторожно, слепой водитель. И как же ты с таким зрением получил права?

— Нормальное у меня зрение. Я его просто не заметил.

— Надо же! — усмехнулся Беспалов. — Я вроде бы не карлик, не лилипут.

— Объясни мне тогда, рыжик, зачем ты номера грязью залепил, если все это случайно получилось, — устало задала я вопрос, на который уже заранее знала ответ.

— Я его не залеплял. Дождь был, вот машина и грязная.

Я молча взяла сумочку и достала пистолет.

— Видимо, без этой штуки разговор у нас не получится, — грустно констатировала я.

Приставив ствол к белобрысой голове водителя, я процедила сквозь зубы:

— Ты мне надоел. Будешь дальше мне голову морочить, вышибу мозги. Понял?

— Понял, — парень испугался.

— Зачем ты хотел сбить Сергея? — я немного ткнула его пистолетом в голову, чтобы он не задерживался с ответом.

— Мне заплатили, — торопливо ответил он.

— Кто?
— Я ее не знаю.
— Так это была женщина?
— Да.
— Молодая?
— Да.
— Опиши, как она выглядела.
— Я не знаю. Я не умею описывать.
— А ты попробуй, а то я опять начну нервничать.
— Молодая, красивая.
— Волосы?
— Что волосы?
— Какие у нее волосы, чудовище?
— Длинные, темные.

Мы с Беспаловым переглянулись. Уверена, что он подумал о том же человеке, что и я.

— Глаза? — продолжила я допрос.
— Не знаю, она была в темных очках.
— А если мы тебе покажем фотографию, узнаешь? — поинтересовался Беспалов.
— Может быть.

Я вопросительно посмотрела на Сергея. Он отошел к столу, нагнулся и достал из корзины для бумаг цветную фотографию в рамке. Мне не нужно было ломать голову, чтобы узнать, кто на ней изображен. Это был красивый, яркий снимок Инны. Должно быть, Сергей выбросил его утром, еще до моего прихода, ведь он уже знал, что я собрала доказательства измены, хоть и не видел их. Беспалов показал фото жены-обманщицы несостоявшемуся убийце.

— Это она? — спросила я и крутанула пистолет на пальце, как это делают супермены в американских боевиках.

— Кажется, она, — неуверенно ответил парень. По-моему, мой устрашающий жест был уже излишен, допрашиваемый и без него был готов к сотрудничеству.

— Но ты не уверен?
— Я уже говорил, она была в очках. Но вроде похожа.
— Она тебе сказала, зачем ей нужно было убить

меня? — перехватил у меня инициативу обманутый муж.

— Да, что-то говорила. Жаловалось, что муж-тиран ее бьет, мучает, сам ходит по бабам, а ее извести хочет, чтобы при разводе не делиться. Спасти ее просила. Я ей сперва посоветовал все ему оставить и уйти. Но она сказала, что он от нее не отстанет, найдет и убьет.

— Чушь какая-то, — пробормотал Беспалов.

— Робин Гуд ты наш, — съязвила я, — защитник униженных и оскорбленных.

— Сколько она заплатила тебе? — продолжил допрос Сергей.

— Пять тысяч. Обещала еще пять тысяч после окончания дела.

— Что-то ты, наемный убийца, дешево берешь за свои услуги.

— Я не наемный убийца.

— А кто же ты? И почему она к тебе обратилась?

— Не знаю. Может быть, потому что я сидел.

— Сидел? За что?

— За грабеж.

— И давно вышел?

— Нет, недавно. Полгода.

— Так как же все-таки она вышла на тебя?

— Сам не знаю. Загадка какая-то. У нас в деревне все друг друга знают, а тут эта красотка откуда ни возьмись. Я как раз из запоя выходил, денег не было, вот и согласился. Больше ничего не знаю.

— Ты из деревни?

— Да. Из Андреевки.

— А как ты должен получить оставшуюся часть денег? — заинтересовался Беспалов.

— Она сказала, что пришлет кого-нибудь с деньгами после того, как я тебя убью.

— Раз ты меня не убил, может быть, она захочет забрать то, что уже заплатила?

— Вот уж не знаю.

Несколько минут длилась пауза. Нам нужно было переварить полученную информацию.

— Нет, я не верю. Не верю, — произнес шокированный Сергей. — Неужели это может быть правдой?

Несмотря на то что у меня уже давно было недоброе предчувствие, я тоже была глубоко поражена последними событиями.

— Ты уверен, что хотели убить именно меня? Может быть, ты меня с кем-нибудь спутал? — спросил Беспалов деревенского киллера. Он, как тот утопающий, цепляющийся за соломинку, до последнего надеялся, что произошла трагическая ошибка.

— Я че? Совсем шизик? — обиделся белобрысый. — Ты — Беспалов, директор «Тарасов-авто». Правильно?

— Правильно, — обреченно согласился Сергей. Он с выражением безысходности на лице опустился в кресло и повесил голову.

— Да ладно, не горюй, — неожиданно ободрил Беспалова его собственный несостоявшийся убийца, — все же хорошо закончилось. А бабы — все стервы.

«Все-таки люди никогда не перестанут меня удивлять, — подумала я. — Еще недавно этот человек собирался убить Сергея, а теперь жалеет его».

— Ты не забывайся, — решила я одернуть нашего арестанта. — Женщины ему плохие. А ты хороший? Человека чуть не угробил. Дамочка его попросила... А своих мозгов у тебя нет?

— А я че? Я молчу, — испуганно начал оправдываться наемник из деревни.

— Зовут тебя как, чудовище? — смягчилась я.

— Коляном. Николай Уткин.

— Не могу сказать, что мне было приятно с вами познакомиться, Николай Уткин.

Вдруг Беспалов, который до этого момента молча сидел в кресле, резко встал и быстро пошел к двери.

— Я домой. Надо поговорить с Инной, — бросил он на ходу.

— Пойдем вместе, — заявила я, быстро убрав пистолет в сумочку, и последовала за ним.

В дверях я остановилась, повернулась к пленнику и сурово предупредила:

— Ты останешься здесь. Под охраной. Попробуешь сбежать — найду и прикончу. Ясно?

— Ясно, — ответил Колян и обиженно надул губы.

Может быть, он рассчитывал, что его отпустят? Наивный.

* * *

Большую часть дороги к дому Беспалова мы ехали молча. Сергей, наверное, никак не мог поверить, что его горячо любимая жена могла так с ним обойтись. А мне нужно было подумать. Картина складывалась достаточно ясная. Инна со своим любовником решили избавиться от Беспалова. Мотив? Кто-то скажет — любовь. И будет не прав. Инне ничто не мешало развестись с мужем и жить с Антоном долго и счастливо. Реальным мотивом были деньги. Кто знает, сколько людей лишились жизни из-за этих бумажек! Преступления такого рода совершались во все времена и, вероятнее всего, будут совершаться, пока есть на свете алчные, завистливые люди.

— Почему? За что? — прервал мои размышления Беспалов. — Что я ей сделал?

— Скажите, Сергей, — спросила я, проигнорировав его риторические вопросы, — кому переходит ваше имущество в случае вашей смерти? Тьфу, тьфу, не дай бог, конечно.

— Инне, естественно. Кому же еще? Она пока моя жена, — подтвердил он мои предположения. — Так вы думаете, это все из-за денег?

— Я думаю, выводы делать еще рано. Поспешные заключения, как правило, бывают ошибочными. Давайте сначала поговорим с Инной, а там будет видно.

— Вы еще сомневаетесь?! Но ведь этот кретин, как там его...

— Уткин, — подсказала я.

— Да, Уткин. Он же узнал ее на фотографии.

— Не совсем так. Он сказал, что Инна похожа на ту женщину, которая его наняла. А это еще ни о чем не говорит. Мало ли дамочек с длинными каштановыми волосами.

— Но ведь она назвалась моей женой.

— Вот именно — назвалась. Но это не обязательно правда. Зачем ей себя раскрывать? — упорствовала я, хотя тоже подозревала Инну. Просто я не люблю обвинять людей, если не уверена в их вине полностью.

— Может, она надеялась, что исполнителя не найдут, — предположил Беспалов.

— Может быть.

— Таня, когда вы сегодня утром предупреждали меня о грозящей опасности, вы имели в виду Инну, ведь так?

— Нет, — честно ответила я. — Я, конечно, не исключала и такой возможности, но это лишь одна из версий, не более. У Инны была возможность добавить уксус в вашу еду и нанять этого деревенского киллера. Но то же самое могли сделать и другие люди.

— Почему вы ее защищаете? — раздраженно спросил Сергей.

— Я просто не хочу раньше времени развешивать ярлыки, — спокойно объяснила я, понимая, что у Беспалова есть все причины нервничать.

— Извините, Таня. Я сейчас не в себе.

— В такой ситуации любой бы потерял самообладание.

Мы подъехали к дому.

Несколько секунд Сергей сидел не двигаясь, глядя перед собой невидящими глазами. Ему предстояло выяснить правду. Ту правду, которую ему узнавать не хотелось.

— Вы понимаете, Таня, мир рухнул, — произнес он тоном человека, приговоренного к смерти.

— Понимаю, — тихо ответила я. Если бы он только знал, как мне его жалко.

— Еще пару месяцев назад все было так хорошо. У меня была любимая и любящая жена. Во всяком случае, я так думал. Как бы я хотел вернуться в то время и ничего этого не знать.

— Но вы же сами наняли меня, чтобы выяснить, есть ли у Инны еще кто-то.

— Вот я и думаю, если бы я этого не сделал, может быть, все сложилось бы иначе.

— Глупости, — обиделась я. — Выходит, во всех ваших бедах я виновата.

— Нет-нет. Вы меня не поняли. Вы, конечно, тут ни при чем. Я сам во всем виноват. Как можно было быть таким идиотом?

Я насупленно молчала.

— Танечка, ну простите. Вы же мой ангел-хранитель. Без вас я бы погиб.

Беспалов взял мою руку, и я почувствовала, как оттаивает мое сердце. «Что со мной происходит? — думала я. — Он же из меня веревки вьет».

Я убрала руку и, отвернувшись к окну, спросила:
— Так мы идем?

— Идем, — Сергей тяжело вздохнул. — Лучше горькая правда, чем сладкая ложь. Тем более у меня теперь, кажется, нет выбора.

— Если только вы не хотите, чтобы вас убили.

— Разве я похож на самоубийцу?

— Трудно сказать. Я мало вас знаю, — повредничала я.

— Что ж. Спасибо на добром слове...

Поднявшись на пятый этаж, мы остановились около квартиры с хорошей дубовой дверью. Беспалов позвонил. Дверь открыла приятная пожилая женщина.

— Сереженька, что случилось? Ты такой бледный. Тебе нездоровится? — Она заметила меня. — Ой, извините. Я что-то раскудахталась.

— Инна дома? — перешел Беспалов сразу к делу.

— Нет, милый. Еще с занятий не вернулась.

— А вы, Галина Ивановна, не знаете, сколько у нее сегодня пар?

— Нет, не знаю. Она не говорила, а спрашивать я не стала. Еще подумает, что я не в свои дела лезу.

— Тогда поехали в университет, — предложила я, — там ее и найдем.

Сергей попросил Галину Ивановну передать Инне, чтобы она ждала его дома на случай, если мы вдруг с ней разойдемся.

Несмотря на то что мы разговаривали в холле и всей квартиры мне не было видно, я обратила внимание на отличный дизайн беспаловских апартаментов, на подобранные со вкусом шелкографические обои, на подвесной потолок и встроенные лампы. Да, на отделку квартиры денег хозяин не пожалел. Если прихожая производила такое впечатление, то и комнаты наверняка не разочаровали бы.

Что же еще нужно этой вертихвостке? У нее, кажется, было все, о чем мечтает женщина: красивый, умный, интеллигентный муж, отличная квартира, шикарная машина... Чего ей не хватало? Может быть, чувства. Любила ли она когда-нибудь своего мужа?

Размышляя об этом, я спустилась к машине. Беспалов шел впереди, понурив голову.

— Сергей, а как вы познакомились с Инной? — спросила я, захлопывая за собой дверцу «Мерседеса».

— Случайно. Вы думаете, это имеет отношение к делу?

— Если не хотите, можете не рассказывать, — надулась я в очередной раз.

— Да это, собственно, не секрет. И за это время у меня никого, кроме нее, не было. Я считаю измену предательством, обманом. Сам обманывать не люблю и не люблю, когда меня обманывают. Это я к тому рассказываю, что я не ловелас и не имею привычки заводить знакомства с женщинами на стороне. Со всеми представительницами слабого пола, кроме жены, у меня были чисто деловые отношения. До того вечера... Тем вечером, около года назад, я возвращался домой после важного делового ужина в ресторане. Возвращался один. Вика была в командировке в Германии. Помню, был сильный ливень. На одной из улиц я увидел одинокую девушку. Она выглядела такой хрупкой, ранимой, мерзнуща одна на темной улице. Я остановил машину и предложил подвезти до дома. Она села. Инна вообще очень доверчивая. Вся ее одежда промокла насквозь. С волос лилась вода. В тот момент она напомнила мне мокрого воробушка. Я включил печку и спросил, куда ее отвезти. Выяснилось, что она поругалась с родителями и ушла из дома. Я предложил отвезти ее на мою дачу. Там она могла пожить какое-то время. Инна согласилась. Всю дорогу она что-то мне рассказывала, хохотала, как ребенок. А мне все больше и больше не хотелось с ней расставаться. Дождь кончился. Тучи разошлись. Когда мы выехали за город, Инна попросила остановить машину, чтобы полюбоваться на звезды. Она сняла с себя кофточку и осталась в одном мокром платье, которое прилипло к ее телу. И я потерял голову... Такое случилось со мной в первый раз. Мы так и остались там в машине до утра. Утром я сделал Инне предложение, и она согласилась. Вот и все.

Отчего-то мне неприятно было слушать его рассказ. «Уж не ревную ли я?»

— А как же Вика? — поинтересовалась я человеком, которому в этой истории пришлось хуже всего.

— Когда она вернулась из командировки, я сразу же ей все рассказал. Для нее это, конечно, был сильный удар. Я до сих пор очень сильно сожалею, что причинил ей такую боль. Но я ничего не мог с собой поделать. Я просто сошел с ума от любви, как мальчишка.

— Вероника — сильная женщина. Она очень стойко все это пережила. Я бы не смогла остаться такой хладнокровной в подобной ситуации.

— Хладнокровной? Нет. Только не хладнокровной. Она даже попала в больницу с нервным срывом. Но, как говорится, время лечит. Месяца через два она выздоровела и стала, как обычно, очень спокойной и уравновешенной. «Про нервный срыв и больницу она мне не рассказывала, — подумала я, — хотя какая женщина в своем уме будет рассказывать первому встречному, что она лежала в психиатрической лечебнице».

— Вероника — человек необыкновенный, очень умный, благородный, — продолжал Беспалов. — Мне жаль, что я нанес ей такой удар. Надеюсь, она еще будет счастлива.

— Да, она заслуживает счастья. Скажите, Сергей, а кто эта женщина у вас дома?

— Галина Ивановна?

— Да.

— Это наш хранитель домашнего очага. Она еще моей маме помогала по хозяйству. Потом, когда я женился на Веронике, стала жить у нас и взяла на себя все домашние заботы, так как Вика работала вместе со мной и ей было некогда. У Инны, конечно, вполне хватило бы времени и на уборку, и на готовку, но Галина Ивановна по привычке все делает сама.

— По-моему, она любит вас, как сына.

— Да, наверное. Своих детей у нее нет. Ее единственная семья — это мы. Я ее тоже люблю.

— У вас очень уютно дома.

— Это целиком заслуга Галины Ивановны.

— А кто занимался отделкой вашей квартиры?

— Все идеи Вики. У нее очень хороший вкус.

— Великолепный.

За разговорами мы не заметили, как подъехали к университету.

* * *

Около университета, разделившись на группки, стояли студенты. Наверное, только что закончилась пара, поэтому они высыпали из душных аудиторий на свежий воздух. Мы с Сергеем вышли из машины и огляделись. Инны не было видно. Беспалов решил посмотреть по расписанию, где занимается ее группа. Я осталась ждать на улице. От скуки стала разглядывать будущих экономистов, от которых через несколько лет будет зависеть процветание нашей страны. Мне вообще нравится наблюдать за людьми. О человеке многое можно узнать по внешнему виду.

Присматриваясь к молодежи, я вдруг наткнулась взглядом на лицо девушки, которое показалось мне знакомым. Где же я могла ее видеть? И тут меня озарило — как всегда, не подвела профессиональная память на лица. Это же подруга Инны! Та самая девушка, с которой наша ветреница выходила вчера из университета.

Сергей вышел из корпуса и подошел ко мне:

— Она, должно быть, где-то здесь. У нее еще английский.

— Поинтересуйтесь у ее подруги.

— Какой подруги?

— Видите девушку в синих брюках-стреч и белой кофточке?

— Да. Мне кажется, она как-то приходила к нам, — припомнил Сергей и решительно направился к девушке. Я последовала за ним.

Подружка Инны, вероятно, узнала Сергея, потому что, увидев его, вытаращила глаза от удивления. Скорее всего у Беспалова не было привычки заезжать за женой в университет.

«Мог бы делать это хотя бы изредка, — подумала я. — Чтобы не шокировать так людей своим неожиданным появлением».

— Добрый день, — поздоровался со всеми Сергей и обратился к интересовавшей нас особе: — Девушка, можно вас на пару слов?

Он жестом пригласил ее отойти в сторону. Она послушно выполнила просьбу, хотя вид у нее при этом был далеко не радостный. С таким видом люди ходят к зубным врачам — ужасно не хочется, но деваться некуда. Она наверняка догадалась, о чем пойдет речь.

— Разрешите представиться, это — Татьяна Иванова, а я — Сергей Беспалов, муж Инны. — Президент «Тарасов-авто» и тут не изменил себе, начал разговор с представления, как и положено уважающему себя бизнесмену.

«Сейчас еще визитку вручит», — мысленно съехидничала я.

— Я вас узнала, — ответила девушка, подтверждая мои предположения.

— Мне срочно нужно поговорить с Инной. Вы не знаете, где я могу ее найти?

У студентки щеки залились румянцем. Для меня это было равнозначно признанию: «Ваша жена сейчас с любовником». Она опустила глаза и промямлила:

— Я не знаю, где она.

— Не знаете? — этого Беспалов почему-то не ожидал. — Разве она не была сегодня на занятиях?

«Вот так, живешь с человеком и не знаешь, что от него ждать. Эта вертихвостка еще и прогульщицей оказалась», — размышляла я.

— Нет, ее сегодня не было. Я думала, она заболела. О чем она только думает? У нас ведь скоро экзамены.

Девушка была по-настоящему расстроена.

Ей не хотелось выдавать подругу, и чувствовала она себя, вероятно, неуютно в столь щекотливом положении, под жестким взглядом собеседника.

— И вы не знаете, где она может быть? — поинтересовалась я.

— Не знаю, — пролепетала верная подруга.

Переменка подошла к концу, и студенты потянулись к входу в здание.

— Мне пора, — заторопилась девушка, явно обрадовавшись поводу закончить неприятный разговор. Мы не стали ее задерживать.

— Садитесь в машину, — вдруг скомандовал мне Сергей. — Едем на дачу. Они, наверное, там.

— На какую дачу? — не сразу сообразила я.

— На мою. Они же там этим занимались. И сейчас они скорее всего там.

За всю дорогу до дачи он больше не проронил ни слова. Одному богу известно, что за мысли были у него в голове. Но мне почему-то не хотелось бы оказаться на месте Инны.

Беспалов оказался прекрасным водителем. Мы неслись на бешеной скорости, виртуозно обгоняя все автомобили подряд. На счастье, нам не встретился ни один гибэдэдэшник, иначе штрафа за превышение скорости было бы не миновать. Через двадцать минут «мерс» затормозил у ворот уже знакомой мне беспаловской дачи. Мы вышли из машины и направились к дому. Собака залилась истерическим лаем. Из окна тут же выглянул сторож, тот самый, что вчера подглядывал за Инной и Антоном. Увидев Сергея, он кинулся навстречу.

— Где они? — не здороваясь, спросил у ошалевшего охранника Беспалов. Парень, наверное, впервые видел хозяина в таком мрачном расположении духа и, чувствуя за собой вину, был испуган.

— К-к-кто? — начал вдруг заикаться он.

Сергей не стал продолжать разговор и пошел по дому, проверяя одну комнату за другой. Я неотступно следовала за ним. Не из любопытства, просто боялась, что в таком состоянии он наделает глупостей. Но, слава богу, ни на первом, ни на втором этаже мы никого не обнаружили. Беспалов молча, не прощаясь со сторожем, вышел из дома и пошел к машине. А я все-таки решила задать парню несколько вопросов.

— Инна сегодня сюда приезжала?

Он отрицательно покачал головой.

— А вчера? — решила я проверить его правдивость.

— Д-д-да, — бедняга все еще заикался.

— Одна?

— С-с-с однокурсником.

— Она не говорила, когда еще приедет?

— Н-н-нет, — ответил он, а у меня мелькнула мысль: интересно, он теперь на всю жизнь останется заикой?

Что ж, было похоже, что сторож говорит правду.

Беспалов нетерпеливо посигналил мне.

— Их сегодня тут не было, — сообщила я Сергею, пристегивая ремень безопасности. Что-то мне подсказывало, что обратно мы поедем на той же скорости. — Думаю, нужно съездить к вам домой, может быть, она вернулась.

Через полчаса мы снова были у Беспалова дома. Открыла нам опять Галина Ивановна.

— Сереженька, ты на обед?

— Инна не приходила? — не обращая внимания на ее вопрос, спросил Беспалов.

— Нет, милый, не было.

Сергей, не раздеваясь, стремительно прошел в одну из комнат. Меня не пригласил, поэтому я осталась ждать в холле.

— Инночкина комната, — шепотом сообщила мне хранительница беспаловского очага.

Сергея не было несколько минут. Когда же он вышел из комнаты, лицо его было мрачнее тучи.

— Что случилось? — в ответ я была готова услышать все, что угодно.

— Она ушла. Сбежала, — прохрипел Беспалов.

— С чего вы взяли?

— Она забрала свои вещи.

— О господи, да что же это делается, — тихонько запричитала Галина Ивановна.

— Она не оставила записку? — спросила я.

— Нет. Ничего. Разве это не доказывает ее виновность?!

— Нужно ее найти! — заявила я вместо ответа. — Нам с вами лучше разделиться. Я сейчас поеду в университет и поговорю с ее подругами, постараюсь что-нибудь выяснить. А вы оставайтесь здесь и обзванивайте ее родных и знакомых.

— Нет. Тут я с ума сойду. Кроме того, у меня сегодня важная встреча в офисе.

— Хорошо. Ее поиски я беру на себя. Но вы все-таки должны позвонить ее родным. Кстати, это можно сделать из офиса.

— Я опять навалил на вас работу?

— Кто-то же должен вам помочь!

Сергей подвез меня до «Тарасов-авто», где я оставила свою любимую «девяточку». Там мы с Беспаловым быстренько попрощались, договорившись регулярно созваниваться и держать друг друга в курсе поисков. После чего я завела машину и на полной скорости помчалась к экономическому университету. Для начала мне хотелось еще раз поговорить с подругой Инны, которую мы уже видели. Возможно, мне одной она скажет больше. Присутствие Беспалова явно смущало ее.

Подъезжая к корпусу университета, я увидела расходящихся по домам студентов. Неужели опоздала? Но удача не отвернулась от меня и на этот раз: она вместе с другими девушками неторопливо направлялась по тротуару к троллейбусной остановке. Через секунду я поравнялась с ними и посигналила. Студентки подпрыгнули от неожиданности. Я приоткрыла окошко и обратилась к подруге Инны:

— Садитесь, я вас подвезу.

Она безропотно повиновалась, а я подумала: села бы я в машину к незнакомому человеку, пусть даже к женщине. Безусловно, нет. Надо будет потом поговорить с девочкой — нельзя быть такой доверчивой. В наше время это просто опасно.

— Куда поедем? — спросила я.

— К научной библиотеке. Знаете, где это? Мне нужно подготовиться к докладу.

— Отлично. По дороге и поговорим.

— Хорошо. Только я все уже рассказала.

— Все?!

— Но я правда не знаю, где Инна.

— Возможно, не знаешь. Но, наверное, догадываешься? — я настойчиво посмотрела на Иннину заступницу.

Она густо покраснела и опустила глаза:

— Я не обязана вам отвечать.

— Как тебя зовут? — поинтересовалась я, сменив тон. Девчонка могла заупрямиться, и тогда все мои усилия пошли бы прахом.

— Аня.

— Так вот, Анечка, Инна попала в очень нехорошую историю. Если ты хочешь ей помочь, то должна мне рассказать все, что знаешь, — ласково объяснила я.

— В какую историю? — удивилась она.

Видимо, Инна не посвящала ее в свои дела. А измена мужу с ее точки зрения, наверное, не попадает в разряд «очень нехорошей истории».

— Речь идет о жизни и смерти, — подпустила я значительности и тумана. И замолчала, чтобы Аня прониклась серьезностью ситуации, в которую попала Инна.

— Как она может быть такой легкомысленной? — раздосадованно воскликнула девушка после напряженной паузы. Вопрос, конечно, был риторическим, не думаю, что Аня ждала от меня ответа на него.

— Легкомысленной? — все же переспросила я исключительно для поддержания разговора. А сама подумала: «Ничего себе легкомыслие — две попытки убийства».

— Ну да. Инна действует только по велению сердца. А в последнее время просто с ума сошла. На лекциях в облаках витает, мечтает о чем-то.

— Из-за Антона? — попыталась угадать я.

— Так вы все знаете?

— К сожалению, не все. Часто она пропускала занятия?

— Да нет. Время от времени. Как все. Сегодня она первый раз совсем не пришла. Не знаю, что творится с ней, о чем она думает, как собирается сдавать экзамены...

— Насколько серьезны их отношения с Антоном?

— Она в него влюблена, как кошка.

— А он?

— Может быть, — Аня задумалась. — Он какой-то странный. Я не понимаю, что она в нем нашла. Инка говорит, что я не разбираюсь в парнях, что он — неординарная личность.

— Чем же он так неординарен?

— Он, кажется, песни пишет, стихи. Тоже мне, Высоцкий. Я так думаю, Инка просто с жиру бесится. У нее все есть. Острых ощущений захотелось, вот и развлекается.

«Ну и развлечения у нынешней молодежи», — подумала я, а вслух спросила:

— А где они встречаются?

— У него, наверное. У Антона своя квартира.

— Ты знаешь, где это?

— Я адрес не помню. Инка однажды брала меня с собой, еще в самом начале их романа.

— Но показать-то сможешь?

— Смогу, наверное. Только мне сейчас некогда.

— А мы вот что сделаем. Ты возьми карандаш и бумагу в «бардачке» и нарисуй мне план.

— Постараюсь.

Пока она рисовала схему, я задала еще несколько вопросов:

— Фамилию и отчество Антона знаешь?

— Только фамилию. Зубов.

— А возраст?

— Точно не знаю. Года на четыре старше нас.

— Что-нибудь еще можешь про него рассказать?

— Даже не знаю.

— Может быть, Инна что-то рассказывала?

— Нет. Она только расхваливала его с пеной у рта: какой он замечательный, умный, талантливый, красивый и т.д. и т.п.

— А друзья у него есть?

— Я его видела несколько раз в компании парней, но они скорее всего у нас не учатся. А из университетских... Попробуйте поговорить с Андреем Овчинниковым. Он, по-моему, знает Антона.

— Спасибо, Анечка. Ты очень помогла, — я затормозила у библиотеки, взяла у нее чертеж и, прочитав, как намеревалась, небольшую мораль о том, что молодым девушкам не следует садиться в машины к незнакомым людям, отпустила ее.

Листок с нарисованной Аней схемой я положила на сиденье рядом и, заглядывая в него время от времени, отправилась в один из спальных районов Тарасова. Наконец подъехала к девятиэтажке, в которой, если Аня не ошиблась, должен жить Антон. Найдя свободное место между машин недалеко от нужного мне подъезда, приткнула туда свою «девятку», но выходить не торопилась. Нужно ведь запастись какой-то легендой на случай, если я застану беглецов дома. Хотя... Можно сказать, что ошиблась адресом. Спрошу какую-нибудь

Свету или Катю. Извинюсь. Потом свяжусь с Сергеем, покараулю у подъезда, чтобы наши голубки опять не сбежали, и сдам Беспалову его жену лично в руки. Все гениальное — просто.

Я собрала волосы на затылке в аккуратный «конский хвост», достала из бардачка элегантные очки с простыми стеклами и посмотрелась в зеркало. Своим видом осталась весьма довольна: на меня взирала интеллигентная милая молодая женщина, то ли учительница, то ли скрипачка из консерватории, очень располагающая к доверию. Впору подойти сейчас к совершенно незнакомому человеку и попросить денег взаймы... Ведь отдаст все содержимое кошелька не колеблясь. Шучу, конечно.

С этим настроением я и отправилась на поиски квартиры Антона Зубова. Так, вот восьмой этаж. А вот и дверь, отделанная деревянными рейками. Судя по всему, я была у цели. Значит, скоро беготне за Инной придет конец. Я вдруг заметила, что волнуюсь. Сказать, что это меня удивило, значит не сказать ничего. За моими плечами было множество кровавых переделок, не раз подвергавших мою жизнь смертельной опасности, но я всегда сохраняла хладнокровие. Почему же заволновалась из-за какой-то вертихвостки? А может быть, дело вовсе не в ней? Может, я боялась, что, найдя Инну, потеряю повод встречаться с Сергеем?

Я тряхнула головой, отгоняя от себя глупые мысли, которые так некстати лезли в голову. Глубоко вздохнув, собралась и нажала кнопку звонка. Тишина. Я пыталась уловить хоть какой-нибудь звук по ту сторону двери. Безрезультатно. В квартире было тихо. Позвонила еще раз. Ответа не было. Я подождала несколько минут и постучала, делая это больше для очистки совести, чем в надежде, что дверь откроют.

Я уже собралась направиться к лифту, как вдруг открылась дверь рядом, и в ее проеме появилось прелестное существо лет пяти с огромными глазами и очаровательными кудряшками. Вероятно, мой стук долетел до обитательницы соседней квартиры.

— Здравствуйте, — вежливо поздоровалась со мной пятилетняя кукла.

— Здравствуйте, — так же вежливо ответила я.

— Антона нет дома, — сообщила мне девочка.

Я заметила, что горло у этого ангелочка завязано платком. Наверное, маленькая соседка Антона болеет, гулять ее не пускают и она тоскует от недостатка общения. А тут вдруг я и, следовательно, возможность поболтать. Чем я и решила воспользоваться.

— Ты случайно не знаешь, когда он придет?

— Не знаю. Наверное, не скоро, — подумав, ответила девочка.

— Почему ты так думаешь? — поинтересовалась я, присаживаясь на корточки, чтобы ребенку было удобнее со мной разговаривать.

— Потому что, когда они уходили утром, у них была большая сумка. У нас тоже есть такая сумка. Мы с ней прошлым летом на море ездили.

«Да это не ребенок, а находка! Какая наблюдательность!» — отметила я про себя, а вслух спросила:

— Ты говоришь — они. Антон, значит, был не один?

— Ну, конечно, не один, — девочка укоризненно посмотрела на меня: и как только можно быть такой бестолковой, а еще взрослая. — Он был с тетей Инной.

— С тетей Инной, — повторила я. Значит, мы идем по верному следу. — Антон не говорил тебе, куда он поедет?

— Как же он мог мне сказать, если я их в «глазок» видела. Мама не разрешает дверь открывать.

— Меня ты тоже в «глазок» видела?

— Да.

— Почему же ты сейчас дверь открыла?

— Потому что мамы нет дома, она в аптеку ушла.

Мне стало страшно за наших доверчивых детей. Что, если бы на моем месте оказался непорядочный человек?

— Маму надо слушаться, — сказала я девочке фразу, которую она, наверное, тысячу раз слышала.

— Я знаю. А Кольке бабушка всегда говорит, что

если он не будет маму слушаться, то вырастет таким, как Антон.

— Какому Кольке?

— Из сорок восьмой квартиры, в одну группу ходим. Только я сейчас болею...

— А почему твоего Кольку Антоном пугают?

— Вот еще, моего. Никакой он не мой.

— Хорошо, хорошо, — отступила я. — Но почему все-таки бабушке не хочется, чтобы он вырос таким же, как Антон? Разве он плохой?

— Плохой.

— Почему?

— Почему, почему... — устала от моих вопросов простуженная куколка. — Потому что он — накарман.

— Накарман? — удивилась я, не сообразив сразу, что малышка имела в виду. — Наркоман, что ли?

— Да, наркоман, — девочка выговорила новое слово с видимым трудом. Лучше бы оно так и осталось для нее чужим.

— А ты знаешь, что это такое?

— Это когда человек сам себе делает уколы, — девчушка явно передавала услышанный разговор взрослых. Чуть помолчав, она добавила: — От этого умирают.

— Какая ты умная! Все знаешь! — искренне восхитилась я соседкой Антона. Девочка смущенно заулыбалась и опустила глаза.

— А тетя Инна тоже наркоманка? — я старалась вытащить как можно больше информации из моего столь необычного случайного источника.

— Не знаю.

— Она хорошая?

— Да, красивая. Я, когда вырасту, тоже такая буду. Или еще красивее.

— Ты как думаешь, куда они поехали?

— На море, наверное.

— Почему на море?

— Мы, когда на море ездим, берем такую сумку. А может быть, в Москву. Или в командировку. Мама в командировки тоже с этой сумкой ездит.

— А кроме моря, Антон еще куда-нибудь ездит?
— Не знаю. К бабушке ездит, но не с этой сумкой.
— Бабушка у него в городе живет или в деревне?
— Конечно, в деревне. У нее же курочки, уточки, коровка. Где же она их в городе держать будет?
— Резонно. А откуда ты знаешь про коровку и курочек?
— Антон рассказывал.
— Ты, наверное, знаешь, в какой деревне живет его бабушка? — задала я, пожалуй, слишком сложный вопрос для такой маленькой девочки. Откуда ей знать эти подробности. — Ну что ж, спасибо, что поговорила со мной, — поблагодарила я девочку и протянула ей руку.

Девочка была польщена, что с ней обращались как со взрослой, и с удовольствием пожала мне руку.

— Мне нужно идти, — продолжила я, — но пообещай мне, пожалуйста, что больше не будешь открывать дверь без маминого разрешения и не будешь разговаривать с незнакомыми дядями и тетями. Беги домой и закройся.

Девочка удивилась, но послушалась. Я услышала, как щелкнул замок, и только после этого вызвала лифт. Теперь нужно было проанализировать полученную информацию.

Итак, что мы имеем? А имеем мы Инну и Антона, которые собрали вещички и скрылись в неизвестном направлении. Куда они могли отправиться? Да куда угодно. Могли, в принципе, и на море поехать. С другой стороны, они могли решить погостить у своих родных или знакомых в любой точке нашей необъятной родины. Но к чему такая поспешность? У Инны скоро экзамены, неужели нельзя было потерпеть еще какой-нибудь месяц? Теперь, если она не появится в университете, ее наверняка отчислят. Да и Антона скорее всего постигнет та же участь. А может быть, они объявятся на экзаменах? Нет. Не думаю. Иначе какой смысл скрываться? Они же понимают, что искать их будут прежде всего там. Значит, они имели весьма веские причины для бегства. Косвенно это подтверждало их причастность к покушениям на Сергея. Но никаких прямых доказательств по-прежнему не было. Чтобы докопаться до истины, необходимо найти эту парочку.

Я вдруг почувствовала непреодолимое желание выпить хорошего кофе и спокойно обо всем подумать.

Дома за чашечкой «арабики» мне пришла в голову мысль. Я решила позвонить своим друзьям в милицию и навести справки о нашем герое-любовнике. Я взяла телефон и по памяти набрала номер. Мне ответил приятный мужской голос с кавказским акцентом:

— Папазян слушает.

— Гарика Папазяна хочу, — пошутила я, пытаясь изобразить грузинское произношение Кикабидзе, переделав его известную фразу из «Мимино».

— Танюша, дорогая, сколько лет, сколько зим, — обрадовался мне Гарик. — Неужели ты сделаешь меня самым счастливым мужчиной в мире и примешь мое приглашение на ужин?

— Извини, Гарик, я сейчас по горло увязла в проблемах, — а сама подумала, что нужно аккуратнее выбирать слова для шуток с «горячими парнями». — Я звоню по делу. Мне нужна твоя помощь.

— Для тебя, Танюша, все, что захочешь.

— Мне нужно собрать информацию об одном человеке.

— Говори, я записываю.

— Антон Зубов, лет двадцати пяти, студент экономического университета.

— Адрес знаешь?

Я продиктовала ему адрес.

— А что тебя конкретно интересует?

— Прежде всего местонахождение его родственников: мамы, папы, бабушки и т.д. Короче говоря, где он может скрываться.

— Он что-то натворил?

— Пока нет. Но может.

— Если что, звони. Мы ему за тебя голову оторвем.

— Да я и сама себя в обиду не даю. Помоги лучше с информацией.

— Хорошо, дорогая. Ради тебя я выясню, где живет его родня до седьмого колена.

— Спасибо, Гарик. Просто не знаю, что бы я без тебя делала. Да, вот еще что, — вспомнила я. — Он, вероятно, наркоман. Проверь, пожалуйста, по своим каналам.

— Не волнуйся. Будет сделано.

— Еще раз спасибо тебе.

— Пока не за что. Но я надеюсь, ты все-таки со мной как-нибудь поужинаешь?

— Конечно, обязательно, как только освобожусь немного, — я кормила его такими обещаниями уже несколько лет, и, думаю, он догадывался о том, что я их навряд ли сдержу. Тем не менее наших отношений это не портило. Нас с Гариком связывало нечто большее, чем симпатия, — дружба.

Положив трубку, я вытянулась на диване. Господи, как же хорошо никуда не торопиться. Почему я до сих пор занимаюсь этим делом? Неужели всему виной синие глаза Сергея Беспалова?

Глупости! Мне же не шестнадцать лет, чтобы влюбиться в человека, которого я практически не знаю.

Мои размышления прервал телефонный звонок. Звонил Беспалов.

«Долго будет жить», — подумала я.

— Я вам уже звонил, но вас не было. Удалось что-нибудь узнать?

Я вкратце рассказала ему все, что выяснила.

— Значит, они уехали из города?

— Возможно, но я не уверена. Вы обзвонили родственников Инны?

— Да. Всех. У нее мало родных. Они ее давно не видели. Я, честно говоря, сомневаюсь, чтобы она к ним поехала. У них были довольно прохладные отношения. Я думаю, она их стеснялась.

— Что ж. Отрицательный результат — тоже результат. Будем искать по друзьям и знакомым Антона.

— Я могу что-то сделать? Мне неловко, что основная тяжесть по розыску моей супруги ложится на вас.

— Сейчас нам с вами остается только ждать. Мне должны позвонить и сообщить кое-какую информацию. Я буду держать вас в курсе.

— Спасибо, Таня. Без вас я бы пропал.

— Не выдумывайте.

— Хорошо. Дайте мне знать, если что-то прояснится.

— Обязательно.

* * *

Утром я проснулась от телефонного звонка. Взяв трубку, я услышала голос Гарика:

— Я пришел к тебе с приветом, рассказать, что солнце встало... Разбудил, соня?

— А сколько времени? — прохрипела я своим еще не прочищенным горлом.

— Московское время — восемь часов три минуты. Пора вставать. Кто рано встает, тому бог подает.

— Я догадываюсь, что мне подадут информацию про одного интересующего меня молодого человека, — начала просыпаться я.

— Совершенно точно, золотце. Не буду больше тебя мучить, перехожу сразу к делу. Что касается родственников Зубова — родителей у нашего Антошки нет. Погибли два года назад в автомобильной катастрофе. Есть у него дядя со стороны матери, но он живет в Норильске. А в Тарасовской области у него из родных осталась только бабка, которая проживает в селе Андреевка, — Гарик продиктовал мне адреса дяди и бабушки Антона.

Меня вдруг как обухом по голове ударило. Андреевка! Это же деревня, в которой живет парень, пытавшийся сбить Сергея у офиса. Вот это фокус! Значит, Антон все-таки имеет отношение к покушению на Беспалова... Но почему-то не хотелось в это верить, не хотелось, чтобы Антон и Инна оказались убийцами. Мне страшно даже думать о подобной бесчеловечности. Неужели такая молодая женщина, разлюбив мужа, может хладнокровно лишить его жизни...

— Кстати, ребята из отдела по борьбе с наркотиками подтвердили твои предположения о том, что Антон — наркоман, — продолжал Гарик. — Ширяется твой подопечный.

— Не могу сказать, что это меня удивляет. А чем он балуется, не в курсе?

— Он конкретно подсел — на героин.

— Черт! Откуда же у студента-сироты столько денег? — поразилась я.

— Не знаю, рыбка. Может, подрабатывает, может, ворует, кто его знает.

— Гарик, а у кого он берет наркотик?

— В его доме живет один барыга. Торгует почти всеми наркотиками, героином в том числе. Наши ребята пасут этого дельца уже месяца три, хотят через него выйти на более крупную «рыбу». Так вот, твой Зубов — его постоянный клиент.

— Ой, Гарик, какой же ты молодчина! С меня причитается.

— Э-э, зачем так говоришь?! — закокетничал Гарик, от чего его кавказский акцент стал более заметен. — Ты же знаешь, помогать тебе — настоящее удовольствие.

Я еще несколько раз поблагодарила его, после чего мы нежно попрощались, пообещав друг другу, что созвонимся, как только появится свободное время.

Мне, естественно, не терпелось сообщить Беспалову последние новости, поэтому я без промедления набрала его номер.

Трубку взяла Галина Ивановна и, узнав, кто говорит, проинформировала, что Сергей в душе.

— Скажите, Галина Ивановна, вы случайно не знаете, в котором часу он собирается сегодня ехать в офис? — поинтересовалась я.

— Конечно, знаю. Каждое утро ровно в девять за ним приезжает машина. Сереженька настолько пунктуален, что по нему часы можно сверять... — И фея беспаловского очага начала подробно и с гордостью рассказывать о точности своего обожаемого мальчика.

После чего я решила больше ей вопросов не задавать, иначе разговор грозил затянуться до вечера. Быстренько попрощавшись, я посмотрела на часы. Если поторопиться, то вполне можно успеть перехватить Сергея до отъезда в офис. Я в темпе умылась, почистила зубы, стянула волосы в хвост на затылке, натянула джинсы и короткую маечку. Все это заняло не больше пяти минут. От завтрака я решила отказаться, поймав себя на мысли, что приношу эту жертву только ради Беспалова. Еще через секунду я натянула кроссовки и, не дожидаясь лифта, поскакала по лестнице вниз. Выйдя из подъезда, я остановилась у стеклянной витрины магазина. Оттуда на меня смотрела совсем молоденькая девочка с копной золотистых волос на затылке. Это была я. Сомневаюсь, что в тот момент кто-то дал бы мне больше восемнадцати лет. Я улыбнулась своему отражению, и оно, естественно, радостно ответило мне тем же.

Сергея я решила подождать на лестничной площадке. Выходя из квартиры, он даже не посмотрел в мою сторону, захлопнул дверь и пошел к лифту.

— Здравствуйте! — обратилась я к спине Беспалова.

Сергей обернулся. Его бровь медленно поползла вверх от удивления.

— Татьяна, это вы?
— Не узнали?
— Честно говоря, нет. Я думал, это какая-нибудь девчонка-соседка, — подтвердил растерявшийся бизнесмен и тут же спохватился: — У вас новости? Меня внизу ждет машина, и, если вы не против, поговорим по дороге в офис. В девять тридцать у меня ответственная встреча с крупным торговым партнером.

— Отлично. Только предлагаю ехать в моей машине, чтобы ее тут не бросать. Я вас подвезу и отправлюсь дальше по нашим с вами делам.

Беспалов не возражал. Спустившись вниз, я села в свою «девятку», а Сергей подошел к водителю синего красавца-«мерса», сказал ему несколько слов и через пару минут уже садился рядом со мной. Беспаловская машина, стоявшая в десятке метров от нас, завелась и... В этот момент раздался взрыв. «Мерседес» подбросило в воздух, затем автомобиль с грохотом рухнул на землю, и из него вырвалось пламя со столбом черного дыма. Все произошло за какие-то секунды, но время как будто остановилось. Словно кто-то невидимый нажал кнопку «медленное воспроизведение». Я почувствовала, как медленно открыла рот и закричала. Мне кажется, что и крик-то собственный я не слышала, а скорее тоже почувствовала. В воздухе, медленно и беззвучно опускаясь на землю, кружились горящие обломки автомобиля.

Боковым зрением я заметила, что Беспалов так же медленно открывает дверь «девятки» и движется — как в пантомиме или в замедленном кино — к останкам своего «Мерседеса».

Время приняло обычный ход столь же неожиданно, как и потеряло его. Вернулся звук — лязг, скрежет, грохот обломков, крики людей. Сергей оказался вблизи у горящего автомобиля, но не мог подойти к нему из-за бушующего пламени. Я кинулась вслед за ним. И тут Беспалов закрыл лицо полой пиджака и ринулся в огонь. К счастью, я успела его поймать.

— Пусти!!! — заорал он не своим голосом.

Я понимала, что Сергей в шоковом состоянии, поэтому приложила все свои силы, чтобы не пустить его к изрыгающей языки пламени груде металла. К тому времени я уже поняла, что водитель наверняка мертв. Не хватало еще, чтобы и Беспалов сгорел. Сергей отчаянно сопротивлялся и рвался к машине, поэтому мне пришлось на секунду выпустить своего клиента из крепких объятий и хорошенько ударить его. От пощечины голову Беспалова мотнуло в сторону. Но это сработало. На его глазах выступили слезы, и он прохрипел, обращаясь ко мне:

— Там Пашка...

— Ему уже не поможешь. Он погиб. Мы ничего не можем сделать.

Сергей потерянно сел прямо на землю. Я опустилась рядом с ним и обняла. Он уткнулся мне в плечо и зарыдал.

Вокруг бегали, кричали люди. Некоторые из них подходили к нам, о чем-то спрашивали. Я помогла Беспалову подняться и повела к «девятке». Он послушно, как ребенок, делал все, что я от него хотела.

Прежде всего необходимо побыстрее увезти его с места взрыва. Дело принимает угрожающий оборот. Опасность теперь грозит не только самому Сергею, но и людям, окружающим его. Можно было более или менее спокойно относиться к чьей-то попытке довести Беспалова до аллергического шока или к покушению деревенского киллера. Хотя я вовсе не легкомысленно восприняла эти два события и видела в них серьезную опасность. Но взрыв автомобиля и убийство водителя — это уж чересчур! Неужели организаторы преступления девчонка-вертихвостка и ее Ромео-наркоман?! Начинить автомобиль взрывчаткой — дело нешуточное. Стоит оно бешеных денег. Не говоря о том, что нужно знать, где искать людей, которым эти деньги заплатить за такую работу. Хотя, конечно, нельзя скидывать со счетов и всяких умельцев-самоучек, к помощи которых могла прибегнуть наша парочка. В принципе, узнать, самодельное это взрывное устройство или нет, особых проблем нет. Нужно через пару часов позвонить друзьям в милицию, они точно скажут, что за взрывчатка была использована. Возможно, даже подбросят версию, кто занимается изготовлением именно таких «подарков». А пока нужно спрятать моего чудом выжившего клиента. Немного поразмыслив, я пришла к выводу, что лучше всего отвезти Сергея на «конспиративную» квартиру. Советоваться с ним сейчас смысла не имело. Я поняла это по его глазам, в которых застыли ужас и недоумение, по тому, как он сидел — обмякнув и крепко зажав голову руками. «Так обычно проверяют на крепость арбузы», — промелькнула глупая, конечно, в такой момент ассоциация. Ясно, ничего путного он предложить не сможет. Поэтому я сделала так, как считала необходимым поступить, — завела машину и направилась на ту свою квартиру, что досталась мне от бабушки несколько лет назад. Я там не живу, но в качестве «конспиративной» частенько ее использую.

Беспалов был настолько шокирован произошедшим, что не задал ни единого вопроса, как будто ему было все равно, куда его везут. Выглядел он ужасно. Я даже начала беспокоиться за его психику.

Приехав, я откопала отличные успокаивающие таблетки, привезенные мною из Франции для подруги. Ее тогда бросил муж, и она была на грани помешательства — не желала никого видеть и переживала свое горе на моей «конспиративной» квартире. Слава богу, через некоторое время ей стало лучше, она вышла на работу и влюбилась в нового начальника. По-моему, эта история как нельзя лучше подтверждает тот факт, что женщины быстрее представителей сильного пола приспосабливаются к обстоятельствам. Мужчины — совсем другое дело. Они совершенно беззащитны перед проблемами жизни. Поэтому-то нам, женщинам, полусуществам духовно более сильным, и необходимо о них заботиться.

Я уложила Сергея на диван, накрыла пледом и дала ему выпить две успокаивающие пилюли. Он не сопротивлялся.

Теперь он проспит как минимум часа три. Так что у меня хватит времени съездить, например, в экономический университет, поговорить со студентами и попытаться выяснить, где может прятаться Антон. В общем, медлить нельзя. Необходимо положить этому беспределу конец.

* * *

«С чего же начать?» — задумалась я, отъезжая от дома, где спрятала Беспалова. Можно сколько угодно расспрашивать однокурсников Зубова, убить на разговоры уйму времени и сил, но... Что-то мне подсказывало, что это напрасная трата того и другого. Скорее всего никто из его приятелей не знает, где он скрывается. А пока я буду выуживать из зубовских однокашников информацию, которой они, может быть, и не обладают, не дай бог из окружения моего клиента еще кто-нибудь пострадает...

Очнувшись от своих мыслей, я вдруг поняла, что автоматически приехала домой. Меня охватило безумное желание выпить чашечку кофе и что-нибудь съесть. Ну конечно, убежала не позавтракав, такие события... Не удивительно, что ни одна приличная мысль не идет в голову на голодный-то желудок.

Готовя наскоро еду, а потом жуя и прихлебывая свой любимый — ароматный, бодрящий — напиток, я попыталась разложить все, что знаю, по полочкам, эпизод за эпизодом. Картина получилась более чем странная. Попытка деревенского парня сбить Сергея и неудавшееся покушение на жизнь Беспалова с помощью столового уксуса никак не увязывались со взрывом машины.

Взрыв — это абсолютно из другой оперы! Совсем другой уровень, другой стиль! Мог такие разные преступления организовать один человек? Вряд ли. Если, конечно, этот человек, поставивший перед собой цель убрать Беспалова, психически здоров. От психа естественно ожидать чего угодно. Инна — девушка, безусловно, оригинальная. Но не до такой же степени! С другой стороны, мы знаем, что Антон колется. Героин еще никому ума не прибавил. Тут, само собой, о нормальной психике говорить не приходится. И все же даже для наркомана это чересчур. А что, если смерть Беспалова выгодна кому-то еще?

Допустим, существует еще человек или группа людей, которые решили по каким-то причинам расквитаться с моим клиентом. Кому чаще всего переходит дорогу преуспевающий бизнесмен? Другому бизнесмену. А еще логичнее предположить, что смерть президента «Тарасов-авто» может быть на руку какой-нибудь бандитской группировке. Вполне вероятно, что в этом кругу даже не знают о предыдущих попытках лишить Беспалова жизни. Теоретически такое возможно? Несомненно. Во всяком случае, нельзя исключать и такой ход событий. Кстати, именно в такой ход событий «вписывается» взрыв автомобиля.

По роду своей работы я уже сталкивалась со многими тарасовскими уголовными авторитетами, а с некоторыми из них у меня сложились весьма неплохие отношения. Хвастаться тут в общем-то нечем. Но много ли найдется на свете женщин, заслуживших уважение этого слоя общества? То-то и оно. Поэтому некоторую долю гордости я испытываю, и, по-моему, вполне оправданно. Я ведь не просто женщина, а детектив. Частный детектив Татьяна Иванова. Вот. Звучит очень неплохо.

Сделав пару звонков, я узнала, под чьей крышей работает фирма моего клиента. По счастью, один из лидеров этой группировки оказался мне знакомым. Мало того, он даже был кое-чем мне обязан. Поэтому я надеялась, что он не откажется побеседовать со мной на интересующую тему.

И действительно, Анатолий хотя немного и удивился моему звонку, но, следуя своему жизненному принципу, не стал задавать лишних вопросов. Мы условились встретиться через час в кафе «Каштан» в центре города. Имевшиеся в запасе полчаса времени я решила посвятить ванне и макияжу. Любому мужчине, даже бандиту, приятнее иметь дело с красивой, ухоженной женщиной, чем с барышней, которая выглядит так, будто она приехала на встречу, едва проснувшись, почистив зубы и перехватив волосы резинкой. Хотя красоту, как известно, ничем не испортишь. Я себе и с хвостиком нравлюсь. Но, как говорится, о вкусах не спорят...

Размышляя о подобной чепухе, я понежилась в горячей ванне, после чего ополоснулась под холодным душем. Все-таки контрастные процедуры творят волшебство с нашей кожей. Она становится более упругой и молодой. Я решила на этом не останавливаться и побаловать свою кожу еще и детским маслом с алоэ. Теперь она выглядела просто идеально. Конечно, я собиралась не на романтическое свидание. Но женщина, если она действительно Женщина с большой буквы, должна всегда выглядеть на все сто. Надеюсь, никто не станет оспаривать тот факт, что представительнице слабого пола, которая следит за собой и хоть немного интересна, не составит особого труда оказать влияние практически на любого мужчину. Только о каком влиянии может идти речь, если у девушки потрескались от ветра губы, а руки забыли о маникюре? Как там у Пушкина:

Быть можно дельным человеком
И думать о красе ногтей...

Из своего гардероба я выбрала для этой встречи длинную облегающую юбку с двумя весьма откровенным разрезами по бокам и обтягивающую кофточку нежно-розового цвета.

Честно говоря, я надеялась, что, пытаясь разглядеть сквозь разрезы мои ноги, Толик немного расслабится и мне будет проще разговорить его на волнующую меня тему. С другой стороны, очень важно было не переборщить, иначе можно спровоцировать своего собеседника бог знает на что. Поэтому я сделала скромный макияж в естественных тонах, от чего стала выглядеть как молодая, очень привлекательная девушка, которая не догадывается о всей силе своей сексуальной привлекательности. Для законченности образа я завила щипцами легкомысленные кудряшки и брызнула на себя несколько капель легких французских духов. Откровенно говоря, у меня был вид этакой пустоголовой попрыгуньи-стрекозы. Что ж, тоже неплохо. Редкому мужчине нравятся умные женщины. Однако Толик довольно хорошо знал меня, вернее — мои деловые качества, поэтому навряд ли он обманется. Но то, что в новом амплуа я выглядела весьма привлекательно, — вне всяких сомнений.

На встречу в кафе я немного опоздала. Впрочем, это как раз было в духе моего сегодняшнего образа. Скучавший в ожидании за столиком Толян, увидев меня, встал со своего места и отодвинул стул напротив. Ну просто истинный джентльмен! Никак криминальные лидеры стали брать уроки светских манер. Ах, а как у него заблестели глазки, когда он скользнул своим взглядом по моей фигуре.

— Ты, Тань, все хорошеешь, — вместо приветствия сделал он комплимент.

Я попыталась изобразить смущенную улыбку и потупила глазки. Кажется, мне это удалось, потому что Толик на этом не остановился:

— Правда, правда. Замуж вышла?

— Нет. Некогда. Весь день кручусь как белка в колесе. Никакой личной жизни, — пожаловалась я зачем-то. Можно подумать, что мне очень замуж хотелось, а претендентов не было. Цирк, да и только!

— Эх, Танька, что ж мы с тобой лет пять назад не встретились, женился бы...

Я опять засмущалась. Продолжать разговор и дальше в этой плоскости не имело ни малейшего смысла, да и вообще могло оказаться опасным, поэтому я решила перевести его в нужное мне русло.

— Да, Толик, может быть, пять лет назад я бы и вышла замуж, но сейчас очень занята одним делом и ни о чем другом даже думать не могу. Собственно, из-за этого дела я и позвонила тебе. Мне очень нужна твоя помощь.

Взгляд у моего собеседника как-то потух, и он, тяжело вздохнув, сказал:

— Валяй, рассказывай, что нужно.

Мне даже стало его жалко. Я вдруг поняла, что с этим человеком мало кто общался бескорыстно. Всем от него что-нибудь было нужно: кому-то деньги, кому-то его влияние, авторитет.

— Ты слышал о сегодняшнем взрыве машины? — без обиняков начала я.

— Ну... — промычал авторитет не то удивленно, не то утвердительно.

— Понимаешь, Толик, мой клиент определенным

образом связан с хозяином этой машины, и мне необходимо выяснить, имеет ли какая-нибудь бригада отношение к этому взрыву. Кроме тебя, мне больше не к кому обратиться, — грустно пожаловалась я.

При этих словах Анатолий немного растаял. Он, видимо, почувствовал себя благородным рыцарем, чья помощь требуется слабой, беззащитной леди.

— Нам самим хотелось бы знать, кто это сделал, — поделился он со мной. — Мы же работаем с «Тарасов-авто». Зачем же убивать курицу, которая несет золотые яйца?

— Да я на вас и не думала, — начала оправдываться я.

— Мы разруливали все их проблемы с другими бригадами, если на них наезжали. Они нам за это исправно башляли. Короче, у нас к ним претензий не было, — продолжал Толик, пропустив мое оправдание мимо ушей.

— А не мог это сделать кто-то из другой группировки? Может быть, это месть за то, что фирма не стала работать с ними?

— Навряд ли. Пацаны вроде все правильные, с понятиями, — Толян задумался. — Если только кто-нибудь из заезжих отморозков. Ничего, разберемся. Мои уже этим занимаются. Найду, кто сделал, завалю. «Это наша корова, и мы ее доим», — процитировал он известную фразу из «Убойной силы» и засмеялся. — Смотрела «Ментов»?

— От случая к случаю, — ответила я, решив не уточнять, что это выражение из другого сериала. Какая разница, в конце концов?

— А что у тебя за клиент? — подозрительно сощурив глаза, поинтересовался Анатолий.

— Толик, ты же знаешь, я о своих клиентах ни слова, ни полслова. Ни за какие коврижки. Уж кто-кто, а ты-то должен это знать, — я обиженно надула губки.

— Ой, смотри, Танька, не вляпайся куда-нибудь. Ко мне, конечно, прислушиваются, но и я не всесильный. Я тоже не всегда выручить могу, — мой визави помолчал минуту, а потом, как-то обреченно вздохнув, сказал: — Ладно, если что узнаю... Куда позвонить?

Я продиктовала номер своего мобильника. Мы посидели, болтая на разные отвлеченные темы, еще немного, допили свой кофе и стали прощаться. Поднявшись из-за стола и убирая в карман пачку «Мальборо», Толян посоветовал мне:

— Замуж тебе надо...

На этом мы и расстались. Я решила обмозговать полученную информацию там же, в кафе, и заказала себе стаканчик мартини с соком. Не спеша потягивая из красивого бокала свой любимый коктейль, я вновь начала раскладывать «по полочкам» известные мне факты..

Что я узнала нового? Да, собственно, только то, что бригада Толяна к взрыву беспаловской машины скорее всего не имеет никакого отношения. И это все. Прямо скажем, негусто. С другой стороны, Толик обещал найти того, кто это сделал, и держать меня в курсе. А это уже кое-что. Думаю, что он со своими ребятами быстро докопается до истины.

Итак, на сегодняшний день мы имеем следующее. Первая версия: Беспалова пытаются убить его жена Инна и ее любовник Антон Зубов. Вторая версия заключается в том, что третье покушение на Сергея, то есть взрыв его машины, устроила какая-нибудь бандитская группировка.

В участии мафии в двух предыдущих попытках убийства бизнесмена я очень сильно сомневалась. Это слишком серьезные ребята, чтобы заниматься подобным дилетантством. Хотя, надо отдать должное, задумка с уксусом весьма оригинальна.

Воображение мое разыгралось, и я представила себе, как некий абстрактный мафиози крадется к Беспалову на кухню с бутылочкой уксуса и подливает немного ее содержимого в кипящий борщ. Выдуманная картинка так рассмешила, что я не смогла сдержать улыбку. Бармен за стойкой косо посмотрел на меня и, вероятно, подумал: «Странная девушка! Улыбается сама себе. Больная, наверное».

Я оставила на столике чаевые и вышла на улицу. Дел впереди было невпроворот. День обещал быть длинным.

* * *

— Алло, Гарик? Привет. Это снова я, — обрадовала я своего кавказского друга скорым появлением после расставания, как мне казалось, на целую вечность.

— Да, Танечка, я тебя слушаю, — почему-то не удивился моему неожиданному звонку Гарик, хотя он наверняка рассчитывал, что я появлюсь теперь через годик-полтора. Голос у него был какой-то озабоченный, из чего я заключила, что Гарик серьезно занят и только врожденная вежливость не позволяет ему послать меня куда подальше.

— Какие-то проблемы с Зубовым? — поинтересовался старый друг, подгоняя меня скорее выложить свое дело.

— Нет. Честно говоря, мне нужно узнать кое-что о сегодняшнем покушении на бизнесмена Беспалова, президента «Тарасов-авто».

— Ты имеешь в виду взрыв машины? — вот теперь Гарик был удивлен. — Зачем тебе это? Ты же занимаешься другим делом. Или они как-то связаны?

— Я пока ничего не могу тебе сообщить, потому что сама понятия не имею, что с чем связано. Обещаю, как только что-то прояснится, я сразу же поставлю тебя в известность.

— Ох, Татьяна, не нравится мне все это. Будь осторожнее, пожалуйста, — забеспокоился мой верный друг-милиционер.

— Не волнуйся. Все под контролем, — соврала я. — Для полного счастья мне осталось только узнать, что за игрушку использовали для взрыва.

— Хорошо. Не клади трубку. Сейчас все узнаю. Предварительная экспертиза, наверное, уже готова. Эх,

Танюшка, только ради тебя иду на нарушение должностных инструкций.

Он тяжело вздохнул, и я уловила в его вздохе невольный укор.

— Гарик, ты же знаешь, вся информация, которую я получу, умрет вместе со мной. Я — могила.

— Знаю, только поэтому и ввязываюсь в эту мутную историю, — с этими словами Гарик положил трубку на стол и вышел из кабинета.

Ждать мне пришлось минут пятнадцать-двадцать.

Наконец я услышала в трубке долгожданный голос с акцентом:

— Алло, слушаешь?

— Конечно.

— Это пластиковая бомба, — приглушенным голосом сообщил Гарик.

— Не самоделка случайно?

— Нет, что ты. Вещь очень дорогая. Израильская.

— Понятно... — промычала я, хотя для меня все еще больше запуталось.

— Танюша, может быть, ты все-таки не будешь с этим связываться. Нехорошее дело, поверь своему опытному товарищу, — попытался уговорить меня Гарик.

— Не беспокойся. Я на рожон лезть не собираюсь, но и в стороне остаться не могу. От этого зависит жизнь человека.

— Я, честно говоря, и не надеялся, что удастся тебя переубедить. Но, как говорится, попытка не пытка. Только ты должна мне пообещать, что, если тебе будет грозить опасность, тут же уйдешь в сторону. С мафией шутки плохи.

— Думаешь, это дело рук бандитов?

— Я думаю, что если бы это была бытовуха, то навряд ли речь шла о пластиковой взрывчатке.

— Да, ты, наверное, прав... — согласилась я, а сама подумала: «Неужели Анатолий обманул меня? Или он сам был не в курсе?»

— Жаль парня, — продолжал Гарик, — молодой,

удачливый — и такой конец. К сожалению, так заканчивают многие бизнесмены.

— Как заканчивают? — не поняла я.

— Да так, раньше времени. Или в машине взрываются, или их находят с пулей в башке... Да что я тебе рассказываю, сама, что ли, не знаешь.

Тут до меня наконец дошло, что он говорит о Беспалове. Вероятно, труп водителя был настолько изуродован взрывом, что его не опознали, а глубокую экспертизу провести еще не успели. Значит, погибшим считают президента «Тарасов-авто». Что ж, может, это и к лучшему?

— Гарик, прости меня за наглость, но у меня последний вопрос.

— Э, зачем извиняешься. Давай свой вопрос, не стесняйся.

— Есть какие-нибудь версии?

— Насколько я понял, пока у них одна ниточка. Пропал водитель Беспалова. Он может быть в этом замешан. Тем более что у него была прекрасная возможность установить взрывчатку. Короче, если его найдут, многое может проясниться.

Я, конечно, прекрасно знала, что Пашка не имел ни малейшего отношения к взрыву, но не стала разубеждать Гарика. На данный момент надо заботиться о живых. В том, что Сергея считают умершим, есть, несомненно, свои плюсы. Если он погиб, то и убивать его больше не нужно. Логично? Логично.

Я заверила Гарика, что буду соблюдать предельную осторожность и позвоню ему, как только узнаю что-нибудь новое. Он в свою очередь обещал держать меня в курсе расследования. Господи, как хорошо все-таки иметь таких друзей! Друзей, которые всегда помогут и даже пойдут ради тебя на некоторые должностные нарушения.

После разговора с Гариком я поехала на свою конспиративную квартиру. Нужно было проведать своего везучего клиента.

Денек выдался замечательный. На небе не было ни

облачка, и солнце светило так радостно, что, казалось, оно хотело приласкать и обогреть всех и вся. На площадке у дома беззаботно играла, смеясь звонко, как колокольчики, детвора. На душе от всего этого сразу потеплело. Но тут же накатило ощущение стыда за вдруг возникшее после утренней беготни чувство покоя. А перед глазами встала совсем другая картина — гарь, копоть, скрежет металла, лицо Сергея, потемневшее от горя и дыма. Боже мой, как же это на свете одновременно уживаются счастье и боль, добро и зло?

«Эх, Пашка, за что же ты сложил свою голову? — думала я. — У тебя ведь, наверное, есть семья, мать, которая ждет тебя домой, но уже не дождется. Обещаю тебе, Пашка, что найду убийцу. Теперь это дело моей чести».

Полная решимости к дальнейшим действиям, я поднялась в квартиру. Открывая ключом дверь, я вдруг услышала стон. Меня бросило в холод. «Неужели не уберегла?» — промелькнуло в голове. Не медля ни секунды, я рванула в комнату, где оставила своего клиента.

Беспалов во сне стонал и скрежетал зубами. Увидев, что ему не угрожает опасность, я немного пришла в себя и рухнула в кресло, стараясь побыстрее успокоиться. Откровенно говоря, именно в этот момент я поняла, как дорог стал мне лежащий сейчас на диване мужчина. Кто бы мог подумать, ведь всего несколько дней назад я даже не подозревала о его существовании. А теперь одна лишь мысль, что я могу его потерять, приводила меня в ужас. «Как же я буду жить, когда все закончится?» — спросила я сама себя.

Пока я размышляла о невесть откуда взявшейся привязанности к Сергею, предмет моих растрепанных чувств очнулся от кошмара. Он громко вскрикнул, открыл свои синие, как небо, глаза и уставился на меня непонимающим взглядом.

— Ничего. Это просто страшный сон, — сказала я. Вот только прозвучали мои слова слишком ласково для делового партнера.

Сергей сел и тряхнул головой, как будто пытаясь отогнать от себя жуткие видения.

— Мне нужно умыться, — прохрипел он.

Я выдала своему невольному гостю халат, полотенце и проводила его в ванную. Пока бизнесмен Беспалов смывал с себя остатки снов и вполне реальную сажу, сыщик Иванова приготовила несколько тостов, достала джем, сварила кофе. Принеся всю нехитрую снедь в гостиную, я подумала: «А ведь это наш обед». И окинула его взглядом: стол от яств явно не ломился. Но тут уж точно — чем богаты, тем и рады. А также по другой поговорке — «не до жиру, быть бы живу». Ну прямо про наше теперешнее положение.

Из ванной вышел Беспалов. С мокрыми волосами, в махровом халате он выглядел необыкновенно сексуально. Я мысленно одернула себя. Теперь, надо заметить, мне приходилось это делать все чаще и чаще, иначе мысли о привлекательности моего синеглазого клиента не давали сосредоточиться на деле.

За кофе я подробно рассказала Сергею все, что выяснила о покушениях на его жизнь. Причем умышленно перечисляла только факты, избегая оценок и комментариев. Беспалов слушал очень внимательно и, видимо, сделал свои выводы, потому что процедил сквозь зубы, сжав кулаки:

— Нужно срочно найти ее, пока она еще кого-нибудь не убила. Я сам оторву ей голову. — Он, конечно, имел в виду Инну. — За Пашку, — добавил он после минутной паузы.

— Дело в том, Сергей, что, кто бы ни пытался вас убить, в ближайшее время он навряд ли возобновит свои попытки. Потому что для него вы уже погибли. Все считают, что утром вы сами сели за руль.

— О господи! — только и смог произнести Беспалов. В общем-то я его понимала. Неприятно оказаться в числе мертвых... при жизни.

— Я разделяю ваши чувства, — попыталась успокоить я Сергея, — но мы можем извлечь из сложившейся ситуации пользу. Убийца успокоится и скорее всего как-нибудь себя проявит.

— Но разве милиция в конце концов не идентифицирует Пашку? Существует же какой-нибудь анализ... ну, там по черепу, по зубам или что-то в этом роде?

— Конечно, но на это уйдет масса времени. А мы пока, я надеюсь, вычислим и поймаем убийцу.

— Вы что же, до сих пор сомневаетесь, что это дело рук моей женушки? — как-то с вызовом бросил Беспалов.

— Давайте не будем торопиться с выводами. Никаких прямых улик у нас с вами нет.

— Да какие, к черту, улики? — Сергей вскочил и заходил по комнате. — Это она налила уксус в борщ, она наняла того деревенского дебила, чтобы он меня сбил, она подложила бомбу и убила Пашку! Она и ее любовник!

Мне не хотелось спорить. Это было бы бесполезно, пока человек находится в таком возбужденном состоянии. Я молчала. Беспалову, вероятно, стало неловко за бесконтрольный взрыв гнева, и он сел обратно в кресло, пытаясь взять себя в руки:

— Да, Татьяна, вы абсолютно правы. Главный виновник не она, а я. Я во всем виноват. Ведь я с самого начала в глубине души знал, что этот брак не принесет мне счастья. Да и друзья меня предупреждали. А я все сделал по-своему. И чего добился? Только того, что погиб Пашка — молодой, хороший парень. У него вся жизнь была впереди. На его месте, конечно, должен был быть я. Еще этот пиджак...

— Какой пиджак?

— Я вчера подарил ему свой пиджак. Он стал мне немного тесноват, а Пашке он всегда нравился и был впору. Вещь хорошая, чистая шерсть, и почти новая. Мне хотелось сделать Пашке приятное. Вот и сделал! Я всем приношу одни несчастья. Даже мои вещи прокляты.

— Тогда понятно, почему все сразу решили, что в «Мерседесе» были вы. Видимо, кто-то опознал ваш пиджак. Но сейчас не время казнить себя. Мы с вами должны, нет, просто обязаны поймать того, кто виновен в гибели Павла.

— Я задушу ее своими руками, — не успокаивался Беспалов.

— Хорошо, хорошо. Задушите, — примирительно сказала я машинально, потому что на тот момент меня волновало другое. — Скажите, Сергей, у Инны было много денег? То есть много ли она могла забрать с собой?

— Нет. Немного.

— Почему вы так уверены?

— Потому что наличными у нее обычно была небольшая сумма на карманные расходы. Я думаю, долларов двести-триста. Когда ей требовалась более крупная сумма, она обычно снимала деньги со счета, который я открыл специально для нее.

— Так, может быть, она сняла все со счета и сбежала с этим богатством?

— Нет. Исключено. Дело в том, что после вашего вопроса, кто унаследует имущество в случае моей смерти, я позвонил своему банкиру и закрыл этот счет. Кстати, тогда же я узнал, что Инна уже давно не снимала с него ни цента.

Этот факт еще больше убедил меня в том, что следует задуматься еще об одном подозреваемом. Нужно выстроить новую версию, поскольку я очень сильно сомневалась, что пластиковую бомбу израильского производства кто-то безвозмездно подарил Инне или сам бесплатно установил ее на машину Беспалова, в порядке благотворительности, так сказать.

— Сергей, подумайте еще раз хорошенько, кто, кроме Инны, мог желать вашей смерти? — настойчиво попросила я.

Президент «Тарасов-авто» задумался и через несколько минут, вздохнув, произнес:

— Я не знаю.

— Вам никто не угрожал?

— Нет.

И тут мне в голову пришла замечательная мысль поговорить об этом с его заместителем и бывшей женой. Вот уж у кого должен быть свой взгляд на все происходящее, свои предположения.

— Сергей, я думаю, мне надо встретиться с Вероникой, — поделилась я с Беспаловым идеей.

— Зачем?

— Вдруг она что-то слышала или кого-то подозревает.

— Если бы она что-то знала, то давно бы меня предупредила. Хотя, впрочем, встречайтесь. Все равно ей нужно сообщить, что я жив.

— А вот этого как раз делать не стоит.

— Я вас совершенно не понимаю. Вы же не подозреваете Вику? — снова начал выходить из себя тарасовский Алек Болдуин.

— Не подозреваю, — четко выговорила я, начиная раздражаться, — но неужели так сложно понять, что чем меньше людей в курсе того, что вы живы, тем лучше.

— Но Вика... — начал было Беспалов.

— И Вика в том числе, — отрезала я.

— Послушайте, Татьяна...

— Нет, это вы послушайте, — резко оборвала я его. — Либо вы мне не мешаете, либо я умываю руки.

Сергей молча выслушал мой ультиматум и, подумав минуту, сказал:

— Хорошо. Вы правы. Вы — профессионал. Делайте, как считаете нужным.

— Мне надо придумать какой-нибудь предлог для визита в «Тарасов-авто». Я же — по вашей, кстати, милости — переводчик, а не частный детектив. У вас есть с собой какие-нибудь документы по вашей американской сделке?

— У меня есть американский прайс-лист на запчасти вместе с переводом.

— Отлично, давайте мне и то и другое. Я скажу, что я подготовила перевод прайс-листа и принесла его вам. А вас почему-то нет на месте.

Беспалов послушно отдал мне документы. Я сложила бумаги в кожаный, вполне подходящий к случаю портфель, который, к счастью, нашёлся в этой квартире.

Теперь что-то нужно было делать с внешним видом. Откровенные разрезы моей облегающей юбки отнюдь не делали меня похожей на переводчицу. Без особой надежды я полезла в шкаф и... о, чудо!.. нашла серый деловой костюм из очень дорогой натуральной ткани, который заказывала своей портнихе полгода назад. Как же я могла о нём забыть? И почему он оказался здесь? Ладно, чего теперь вспоминать... Главное, надеть есть что. Повезло, ведь в этой квартире я практически не жила, и, соответственно, вещей моих там было кот наплакал. Я быстренько померила костюм. За полгода я не набрала в весе ни грамма и великолепно в нём выглядела. «Главное, чтобы костюмчик сидел», — замурлыкала я себе под нос. Обтягивающую розовую кофточку я снимать не стала, а пиджак надела сверху и не стала застёгивать пуговицы. Как прекрасно сочетаются нежно-розовый и серый цвета! А сплошной серый — тут я запахнула пиджак, продолжая разглядывать своё отражение в зеркале, — по-моему, смотрится скучновато.

Волосы я забрала в валик и заколола шпильками. Отлично! На лбу так и написано: высшее образование, знание двух языков (как минимум!), интеллигентность.

Я вышла к Беспалову в гостиную и поинтересовалась его мнением.

— Ну как?

— С ума сойти! — воскликнул поражённый до глубины души мой синеглазый клиент. — Как вам это удаётся? Я всякий раз узнаю вас с трудом. Вы такая разная. Просто актриса.

— Думаю, что актёрство является неотъемлемой частью моей профессии. Так как вам переводчица?

— Сногсшибательная переводчица, — сказал Сергей, сделав ударение на прилагательное.

«Первый комплимент! — мысленно обрадовалась

я. — Что это, обычная вежливость, или я ему действительно нравлюсь?»

— Рада, что вам понравилось, — искренне заметила я, — но, думаю, мне лучше поторопиться. До конца рабочего дня осталось не так много времени. Хорошо бы застать Веронику Михайловну на месте.

— Вы можете быть совершенно спокойны. Вика — настоящий трудоголик. По-моему, она даже в свой день рождения работает до восьми-девяти вечера.

— Похвальное трудолюбие. Она, видимо, как и я, относится к тем женщинам, которые домашним делам предпочитают профессиональную деятельность.

— Поэтому вы не замужем?

«Ого, пошли личные вопросы. Если ему интересно, свободна я или нет, — это уже кое-что».

— Нет. Не поэтому. Просто пока не встретила достойного спутника жизни, — ответила я и сменила тему: — Ладно, я пошла. Буду часа через два-три.

— А как быть со мной? Вы оставите мне ключи?

— Ключи? Зачем?

— Мне нужно съездить домой, — объяснил Беспалов, удивленный моим вопросом.

— Сергей, да вы что! — я повысила голос, ибо чаша моего терпения переполнилась. — Вас нет! Вы это понимаете?! Вы погибли. Неужели так сложно понять, что человеку, которого считают безвременно почившим, ни к чему разгуливать по улице? Если только вы не хотите именно этого — чтобы вас увидели и об этом узнал убийца.

— Я бы аккуратно, только туда и обратно...

— Нет! — поставила я точку.

— Но у меня нет зубной щетки, — попытался робко сопротивляться упрямый мужчина моей мечты.

— Берите бумагу, ручку и напишите, что вам нужно, — скомандовала я. — Через три часа у вас будет все необходимое.

Беспалов безропотно исполнил приказание.

— И долго мне тут сидеть? — отдавая мне список, грустно спросил он.

— Надеюсь, что нет, — более мягко пообещала я.

Через полчаса я припарковалась у офиса «Тарасов-авто». У входа в здание было необычно многолюдно. Проходя мимо, среди толпящихся людей я заметила несколько человек явно из органов. Они, по всей видимости, опрашивали работников «Тарасов-авто».

Зайдя в офис, я сразу наткнулась на уже знакомую нам Светочку — секретаря Беспалова. «Коровка» была в совершенно растрепанных чувствах: заплаканные, покрасневшие глазки, припухший носик. А кому легко расставаться с мечтами? Она наверняка была уверена, что в конце концов добьется взаимности у своего начальника, выйдет за него замуж и будет разъезжать на красивой белой «Хонде». Теперь же, со смертью Беспалова, мечты растаяли как дым.

— Добрый день, — поздоровалась я с ней, — я к Сергею Андреевичу.

Девушка на секунду замерла, не зная, что мне ответить.

— Его сейчас нет, — наконец выдавила она из себя.

— Странно, — сыграла я удивление, — мы с ним договаривались.

— К сожалению, ничем не могу вам помочь, зайдите завтра, — соврала Светочка.

— Нет. Завтра я заходить не стану. Сообщите, пожалуйста, о моем приходе Веронике Михайловне, — решительно заявила я.

Светочка захлопала своими огромными пустыми глазками, но подчинилась.

Через пять минут ко мне спустилась сама Вероника. Держалась она великолепно. Честно говоря, я даже засомневалась, знает ли она про взрыв «Мерседеса» и гибель своего бывшего мужа.

— Здравствуйте, Танечка, — сразу узнала она меня, — давайте поднимемся ко мне. Так будет удобнее.

В кабинете Вероника достала пачку «Vogue», предложила сигарету мне и закурила сама. Я заметила, что ее холеные руки с безупречным маникюром слегка дрожали, когда она подносила зажигалку к сигарете. Значит, все-таки Вероника нервничала.

— Вы к Сергею по делу? — первой заговорила хозяйка кабинета.

— Да, я принесла перевод прайс-листа.

— Прекрасно. Я думаю, вы можете отдать его мне.

«Если я сейчас отдам ей бумаги, она поблагодарит меня, и мне ничего другого не останется, как попрощаться и уйти. Нет, так дело не пойдет», — подумала я.

— Я бы с удовольствием так и сделала, но боюсь, что это невозможно. Прежде чем приступить к этой работе, я была предупреждена о соблюдении строгой конфиденциальности.

— Естественно, но это предупреждение, безусловно, было сделано насчет конкурентов. Вы же понимаете, что на меня оно не распространяется, — даже если мое нахальство ее покоробило, она не подала вида и продолжила вполне миролюбивым тоном: — За сохранность документов вы можете не волноваться.

С этими словами она протянула руку в ожидании, что я вложу в нее прайс-лист. Расчет был правильным, любому человеку стало бы неловко долго держать собеседника с протянутой рукой. Любому, но не мне. Как говорится, не на ту напали. Я невозмутимо продолжала курить, как будто ее жест не имел ко мне ни малейшего отношения. Даже стало интересно, как она выйдет из этого положения.

Долго ждать не пришлось. Вероника убрала руку, поднесла ее к голове и элегантным движением поправила и без того идеальную прическу. На секунду ее серые глаза похолодели и приняли цвет грозового неба. Она молча встала и отошла к окну. Мне, видимо, удалось-таки вывести бизнес-леди из себя. Но какое самообладание! Вот уж действительно леди Ди!

— Мне бы все-таки хотелось передать документы лично Сергею Андреевичу, — без вызова, но настойчиво произнесла я.

— Я ценю вашу заботу о сохранности секретов нашей фирмы. Такое серьезное отношение к работе делает вам честь, — заговорила Вероника, подавляя волну раздражения, — но, к сожалению, лично Сергею вы уже ничего не сможете передать.

— Почему? — я сделала круглые от удивления глаза.

Моя собеседница собралась с силами и выдохнула:
— Он погиб.
— Не может быть! — я изобразила глубокий шок.

Вероника взяла трясущимися руками еще одну сигарету и закурила.

«Вот и прорвало», — подумала я. Я знаю немало сильных людей, которые стойко переживают потерю близкого человека. Они продолжают разговаривать, работать, даже смеяться. На людях они ведут себя как обычно. Об их переживаниях и бессонных ночах можно узнать только по темным кругам под глазами. Хотя известно, что, пытаясь спрятать горе поглубже, они делают себе же хуже. Но уж такие они есть. Мне стало до боли в сердце жалко Веронику — гордую, сильную женщину. Но чем я могла ей помочь? Рассказать про Беспалова? Сообщить, что ее бывший муж и партнер по бизнесу жив? Нет. Нельзя. Я должна действовать только в интересах своего клиента. Если я открою Веронике правду, она может невольно способствовать тому, что ее узнают и убийцы. А этого допускать никак нельзя.

— Я до сих пор не могу в это поверить, — после долгой паузы поделилась со мной Вика.

— Как это произошло? — задала я, как мне показалось, вполне уместный вопрос. Ведь никто не мог знать, что я была на месте преступления.

— Взрыв. В его машину установили бомбу.
— Боже мой. Я думала, это бывает только по телевизору.

— Я тоже никогда не думала, что это коснется нас. Я только надеюсь, что Сережа не успел осознать, что произошло. Надеюсь, что он не мучился.

— Он был один в машине? — еще один вполне естественный вопрос.

— Да, — Вероника удивленно посмотрела на меня, — почему-то не было Павла, его водителя. Это странно.

Было видно, что она действительно обескуражена отсутствием Паши, хотя мысль о том, что он может быть виновником происшедшего, явно не приходила ей в голову. Интересно, почему? Я бы на ее месте сразу же его заподозрила. Правда, может быть, она слишком хорошо знала Пашку, чтобы думать о нем плохо.

— Все бросили Сережку в его последний день, — продолжала Вероника. — Кроме меня. Даже на опознание поехать было некому. Галину Ивановну, его домработницу, нашли без сознания в гостиной. Наверное, она видела взрыв из окна и этого не вынесла: кровоизлияние в мозг. Пришлось в морг ехать мне. Как это страшно. От Сережки ничего не осталось — одно кровавое месиво. Я узнала его только по остаткам пиджака, — она закрыла лицо руками.

— А как же его жена... Инна, кажется, — сочувствующе поинтересовалась я.

— Что Инна? — моя собеседница как-то напряглась и насторожилась. Она внимательно посмотрела на меня, будто пытаясь разгадать неведомую тайну.

— Ее тоже не было? — пояснила я свой вопрос.

— Нет, не было, — и я почувствовала, что Вероника снова начинает замыкаться в себе.

Что же выбило ее из колеи?

* * *

На обратном пути домой я все думала о нашем разговоре с Вероникой. К сожалению, мои надежды, что она поможет мне найти истинного виновника происходящего, не оправдались. Как партнер Беспалова по бизнесу, она должна была бы слышать об угрозах, если бы таковые поступали в адрес ее бывшего мужа. Но Вероника никого не подозревала. На вопрос о том, кто бы мог, по ее мнению, заложить взрывчатку в машину, она только пожала плечами. В целом от этого разговора у меня остался какой-то странный осадок. На протяжении всей беседы не покидало ощущение, что эта женщина с умными серыми глазами тщательно изучает меня. Так, наверное, чувствуют себя подопытные мышки в лабораториях. А почему, собственно, я так ее заинтересовала? Может быть, Вероника подсознательно не доверяла мне, шестое чувство подсказывало ей, что я ее обманываю? Вполне допускаю. Возможно, она из тех людей, у кого блестяще развита интуиция. Но, надо отдать ей должное, Беспалова ни взглядом, ни жестом не выказала недоверия. Я поняла это только благодаря собственному обостренному профессиональному чутью. Вот поэтому, наверное, она и не стала делиться со мной своими догадками по поводу убийцы. Однако у меня сложилось впечатление, что Вероника скорее всего подозревает Инну. Хотя, мне кажется, она никогда в этом не сознается. Не захочет давать повод считать, что обвиняет соперницу из ревности. И я могу ее понять. Чем больше я об этом думала, тем очевиднее мне было, что для Вероники подозреваемый номер один — Инна. Не зря она так напряглась, когда я спросила о жене Сергея.

По дороге я заехала в торговый центр, чтобы отоварить беспаловский список. Набрав по нему всякой необходимой всячины и затарившись продуктами, я направилась на бабушкину квартиру. Как бы мой клиент не умер там от голода. А то, чего доброго, оберегая его от убийц, сама сыграю эту роль, держа в заточении и заботясь о конспирации. Да и самой подкрепиться не мешает. Надо же было выдумать, что хорошо работается только на голодный желудок! Хоть режьте меня, не верю, что шедевры живописи и литературы создавались голодными творцами. Исключение могут составить лишь натюрморты. Я даже представила себе, как давно не кушавший художник, истекая слюной, изображает на полотне аппетитные фрукты-овощи. Когда в желудке пусто, все мысли только о еде.

Изнывающий от одиночества и безделья Сергей очень обрадовался моему приходу. А увидев в руках пакет, готовый треснуть от обилия продуктов питания, расцвел еще больше.

— Я голоден как волк, — сообщил мой Болдуин.

— Я, честно говоря, тоже, — поддержала я его.

— Таня, мне очень стыдно, но я не выдержал и съел последнюю пачку крекеров, которую нашел на кухне.

— Ну и на здоровье.

— У вас тут совершенно нечего есть. Насколько я понял, здесь только хороший запас кофе и чая.

— Это совершенно естественно. Я же здесь не живу, — попыталась оправдаться я. Смешно, но не хотелось перед Беспаловым выглядеть плохой хозяйкой. — Думаю, теперь нам хватит еды дня на два.

Рассовывая по полкам холодильника продукты, я, сама не знаю почему, вдруг вспомнила Светочку, секретаря Сергея. Может быть, мне ее напомнила буренка, изображенная на пачке сливочного масла. Может быть. Но факт остается фактом. Она так и встала у меня перед глазами. А не эта ли волоокая красотка скрывается за цепочкой покушений? Что, если у них с Беспаловым был роман? Он дал ей отставку, теперь демонстративно как бы не замечает ее прелести? И решила она отомстить? Да нет, ерунда. Мотив слабоват. И сама Светочка... слабовата для роли организатора таких дел. Но познакомиться с ней поближе не помешает. А кроме того, секретарша вполне могла знать про угрозы в адрес своего босса. Если, конечно, они были. Как же я сразу не сообразила с ней поговорить? Ну и кто после этого глуп — она или я?

— Таня, — позвал меня Беспалов, и я поняла, что стою, замерев с пачкой масла в руках, перед открытой дверцей холодильника, — о чем задумались?

— Когда заканчивается рабочий день у Светочки? — ответила я вопросом на вопрос.

— Какой Светочки? — обалдел Сергей.

— У вашего секретаря, — нетерпеливо пояснила я.

— А... у секретаря... в шесть, — ответил ничего не понимающий Беспалов.

Я метнула взгляд на часы. Если очень постараться, то можно успеть. Я бросила пакет с продуктами, которые еще не успела выложить, прямо у холодильника и понеслась к входной двери.

— Таня! Вы куда?! — услышала я вдогонку голос ошарашенного Сергея.

— Потом. Все объясню потом, — даже не повернувшись, ответила я и выскочила из квартиры.

Не буду описывать, как я неслась к офису «Тарасов-авто», создав на дороге пару аварийных ситуаций. Но фортуна в тот день была на моей стороне, и я успела. Не подъезжая близко к «Тарасов-авто», я остановила машину у подъезда дома, располагающегося в десяти шагах от стоянки беспаловской фирмы. С этого места мне отлично был виден вход в здание. Я надеялась, что Светочка — хороший секретарь и не ушла с работы раньше положенного. Самой мне в офис идти было нельзя. Это выглядело бы по меньшей мере странно. Переводчица, которая приходит два раза на дню и задает вопросы про гибель президента, вызовет подозрение даже у самого наивного человека. Поэтому я решила устроить «случайное» свидание со Светочкой.

Минут в пять седьмого, виляя аппетитной пятой точкой, показалась поджидаемая мною «коровка». Скромно опустив свои томные голубые глаза, она пересекла стоянку и вышла, провожаемая голодным взглядом молодого человека, стоявшего у одной из машин на стоянке, на улицу. Держу пари, Светочка не пропустила этот взгляд. Почему я так уверена? Да потому, что, поравнявшись с бедным парнем, сексуальная буренка еще больше выпятила и без того волнующую грудь. А у того разве что слюни изо рта не потекли, и он стал безумно похож на собаку одних моих знакомых. Когда ее хозяева обедали, она непременно садилась напротив, смотрела немигающим взглядом в глаза и истекала слюной, будто несчастную псину вообще никогда не кормили. Довольная произведенным на молодого человека впечатлением, Светочка бодро зашагала по тротуару. Я дала ей немного отойти и медленно поехала следом.

Через пару кварталов я прибавила скорость и, догнав свою «жертву», посигналила. Светочка повернула голову в мою сторону и вытаращила свои озероподобные очи, узнав меня.

— Вам в какую сторону? — спросила я ее, опустив стекло.

— Знаете, где магазин «Свет» на проспекте Мира? Мне туда.

— Садитесь. Нам по пути.

Светочка радостно приняла мое приглашение.

— Хотите купить новую люстру? — поинтересовалась я, заводя разговор.

— Нет. Я живу в этом доме, — ответила «коровка».

— Я слышала, там очень хорошие квартиры.

— Да. Удобная планировка. А вы где живете? — поддержала в свою очередь беседу Света.

По дороге к Светочкиному дому мы обсудили достоинства и недостатки разных планировок, затем перешли к отделке интерьера, от чего, в свою очередь, плавно переключились на новые тенденции в выборе мебели. Болтая на такие весьма домашние темы, мы стали в каком-то смысле ближе друг другу, перешли на «ты», а подъезжая к ее подъезду, были уже почти подругами.

— Может быть, зайдешь? Кофейку выпьем, — предложила Светочка, на что я очень надеялась. Если бы она не сделала этого, мне пришлось бы самой как-то напрашиваться.

— С удовольствием, — радостно приняла я предложение.

Честно говоря, «коровкина» трехкомнатная квартира произвела на меня огромное впечатление. Я никак не ожидала, что у простого секретаря, пусть даже хорошо зарабатывающего, может быть такая, как теперь говорят, продвинутая хата. Просто последний писк моды: зеркальный потолок в спальне, встроенные шкафы, французский подвесной потолок в гостиной, не говоря уже о бытовой технике в кухне — тут было все, что только угодно душе хорошей хозяйки.

— Ты живешь одна? — спросила я у своей новой подружки, чуть не утонув в подушках кресла в гостиной.

— С сыном, — крикнула она мне из кухни, где готовила кофе. — Но он сейчас у мамы.

Еще один сюрприз. Я бы даже сказала — «киндер-сюрприз». Вот уж никогда не подумала бы, что у этой «коровки» с пустыми глазами есть ребенок.

— Хорошенькое у тебя гнездышко, — сделала я комплимент, отпивая глоток отвратительного растворимого кофе.

— Тебе правда нравится? — обрадовалась моя голубоглазая собеседница, занимая кресло напротив.

— Конечно. Слушай, Света, ведь такой ремонт стоит уйму денег. Сколько же ты получаешь в «Тарасов-авто», если не секрет? — задала я на правах подруги неделикатный вопрос.

— У меня неплохая зарплата. Но на нее, само собой, такие вещи не купишь. Не говоря уж о ремонте. Это все муж.

— А он у тебя где работает? — полюбопытствовала я.

— Работал, — грустно поправила меня Светочка и после небольшой паузы добавила: — Он умер.

— Извини, Свет, я не знала, — искренне посочувствовала я, но тут же продолжила тему, поскольку она как нельзя лучше соответствовала цели моего визита к беспаловской секретарше: — Он болел?

— Нет, это было самоубийство, — неохотно ответила вновь приобретенная подруга.

— Что творится в этом мире... У меня такое чувство, что скоро мы останемся без мужиков. Вот и начальник твой погиб, — перевела я разговора на Беспалова.

— Да. Это какой-то кошмар, — Светочка охотно перешла от личной трагедии на обсуждение смерти своего босса. — Говорят, его разорвало на куски. Хоронить, наверное, будут в закрытом гробу.

— Ужас. Но я не могу представить, кому могла понадобиться его смерть? — прикинулась я наивной глупышкой.

— Господи! Да кому угодно! — с видом опытной наставницы, взволнованной ужасающей наивностью подруги, отреагировала на мое замечание «коровка» с небесно-голубыми глазами. — Таким людям, как Сергей, все завидуют.

— Ты думаешь, это мог сделать кто-то из зависти?

— Запросто. У нас сегодня целый день в офисе толклась милиция. Выспрашивали про знакомых шефа, кто ему звонил, с кем он работал, не угрожали ли ему и все такое.

— А ему угрожали? — спросила я как будто из любопытства.

— Не знаю. Я не слышала, — ответила Светочка, наслаждаясь сознанием того, что смогла так меня увлечь своим рассказом. Она, видимо, относилась ко мне с большим уважением. Еще бы, переводчица, знакомая Сергея и Вероники Беспаловых что-нибудь да должна значить в глазах их секретаря. — Скажу по секрету, милиция подозревает Пашку, водителя Сергея. Он куда-то исчез после взрыва, — шепотом поделилась она со мной великой тайной.

— По-твоему, он мог это сделать?

— Вообще-то Пашка — хороший парень, серьезный. Но ведь на Чикатило тоже бы никто никогда не подумал, что он маньяк. Чужая душа — потемки, — глубокомысленно добавила Светочка.

— А какой у него мог быть мотив?

— Ой, ну ты прямо как следователь. Откуда же я знаю? Может, у него просто крыша поехала.

Поняв, что ничего нужного я так и не узнаю от этой глазастой буренки, я быстренько с ней распрощалась, сославшись на то, что опаздываю на встречу, и покинула ее новомодную квартиру, оставив недопитой свою чашку невкусного кофе.

* * *

Подходя к двери своей конспиративной квартиры, я почувствовала невероятно аппетитный запах жареного мяса. Неприятно засосало в желудке. Уверенная, что издевательский, жутко возбуждающий аппетит аромат доносится из какой-нибудь соседней квартиры, я, чтобы не мучиться, поторопилась зайти к себе и захлопнуть за собой дверь. Но, как ни странно, здесь, в прихожей, запах не уменьшился, а наоборот, стал еще сильнее, вызывая просто неприличное слюноотделение. Я пошла на этот запах, как мышь, загипнотизированная сырным духом. И куда он меня привел? Правильно. Конечно, на кухню.

Увидев хлопочущего у плиты президента «Тарасов-авто» с посудным полотенцем через плечо, я обомлела. Нет. Я просто растаяла, как мороженое в жаркий день. Я стояла, прислонившись к косяку кухоной двери (стояла — неточно сказано, скорее, растеклась по нему), и любовалась своим синеглазым Болдуином. «Своим»? Боже мой, как же мне захотелось, чтобы этот день длился вечно. А может, не выслеживать никакую Инну, не искать того, кто взорвал машину? Пусть Беспалов так и живет у меня. Я прекрасно понимала, что мечтаю о невозможном, но в тот миг мне не хотелось об этом думать.

— А, вы уже дома! Я не слышал, как вы вошли, — сказал Сергей, наконец заметив меня. Но его не слишком удивленный тон подсказал мне, что он лукавил. Наверняка слышал, как хлопнула входная дверь, но хотел, чтобы я застала его за приготовлением ужина. Зачем, спрашивается? Хочет произвести на меня впечатление? Я мысленно потерла руки и сказала себе: «Ты еще кое на что годишься, старушка».

— Я тут мясо решил приготовить. Думал-думал, что сделать, и в конце концов надумал — запечь отбивные в сливочно-грибном соусе. Правда, не знаю, что получится. Это импровизация, — продолжал мой ненаглядный шеф-повар, а я все стояла у косяка и молчала. Беспалову, видимо, стало неинтересно разговаривать с самим собой, и он внимательно посмотрел на меня:

— Таня, идите пока примите ванну, а я тем временем все тут закончу. Потом поужинаете и спать. У вас очень усталый вид, — дал мне совет Сергей с видом опытного врача.

Я повиновалась и пронежилась в теплой ванне добрых полчаса. Когда я, разомлевшая, выползла из ванной комнаты, уже смеркалось.

Заглянула в кухню — пусто. Зато, войдя в гостиную, я испытала новый шок. Сергей уже ждал меня там. Ужин был накрыт на журнальном столике. Но самое главное — держись крепче, Татьяна! — на столике стояли две зажженные свечи! У меня подкосились ноги, и я плюхнулась в кресло напротив Беспалова.

— Я вот нашел свечи, — начал оправдываться он, — и решил, что так будет как-то... ну, как-то... уютнее.

— Да, да. Намного уютнее, — срывающимся голосом подтвердила я.

— И еще. Может быть, вы будете меня ругать, но я открыл бутылку мартини. Она стояла на кухне в шкафу. Я, конечно, не знаю, может, вы приготовили ее на какой-нибудь особый случай...

— А сегодня и есть особый случай, — сказала я и, заметив, что мой голливудский герой засмущался, попыталась выйти из положения: — Вы же чуть не погибли сегодня. Можно сказать — родились заново. Поэтому предлагаю выпить за ваш второй день рождения.

Я подняла бокал, Сергей последовал моему примеру. Мы чокнулись и выпили. Но как он угадал мой любимый напиток? Он сделал именно такой коктейль из мартини и апельсинового сока, какой мне нравится.

— Сергей, сознайтесь, кто вам сказал, что я обожаю этот коктейль?

— Честное слово, никто. Вика обычно из всех напитков выбирала его. А у нее отличный вкус, надо отдать должное. Поэтому, не зная ваших пристрастий, я на свой страх и риск приготовил мартини с соком.

— Значит, это просто совпадение.

— Да. Но что же вы не пробуете мясо? Мне интересно знать ваше мнение, — подгонял меня Беспалов, сгорая от нетерпения услышать похвалу. Я бы, конечно, похвалила его в любом случае, так как считаю, что подобным стремлениям мужчины просто грех «наступать на горло». Вдруг, если мне не понравится, он больше вообще не станет готовить? Поэтому еще до того, как я отрезала кусочек свинины и отправила его в рот, я уже была готова петь дифирамбы беспаловскому поварскому таланту. Но, к счастью, лицемерить не пришлось. По правде сказать, такого великолепного блюда я давно не пробовала. Нежнейшее мясо просто таяло во рту.

— Божественно! — совершенно искренне восхитилась я и пошутила: — Сергей, если вдруг (тьфу-тьфу, не дай бог!) «Тарасов-авто» разорится, вы не останетесь безработным. Думаю, вас оторвут с руками и ногами в любом престижном ресторане.

— В качестве повара? — засмеялся он.

— Угу, — кивнула я в знак согласия, отправляя в рот очередной кусок мяса.

— Вы мне льстите, Таня. Я же совершенно не умею готовить, не считая, конечно, яичницы. Вы мне поверите, если я скажу, что сегодня в первый раз приобщился к кулинарному искусству?

— Ну что ж, значит, ваш успех — подтверждение того, что талантливый человек талантлив во всем.

— Так давайте выпьем за это, — радостно предложил Беспалов, а я подумала: «Уж не хочет ли он меня напоить?»

И мы выпили, потом еще бокал, и еще... После такого количества совместно выпитого алкоголя уже как-то неудобно было обращаться друг к другу на «вы». И мы перешли на «ты». К концу ужина Беспалова совсем некстати потянуло обсуждать серьезные проблемы, что называется, «по-трезвому».

— Ну и что тебе удалось узнать у Вики? — не без ехидства поинтересовался он.

— Ничего интересного. Она, по-моему, как и ты, подозревает Инну, хотя прямо этого не говорит, — ответила вполне мирно я, как бы не заметив его тона.

— И правильно делает. Я имею в виду, что подозревает эту стерву. Кто еще может желать мне смерти? Только она!

— Ты так в этом уверен? — попыталась я немного остудить распаляющегося бизнесмена.

— Я только не понимаю, почему ты с этим не соглашаешься. Может, тебе просто нравится спорить? Вспомни, ведь ты первая предупредила меня о грозящей опасности.

— Да, предупредила. Но разве я сказала тебе, что тебя собирается убить твоя жена?

— Хорошо. Тогда как быть с тем парнем из деревни, что пытался меня сбить?

— С Уткиным, — подсказала я.

— Да, с Уткиным. Ведь он ясно сказал, что его наняла моя жена. А у меня только одна жена — Инна. Следовательно, это она заплатила ему, чтобы он меня убрал. Тем более он узнал Инну на фотографии.

— Если только это не подстава, — не сдавалась я.

— Нет. Ты издеваешься. Кому это могло понадобиться? — взорвался Беспалов. — Как ты не замечаешь элементарных вещей? Ведь ты же детектив. У нее был мотив убить меня: она хотела избавиться от надоевшего мужа и зажить с моими деньгами со своим любовником. Это же очевидно! После первой неудачной попытки убийства они испугались и скрылись. Попытались еще два раза — и опять провал. Но ничего, скоро у нее кончатся деньги, и она появится, вот увидишь.

— Так, значит, ты абсолютно уверен, что у нее с собой немного денег.

— Абсолютно.

— Тогда объясни, пожалуйста, мне, такой глупой, на какие шиши она установила тебе в машину пластиковую бомбу израильского производства?

Сергей, видимо, об этом раньше не задумывался, и я своим вопросом сбила его с толку.

— Может, у ее любовника были деньги? — попытался он найти объяснение данному любопытному факту.

— У студента-наркомана — такая куча денег? Маловероятно, — не приняла я беспаловского предложения.

— Он, вероятно, продает наркотики... — начал было Сергей.

— Нет. Он их употребляет, — отрезала я.

— Хорошо. Я не могу объяснить, где они взяли

деньги на бомбу. Но это все равно ничего не меняет, — упорствовал обманутый муж.

— Нет. Это меняет все, — начала раздражаться я. — Ты сейчас ненавидишь Инну за ее измену. Тебе больно и обидно. Поэтому именно ее ты пытаешься обвинить во всех смертных грехах. Я тебя понимаю. Но если я начну относиться к делу с таким же предубеждением, как и ты, то, уверяю тебя, мы никогда не докопаемся до истины.

Беспалов молчал. Я встала и, выходя из комнаты, сказала примирительным тоном:

— Мы оба устали. Поговорим завтра. Утро вечера мудренее.

Сергею я постелила на диване в гостиной.

Глаза у меня слипались. Сказывалась усталость. Едва добравшись до своей кровати, я провалилась в сон.

...Подвал. Темно и сыро. Во мраке зло сверкнули два красных горящих глаза. Я уже знала, что это крыса. Она приближалась. Опять та же леденящая душу ухмылка. Человеческая. Крыса все ближе и ближе. Я чувствовала наступающий холод. Бежать! Но я не могла двинуться с места. Меня будто парализовало страхом. Вдруг какой-то настойчивый звук дошел до моего слуха. Что это?..

Я открыла глаза. Тренькал мой мобильник. Фу, слава богу, это был всего-навсего ночной кошмар. Я дома, нет никаких крыс. К неизвестному, звонящему мне среди ночи человеку я испытывала огромное чувство благодарности за то, что он буквально вырвал меня из лап мерзкого чудовища.

— Алло, — схватила я трубку.

— Уже спишь? — услышала я чуть насмешливый голос Анатолия.

— Уже нет, — ласково ответила я. Если бы он в тот момент был рядом, я бы его расцеловала, своего спасителя, — я так рада, что ты позвонил. Мне снился страшный сон.

— Если хочешь, я подъеду и успокою тебя, — предложил Толян, и голос у него стал противный, масляный.

— Нет. Спасибо. Я не одна, — честно ответила я.

— Да я, собственно, звоню по делу. Как обещал, — сразу перешел на другую тему немного обидевшийся авторитет. — Я узнал, кто поставил взрывчатку в машину Беспалова. Тебе это еще интересно?

— Конечно. Ну, Толик, вы даете. Вот это, я понимаю, скорость. Если бы у нас так милиция работала.

— Типун тебе на язык, — без всякой злости пожелал мне смягчившийся Анатолий и продолжил: — Точнее сказать, я узнал, кто занимается такими игрушками в Тарасове. Их всего несколько человек. Среди них я нашел того, кто продал пластик для Беспалова.

И он назвал мне имя и адрес продавца пластиковых бомб.

— Можешь сходить к нему, поговорить, если хочешь. Я его предупредил. Хотя там ничего интересного.

— Что значит «ничего интересного»? Ты же сказал, что убьешь того, кто устроил взрыв. Если найдешь, конечно.

— И замочил бы, если бы это касалось бизнеса. А в личные дела я соваться не собираюсь. Тем более с бабами связываться.

— С какими бабами? — не поняла я.

— Да уж не знаю, кому и чем так насолил Беспалов, но только пластиковую бомбу для него телка какая-то купила.

— Это точно?

— Ну ты, Танюха, даешь. Я че, мутил когда-нибудь? — обиделся Толян.

— Извини, Толик, я не хотела тебя обидеть. Просто я никогда бы не подумала, что женщина способна на такое.

— Да бабы, если хочешь знать, еще хуже мужиков. Ты когда-нибудь видела, как они дерутся?

— Приходилось. Толик, а ты случайно не знаешь, как она выглядела, эта женщина?

— Без понятия. Я же сказал, меня это дело теперь не

интересует. Я сегодня созванивался с вице-президентом «Тарасов-авто». Тоже баба, кстати. И, между прочим, бывшая беспаловская жена. Так вот, она меня заверила, что в наших с ними отношениях не будет никаких изменений, платить они будут по-прежнему. То есть на наши интересы никто не посягал. Беспалова жалко, конечно, но просто так еще никого не замочили. Накосорезил, наверное. Сам виноват.

Конечно, насчет того, что просто так никого не убивают, можно было поспорить. Но разве в этом было дело? Я поблагодарила Толика за помощь и положила трубку.

«Опять женщина. Везде эта женщина. Инна, или как сейчас говорят, лицо, похожее на Инну. Почему чем большее количество улик указывает на беспаловскую жену, тем меньше мне кажется, что она виновна? Не из чувства же противоречия», — думала я. Я не могла этого объяснить, но где-то в глубине души чувствовала, что тут не все просто. А что, если пойти на поводу у своей интуиции и попытаться выяснить, кому выгодно подставить Инну. У кого мог быть мотив? Тут есть множество вариантов. Начнем с самого неправдоподобного. Мотив мог быть у Вероники. Устранив Инну, она могла надеяться, что вернет Сергея. Нет. Нелогично. Ведь Сергею грозила реальная опасность. Он мог погибнуть. Если бы Вика хотела вернуть своего бывшего мужа, вряд ли бы она стала так рисковать его жизнью. Если только она не хотела отомстить им обоим, Инне и Сергею. Но это кажется маловероятным. Я вспомнила, как она волновалась за Беспалова в больнице, где я увидела ее впервые, с какой дружеской заботой она успокаивала Инну. Если все было притворством, то для этого нужно быть либо великой актрисой, либо ненормальной.

«Теперь другой неправдоподобный вариант. Что, если Сергей сам хочет избавиться от своей жены? Может быть, он сам искусно инсценировал покушения? Уж больно ему везет. Три покушения — и все мимо. Как-то странно. Хотя, конечно, в жизни всякое бывает... А то рвение, с каким он доказывает, что во всем виновата его жена? Разве не подозрительно? Если на минуту предположить, что эта версия верна, то у него должна быть сообщница, ведь взрывчатку купила женщина. Или возможен сговор с продавцом бомбы?» — чем дальше я развивала новую тему, тем страшнее мне становилось.

«Нужно сходить к этому торгашу и выяснить, что за женщина к нему приходила», — решила я, почти не сомневаясь, что он опять опишет мне привлекательную брюнетку с длинными волосами. Тем не менее проверить необходимо.

Я посмотрела на часы. Боже мой, уже ночь. Этот гад, что занимается торговлей оружием, уже, наверное, спит. Возможно, у него семья, которая тоже мирно спит, не подозревая, чем зарабатывает на жизнь глава семейства. Да и мне, честно говоря, нужен отдых. Я — частный детектив, а не робот.

И я решительно накрылась одеялом.

«Ничего страшного не случится, если я отложу разговор на завтра», — утешала я себя, засыпая. Снов мне больше не снилось.

* * *

Утром, что называется — ни свет ни заря, я стояла перед дверью квартиры по указанному Анатолием адресу. И вот уже минут десять безуспешно давила на звонок. Ах, какая неудача! Неужели он куда-нибудь ушел?

Не знаю, как это пришло мне в голову, но я решила попробовать, закрыта ли дверь. Дверь поддалась, и меня охватило недоброе предчувствие. Несколько секунд я колебалась — входить в квартиру или нет. Вошла. Прошла по коридору. Никого. Я негромко позвала: «Есть кто-нибудь дома?» Тишина. У меня по спине побежали мурашки. Я нащупала в сумочке пистолет. Никогда не знаешь, что может ожидать тебя, если связываешься с такими типами.

Я заглянула в гостиную и замерла. В кресле, лицом

к двери, сидел мужчина и смотрел прямо перед собой застывшим, мертвым взглядом. Я практически не сомневалась, что это был хозяин квартиры — продавец пластиковой смерти. Наверное, правда, что такие люди долго не живут. Ничего не касаясь, я подошла немного поближе. Насколько я смогла разглядеть, признаков насильственной смерти не наблюдалось. У мертвеца, как у рыбы на суше, был открыт рот, как будто ему в последние мгновения жизни не хватало воздуха. Может, сердечный приступ? Или, допустим, асфиксия в результате приступа астмы?

Перед покойником на столике стояла початая бутылка шампанского, открытая коробка конфет и вазочка с фруктами. «Может быть, у него были гости? Тогда должны быть фужеры», — начала я анализировать ситуацию. Один фужер валялся по правую сторону от трупа. Вероятно, мужчина, умирая, выронил его из рук. Больше бокалов не было. Выходит, угощался один. И все же в этой картине было что-то странное. Например, если бы я в одиночестве пила шампанское, то села бы лицом к телевизору, а не к двери. С другой стороны, у каждого свои причуды.

Чтобы проверить свои подозрения, я прошла на кухню. А гости все-таки были: у мойки стоял чисто вымытый и вытертый фужер, такой же, как тот, что валялся на ковре в гостиной. И скорее всего это была гостья. Потому что, готовясь к ее приходу, покойник вылил на себя, наверное, целый флакон одеколона и до сих пор благоухал, как майская роза. Меня передернуло от этого первым пришедшего в голову сравнения. Какой-то черный цинизм: мертвец пахнет, как майская роза. Итак, у него было свидание с дамой, если только он не был голубым. А зачем ей потребовалось убрать и вымыть свой фужер? Испугалась? Нет, пыталась скрыть следы преступления? Увидев второй бокал на кухне, я уже почти не сомневалась, что хозяин квартиры умер неестественной смертью. Убийство. На девяносто девять и девять десятых процента — убийство.

Нужно было уносить ноги. Не хватало еще, чтобы

приехала милиция и застала меня в квартире наедине с покойником. Я тщательно вытерла все дверные ручки, за которые бралась, и спокойно вышла из дома. Увидев телефонную будку на другой стороне улицы, я и решила оттуда вызвать милицию. Сказала только, что по такому-то адресу они могут найти тело мертвого мужчины, потом повесила трубку, предварительно вытерев ее, и пошла к своей машине.

«Татьяна, ты просто идиотка, — ругала я себя по дороге домой. — Ты повела себя совершенно непрофессионально. Как ты могла предпочесть сон и не поехать вечером к этому мужику! Может, его тогда бы не убили? Нет тебе прощения. Ты кто угодно, только не частный детектив».

Обуреваемая черными мыслями, я ввалилась в свою конспиративную квартиру с весьма недвусмысленным видом, показывающим, что я не в духе. Беспалов выглянул из гостиной и вытаращил глаза. Он видел меня в таком состоянии в первый раз. Зрелище, видимо, было не из жизнеутверждающих. Я зло швырнула сумочку и ключи на тумбочку и пошла на кухню. Сергей молча наблюдал за мной. Громыхая посудой, я сварила себе кофе, достала пачку сигарет и уселась за кухонный стол.

«Что же это такое делается? — думала я. — Почему мне так не везет? Только вроде появился свет в конце туннеля, только мелькнули лучи надежды распутать это дело, и вот нате, получите: убивают свидетеля. Причем убийца скорее всего женщина. Опять женщина. Спрашивается, что это ей так приспичило убить моего свидетеля? Неужели нельзя было хотя бы немного подождать?»

Вот такие кощунственные мысли приходят в голову в минуты отчаяния. Я налила вторую чашку «арабики» и прикурила очередную сигарету. Сергей подошел ко мне и сел рядом.

— Что-нибудь случилось?

— Случилось, — мрачно ответила я.

После небольшой паузы Беспалов решился задать второй вопрос:

— Это как-то касается меня?

— Касается.

— Ты не хочешь рассказать мне, что произошло?

— Произошло убийство, — сказала я нервно.

* * *

Мне даже не пришлось самой набирать номер Гарика. Только мы с Беспаловым проговорили, что хорошо бы связаться с друзьями в милиции, как раздался звонок сотового.

— Здравствуй, дорогой, — услышала я акцент своего друга-кавказца. Я, конечно, не «дорогой». Я — женского рода, но поправлять Гарика не стала. В этом обращении была даже какая-то изюминка.

— Привет, Гарик. Я только что сама собиралась тебе звонить. Какие-нибудь новости?

— У меня две новости. И обе не очень хорошие. Вернее, обе плохие.

— Ну, не томи! Говори!

— Первая новость: мы нашли человека, который продал бомбу для взрыва машины Беспалова.

— Ну и ну! — притворно изумилась я, а сама подумала: «Интересно, они нашли того же человека, что и я?» — Но это же хорошая новость!

— Не уверен. Наоборот — подтверждение моих подозрений, что в деле замешана мафия. У кого еще могут быть завязки с такими людьми?

— Но тут как раз все очень просто проверить. Спроси у торгаша, кто купил у него пластик для Беспалова, и он развеет все твои сомнения.

— А вот этого я как раз не могу сделать из-за второй новости: мужика убили вчера вечером в его квартире.

— Боже мой! — вполне натурально изобразила я удивление. Значит, все-таки мы говорили об одном человеке.

— Вот так. За один день — два трупа. Утром — бизнесмен, вечером — торговец взрывчаткой. У тебя еще остались сомнения по поводу участия мафии?

— А как убили человека, который продавал бомбы? Застрелили, что ли?

— Нет. Отравили.

— Отравили? Странно. Я бы сказала, что бандиты выбрали весьма нехарактерный для них способ убийства. Подкараулить в подъезде, расстрелять из автомата или еще что-нибудь в таком роде — вот что в их стиле.

— Ну ты еще вспомни времена, когда мафия ненужных людей цементировала в бочках и сбрасывала в реку. Они тоже не стоят на месте, развиваются, как и весь мир. Сегодня серьезные группировки уже стараются работать не так топорно, ищут более изящные методы.

— Гарик, тебе пора писать диссертацию на тему: «Эволюция мафии. Основные ступени развития».

— Можешь смеяться сколько угодно. Но я на твоем месте был бы посерьезней.

— Я — сама серьезность. Но мне почему-то кажется, что отравление — женский способ лишить человека жизни.

— «Леди Макбет» начиталась?

— А ты со мной не согласен?

Гарик задумался.

— В принципе, нет. В истории человечества сколько угодно примеров мужиков-отравителей, — наконец-то высказал вслух свои мысли опытный оперативник. — Но в твоих рассуждениях определенно что-то есть. Тем более по показаниям свидетелей к торгашу в последнее время зачастила какая-то женщина.

— Какая женщина? Есть описание ее внешности?

— Ничего определенного. Интересная брюнетка, молодая, от двадцати до тридцати лет. Всегда в темных очках. Без особых примет.

— Да. Негусто. Таких брюнеток приблизительно половина Тарасова. Остальная половина — блондинки. А не пришло тебе, Гарик, в голову, что эта женщина и грохнула нашего торгаша?

— Допустим. И что из того? Мало, что ли, сейчас

женщин в криминальных кругах? Страшно подумать, куда мир катится. Женщины, наделенные богом способностью дарить новую жизнь, вербуются снайперами в Чечню. О «белых чулках» слышала? Что, скажи мне, может быть противоестественней?

— Я с тобой абсолютно согласна. Мне тоже иногда кажется, что мир перевернулся. Но сейчас не об этом. Если я правильно тебя поняла, ты на все сто процентов уверен, что за убийством торгаша стоят совершенно определенные криминальные круги.

— Ты, Танюша, умница. Не прошло и получаса, как ты все поняла.

— Ты, может быть, подозреваешь кого-то конкретного? — пропустила я мимо ушей его наглость.

— Есть кое-какие наработки.

— Давай, Гарик, не тяни, не мучай меня. Рассказывай все, что знаешь.

— Ну что ты, рыбка. Кому в голову придет мучить такую женщину?

— Тогда колись!

— Колюсь: есть сведения, что прямо перед убийством у этого мужика были люди Толяна Пресса.

Ну, для меня сие не новость. Сам же Анатолий и рассказал... А что, если не все рассказал? Вдруг умолчал про то, что его люди убрали продавца взрывчатки? Я раньше никогда не ловила его на лжи, но кто лучше меня знает, что доверять в таких делах можно только себе. Как говорится, доверяй, но проверяй!

— О чем задумалась, солнышко? — прервал мои размышления Гарик.

— Гарик, будь другом, расскажи подробнее, как убили торгаша.

— Опять двадцать пять. Я же сказал, что его отравили.

— А чем?

— Одним очень сильным лекарством, несовместимым с алкоголем. Подмешали его в шампанское, что вызвало остановку дыхания. Нам еще повезло, что мы нашли труп сегодня, потому что через сутки это лекарство обнаружить в крови уже невозможно. Кстати, помогла нам в этом тоже женщина. Раненько в дежурную часть позвонила некая леди и сообщила, что по такому-то адресу нас ожидает мертвец. Как ты думаешь, если мужика убила женщина, может ли быть, чтобы она же и позвонила в милицию? По идее, ей было бы выгоднее, чтобы его нашли как можно позже.

— Я думаю, звонила какая-то другая женщина. Соседка или еще кто-нибудь, не имеющий к убийству отношения, — совершенно уверенно заявила я. Кто-кто, а я-то знала, что за «леди» звонила в дежурную часть.

— Полагаю, что так, — согласился мой собеседник.

— А что ты там говорил про шампанское?

— Повторяю для особо понятливых, — съязвил Гарик. — Покойный перед смертью выпил бокал шампанского с лекарством, которое ни в коем случае нельзя смешивать с алкоголем.

— Это я поняла. Меня вот что смущает. Ваш продавец израильской взрывчатки был алкоголиком, что ли?

— С чего ты взяла?

— Из твоего рассказа я поняла, что он пил один. А в одиночку этим занимается сам знаешь кто.

— О женщина! Скажи, кто подсказал тебе стать частным детективом? Я бы вырвал ему язык. Разве за время нашего разговора я хотя бы раз обмолвился о том, что покойник пил шампанское один?

— Тогда обмолвись, пожалуйста, сколько вообще было бокалов, а исходя из этого, и убийц?

— А что, если кто-то из убийц не пил? Ну, допустим, у него язва.

— Тогда ему налили бы чай. Будь добр, перестань ерничать. Лучше дай мне конкретный ответ на конкретный вопрос.

— Хорошо. Уговорила. Всего было два фужера. Один валялся разбитый у трупа. Другой стоял на кухне, чисто вымытый, естественно, без каких-либо отпечатков пальцев. Довольна?

— Довольна. Таким образом, на момент убийства в квартире было двое: потерпевший и убийца. Они пьют шампанское. Все это очень напоминает мне романтическое свидание.

— Или деловую встречу.

— Ты хочешь сказать, что покойник с таким же успехом мог бы встречаться и с мужчиной по какому-нибудь деловому вопросу?

— Почему бы и нет?

— И пить с мужиком шампанское? — не унималась я с вопросами.

— А что в этом такого удивительного?

— Я думаю, что для мужчины он бы купил бутылку водки и колбасы с сыром в качестве закуски.

— Знаешь такую поговорку: «О вкусах не спорят»? — каким-то обиженным тоном произнес Гарик.

«Ох, да ведь он сам любит шампанское», — мелькнула у меня в голове мысль.

— Я не спорю, что есть мужчины, которым нравится шампанское. Но это настоящие ценители, знатоки. Я бы даже сказала — своего рода эстеты, — попыталась реабилитироваться я. — Их можно по пальцам пересчитать. Я же говорю о среднестатистическом мужчине, возможно, бандите. Скажи, положа руку на сердце, что предпочтет такой обычный, посредственный человек: водку или шампанское?

— Ну, скорее всего водку, — нехотя согласился Гарик, — хотя все равно нельзя всех чесать под одну гребенку. Каждый человек нуждается в индивидуальном подходе.

— Согласна. Но вернемся к нашему жмурику. Допустим, у него было свидание.

— Может быть, ты еще знаешь с кем?

— Кое-что предположить можно.

— Ну, предположи.

— Мне почему-то кажется, что с той самой интересной брюнеткой, — увлеченно фантазировала я.

— Ладно. Пусть. Что дальше?

— Она незаметно подсыпает ему в фужер лекарство, он выпивает и умирает. Она относит свой фужер на кухню и моет его. Утром вам звонят, и вы находите покойничка.

— Ты пытаешься меня убедить, что убийца — женщина?

— Я, конечно, не уверена, но, по-моему, эта версия более реальна, чем твоя. Совсем не обязательно, что в это дело замешана мафия.

— А теперь, девочка, послушай меня. Даже если убила его женщина, это еще не доказывает, что мафия тут ни при чем. Как ты можешь быть уверена, что эта леди не действовала от имени и по поручению какого-нибудь криминального авторитета?

— Так ты не сомневаешься, что убийства Беспалова и продавца взрывчатки связаны между собой?

— У меня профессия такая — постоянно сомневаться. Но я почти убежден, что тот, кто взорвал машину бизнесмена, купил бомбу у нашего торгаша, а затем прикончил его, заметая следы.

— Тогда нужно искать того, кому понадобилось избавиться от президента «Тарасов-авто».

— Ищут.

— Есть что-нибудь интересное?

— Нет. Там пока глухо. Они, правда, еще не говорили с его женой. Никак не могут застать ее дома. Остальные все хором клянутся, что никогда не слышали, чтобы Беспалову угрожали.

— А водителя нашли?

— Нет, насколько я знаю. Но самое интересное в другом. Я поговорил с ребятами, которые занимаются делом, и выяснил, что «Тарасов-авто» работает знаешь под чьей крышей?

— Нет, — соврала я. — Под чьей?

— Под крышей Пресса!

— Не может быть! — в очередной раз притворилась я шокированной. — А как же шофер? Ведь главным подозреваемым, если я ничего не путаю, был беспаловский водитель.

— Водителя вполне могли подкупить или запугать бандиты, и он, значит, был с ними в сговоре. Ему проще всего было установить взрывчатку в машину, а потом под каким-нибудь предлогом отпроситься у шефа. Таким образом, Беспалов сам оказался за рулем. Но шофер, если даже виновен, просто пешка, шестерка. Я не удивлюсь, если мы выловим его труп в каком-нибудь водоеме. Таких мелких исполнителей обычно сразу убирают.

Я прекрасно знала, что все обстояло иначе, но поделиться своими знаниями с Гариком пока не могла.

— Слушай, Гарик, а ваше начальство не собирается официально объединить два этих дела и передать их тебе?

— Пока нет. Тьфу, тьфу, не сглазить. Мало мне, что ли, одной головной боли? И так если это дело рук мафии, то почти стопроцентный висяк.

— Гарик, сделай мне, пожалуйста, еще одно одолжение...

— Хоть сто, — согласился верный друг, хотя и без особого энтузиазма в голосе.

— Попроси своих знакомых ребят из отдела по борьбе с наркотиками, которые пасут барыгу из зубовского дома: если вдруг у него появится Антон, пусть тут же свяжутся со мной.

— Без проблем, — с облегчением пообещал Гарик. Он, наверное, уже боялся, что я потребую от него чего-нибудь сверхсекретного или сверхъестественного.

* * *

«Итак, опять брюнетка», — думала я, наконец-то попрощавшись с Гариком и откладывая трубку, от которой уже горело ухо. Такие продолжительные разговоры не для меня! Мне тут же пришла на ум одна одноклассница, которая часами умудрялась болтать по телефону с подругами и женихами, за что постоянно получала взбучки от своего отца.

— Ты без малого час говорила по телефону, — заглянул ко мне в комнату Сергей. — Идем, я сварил кофе.

«Хозяюшка ты моя», — мысленно похвалила я своего синеглазого бизнесмена, хотя внешне не проявила признаков восторга. Чтобы не баловать. Кроме кофе, мой домашний шеф-повар буквально из ничего приготовил необыкновенно красивые крошечные канапе. «Боже мой, какой талант пропадает», — восхитилась я опять же про себя. На его фоне я — совершенная бездарность. В плане кухни, конечно. Мне стало так обидно за себя, что я решила непременно сварганить что-нибудь этакое, как только немного освобожусь.

Беспалов не был телепатом и прочитать мои мысли не мог, поэтому по моему задумчивому виду он заключил, что я обмозговываю какие-то новые обстоятельства его дела, которые мне сообщили по мобильнику.

— Что нового? — так и не дождавшись, что я начну рассказывать сама, спросил Сергей.

— Нового, собственно, ничего. Звонил один друг из милиции, сообщил, что убили торгаша, который продал ту самую бомбу.

— Мы это и без него уже знаем, — разочарованно протянул Беспалов.

— Конечно. Только он-то не знал, что мы знаем. Вот и позвонил, — заступилась я за Гарика.

— Милиция всегда обо всем узнает в последнюю очередь, — бизнесмен попытался сорвать свою досаду на правоохранительных органах.

— А ты думаешь, им легко работать? Повесят на одного оперативника дел десять-пятнадцать и хотят, чтобы он все их раскрыл. Причем одновременно. Это тебе не кино, где в течение фильма за одним преступником весь отдел гоняется. А критиковать-то, конечно, проще всего.

— Да я так просто сказал, — начал оправдываться Беспалов, — без задней мысли. Просто хочется, чтобы скорее нашли того, кто взорвал Пашку. Надо же действовать, а я сижу тут сложа руки. Тань, может, и для меня какая-нибудь работа найдется?

— Сергей, только не начинай, пожалуйста, все сначала! Твоя главная работа сейчас — выжить. А это возможно только при условии, что все будут считать тебя погибшим.

— Давай попробуем изменить мне внешность, — робко предложил жаждущий свободы затворник.

— Вот-вот, придумал! Мы с тобой не в игрушки играем. Хочешь, чтобы из-за нашего легкомыслия еще кто-нибудь погиб?

— Конечно, нет.

— Тогда сиди и не высовывайся. Думаю, твое заточение не будет слишком долгим.

— А что, если ты ошибаешься и убийца так и не проявит себя? Прикажешь мне всю жизнь здесь прятаться?

— Поверь мне, убийца непременно объявится. И очень скоро! — произнесла я таким уверенным тоном, что чуть сама себе не поверила.

— Твой друг из милиции случайно не сказал, кого они подозревают в убийствах?

— Совершенно случайно сказал. Он считает, что это дело рук мафии, а если выражаться точнее, группировки Толяна Пресса. Ты по этому поводу что думаешь? У тебя с ним не было конфликтов?

— Господи, глупость какая! Не было у нас никаких конфликтов. Мы, что называется, взаимовыгодно сотрудничали. У Толика не было ни малейших оснований убирать меня.

— Ты уверен?

— Ни тени сомнения.

Я подумала, что на его месте не стала бы так безоговорочно верить в невиновность криминального авторитета. Но и мне участие Толика, пусть даже косвенное, в этих двух убийствах казалось маловероятным. Не говоря уже о совершенно бредовых первых покушениях на жизнь Беспалова. Попытаться убить человека, вызвав у него сильнейшую аллергическую реакцию! Каково? До этого надо додуматься! Такая идея не может, пожалуй, прийти в голову обыкновенному бандюку. Да и в дом, в кухню, вхожи только «свои». Так что Инна тут вписывается.

И еще. Налицо любовь преступника ко всякого рода «пищевым добавкам»: уксус — в еду, ядовитое лекарство — в шампанское...

— Я случайно слышал, вы говорили о женщине, — прервал мои размышления Сергей. — О брюнетке.

— Гарик сказал, что в последнее время к убитому продавцу бомб зачастила молодая женщина.

— Молодая женщина с длинными темными волосами, — угадал Беспалов, и я поняла, к чему он клонит.

— Между прочим, в Тарасове можно при желании найти тысячи женщин с длинными темными волосами.

— Нам не нужны тысячи. Нам нужна одна, совершенно определенная. И ты знаешь кто!

Я решила не вступать в бессмысленный спор. Что толку спорить? Нужно действовать.

— Я сейчас собираюсь в экономический университет. Попытаюсь найти там друзей Антона. Если повезет, выясню что-нибудь полезное.

— Хорошо, — согласился Беспалов, хотя его и не прельщала перспектива опять остаться в одиночестве. Со стороны, наверное, можно было подумать, что я как бы отпрашиваюсь у него. Ничего подобного! Я просто поставила его в известность. Из вежливости.

Когда я прибыла в университет, до конца пары оставалось минут пятнадцать. Можно было, конечно, дождаться окончания занятий, но тогда я рисковала потерять нужных мне людей, а переносить задуманные расспросы на завтра не входило в мои планы.

Для начала необходимо было найти Аню, подругу Инны. Заглянув в расписание, я без труда выяснила, где занималась ее группа, и поднялась на четвертый этаж. Из-за двери интересующей меня аудитории доносился голос лектора. Нимало не смущаясь, я приоткрыла дверь и с уверенным видом всунула голову в образовавшуюся щель. Студенты во главе с преподавателем развернулись в мою сторону. Я обвела ряды внимательным взглядом, пока не наткнулась на круглые от удивления глаза Инниной подруги. Это-то мне и было нужно. Ни слова не говоря, оставив всех в полном изумлении, я вернулась в коридор и закрыла за собой дверь, не сомневаясь, что не пройдет и минуты, как Анна выйдет ко мне. И оказалась права.

— Неужели нельзя было подождать десять минут! — вместо приветствия упрекнула меня девушка. — На носу экзамены, а вы срываете меня с занятий.

— Думаю, десять минут особой роли не сыграют. В конце концов, спишешь у кого-нибудь окончание лекции, — не дала я спровоцировать себя на конфликт. — Ты должна мне показать товарища Антона, про которого говорила в нашу последнюю встречу. Кстати, твоя подруга или Зубов так и не появлялись в университете?

— Нет. Инны точно не было. Я не пропустила ни одной пары. Если бы она приходила, я бы ее увидела, — ответила Аня, а потом встревоженно добавила: — У меня какое-то нехорошее предчувствие. По-моему, Инне грозит опасность.

— Очень может быть, — не стала я успокаивать свою юную собеседницу, — вот поэтому я и не могу медлить. Мне срочно нужно переговорить с тем парнем, что знает Антона.

— В таком случае лучше спуститься к выходу. Мне кажется, у него сегодня это последняя пара. Надежнее будет ждать его на крыльце.

Долго томиться в ожидании нам не пришлось. Как только началась перемена, вся улица перед университетом моментально заполнилась будущими экономистами, а вместе с ними гамом, смехом и всеми остальными звуками, характерными для молодежи.

Анна глазами указала мне на молодых людей, стоящих недалеко от крыльца, и сказала:

— Вон он. В джинсах и серой футболке.

— Спасибо, Анечка.

— Так я пошла?

— Конечно, иди. Еще раз спасибо, — поблагодарила я ее и вдруг поняла, что забыла, как зовут зубовского однокашника.

— Аня! — окрикнула я убегающую студентку.

Девушка с недовольным видом вернулась ко мне.

— Ну что еще? — спросила она с раздражением.

Я не стала читать ей мораль на тему о том, как следует разговаривать со старшими. Некогда было.

— Зовут-то его как? — спросила я вместо нравоучения.

— Андрей. Андрей Овчинников, — и, не попрощавшись, Анечка развернулась и побежала в корпус.

«Фу, какая невоспитанность», — мысленно возмутилась я и тут же переключила свое внимание на интересующего меня парня. Он курил в компании еще двух студентов и домой, видимо, не очень торопился. Я спустилась с крыльца, села за руль своей «девятки» и подъехала поближе к этой троице.

— Андрей! — позвала я.

У всех троих лица вытянулись от удивления.

— Я? — даже не пытаясь скрыть своего изумления, уточнил друг Антона.

— Ты, ты, — подтвердила я и скомандовала: — Садись в машину.

Парень заколебался.

— Боишься, что ли? — поддела я его на крючок, зная, что такие вопросы безотказно срабатывают в беседах с мальчишками.

— Еще чего! — огрызнулся Андрей совсем по-детски.

Ему, впрочем, как и любому представителю сильного пола независимо от возраста, не хотелось выглядеть в глазах окружающих трусом. Он решительно обошел машину и уселся рядом со мной на переднее сиденье. Я завела машину и тронулась с места. Андрей, как бы ища поддержки, оглянулся на друзей. Я из любопытства тоже посмотрела на них в зеркало заднего вида. С еще больше вытянутыми лицами они выглядели совершенно растерянными.

— Где живешь? — спросила я у своего сбитого с толку попутчика.

— На Лермонтова, дом двенадцать, — послушно ответил он.

— Хорошо. Сейчас я тебя отвезу домой, а ты мне по дороге расскажешь все, что знаешь, про своего друга Антона Зубова.

— Про Антоху? Да че про него рассказывать?

— Я же сказала — все. Ты, например, не знаешь, где он сейчас может быть?

— Не знаю. Он уже несколько дней как потерялся.

— Ладно. Допустим. Тогда расскажи мне что-нибудь про его подружку.

— Про Инну, что ли?

— А что, были другие?

— Да была одна женщина лет тридцати. Я ее не видел. Но Антоха говорил, что она даст фору любой молодой телке, — и он с интересом посмотрел на меня, видимо подозревая, что я могу оказаться той женщиной.

— Это не я, — расставила я точки над «и».

— А вам он зачем нужен? — поинтересовался любознательный студент.

— Много будешь знать, скоро состаришься, — процитировала я известную поговорку. — Что дальше было с той женщиной?

— Ничего не было, — Андрей отмахнулся, обиженный моим недоверием.

— А все-таки?

— До постели дело у них не дошло, — сообщил мне друг Зубова. Это, конечно же, было для него самым главным. С его точки зрения раз не было секса, значит, ничего и не было. — Не помню, то ли она его бросила, то ли еще что-то, но он стал встречаться с Инкой. Про то, как он с Беспаловой кувыркается, рассказывать?

— Нет-нет, спасибо, — поспешно остановила я его. Про это слушать у меня не было ни малейшего желания, тем более что я практически все видела собственными глазами.

— Расскажи лучше, где Антон берет героин, — резко перевела я разговор на интересующую меня тему.

Андрей насупленно замолчал. Ну вот, не хватало только, чтобы он заартачился. Капризы мальчишки не входили в мои планы. Я демонстративно достала из стоявшей между сиденьями сумочки пистолет и положила его себе на колени.

— Я тебя слушаю, — поторопила я попутчика.

Теперь он молчал с видом героя-партизана, которого пытают безжалостные фашисты. Как ему не хочется выдавать товарища! Или, может, у него самого рыльце в пушку?

— А ну, быстро говори! Или я пойду к твоим родителям и все им расскажу, — блефанула я и попала в точку.

— Вы из милиции? — дрожащим от волнения голосом спросил Андрей.

— Нет. Расслабься. Я знаю, что Антон брал героин у барыги, который живет в его доме.

Попутчик кивнул в знак согласия.

— Как ты думаешь, где еще он может достать порошок?

— Достать-то можно, только Антоха не будет этого делать. Он ужасно боится, что подсунут чернуху. У него на этом пунктик, поэтому берет всегда у одного и того же.

— А если ломка?

— Ну так есть же барыга. Иди покупай, и ломки не будет.

— А если барыгу возьмут?

— Вот когда возьмут, тогда и будет волноваться. А сейчас причин для паники нет.

Довольная результатом нашей беседы, я высадила Андрея у его дома, строго-настрого приказав завязать с наркотиками. Обещала приехать и проверить. Жаль парня, пропадет ведь.

* * *

После встречи с Андреем я вернулась домой. Меня никто не встречал. А в квартире — ни одного живого звука. Тишину нарушало только тиканье часов. По спине пробежал холодок: «Неужели ушел?» Я кинулась в гостиную.

Беспалов сидел на диване, задумчиво уставившись в одну точку.

— Тебе плохо? — вывела я его своим вопросом из транса.

— Нет. Просто задумался.

— О чем, если не секрет?

— А я теперь думаю только об одном. В чем я виноват? Что сделал неправильно? Чем я ее обидел? Ведь невозможно желать человеку смерти просто так. Должна быть причина.

— Ты опять про Инну?

— Про кого же еще?

— Вот что я тебе скажу. Если виновницей всего происходящего действительно является твоя жена, если это она три раза пыталась убрать тебя, если она — убийца Паши и того торгаша, то ты ее никогда не поймешь. Потому что тогда она просто-напросто ненормальная. А здоровым людям, как известно, никогда не понять логику умалишенных.

— Ты действительно думаешь, что у Инны не совсем здоровая психика?

— А сам-то ты что думаешь?

— Я ничего такого за ней не замечал. Она оказалась ветреной, лживой и так далее и тому подобное. Но с точки зрения психики... По-моему, абсолютно здорова.

— Вот и мне не верится, что она могла заварить всю эту кашку.

— Да, но факты говорят сами за себя. Почти в каждом эпизоде дела непременно принимает участие молодая женщина, похожая на Инну.

— Именно — похожая.

— Почему ты упорно не желаешь посмотреть правде в глаза?

— Какой правде?!

— Правда одна! Моя жена три раза пыталась отправить меня на тот свет.

— В таком случае по ней психушка плачет!

Мы с Беспаловым даже не заметили, как перешли на повышенные тона.

— Ты считаешь, это уникальный случай, когда один из супругов убивает другого?

— Отнюдь. Таких случаев пруд пруди.

— И что, все супруги-убийцы чокнутые?

— Естественно, не все. Но у психически нормального убийцы обычно есть мотив.

— У Инны, если разобраться, тоже есть мотив. Ей хочется заполучить мои деньги.

— Это опять только предположение. И еще одно: психически здоровый человек не стал бы до такой степени зацикливаться на убийстве. А тут речь идет об идее-фикс. Три попытки! У какого-то психа навязчивая идея — убрать Беспалова. Вот что я думаю.

— Значит, от версии, что я помешал каким-то криминальным кругам, ты отказалась?

— Не совсем. Эта версия, по-моему, тоже заслуживает внимания. Только тут следует различать две первые и последнюю попытки убийства. Если мафия и имеет отношение к покушениям на твою жизнь, то только к третьему. Я имею в виду взрыв машины.

— Но ты же не будешь отрицать, что взрыв «Мерседеса» и убийство человека, продавшего для этой цели пластиковую бомбу, связаны между собой.

— Не буду.

— И ты сама мне рассказала, что к убитому торгашу ходила брюнетка. Это доказывает наличие связи между всеми покушениями и убийством этого мужика.

— Слишком уж навязчиво нам подсовывают эту брюнетку. Это меня и смущает.

— Почему обязательно «подсовывают». Я думаю, это объясняется проще. Инна не профессиональный киллер, поэтому и засветилась везде, где только могла.

— Да, а Уткину даже представилась: «Я — такая-то, такая-то, жена господина Беспалова, хочу, чтобы вы убили моего мужа». Тебе не кажется, что это глупо?

— Безусловно глупо. Но она, наверное, надеялась, что мы его не поймаем.

— Или кто-то очень хочет ее подставить.

— Ну и упрямая же ты, Татьяна! Кому это нужно?

— Пока не знаю. Я только боюсь, что, когда мы все-таки это выясним, будет уже слишком поздно.

— В смысле?

— Я думаю, Инне угрожает опасность.

Сергей хоть и не разделял мою точку зрения, занервничал:

— Нужно найти ее! В конце концов, это развеет все наши сомнения.

— Мы ищем, — спокойно ответила я, не давая себе взорваться.

«Он еще учить меня будет. «Нужно найти ее!» Легко сказать. Сам-то целыми днями дома сидит. С дивана любому дураку легко рассуждать», — мысленно упрекнула я Беспалова.

— Ищем, ищем, а результатов — ноль, — вслух упрекнул меня он.

«Еще одно слово, и я задушу его своими собственными руками», — подумала я.

— Кто ищет, тот найдет, — произнесла я твердо вместо угрозы.

— А вдруг, пока мы тут рассуждаем, ее убьют?

— А вдруг завтра потоп?! — психанула я и ушла в другую комнату.

«Значит, он, несмотря ни на что, ее любит. Вон как забеспокоился. С одной стороны, подозревает ее в убийствах, а с другой — так за нее боится. А я-то губы раскатала... Вот найдется она, попросит у него прощения, и он растает. А сыщик Иванова дело сделала и свободна, — я закурила и попыталась отогнать от себя горькие мысли. — Ну и пожалуйста. Мне он тоже не нужен. Подумаешь, местный Болдуин, синие глаза. Да таких в базарный день на рупь пучок! И упрямый, как осел. Зачем он мне? Разве мне одной плохо? Ничего подобного. Сама себе хозяйка: хочу повидло ем, хочу — варенье. И что это я так разнервничалась? Мне-то какое дело, кого он любит. Наплевать мне и на него, и на всех его жен».

Мои невеселые мысли были неожиданно прерваны звонком сотового.

— Добрый день. Я бы хотел поговорить с Татьяной Ивановой, — поприветствовал меня незнакомый мужской голос.

— Слушаю вас... — ответила я, перебирая в памяти знакомых, которым известен этот номер, стараясь идентифицировать звонящего.

— Вам что-нибудь говорит фамилия Папазян? — поинтересовался мужчина.

— Гарик Папазян? Конечно.

— Я звоню по его просьбе. Он просил сразу же связаться с вами, как только у нашего подопечного появится Антон Зубов.

— Да, да. Он появился?

— Минуту назад он зашел в подъезд.

— Я еду, — сказала я и положила трубку.

Со скоростью реактивного самолета я вынеслась из квартиры, села в машину и помчалась к дому Зубова. Сколько он пробудет у барыги? Упустить его было бы непростительной ошибкой, поэтому я летела на своей «девятке», нарушая правила дорожного движения, как на пожар. На счастье, закон подлости не сработал: мне не попался ни один страж безопасности дорожного движения. Через пятнадцать минут я была у нужного мне подъезда.

Когда я вышла из машины, ко мне подошел человек в штатском.

— Татьяна?

Я узнала его по голосу. Это он звонил мне и сообщил про Зубова.

— Да. Надеюсь, я не опоздала?

— Не волнуйтесь. Он пока не выходил.

— Спасибо вам огромное, — искренне поблагодарила я незнакомого помощника.

— Не за что. Понадобится поддержка, обращайтесь. Там, в беседке, — он махнул рукой в глубь двора, — под видом алкашей сидят наши ребята. Если что, дайте знать.

— Хорошо. Еще раз спасибо.

«Слава богу, успела», — ликовала я в душе. Теперь оставалось только ждать. Я опять села в машину и развернула газету — так я менее всего привлеку к себе внимание.

Прошло пятнадцать минут. Антон не выходил. Еще пять минут, а его все нет. Я начала беспокоиться. Вдруг Антона сильно ломало и он решил вылечиться прямо у барыги? Ширнулся. Передозировка. Если он умрет, как мы узнаем, где Инна? Воображение начало рисовать страшные картины. Одну страшнее другой. Впору кинуться к барыге и проверить, все ли там в порядке. Но я постаралась взять себя в руки и осталась на своем посту. Но решила: «Если за десять минут Антон не выйдет, я за себя не ручаюсь».

Как будто испугавшись моей угрозы, из подъезда показался Антон. Не обратив на меня внимания, он прошел мимо и сел за руль старенькой «копейки».

Передо мной встала дилемма: взять его сейчас или немного попасти, глядишь, приведет меня прямо к Инне. Подумав мгновение, я пришла к выводу, что схватить его за руку я всегда успею, поэтому лучше прослежу за ним. Кто знает, вдруг он выведет меня на что-нибудь интересное? Если бы я тогда знала, какое правильное решение принимаю!

Антон долго кружил по городу, словно следы заметал. Тоже мне, Штирлиц. Я следила за ним, можно сказать, в открытую, а он так и не заметил этого. Другой на его месте уже давно задумался бы, что за «девятка» неотступно следует за ним. Верно говорят, что у наркоманов в первую очередь голова страдает. Вот и наглядный пример! Хочешь, чтобы у тебя атрофировались мозги, начинай принимать наркотики.

В конце концов Антону, наверное, надоело кататься, и он остановился у кафе-«стекляшки». Сквозь стену-витрину, выходящую на улицу, все посетители кафе были видны мне из машины как на ладони.

Антон сел за столик и что-то заказал. Официант принес ему чашку кофе и сигареты. Зубов сделал глоток и закурил. Даже с такого расстояния мне прекрасно было видно, как тряслись его руки.

Прошло минут десять-пятнадцать. Антон больше ничего не заказывал, но и допивать свой кофе не торопился. Складывалось впечатление, что он кого-то ждет.

«Ну что ж, — подумала я, — подождем и мы».

Каково же было мое изумление, когда я вдруг увидела входящую в кафе Инну. Глазам своим не поверила. Какая наглость! Мы ее ищем, сбиваемся с ног, а она прямо у нас под носом по кафе разгуливает.

Инна подошла к столику Антона и села напротив. Я заметила, что поведение этой молодой парочки за последнее время коренным образом изменилось. Если раньше Инна висла на своем Ромео и просто в рот ему заглядывала, то теперь она была достаточно холодна с ним и держала дистанцию. Антон же, достаточно сдержанный прежде, теперь несчастным взглядом Пьеро тщетно пытался заглянуть в глаза своей подружки. Конечно, тщетно — ведь на ней были солнезащитные очки. Брюнетка с длинными волосами в темных очках. Неужели все-таки убийца — она?

Инна, явно чем-то недовольная, говорила мало и раздраженно. Зубов, видимо, пытался оправдаться, во всяком случае, вид у него был извиняющийся. Разговор длился недолго. Инна резко встала, достала из сумочки толстую пачку денег, положила ее перед Антоном и двинулась к выходу. Зубов, понурив голову, остался сидеть за столиком.

Выйдя из кафе, беспаловская жена направилась прямо в мою сторону. Я схватила газету, проковыряла в ней дырку, как в старых фильмах про шпионов, и закрыла лицо. Вот Инна поравнялась с моей «девяткой», проследовала дальше... Наблюдать через дырочку не очень удобно, но, даже несмотря на это, я обратила внимание на то, что наша беглянка изменилась не только в манерах, но и внешне. Стала пониже ростом и вроде капельку поправилась. Красивая, изящная, но какая-то другая.

Пройдя мимо, женщина села в такси, что стояло позади моей «девятки». Она назвала водителю адрес...

Вот это был шок! Вместо карих очей Инны я увидела огромные серые глаза... Такси тронулось и исчезло из вида, а я все не могла двинуться с места. Это была Вероника, первая жена Беспалова!

Теперь все ясно, как божий день. А я-то, я... Ведь знаю, как преображают женщину прическа и цвет волос. Сама в работе пользуюсь париками для изменения внешности. Позор тебе, сыщик Татьяна Иванова!

Я вдруг вспомнила пророчество своих волшебных двенадцатигранников: «Среди ваших знакомых есть злой человек, к тому же прямой ваш недоброжелатель. Его следует остерегаться». Кто бы мог подумать, что Вероника и есть тот самый недоброжелатель, что Беспалову нужно остерегаться своего партнера по бизнесу — бывшую жену... «Зачем ей все это?» — задала я себе глупый вопрос. Наверное, все брошенные женщины мечтают отомстить своим мужьям. Но если месть становится смыслом существования и ей посвящается жизнь — это уже клиника. Я вспомнила слова Сергея о том, что Вероника после развода лежала в больнице с нервным расстройством. Да, она просто больной человек.

* * *

Не знаю, сколько времени я просидела в машине, приходя в себя после потрясения и складывая все события в общую картину. Когда же наконец собралась с мыслями, то поняла, что могла пропустить Антона. Но Зубов оставался на том же месте и уходить, казалось, не собирался. У меня как камень с души свалился. Я решительно схватила сумочку и направилась в «стекляшку». Теперь-то он у меня попляшет!

Я подошла к столику, за которым сидел наш герой-любовник, и ни слова не говоря опустилась на место, где незадолго до того сидела Вероника. Зубов поднял на меня глаза, и в них мелькнула искорка любопытства — вероятно, подумал, что я подошла познакомиться с ним. Мужчины вообще существа забавные. Они, по-моему, все без исключения абсолютно уверены в своей неотразимости и в том, что каждая женщина просто мечтает завязать с ними многообещающее знакомство. Какая самонадеянность!

Перехватив оценивающий взгляд Антона, я спросила, глядя прямо ему в лицо:

— Что с Инной?

Этого он явно не ожидал. В его забегавших глазках я прочитала одновременно испуг и удивление. Если бы вместо вопроса я неожиданно стукнула его молотком по голове, думаю, реакция была бы такой же. На какую-то секунду он растерялся, но потом вдруг вскочил с места, схватил лежащий перед ним пакет и рванул к выходу. Я, естественно, за ним.

«Врешь! Не уйдешь!» — думала я, не особо боясь упустить Зубова. Чтобы убежать от Татьяны Ивановой, нужно обладать очень хорошей спортивной подготовкой. А какая может быть дыхалка у наркомана?

Мы выбежали на улицу и побежали по тротуару вдоль проезжей части. Антон постоянно натыкался на людей, что скорости ему не прибавляло. Я же, умело лавируя между прохожими, приближалась к нему все больше.

Смеркалось. Сообразив, что на прямой дистанции ему от меня не уйти, Зубов свернул в ближайшую подворотню. Я — следом. Но, забежав в полумрак подворотни и не увидев беглеца, я заволновалась. Передо мной был мрачный двор со множеством мусорных баков и каких-то ящиков. Если Антон решит спрятаться и отсидеться здесь, найти его будет непросто.

Я сделала шаг в глубину двора и остановилась. Неожиданно ощутив присутствие человека за спиной, я в мгновение ока развернулась и встретила нападающего лицом к лицу. Меня выручила в который раз хорошая реакция! Само собой разумеется, это был Антон. Он попытался схватить меня за горло, но я провела несколько приемов и уложила его на землю. Пришлось сделать парню больно, заломив руки за спину и упираясь коленом в его бестолковую голову. Зубов лежал лицом в грязи, тяжело дыша. Рядом валялся его пакет. Я достала из сумочки пистолет, который тут же воткнула спринтеру-наркоману в висок, и отпустила его руки. Естественно, даже если бы Антон дернулся, стрелять я бы не стала. Я больше рассчитывала на психологический эффект. Слава богу, парень оказался жидковатым, не камикадзе. Мне даже показалось, что у него от страха дыхание остановилось, так он замер, когда увидел «ствол» в моих руках. Убедившись, что попытки вырваться не будет, я протянула свободную руку и пододвинула к себе пакет. В нем оказалась толстенная пачка долларов и героин.

— Ничего себе! — выразила я свое удивление.

Парень немного стал приходить в себя. Он скосил глаза на пакет и весь затрясся.

— Слушай меня внимательно, — твердо продолжила я, — сейчас ты медленно встанешь, и мы пойдем к машине. Не дай тебе бог сделать резкое движение — разнесу башку. Понял?

Антон закивал головой в знак согласия. До машины мы дошли без приключений. Мне, конечно, ужасно жалко было пачкать свою любимую «девяточку», засовывая в нее грязного наркомана, но пришлось принести эту жертву. Что только не сделаешь ради пользы дела!

Я посадила дрожащего от страха Зубова на переднее сиденье, а сама села за руль. Для устрашения пистолет из руки не выпускала. Пожалуй, это было уже лишним, у несчастного и так зуб на зуб не попадал. Но, как говорится, береженого бог бережет.

— Ну, что? Поговорим в спокойной обстановке? — спросила я своего пленника. Зубов опять вместо ответа закивал.

— Повторяю свой вопрос. Что с Инной? Где она?

— Н-н-на д-д-даче, — заикаясь произнес свои первые после встречи со мной слова Антон.

— На какой даче?

— У-у-у В-в-вероники.

— Вероника туда поехала? — насторожилась я.
— Н-н-нет. Д-д-домой.
— Прекрати заикаться, или я за себя не ручаюсь! — приказала я Зубову. Глупо, конечно. Обычно человек не в состоянии это контролировать, но уж больно тяжело разговаривать с человеком, едва выговаривающим слова от страха.
— Не буду, — совершенно четко ответил наркоман. Значит, угроза сработала.
— Отлично. Тогда, голуба моя, рассказывай все по порядку, — велела я ему и откинулась на спинку сиденья, показывая всем видом, что готова выслушать даже самый длинный рассказ в мире.
— А с чего начинать?
— С начала. С чего же еще? Как ты познакомился с Вероникой?
— Случайно. Она пришла к нам в университет, к Инне, и ждала, пока у нее закончится пара. А у меня как раз было окно, и я шатался без дела. Вероника попросила прикурить. Разговорились. Она предложила пойти в кафе. Я, конечно, согласился. Таких женщин не пропускают. Я-то сразу голову потерял и надеялся, что тоже немного ей понравился. Ведь не предлагают пообедать в кафе человеку, который тебе не симпатичен.
— И вы пошли в кафе втроем?
— Вдвоем.
— А как же Инна?
— Вероника сказала, что дело не срочное и она может встретиться с Инной позже. Мы даже не дождались окончания пары.
— То есть Инна вас с Вероникой не видела?
— Нет. Не видела. И потом, уже позже, Вероника просила ничего Инке про нас не рассказывать. Сами понимаете: у них сложные отношения.
— Да уж. Ну и что было дальше?
— Дальше мы с Вероникой стали встречаться. Вернее, видеться.
— Как это?

— Когда люди говорят «встречаться», это подразумевает бо́льшую близость.

— Ты имеешь в виду постель?

— И это тоже. Мы же виделись довольно редко, обычно где-нибудь в людных местах: в кафе, барах, ресторанах. Естественно, ни о каком интиме речь не шла. Меня это начало раздражать, и я поговорил с ней начистоту.

— И что ответила она?

— Она, конечно, обиделась. Мне стало страшно, что я ее потеряю. Я умолял ее не бросать меня. Сказал, что готов ждать сколько угодно. Вероника простила меня и даже обнадежила. Она сказала, что пока не готова к таким отношениям, но, возможно, скоро все изменится.

— Очень интересно. А где же в это время была Инна? Ты что же, одновременно с двумя роман крутил?

— Я тогда с Инной не общался. Это вообще была идея Вероники.

— Какая идея?

— Чтобы я начал встречаться с Инной.

— ???

— Вначале я и слушать об этом не хотел. Инка, конечно, девчонка классная: красивая, длинноногая. Но у нее есть один существенный недостаток.

— Это какой же?

— Она еще молодая, глупая.

— Вот уж не думала, что молодость — это недостаток.

— Мне такие девчонки неинтересны.

— Тогда почему же ты в конце концов согласился?

— Вероника объяснила мне, что это необходимо для нашей будущей совместной жизни.

— А нельзя ли поподробнее?

— Дело в том, что деньги, вложенные в «Тарасов-авто», по большому счету ее, Вероники. Когда она выходила замуж за Беспалова, он был гол как сокол. Начать дело и основать фирму помогли ее родители. При разводе же компанию поделили пополам. Справедливо? Нет. И еще. В случае смерти одного из бывших супругов его или ее доля переходит в собственность партнера, чтобы избежать дробления «Тарасов-авто». Вероника подозревала, что Беспалов хочет от нее избавиться и стать полновластным владельцем фирмы.

— У нее были какие-то доказательства?

— Наверное, были. Я не спрашивал. У меня не было причин сомневаться.

— Ладно. Пусть она подозревала, что ее бывший муж желает ей смерти. Но каким образом это мог исправить твой роман с Инной?

— Она считала, что, узнав про измену жены, Беспалов потеряет над собой контроль, что-нибудь сделает и сядет за это в тюрьму.

— Под «что-нибудь сделает» ты имеешь в виду убийство Инны?

— Не знаю.

— Ты дурачком-то не прикидывайся, — разозлилась я, — за что, по-твоему, еще могут посадить человека, который застукал жену с любовником? У нас в стране даже если муж изобьет жену в припадке ревности до полусмерти, но она выживет, ему навряд ли грозит тюрьма.

— Я об этом даже не задумывался, — промямлил, оправдываясь, Зубов.

— А надо было бы! Что дальше?

— Я стал встречаться с Инкой. Соблазнить ее особого труда не составило. Она влюбилась в меня, как кошка. А я, когда занимался с ней любовью, мечтал о Веронике.

— И Вероника была довольна?

— Да. Очень.

— Дурдом какой-то. Она рассказывает тебе сказки о вашем совместном будущем, а сама радуется, что ты спишь с другой женщиной.

— Она же сама просила. Тем более я делал все только ради нее, ради нас.

«Это же надо — так запудрить парню мозги. Какова Вероника! Просто класс!» — мысленно восхитилась я тонкой психологической работой, проделанной бывшей супругой Беспалова.

— Ладно. Пошли дальше. Почему Инна оказалась у Вероники на даче?

— Так велела Вероника.

— И Инна не сопротивлялась?

— Нет. Я предложил ей убежать вдвоем, спрятаться ото всех. Это ей показалось очень романтичным.

— А она не удивилась, что вы спрятались не где-нибудь, а на даче Вероники?

— Инка об этом даже не догадывается, раньше она не бывала там.

— Ясно. Теперь расскажи мне про Уткина.

— Какого Уткина?

— Может, тебе прострелить ногу, чтобы ты лучше соображал? — жестко спросила я, приподнимая руку с пистолетом.

— Не надо. Я правда не знаю никакого Уткина.

— Он живет в той же деревне, что и твоя бабка. Вы с Вероникой ездили туда и наняли его, чтобы он на своей машине сбил Беспалова. Так? — задала я, можно сказать, риторический вопрос.

— Мы действительно были в деревне. Вероника попросила меня познакомить ее с каким-нибудь алкашом. Сказала, что для дела. Подробно я не расспрашивал. Проводил ее до дома ближайшего пьяницы и остался ждать на улице. Она так хотела. Так что с мужиком она разговаривала одна, — затараторил испуганный Антон.

— Ну, это мы уточним у самого Уткина.

— Да я даже фамилию его не знаю. Спросил у бабки, где живет ближайший алконавт, она и указала на его дом.

— Допустим. А что ты знаешь про взрыв машины?

— Какой машины? Я ничего не взрывал. Я все время был с Инкой на даче. Если хотите, спросите у нее. Сегодня первый раз в город вырвался и то... лучше бы этого не делал.

— А что тебе сегодня говорила Вероника? Дала еще какое-нибудь задание?

Зубов опустил глаза и не ответил. Я подняла «ствол» и страшным голосом прошипела:

— Если ты сейчас же все мне не расскажешь, я точно вышибу твои атрофированные мозги!

Угроза возымела действие, и побледневший от страха наркоман прошептал:

— Она сказала, что убила Беспалова. Она не хотела. Но он напал на нее, и Веронике пришлось сделать это. В целях самообороны. — Антон сделал небольшую паузу и продолжил: — Она просила помощи. Она велела мне...

— Что велела?

— Велела убить Инну. Как будто это она замочила мужа, а потом не вынесла угрызений совести и покончила с собой. Тогда мы с Вероникой сможем быть вместе.

— Что же ты раньше молчал?! — заорала я на Зубова. — Как ты должен сообщить ей о том, что задание выполнено?

— Позвонить.

— Во сколько?

Зубов посмотрел на часы.

— Через час.

— Тогда сейчас мы поедем за Инной и заберем ее. А потом ты позвонишь Веронике и скажешь, что сделал все так, как она хотела: что Инна мертва и беспокоиться больше не о чем.

На этом информационная часть сегодняшнего вечера закончилась. Пришел черед кипучей деятельности. Назавтра у меня складывался грандиозный план разоблачения Вероники Беспаловой. Но он требовал серьезной подготовки.

* * *

Утро выдалось удивительным — солнечным, светлым. Наполненное птичьим чириканьем, оно вселяло в сердца надежду на удачу.

Я проснулась раньше звонка будильника, что абсолютно нехарактерно для меня. Можно сказать даже, что в этом был явный признак моего сильного душевного волнения. Еще бы! Предстоял такой ответственный день.

Прежде чем встать с кровати, я еще раз мысленно прокрутила по пунктам придуманный мною план, отмечая слабые места. Определенный риск в нем, конечно, был. Но я надеялась, что мои профессиональные навыки, выручавшие в переделках и покруче, на этот раз тоже не подведут.

Два следующих часа ушли на подготовку всего необходимого и на обдумывание моего поведения в случае возникновения непредвиденных ситуаций. С ходом времени нарастало и внутреннее напряжение, поэтому я решила приступить уже к конкретным действиям.

— Алло. Вероника Михайловна?
— Я слушаю.
— Здравствуйте. Это Татьяна Иванова — переводчик, — произнесла я самым взволнованным голосом, на который была сейчас способна.
— Здравствуйте, Таня, что-нибудь случилось?
— Да. Кроме вас, нам некому больше помочь.
— Я сделаю все от меня зависящее, если это в моих силах. Но что все-таки произошло?
— Все дело в Сергее.
— В каком Сергее? — она действительно ничего не понимала. И это было вполне естественно, ведь ее бывший муж был мертв. Во всяком случае — по известным ей данным.
— В Сергее Андреевиче Беспалове, — объяснила я.
— Да?! Интересно... — голос моей собеседницы, только что довольно равнодушный, напряженно зазвенел.
— Ему плохо, очень, — сообщила я голосом испуганного до смерти человека.
— Кому плохо? Покойнику? — Вероника, кажется, растерялась.

— Да нет же. Он жив. Во всяком случае, пока, — сказала я и всхлипнула.

— Танечка, вы в своем уме? Сергей Андреевич Беспалов недавно погиб. Он взорвался в собственном автомобиле, — тоном, не принимающим возражений, заявила железная бизнес-леди, взяв себя в руки и не допуская, что в задуманном ею что-то может пойти вопреки ее воле, вопреки ее желанию.

«Боюсь вас разочаровать, но он жив», — чуть было не ляпнула я, но вовремя спохватилась.

— Он жив, — твердо сказала я вместо этого. — Да, он жив, но нуждается в срочной медицинской помощи. По-моему, у него опять аллергический приступ.

Мои слова, слова явно разумного человека, видимо, возымели действие.

— Не может быть... — простонала моя собеседница и вдруг заплакала.

— Алло, алло! — кричала я в трубку. — Так что мне делать?!

— Не понимаю... — тихим голосом, не слыша меня, как бы разговаривая сама с собой, сказала Вероника. — Я же была в морге. Я своими глазами видела тело и обрывки пиджака.

— Этот пиджак Беспалов подарил своему водителю Павлу, тело которого вы и видели в морге.

— То есть вместо Сергея погиб Паша? — понемногу начиная верить в происходящее, спросила Вероника.

— Да. В «Мерседесе» взорвался Павел, — подтвердила я.

— Но как это могло случиться?

— Я приехала к Сергею Андреевичу утром, чтобы отдать срочный перевод. Он торопился на работу, и мы решили обсудить дела по дороге в офис. Я предложила подвезти его на своей машине. Таким образом, в момент взрыва Сергей Андреевич находился у меня в машине.

— Но вы же приходили в тот день к нему. Разговаривали со мной... Значит, вы прикидывались, что ничего не слышали про взрыв машины? А сами все это время знали, что Сережа жив? Видели, как я страдала, мучилась, и ничего не сказали. Как же вы могли, Таня? Это бесчеловечно! — Беспалова сориентировалась и начала представлять из себя пострадавшую сторону. Как говорится, лучшая защита — нападение.

— Давайте обсудим это позже. Сейчас главное — спасти Сергея.

— А что с ним? Ах да, шок... И где же он сейчас находится?

— У меня дома.

— Он скрывался все это время?

— Да.

— Но почему? Почему он не пришел ко мне?

— Наверное, боялся подвергнуть вас опасности. Ведь те, кто охотился на него, могли причинить вред и вам тоже.

— А сейчас он не боится за меня?

— Сейчас — другое дело, — возразила я, как бы не расслышав язвительный тон ее замечания. — Он на грани жизни и смерти. Вы — единственный человек, которому он доверяет и который может ему помочь.

— Ему действительно так плохо?

— Да! Он без сознания. Но успел сообщить ваш домашний телефон.

— Как он дышит? — уже совсем по-деловому задала вопрос Вероника.

— Дыхание затрудненное, прерывистое...

— Нужно вызвать «Скорую», — решила Беспалова, — а пока дайте ему хотя бы димедрол.

— Нет, нет. «Скорую» Сергей запретил вызывать. Его недоброжелатели могут узнать, что он жив, и тогда сделают новую попытку убийства.

— По-вашему, лучше будет, если он умрет от шока?

— Сергей назвал одного врача, которому безоговорочно верит, — пропустила я мимо ушей ее вопрос. — Я должна съездить за ним, но боюсь оставить Сергея одного. Не могли бы вы побыть с ним, пока я не привезу доктора.

Беспалова на секунду задумалась. Потом, видимо,

ей в голову пришла какая-то идея: она охотно согласилась, на что, собственно, я и рассчитывала.

— Хорошо. Я приеду, говорите адрес.

Я продиктовала.

— Буду у вас минут через пятнадцать, — в завершение разговора сказала Вероника и положила трубку.

Я мысленно смахнула пот со лба. Фу, полдела сделано. Силки расставлены, скоро и птичка прилетит. Волнение мое было настолько сильным, что мне даже не пришлось особенно играть.

Беспалова приехала даже немного раньше. В окно я увидела, как она паркует свой супермодный «БМВ».

Выйдя из квартиры на лестничную клетку, я стала ждать ее там. Сердце билось, как оглашенное. Вот на первом этаже вызвали лифт. Через несколько секунд, которые показались мне часами, лифт остановился на моем этаже. Я сделала глубокий вдох...

Из лифта шагнула на площадку, как всегда, невероятно элегантная и подтянутая Вероника. Она, наверно, не позволяла себе распускаться даже в самые тяжелые минуты жизни. Хотя, конечно, смотря что иметь в виду под словом «распускаться»!

— А я уже на старте, — кинулась я к ней, — вот ключи от квартиры.

Беспалова не спеша взяла у меня связку ключей и поинтересовалась:

— А отчего вдруг произошел приступ? Он что-то съел?

Вот этого вопроса я и боялась больше всего.

— Я сегодня утром заказала завтрак с доставкой на дом в китайском ресторане. Мы поели, и вот результат... — торопливо проговорила я и бросилась к лестнице. — Ну, ладно, я побегу.

Беспалова внимательно посмотрела на меня, и в ее взгляде мелькнула тень подозрения.

— Таня! — окликнула Вероника.

— Да? — оглянулась я.

— Вы должны знать, что можете не успеть. Вы отдаете себе в этом отчет?

— Да, — я прекрасно поняла, что она имела в виду.
— Вы что же, побежите по лестнице? Вот же лифт.
— А вдруг он застрянет? По лестнице надежнее, — уже на ходу крикнула я.

Когда хлопнула входная дверь моей квартиры, я остановилась. К этому моменту я сбежала вниз на целых три пролета. А дорога каждая секунда! Как можно тише ступая, я побежала назад, вверх по лестнице. Запыхавшись, остановилась у двери рядом с моей и начала трезвонить. Открыла соседка, немало удивленная столь настойчивым звонком. Она даже не успела спросить, что мне нужно, как я грудью задвинула ее в квартиру, зашла сама и закрыла дверь.

— Я забыла дома ключи. Пустите меня перелезть с вашего балкона на свой, — протараторила я.

— Пожалуйста, — дала согласие изумленная моим налетом женщина.

Зазор между балконами был небольшим, но если не повезет, то и его достаточно, чтобы упасть вниз и разбиться в лепешку. Я решительно подошла к перилам и перекинула через них одну ногу. Немного перевесилась, нащупала небольшой выступ и только тогда встала на него как следует. Затем я перенесла вторую ногу и оказалась, таким образом, висящей над пропастью. Стоя, вцепившись в перила, на крошечном выступе по внешнему краю балкона, я прикинула, как перебраться на другой балкон: отцепить руку и взяться за свои перила, а потом перешагнуть. Но сделать это оказалось непросто — руки ни за что не хотели слушаться. Я начала уговаривать себя: «Поторапливайся, потому что пока ты, Татьяна Иванова, висишь тут, в твоей квартире могут убить человека!» Но рукам, видимо, было наплевать, что по их вине может произойти убийство. Им вообще на все было наплевать. Не желали они отцепляться, и все тут.

— Ну что ты там застряла? — услышала я свистящий шепот со своего балкона. — Она уже в комнате.

Это был Гарик. Я пригласила его участвовать в засаде. Наверное, мне очень не хотелось перед ним опозориться и предстать перед представителем правоохранительных органов трусихой, потому что руки вновь стали слушаться, и я перебралась на выступ собственного балкона. Дальше — лучше: Гарик схватил меня своими сильными руками и втащил, подняв через перила, внутрь. Я попыталась бодро улыбнуться, но колени предательски дрожали, выдавая мое подлинное состояние. Но Гарик не обратил внимания на это. Или сделал вид, что не обратил? Впрочем, неважно. Главное, я была на месте. Теперь необходимо переключиться на Веронику и Беспалова. Мы с Гариком заняли наблюдательную позицию.

В комнате царил полумрак. Окно и дверь на балкон перед уходом из дома я предусмотрительно задернула плотными шторами. Но через небольшие щели по бокам нам с Гариком отлично была видна вся комната.

На диване лежал бледный, прерывисто дышащий Беспалов. Одна его рука беспомощно свисала вниз.

Вероника подошла к нему и села на край ложа. Несколько секунд она внимательно разглядывала бывшего мужа. Какие, интересно, чувства испытывала в тот момент эта женщина? Трудно сказать. Во всяком случае, лицо ее оставалось совершенно бесстрастным.

— Сергей! — позвала Вероника. — Ты меня слышишь?

Беспалов молчал.

— Если слышишь, но не можешь говорить, то хотя бы кивни или сожми руку, — попросила она, взяв Беспалова за руку.

Немного подождав, но так и не получив ответа, Вероника встала. Мы затаили дыхание. Постояв в задумчивости долю секунды, она направилась к окну. Мы с Гариком, как по команде, присели и затаились. Я буквально вдавилась в стену под окном. Что, если Вероника нас заметит? Как она на это отреагирует? Кто вообще может строить прогнозы, если речь идет о психически нездоровом человеке... Я услышала, как Вероника отдернула над моей головой штору.

«Наверное, в окно смотрит», — подумала я.

Слава богу, пронесло — она нас не увидела. Но как мы узнаем, что можно продолжить наблюдение?

Через пару секунд Гарик очень осторожно, не дыша, приподнялся, заглянул в комнату, после чего глазами дал мне понять, что Вероника отошла от окна. Я тоже потихоньку встала и прижалась к стене.

Вероника повернулась спиной к окну, ушла в глубь комнаты и взяла свою сумочку. Мы насторожились. Из сумочки она достала одноразовый шприц. Гарик и я приготовили пистолеты. Беспалова подошла к своему бывшему мужу и взяла его руку, намереваясь сделать инъекцию. Не успела она коснуться иглой руки Сергея, как больной сказочным образом пришел в себя и схватил ее запястье. В это же мгновение мы с Гариком практически ввалились в комнату, нацелив свои «пушки» на несостоявшуюся медсестру.

— Стоять! Не двигаться! Руки за голову! — устрашающе орал мой друг из милиции.

* * *

Вероника удивленно захлопала густыми ресницами:
— В чем дело? Что тут происходит?

«Браво! Бис! Святая невинность», — мысленно зааплодировала я талантливой актрисе, а вслух сказала:
— Вам сейчас лучше не делать резких движений.

— Может быть, все-таки мне объяснят, что тут творится? Сергей! Я жду объяснений! — с видом оскорбленного достоинства обратилась она к бывшему мужу, который мертвой хваткой держал ее за руку.

— Отдайте мне шприц! — приказал ей Гарик, не обращая внимания на ее громкие протесты.

— Что вы себе позволяете?! Как вы со мной разговариваете! — продолжала возмущаться Беспалова. — Разве я не имею права сделать укол димедрола умирающему от шока человеку? Это что — противозаконно?!

— Димедрол? — Гарик вытаращил на меня удивленные глаза. — Там димедрол?

«Купился на хорошую игру красивой женщины», — посмотрела я на своего коллегу с сожалением.

— А вот мы сейчас проверим, — сказала я, хотя внутренне содрогнулась от мысли, что в шприце действительно может оказаться лекарство. Это будет провал! Полный провал! Фиаско! Тогда грош мне цена как детективу. «Нет, не могла я ошибиться. Она — убийца», — тряхнула я упрямо головой и сделала шаг к дивану.

Беспаловой моя идея с проверкой очень не понравилась — она попыталась выдернуть руку из Сережиных «клещей» и встать. Но от резкого движения уронила шприц. И тут я проявила необыкновенную ловкость: поймала его на лету, даже не уколовшись. Гарик забрал у меня эту одноразовую улику, выпрыснул часть ее содержимого в чистую пепельницу, и через мгновение нам в нос ударил резкий, отнюдь не лекарственный запах.

— Вам не кажется, что димедрол почему-то сильно пахнет уксусом? — съязвила я.

Минутная пауза. Каждый пытался осмыслить случившееся.

Первым заговорил Сергей.

— Я до последней минуты не хотел верить, что за всем этим стоишь действительно ты, — произнес он грустно. Теперь все его сомнения развеялись, как дым.

Серые глаза Вероники мгновенно приняли холодный стальной оттенок, а рот ее искривился. Боже мой! Я узнала эту ухмылку. Точно так ухмылялась мерзкая крыса из моих снов. Так вот на кого она была похожа... Как же я сразу не догадалась?!

— Да! Это я! Я хотела тебя убить! — с каким-то садистским удовольствием прошипела она сквозь зубы. Совсем как снившееся мне отвратительное животное.

От нее исходили волны такой нечеловеческой злобы и агрессии, что Беспалов с отвращением отдернул свою руку, все еще державшую ее запястье.

— Но почему? — задал Сергей давно мучивший его вопрос.

— Ты еще спрашиваешь? Да потому, что я тебя ненавижу! Ненавижу!!! — выплеснула Вероника на Беспалова поток враждебности.

— Разве я сделал тебе что-нибудь плохое?

— Да! Ты меня предал! Бросил! Нашел себе молодую дуру, а меня выбросил, как старую, ненужную вещь!

Страсти накалились. Вероника уже не говорила. Она кричала отвратительным голосом, временами срывающимся на визг. Сергей молчал, что еще больше распаляло его бывшую половину.

— Молчишь?! Нечего сказать?! Кобель несчастный. Сколько сил я на тебя потратила, сколько вложила родительских денег! И вот, получила благодарность: меня заменили на более молодую здоровую девку, у которой, правда, ума, как у курицы.

— Дело совсем не в уме, не в молодости и здоровье... — попытался было вставить несколько слов «обвиняемый» Беспалов.

— А в чем?! — не дав ему закончить фразу, завопила разъяренная Вероника. — Я сама тебе скажу в чем. В том, что с ней можно неделями из постели не вылезать, потому что больше ни на что она не годна. В том, что она может тебе ребенка родить, а я бесплодна. Из-за тебя, потому что на втором курсе сделала аборт. Ведь тогда тебе не нужен был ребенок!

— Но ты же сама не хотела этого ребенка. Ты говорила, что еще не готова стать матерью, что еще слишком рано, — защищался Беспалов.

— Я говорила это, потому что ты хотел это услышать. Я же видела, как ты испугался, когда узнал, что я беременна!

— Я не испугался. Я растерялся, — возмутился Сергей, — со мной это было в первый раз. Я просто не знал, как реагировать.

— Можешь говорить теперь что угодно. Но факт остается фактом: по твоей милости я бездетна!

— Очень вам сочувствую, но, простите, это еще не повод, чтобы убивать людей, — вклинилась я в их ссору.

— А ты вообще заткнись, подстилка дешевая! — резко огрызнулась Беспалова. И тут же снова напала на бывшего мужа: — Это твоя новая подружка? Где ты собираешь этих девок, на панели, что ли?

— Прекрати немедленно! У тебя истерика! — вступился мой голубоглазый рыцарь.

— Ты мне рот не затыкай! Теперь я все выскажу! Пусть все знают, какой ты ублюдок!

С перекошенным ртом, пунцовым от злости лицом, не выбирающая выражений Вероника была отвратительна. И как только мне могло показаться, что она похожа на леди Ди? Обыкновенная психопатка, а не бизнес-леди, вот она кто. Склочница с криминальными наклонностями.

— Значит, это все-таки ты приправила мой обед уксусом, — пристально и с каким-то недоумением глядя на бывшую жену, констатировал Сергей то, в чем теперь не сомневался.

— Конечно! Пока старая курица, твоя домоуправительница, что-то умилительно кудахтала про тебя, я добавила столовую ложку уксуса в борщ. Могла бы и всю бутылку вылить. Она все равно ничего бы не заметила, дура старая. Как жаль, что тогда не получилось! А ведь это могло быть идеальным убийством. Все выглядело бы как несчастный случай: человек умер от сильного приступа давно мучившей его аллергии. Но нет, мало тебе того, что ты мне всю жизнь испортил, так ты и тут умудрился подложить мне свинью! Взял и выжил!

— Ну, извини, — брякнул Беспалов.

— Поздно извиняться! Раньше надо было думать! — не простила его обиженная судьбой Вероника. — Мне из-за тебя пришлось изощряться — тащиться с щенком-наркоманом в какую-то тьмутаракань к его бабке... и там тоже... Впустую выкинула деньги еще на одного придурка.

— Вы имеете в виду Уткина? — уточнила я.

— Я откуда знаю, Уткин он или Гуськин? Очевидно одно: идиот — он и в Африке идиот.

— Что же, вы не могли найти никого поумнее? — стало интересно мне.

— Во-первых, мне некогда было искать. Во-вторых, для такого дела кретин и был нужен, не профессор же. А с алкоголика что взять?

— И вы специально нарядились, как Инна, чтобы, если его поймают, все стали подозревать ее, — продолжила я рассказ за Веронику.

— Ах, какие мы догадливые! — съехидничала Беспалова. — Это и ежу понятно.

— Чем тебе Инна-то помешала? — влез с вопросом Сергей.

— А ты что, думал, избавившись от тебя, я спокойно буду смотреть, как она приберет к рукам твои денежки? Вернее, мои денежки! Ну уж нет! Вначале я подумывала отправить твою тупую красотку в тюрьму за убийство мужа, то есть за твое убийство. Но потом передумала. Решила, что будет надежнее, если она покончит жизнь самоубийством, как бы раскаявшись в содеянном. Что она и сделала вчера вечером! — Вероника обвела нас победным взглядом, рассчитывая прочесть на наших лицах ужас и изумление. К большой ее досаде, ожидания не оправдались.

— У вас не совсем точная информация, — решила я раскрыть ей глаза. — Инна жива.

— Нет. Это у тебя неточная информация, девка уличная, — не сдавалась Вероника. — Вчера вечером Инна Беспалова наложила на себя руки, не выдержав мук совести.

— Еще раз услышу подобные высказывания в мой адрес, вышибу мозги, — спокойно, но твердо пообещала я казавшейся мне когда-то элегантной женщине.

Она ничего не ответила, но так зыркнула звериными глазищами, что у меня по спине побежали мурашки. «Как бы не кинулась и не укусила, — испугалась я. — А то придется делать тридцать уколов в живот от бешенства».

— Инны больше нет! — прокричала в лицо Беспалову совершенно потерявшая над собой контроль женщина.

— По-моему, нужно вызвать «неотложку», — шепотом поделился со мной своими опасениями Гарик, который до сих пор молчаливо наблюдал за всем этим безумием.

— О чем вы там шепчетесь?! — Вероника еще больше распалялась. — Думаете, я придумала историю с суицидом?

— Нет. Мы так не думаем, — попыталась я хоть немного ее успокоить. — Но вы действительно уверены, что Инна мертва. Вчера вечером вам звонил Антон и сообщил, что сделал, как вы хотели: убил Инну, инсценировав самоубийство.

— Щенок! — всем телом затряслась Беспалова и завизжала так, что у нее изо рта в разные стороны разлетелись слюни. «Прямо как пена у бешеной собаки», — мелькнуло не слишком оригинальное сравнение.

— Он тоже меня предал, наркоман несчастный! Сколько денег выброшено на ветер! — продолжала беситься женщина.

— А мне сейчас пришло в голову вот что: он был бы вашей следующей жертвой, если бы все шло по задуманному вами плану, — высказала я вслух догадку.

— Естественно, — даже не пыталась скрыть своих чудовищных намерений Беспалова. — От него уже давно пора избавиться! Недоносок!

— А зачем вы убили того человека, что продал вам взрывное устройство? — не выдержал и задал свой вопрос Гарик.

— Так вы и до этого докопались, ищейки проклятые? — мрачно удивилась такой эффективной работе милиции Беспалова.

— Я задал вопрос! — угрожающе произнес Гарик.

— Зачем я убила того урода, у которого купила бомбу? Вы, что ли, кино не смотрите? Свидетелей нужно убирать.

Я еще никогда не видела, чтобы взрослая женщина так кривлялась. Гарик сжал кулаки. Странно было видеть его — спокойного, всегда уравновешенного человека — в таком состоянии. Гарик всегда относился к слабому полу очень снисходительно, но сейчас он едва сдерживал возмущение.

— Вика, что с тобой случилось?! Это как будто не ты. Ты всегда была такой доброй, отзывчивой. Откуда взялся этот цинизм? — не веря собственным глазам, простонал Сергей. Он не узнавал в этой сумасшедшей своей бывшей жены.

— Откуда?! Ты еще смеешь спрашивать?! — гневно ответила она вопросом на вопрос. — О! Ты был хорошим учителем. Безжалостным, беспощадным! Ты растоптал мои чувства, мою любовь. Я жила только ради тебя. Когда ты бросил меня, я потеряла смысл жизни.

— Но быстренько нашла его в мести, — вставила я.

— Да! Представьте себе! Все это время я только и мечтала о его смерти, — она метнула полный ненависти взгляд на Беспалова. — Засыпая, я представляла, как он будет мучиться, умирая. Я перебирала в голове всевозможные способы убийства, выбирая самые страшные из них. Если бы человека можно было убить не единожды, я убила бы этого кобеля тысячу раз! И все равно этого было бы недостаточно!

Я была поражена. Сколько же ненависти может скопиться в одном человеке! Веронику всю трясло от злости. Когда-то красивое лицо было обезображено гримасой злобы. «Еще немного, и она кинется на нас», — появилось у меня опасение. Гарик, как будто прочитав мои мысли, вдруг крепко взял Веронику за плечи и, глядя ей прямо в глаза, твердо сказал:

— Успокойтесь. Теперь все позади.

От его уверенности и спокойного тона напряженная, как струна, Беспалова расслабилась. Слезы брызнули из ее огромных глаз, и она, прижавшись к груди Гарика, разрыдалась. Мне даже стало вдруг жалко эту бешеную фурию, по милости которой погибли два человека, не сделавших ей ничего плохого.

Не успела я как следует проникнуться жалостью к Беспаловой, как вдруг без всяких объективных причин ее настроение изменилось. Она начала хохотать, как безумная из какого-нибудь триллера. Затем она со зверской силой оттолкнула Гарика и ринулась к двери. Беспалов, попытавшийся загородить ей дорогу, тоже был отброшен в сторону. Я где-то читала, что сумасшедшие обладают нечеловеческой силой из-за повышенного содержания адреналина в крови. Сергей и Гарик познали это на собственном опыте.

Недолго думая, я кинулась вдогонку.

* * *

Когда я выбежала из подъезда, Вероника уже заводила «БМВ». Не мешкая, я на всех парусах бросилась к своей «девятке». Бедная моя! Тебе опять предстоит погоня!

С небольшим отрывом друг от друга мы вынеслись из двора — впереди Беспалова, немного позади я. Вероника гнала машину по переполненным автотранспортом улицам, не заботясь о какой бы то ни было безопасности. На свою жизнь, вероятно, ей было наплевать, на жизнь других людей — тем более. Больной человек, что с нее взять... А мне еще хотелось пожить, да и становиться виновницей травм или гибели других людей в мои планы не входило, поэтому я заметно поотстала и временами теряла ее из виду. Но утешала себя тем, что, кажется, угадала маршрут Беспаловой: она устремилась на свою дачу, откуда я вчера забрала Инну. Зачем, интересно?

Вырвавшись за границы города, Вероника совсем оторвалась от меня, ее «БМВ» не было видно даже на прямых участках дороги. Я мчалась на такой скорости, что на поворотах свистели покрышки. До отказа вдавив педаль газа, я теперь просто летела по шоссе: есть анекдот про нарушительницу скоростного режима, оштрафованную стражем порядка. «Я быстро ехала?» — «Нет, вы низко летели!» Точно про меня. Только не страж дорожного порядка прервал эту гонку. Мой «полет» — погоня за Вероникой — закончился иначе.

За очередным поворотом, пройденным чуть ли не на двух колесах, я увидела скопление машин. Сбавив скорость, я подъехала ближе. Меня охватило нехорошее предчувствие. И в его подтверждение я заметила знакомый супермодный «БМВ», вмятый в бетонный столб. Я выскочила из машины и протиснулась сквозь толпу собравшихся вокруг людей.

Вероника сидела на водительском месте, зажатом искореженным металлом. Ее голова лежала правой щекой на руле, прекрасные пепельные волосы, спадая, закрывали часть ее бесстрастного лица. От виска стекала небольшая струйка крови. В огромных серых глазах застыло равнодушие смерти. Я стояла остолбенев, думая о том, что теперь вместе с душой ее тело покинули все страсти и эмоции. Вот она и успокоилась. Упокой, господи, ее душу.

Сквозь пелену собственных мыслей до меня доносились обрывки фраз:

— Не справилась с управлением...
— ...на такой скорости...
— ...вырезать автогеном...
— Жалко, красивая...

Я выбралась из толпы и пошла к своей машине. Закурила. Не знаю, сколько времени просидела я так, прикуривая одну сигарету за другой и рассуждая на темы жизни и смерти, преступления и наказания. К реальности меня вернул звук сирены подъезжающей машины ГИБДД.

Я завела «девятку» и развернулась в направлении к городу.

Приехав домой, я рассказала о случившемся Беспалову и Гарику, который уже начал вводить в действие план задержания преступницы. Теперь необходимость в перехвате отпала. Видя мое подавленное состояние, Гарик сделал попытку успокоить меня — принялся вслух размышлять о существовании высшей справедливости, но, не достигнув желаемого эффекта, махнул на это дело рукой. Беспалов утешать меня не пробовал, потому что сам находился в полнейшей растерянности. Гарик еще какое-то время покрутился около нас с Сергеем, но его ждала куча других дел, поэтому вскоре отбыл на службу.

Через несколько минут после его ухода раздался звонок в дверь.

«Наверное, забыл что-нибудь», — подумала я, уверенная, что вернулся Гарик.

Открыв дверь, я замерла в изумлении. На пороге стояла Инна.

— Я могу поговорить с Сергеем? — вместо «здравствуйте» сказала она.

— Заходи, — я распахнула дверь пошире.

Инна прошла в гостиную, где на диване сидел Беспалов, и остановилась посередине комнаты, как бы не решаясь подойти ближе.

«Вот и все, — подумала я. — Сейчас она бросится ему в ноги, изобразит полное раскаяние, и он растает. В таком случае мне тут делать нечего».

Я взяла сумочку, ключи от машины и крикнула выжившим меня из дома «гостям»:

— Когда будете уходить, захлопните дверь!

— Таня! — позвал меня Беспалов.

Я заглянула в гостиную.

— Не уходи, пожалуйста, — попросил Сергей, глядя на меня умоляющими глазами. У Инны от удивления вытянулось лицо. Такого поворота она, видимо, не ожидала. «Мой милый Болдуин боится сдаться и простить свою неверную женушку, — мысленно оценила я обстановку. — Рассчитывает, что в моем присутствии ему будет труднее это сделать. Ну уж нет, увольте! Разбирайтесь сами! С меня хватит!»

— Я думаю, вам лучше поговорить без свидетелей, — сказала я после недолгих размышлений.

— Нет, — решительно заявил Беспалов, — если уйдешь ты, я тоже здесь не останусь.

— Ну что за ребячество, — попыталась я воззвать к его здравому смыслу.

— Сережа, пожалуйста, — подхватила Инна, — мне много нужно тебе объяснить.

— Нет, — упорствовал Беспалов, — или мы разговариваем втроем, или вообще не будет никакого разговора.

Мне, в принципе, было совершенно безразлично,

состоится их объяснение или нет. Но, с другой стороны, любопытно было узнать, как все-таки поведет себя Сергей.

— Если он что-нибудь вбил себе в голову, то переубедить его практически невозможно, — констатировала Инна, обращаясь ко мне. — Останьтесь, пожалуйста.

Поддавшись на их уговоры, я села в кресло. Инна постояла немного, не зная, как себя вести, и, последовав моему примеру, заняла второе кресло.

Повисло тяжелое молчание. Пауза затягивалась. Я развлекалась тем, что рассматривала маникюр на своих руках.

— Сережа, — наконец решилась заговорить Инна, — я знаю, что наделала множество глупостей, знаю, что очень виновата перед тобой, но я в этой истории тоже отчасти являюсь жертвой. Скажи мне, дорогой, сможешь ли ты когда-нибудь меня простить?

— Нет, — однозначно ответил Сергей.

— Пожалуйста, не будь так категоричен, — взмолилась раскаявшаяся изменница. — Я понимаю, что тебе потребуется время...

— Не обольщайся, — отрезал Беспалов.

— Знаешь, Сережа, я только сейчас поняла, как я тебя люблю! Я не смогу без тебя! — не сдавалась Инна. — Не бросай меня!

Она начала всхлипывать, достала из сумочки платок и прижала его к глазам.

«Слезы — любимое оружие женщин. На жалость давит», — прокомментировала я про себя.

— Раньше нужно было думать, — не впечатлился слезами жены Беспалов.

— Я понимаю, Сережа. Но у меня как будто с головой что-то случилось, не соображала ничего, — оправдывалась Инна. И вдруг ляпнула: — Может, они ко мне гипноз применяли?

«Вот идиотка!» — мелькнула у меня мысль.

— Послушай, Инна, — взял инициативу в свои руки обманутый муж, — после всего, что случилось, ни о каких отношениях между нами и речи быть не может.

Я подаю на развод. Надеюсь, ты больше не будешь докучать мне подобными разговорами. Запомни раз и навсегда: между нами все кончено. Это мое последнее слово! А теперь — до свидания. О дате развода сообщу дополнительно.

После этих слов Инна разрыдалась уже по-настоящему.

Сергей встал с дивана и подошел к жене.

«Ну вот, сейчас начнет ее утешать и простит», — подумала я.

Но Беспалов взял Инну за руку и повел к выходу из квартиры. Она не сопротивлялась, безвольно шла за ним, продолжая плакать. Я услышала, как открылась и затем хлопнула дверь. Сергей вернулся в комнату. Громкие всхлипывания доносились теперь с лестничной площадки.

— Жестоко, — высказала я свое мнение.

— Так лучше. Чтобы не лелеяла никаких надежд.

— Не боишься, что повторится история как с Вероникой?

— Мозгов не хватит, — сказал Беспалов, только сейчас объективно оценив умственные способности Инны. — Что касается Вики, то я никогда не был с ней жесток. Наоборот — жалел. И дожалелся. Вика была необычная женщина. Вероятно, моя жалость оскорбляла ее и в конце концов убила. Жалость унизительнее жестокости. Только сейчас это до меня дошло.

— Давай не будем сейчас самобичеваться, — предложила я, — и так на душе кошки скребут.

Беспалов согласился. А немного помолчав, обратился к теме, которой я одновременно ждала и боялась.

— Я, наверное, надоел тебе за эти дни...

— О пленнике, который кормит хозяйку ужином, можно только мечтать, — моя шутка получилась, кажется, довольно двусмысленной.

— И доставил тебе столько хлопот. Пора, как говорится, и честь знать, — продолжил он, будто не заметив этого.

Естественно, я не стала просить его остаться.

Беспалов быстро собрался. Выходя из квартиры, задержался на минутку — взял мою руку и поцеловал:
— Спасибо, Таня. Я твой должник.

После его ухода мне стало ужасно тоскливо. Вот я и проводила мужчину своей мечты... И тут навалилась жуткая усталость. Еще бы — столько событий за это утро. Я чувствовала себя буквально выжатой, как лимон. Поэтому, несмотря на то что солнце стояло в зените, завалилась на диван и уснула глубоким сном без сновидений.

И опять меня разбудил звонок мобильника. Я посмотрела на часы — шесть вечера. Конечно, пора вставать, но разговаривать ни с кем не хотелось. Телефон трезвонил. Но кто же это такой настойчивый? Я все-таки подняла трубку.

— Ну, наконец-то, — услышала я голос моего голубоглазого Болдуина.

Сон с меня как сдуло, но пришлось объяснить:
— Я спала.
— Таня, я так привык к тебе за эти дни, что уже соскучился, — признался Беспалов.
— Так быстро! — смеясь, удивилась я, а у самой сердце запрыгало от счастья. Настроение стремительно повышалось.
— Да. Ты не против вечером поужинать со мной?
— Во сколько? — выразила я согласие вопросом.
— Я заеду за тобой в восемь. Хочу перед этим навестить Пашкину мать. Может быть, смогу ей чем-нибудь помочь.
— А как Галина Ивановна? Ты был у нее?
— Да. Ей лучше. Скоро выпишут. Значит, до восьми?
— До восьми!

Бросив телефон на подушку, я завизжала от радости и заскакала по комнате, как ребенок, которому пообещали поездку в Диснейленд. Но прежде чем начать собираться, решила погадать на Беспалова и бросила свои магические кости.

31+3+20 — «Он влюблен в вас без памяти».

Ровно в восемь раздался звонок в дверь.

Я уже ждала Сергея в безумно красивом вечернем платье и с сияющей улыбкой на лице. Его глаза вспыхнули:

— Ты восхитительна! — прошептал он.

Я знала — это не лесть. Сама видела в зеркале, пока делала макияж и одевалась, что просто свечусь от счастья. А это так украшает женщину.

В машине мой синеглазый красавец, держа меня за руку, нежным голосом произнес:

— У тебя такие красивые глаза. Как озера в Карелии. Я влюблен в тебя без памяти!

«Я знаю», — радостно подумала я.

Сюита для убийцы

ПОВЕСТЬ

Мертвая тишина. Она установилась вокруг меня совершенно неожиданно. Никто не подкарауливал меня у подъезда, не ломился в квартиру, не подсылал ко мне знакомых с разными, заманчивыми и не очень, предложениями. Телефон молчал так упорно, что по нескольку раз в день я снимала трубку просто так, чтобы убедиться, не отключили ли его. Это было настолько удивительно, что сначала я не поверила своему счастью. Потому что до этого буквально разрывалась на части, носясь по городу и его окрестностям, как ошпаренная, и улаживая дела своих клиентов.

Нервно и физически я вымоталась до такой степени, что была готова обратиться к криминальным структурам города с предложением о перемирии и всеобщем отпуске. И вот, будто кто-то где-то услышал мои мольбы, — поток клиентов вдруг иссяк. Теперь можно порадоваться передышке, тем более что несколько серьезных дел последнего времени благоприятно сказались на моем материальном положении

Неделю я блаженствовала. Для начала выспалась, а затем устроила генеральную уборку — вымыла окна, очистила балкон и довела до умопомрачительного блеска люстру «Каскад». Кто хоть раз брался выполоскать в мыльной воде, потом протереть и развесить по своим местам три этажа стеклянных висюлек, поймет, какой подвиг я совершила. Но и это еще не все: я выгребла хлам из всех углов, рассортировала его и на девяносто процентов ликвидировала. Оставшиеся десять процентов барахла мне стало жалко выбрасывать, и они остались в доме до следующей генеральной уборки. Между делом я купила новый пылесос — вместо ветерана, почившего с миром прямо посреди устроенного мной разгрома.

И всю неделю я обеспечивала себя полноценным трехразовым питанием. Честное слово! Я ела не бутерброды, которые уже поперек горла вставали, а самые настоящие горячие завтраки, обеды и ужины! Возможно, я готовлю и хуже, чем шеф-повар парижского ресторана «У Максима». Не знаю, не проверяла. Да и не уверена, что хочу проверять. Как-то не вызывают у меня энтузиазма всякие улитки-устрицы. В этом я вполне согласна с Собакевичем: мне тоже лягушку хоть сахаром облепи, я ее все равно есть не стану. А баловала я себя любимыми с детства блюдами, на приготовление которых последние два месяца элементарно не было времени.

Может, кому-то не нравятся оладьи из тертой на самой мелкой терке сырой картошки, зажаренные на подсолнечном масле до хрустящей коричневой корочки, рыба в кляре, приготовленная аккуратными шариками на специальной сковородке, вареники с картошкой с чесночной подливкой и курица, устроившаяся на бутылке, скрестив ножки, запеченная в духовке... Не нравятся — ради бога, личное дело каждого. А я считаю, что это самая вкусная еда в мире, и никто меня в этом не переубедит.

Телефон все молчал.

Раз так, значит, гуляем до победного конца. Двоюродная тетка четвертый год пытается заманить меня к себе на дачу. Вот и поеду к ней. Я притащила из соседнего супермаркета полную кошелку всяких удобных для дачной жизни продуктов. Специально для тетки купила два килограмма арахиса в шоколаде, ее любимых конфет. Сняла с полки пару книжек фантастики, которые купила месяца три назад и до сих пор не выбрала времени прочитать, и приготовила прочие необходимые вещи. Свалила все это на стол и начала упаковываться.

По всем законам жанра мои сборы должен был прервать телефонный звонок, но аппарат по-прежнему молчал. Я тщательно уложила все во вместительные удобные корзины, то и дело поглядывая на него, переоделась в дорогу, взяла корзины и подошла к дверям. Тишина. Я открыла дверь. Телефон молчал с ослиным упрямством. Я выставила корзины на площадку, достала ключи и, стоя на пороге, обернулась, и вот тут он зазвонил.

— То-то, — удовлетворенно сказала я, забросила корзины обратно в квартиру, закрыла дверь, подошла к тумбочке, где стоял телефон, и сняла трубку.

— Иванову Татьяну Александровну можно попросить? — голос смутно знаком, но кто это, я сразу понять не смогла. Поэтому ответила на всякий случай официально вежливо:

— Татьяна Александровна вас слушает.

— Танечка, здравствуй, это Саша Желтков, помнишь меня еще?

Конечно, я его помнила! Друзья детства остаются в памяти на всю жизнь. Люди, с которыми знакомишься, в институте, на работе, какие-то общие друзья и общие друзья общих друзей, все они улетучиваются из памяти легко и незаметно. А вот тех, с кем вместе играли в прятки, в «испорченный телефончик» и другие развивающие игры, тех помнишь всегда...

— Что ты молчишь, Тань, не слышно, что ли? Так я перезвоню.

— Да нет, все нормально. Просто вспомнила нашу последнюю встречу, — успокоила я его. — Ну что, нашел ты тогда цемент на халяву?

— Господи, да неужели я помню! Через мои руки столько уже этого цемента прошло, в том числе и халявного... Не в этом дело.

— А ты что, по делу звонишь? — можно подумать, я в этом сомневалась.

— Видишь ли... В общем, да, некоторым образом по делу, — Саша говорил не то чтобы робко, а как-то неуверенно. — Танька, ты скажи, у тебя свободное время есть?

— С ума сошел, откуда? Дел выше головы, вздохнуть некогда!

Я нахально соврала и даже пальцы не скрестила. А нечего задавать дурацкие вопросы. Конечно, мы живем в Тарасове, а не в Чикаго тридцатых годов, и у нас здесь не криминальная столица, чтобы высококвалифицированные частные сыщики — Таня Иванова в частности — были загружены срочной работой по двадцать пять часов в сутки. Хотя на отсутствие клиентуры в целом я не жалуюсь. Но не может же частный детектив моего уровня сказать, что он болтается без дела. Честь фирмы прежде всего!

— Танюш, может, все-таки выкроишь время, очень надо увидеться, — в его голосе зазвучали бархатные нотки.

Так, это мы проходили... Когда Сашка переходил на такой тон, он добивался от собеседника всего, чего только хотел. Однажды мы с ним поспорили, что он уговорит Лильку из второго подъезда, самую главную жадину нашего двора, дать нам поиграть ее новым мячом — огромным надувным глобусом. Я щедро дала ему на это безнадежное мероприятие сутки, поскольку твердо знала, что Лилька никогда никому и ничего не даст. Хотите верьте, хотите нет, Сашка уболтал ее всего за полчаса! В результате наша компания играла в «штандар» этим дурацким, совершенно неудобным глобусом, а Сашка обжирался мороженым — я проспорила ему три порции!

Так что, послушав пару минут его соловьиные трели о том, как высоко он ценит мою профессиональную репутацию, я решила сэкономить время и поскорее согласилась на встречу.

При моей работе машина не роскошь, а суровая необходимость, и держала я ее под окном, чтобы, если надо выехать срочно, не терять ни минуты. Так что хоть я на этот раз и не спешила, но уже минут через пяток ехала к филармонии, где директорствовал мой друг детства.

* * *

С Сашей Желтковым мы виделись, можно сказать, совсем недавно, двух лет не прошло. Занесло меня тогда на какое-то жутко культурное мероприятие. Не помню, что это было, то ли концерт знаменитого пианиста, то ли открытие конкурса вокалистов, но что-то очень музыкальное и очень престижное, так что собрался весь тарасовский бомонд. Там мы с Сашей и встретились. Он узнал меня сразу, а я его только тогда, когда ко мне с радостным воплем кинулся статный мужчина в смокинге и галстуке-бабочке, похожий на молодого Ширвиндта. И нисколько не похожий на того худенького, вертлявого пацана, которого мы всем двором прятали от строгой мамы, бдительно следившей, чтобы ее юное дарование больше играло на фортепиано, а не в дворовые игры. Но галстук-бабочку мама цепляла ему на шею уже тогда.

Сашка, единственный в нашем дворе, ходил в музыкальную школу и, по слухам, числился в подающих надежды. Парень он был хороший, не задавался, не вредничал и не ябедничал, так что мы все относились к его несчастью с пониманием. В конце концов, с каждым такое может случиться. Нам повезло, ему нет. Мы искренне сочувствовали Саше и в какой-то мере опекали его. Даже кличку ему дали не Музыкант, как можно было ожидать, а вполне приличную и ласковую — Цыпленок. Этакое несложное производное от фамилии.

Забавно, но учиться в музыкальной школе Сашке нравилось. И нравилось играть на пианино. Летом он даже устраивал для нас концерты: открывал окно и балконную дверь и играл, а мы сидели на лавочке и слушали. Но не меньше ему нравилось носиться с нами по двору, искать приключений на ближней стройке или просто тихо-мирно кидать мячик «в вышибалы». И всегда в самый интересный момент этих наших занятий появлялась его грозная мама.

Она никогда не звала его с балкона — считала неприличным голосить на всю улицу. Поэтому спускалась и с независимым видом начинала прогуливаться, осматривая укромные уголки обширного двора. Сашина мама была высокой, стройной и всегда носила солнцезащитные очки. Выглядела она очень величественно, как и должна выглядеть мама ребенка, который учится в музыкальной школе и умеет играть на пианино.

Заметив ее, Сашка тут же находил ближайшее укрытие — годились и густой куст, и случайно заехавшая во двор машина, и куча кирпичей, приготовленная кем-то для дачи. А мы дружно смыкали ряды и фальшивыми честными голосами убеждали Сашину маму, что он только что был здесь и куда-то побежал, вроде за угол, а может, домой... Она делала вид, что верит нам, и продолжала искать. Всегда, между прочим, находила. Закончились эти развеселые прятки, доставлявшие нам громадное удовольствие, очень обыденно и даже скучно: родители купили Сашке часы. Теперь, когда он шел гулять, ему устанавливалось время возвращения.

После того как наша семья переехала в другой район, я потеряла Сашу из виду. Доходили слухи, что в конце концов он предпочел административную карьеру музыкальной. От общих знакомых я слышала, что он работал в городской администрации, что-то там такое делал с культурой.

И вот — встреча на музыкальной тусовке. Мы с энтузиазмом пообнимались, похлопали друг друга по плечам. Потом друг детства ошарашил меня диким вопросом:

— Танька, ты случайно не знаешь, где можно на халяву срубить пару мешков цемента?

А через минуту, очевидно, приняв мое растерянное молчание за напряженную работу мысли, добавил:

— Ну пусть не совсем на халяву, но хотя бы за полцены!

К тому времени я уже ушла из прокуратуры и открыла «свой бизнес». Поэтому, с небрежной гордостью вручая Саше визитку, где аккуратным курсивом значилось «Иванова Татьяна Александровна — частный детектив», веско произнесла:

— Вот когда у тебя, дорогуша, сопрут этот цемент, милости прошу ко мне. Только учти, работаю я по мировым расценкам, с учетом последних данных с нью-йоркской и гонконгской бирж.

Сашка, немного растерявшись, взял мою визитку и тоже сунул мне в руку картонный прямоугольничек. Его карточка была побогаче, с золотыми буквами и голографическим значком. Из нее я узнала, что Желтков Александр Викторович ныне является директором Тарасовской областной филармонии. На обратной стороне та же информация излагалась по-английски. Я поздравила Сашку с достижением столь серьезного поста, но он только горестно махнул рукой.

— Два месяца, как дела принял, а крыша уже в пути. Кстати, о крыше: ты не в курсе, в какой стройфирме можно нанять кровельщиков подешевле, а лучше на халяву?

Пришлось напомнить, что ремонт крыш тоже не входит в сферу интересов частного детектива. После этого разговор вернулся к детским воспоминаниям, но ненадолго. Через пару минут Сашка указал мне на полную даму, увешанную бусами и цепочками, словно девчонка, дорвавшаяся до маминой шкатулки.

— Извини, Танька, мне обязательно надо с ней пообщаться!

— А что ты из нее можешь выдоить? — заинтересовалась я.

— Не груби, это великая женщина. Одно движение ее мизинца, и в фойе новый паркет!

И он двинулся очаровывать великую паркетчицу. В тот вечер я еще несколько раз видела его — он, улыбаясь и солидно кивая головой, беседовал с каким-то невысоким чернобородым мужчиной, потом, взяв под ручку, отвел в сторонку здоровенного парня лет тридцати, больше смахивающего на гоблина, чем на любителя музыки, и долго ему что-то втолковывал. Одним словом, трудился в поте лица. Не то чтобы мне стало его жаль, но я бы такой работы не выдержала, честно!

С тех пор мы не встречались. Так что же случилось такого, что Сашка позвонил мне, причем явно не как другу детства? Может, у него действительно цемент сперли?

* * *

Сашка поджидал на улице, у дверей филармонии.

— Таня, как хорошо, что ты приехала! — он вцепился в мою руку, словно боялся, что я немедленно поверну обратно. — Пойдем в мой кабинет, там никто мешать не будет, поговорим.

Кабинет у него был средней паршивости. Аккуратный, чистый, явно недавно отремонтированный, но отнюдь не богатый. Несколько цветных афиш на стенах. Мебель того самого типа, который Остап Бендер в свое время определил, как «гей, славяне!» И ничего внушающего трепет, солидного, директорского.

— Ты садись, Танюша, садись, — Саша старательно запихал меня в потертое креслице. — Чаю, может быть, хочешь, так я сейчас распоряжусь.

Н-да, если эта суета будет продолжаться, не скоро мы доберемся до проблемы, которая так тревожит господина директора. Придется применить строгость в сочетании с запрещенным приемом.

— Ша, Цыпочка, — вспомнила я счастливое детство. — Я уже села. А чай я в это время не пью. Поговорим о деле.

— Ты что, Танька, обалдела, — нервно оглянулся он. — Тише ори, не дай бог, кто услышит!

— А ты перестань дергаться. Чего позвал, случилось что-нибудь?

— В том-то и дело, что случилось... Дирижера у нас убили, Танечка.

— Какого дирижера?

— Дирижера нашего камерного оркестра. Мы его вчера похоронили.

Интересно, оказывается, убивают и дирижеров камерных филармонических оркестров. Новое явление в нашем непредсказуемом криминальном мире. Но этих-то за что? Из профессионального любопытства я спросила:

— Занимался политикой, бизнесом?

— Ничем он не занимался, только дирижировал.

— Большой карточный долг?

— Да не играл он в карты!
— Чей-то ревнивый муж?
— Что ты! Мужику под шестьдесят... С женой он давным-давно развелся, но никаких таких связей у него не было.

Стандартные поводы для убийства я перечислила, так что оставались только случаи непредсказуемые, в которых любая фантазия бессильна. И я перестала гадать.

— За что же его тогда?
— Не знаю. Просто так. Убили прямо в кабинете.
— Саша, просто так людей не убивают, — просветила я этого наивного деятеля от культуры. — Если человека убили, значит, он кому-нибудь мешал. Так кому не нравился ваш дирижер?
— Откровенно говоря, — Саша грустно посмотрел на меня, — он не нравился почти всем. Даже мне. Но из-за этого ведь не убивают. А оркестр теперь остался без руководителя.
— Э-э... Сочувствую... прими мои соболезнования... — честно, я просто не знала, что еще ему сказать. — Саш, а меня-то ты зачем позвал? Хочешь, чтобы я отправила венок на его могилу?
— Что ты, — встрепенулся он, — зачем венок, не надо... Таня, ты найди того, кто его убил, а? Понимаешь, самое кошмарное, что это, похоже, кто-то из наших, из оркестра. Представляешь, какая там сейчас обстановка, они все смотрят друг на друга и думают... Таня, найди убийцу! Ты же умеешь!

Честно говоря, от такой наивности я онемела. Как, интересно, он вообще представляет себе нашу работу? Сейчас он даст мне список оркестрантов, и я должна буду ткнуть пальцем в убийцу?

— Сердце мое, — я взяла себя в руки и решила не говорить Сашке все, что я о нем в данный момент думаю. Боюсь, ты упускаешь из виду пару очень важных моментов. Во-первых, не думаю, что ошибусь, если предположу, что дело об убийстве вашего дирижера уже некоторым образом расследует милиция, так?

— Таня, я поэтому тебя и отыскал! Ты знаешь, что они говорят? Они говорят, что это «стопроцентный висяк»! Что если убийцу и найдут, то только случайно, лет через двадцать. Я не могу ждать так долго, Таня!

— А что, это очень срочно? — то, что в милиции посчитали дело «висяком», не прибавило мне желания браться за дело дирижера.

— Но это же оркестр! Это творческий коллектив! Музыканты знают, что среди них, возможно, есть убийца. Как ты думаешь, они способны творить в такой обстановке? И потом, оркестр без дирижера работать не может. Ну собираются они, пиликают потихоньку каждый свою партию. Но это профанация, оркестр теряет форму!

— Так ты другого дирижера пригласи.

— Да кто ж пойдет? Дирижеры — товар штучный, капризный. И как ты себе это представляешь? Приеду я к какой-нибудь знаменитости и скажу: «Маэстро, у нас тут оркестранты дирижера убили, не встанете ли вместо него за пульт?» А он мне: «С радостью, давно об этом мечтал!» Так, что ли?

— А может, вовсе и не оркестранты?

— Танечка, если найдешь убийцу, да еще и не из оркестра, я... Ну, не знаю... Все, что хочешь, для тебя сделаю!

— Что плавно подводит нас ко второму сложному моменту. Сколько, ты думаешь, стоят мои услуги?

— Так откуда мне знать?

— А стою я, радость моя, двести долларов в день, и скажи спасибо, что я еще не перешла на «евро».

— Сколько, сколько?! — полузадушенно пискнул директор филармонии. — Да у меня... да у меня ведущие солисты столько за месяц не получают. Танька, побойся бога!

— Саша, я не ведущий солист филармонического оркестра, я — частный сыщик, — ласково напомнила я ему. — Это немного другая профессия. И еще учти, я — вольный стрелок. А это, кроме отсутствия начальства, означает и то, что больничный в случае необходимости мне никто не оплатит. И отпуск у меня бывает только за свой счет. Одним словом, я не собираюсь тебя уговаривать или, упаси боже, торговаться. У меня есть расценки на работу, вполне разумные, кстати, и если тебя этот вариант не устраивает, то это уже твои проблемы. А даром работать я не могу себе позволить даже для друзей детства.

— Я все понимаю, — согласился он. — Но войди в мое положение, мы же культурная организация, мы же нищие! Где я столько долларов наберу?!

Кажется, Сашка взялся всерьез меня обрабатывать. Фиг я поддамся, кое-чему научилась. А он продолжал:

— При твоих-то заработках, что для тебя сотня-другая долларов? Зачем тебе этот презренный металл, осужденный классиками мировой литературы? А я заплачу величайшей из ценностей — музыкой! — Саша встал из-за стола и по-актерски, широким жестом указал рукой на цветные афиши. Голова его была гордо вскинута, глаза блестели: он был просто великолепен в эту минуту, наш славный Цыпленок. — Я тебе устрою постоянный абонемент в филармонию, пожизненно. На лучшие концерты даром ходить будешь всю оставшуюся жизнь. Представляешь себе: Чайковский, Бетховен, Бах, Мусоргский... Возле филармонии толпы народа, у касс громадные очереди. А ты, ни на кого не обращая внимания, гордо проходишь в зал, садишься на лучшее место и погружаешься в мир волшебной музыки...

— Саша, Саша, — опустила я его на грешную землю. — Когда это ты видел толпы народа и громадные очереди у касс филармонии?

— Будут очереди! Танька, я верю в это. Главное — не терять оптимизма. Все меняется, одна только музыка бессмертна. Так что очереди непременно будут!

Люблю я все-таки энтузиастов. До чего они хороши своей бескорыстной верой... Только вот бартер, который предлагал Сашка, у меня лично энтузиазма не вызывал.

— Душа моя, если клиенты будут со мной билетами на концерт расплачиваться, то долго я не проживу, — я решила стоять на своем до последнего. — Просто ноги с голоду протяну.

— Танюш, ну что ты все о деньгах! У меня ведь даже

такой статьи расходов нет — наем частного сыщика. Как я тебя в отчет вставлю? — он горестно смотрел на меня. Я упрямо молчала. — Слушай, а может, тебе сантехника нужна? Я могу списать кое-что как пришедшее в негодность, а ты у себя санузел обновишь?

Ну, Сашка! Вот это да! Честное слово, много чего мне в жизни предлагали, но чтобы такое... А диапазон-то — от Чайковского и Баха до унитаза!.. Отсмеявшись, я сказала:

— Хорошо, что ты работаешь не на кладбище. А то предложил бы мне гроб с кистями и похороны по первому разряду. Господин директор, ты не с той стороны вопрос решаешь. Ты подумай не о том, как меня облапошить, а о том, где деньги взять, чтобы мою честную работу честно оплатить.

Сашка замер, тупо глядя сквозь меня. Эта идея ему до сих пор в голову не приходила. Неожиданно резко зазвонил телефон. Не глядя, Саша взял трубку, поднес к уху.

— Филармония, слушаю вас...

Трубка заквакала, и его лицо преобразилось, как по мановению волшебной палочки. Теперь оно снова было одухотворенным и полным энтузиазма.

— Конечно, это будет восхитительно! Да, разумеется, бархат... — он еще немного послушал и нахмурился. — Нет, Сергей Иванович, это невозможно. Вы уж будьте любезны, постарайтесь именно малиновый. А я говорю — нет! Оранжевый не годится, он только при пожаре хорош, чтобы огонь не так видно было... Да мало ли, что в Новокузнецке! Он и есть новый, ваш Кузнецк, для них разницы нет! А у нас филармония старая, у нас традиции... И занавес должен быть глубокого малинового цвета. Нам эти новомодные финтифлюшки просто неприличны. Да. Да. Хорошо, договорились, буду ждать.

Он положил трубку, оценивающе посмотрел на меня. Я отрицательно покачала головой.

— Даже не предлагай, бархатом не возьму. Ни оранжевым, ни глубоко малиновым. Ищи деньги.

— Ладно, Танька, есть у меня один человек. Правда,

мы и так тянем из него безбожно. Ох, пошлет он нас к черту, в конце концов...

— А кто такой? — вяло полюбопытствовала я.

— О, это личность! Меценат, как в старые времена. Деньги дает и ничего взамен не требует, только чтобы оркестр работал. Чтобы музыка звучала, такие у него взгляды. Он из людей, которые понимают, что музыка облагораживает. Идеалист.

— Покажешь? — я заинтересовалась. — Давно не видела идеалистов. А идеалистов с деньгами вообще, по-моему, никогда не видела.

— Если он согласится тебе платить, вы с ним обязательно познакомитесь. Давай так, я сейчас с ним свяжусь и узнаю, что он может для нас сделать. А ты начинай работать. Уж пару-то твоих рабочих дней я его уговорю оплатить.

— Ага, значит, рассчитываешь на мой профессиональный интерес. Главное — втравить меня в это дело, а дальше я его сама не брошу, пока не распутаю, так?

— Ну, не то, чтобы я рассуждал так прямолинейно, — дипломатично замялся Сашка. — И вообще, может, ты за два дня управишься, ты же классный сыщик.

— Кончай подлизываться, откуда тебе знать, какой я сыщик.

— Как откуда, — он, похоже, действительно удивился. — Ты что же думаешь, я просто так, с бухты-барахты, про тебя вспомнил и позвонил? Я все выяснил сначала, со знающими людьми поговорил. У тебя отличные рекомендации.

— Ну ты даешь, — оказывается, я недооценила Цыпленка. Он вполне профессиональный администратор. — Тогда ладно, принимаю комплимент.

— Значит, берешься?

— Подожди. Я сначала в милицию съезжу, поговорю там. Мне с ними отношения обострять, сам понимаешь, ни к чему. Кто от них тут у вас был?

— А я знаю? Бродила тут целая толпа, все вверх дном перевернули, а потом говорят, что «висяк».

— Сашка, не морочь мне голову. Старший группы обязательно должен был оставить телефон.

— А, ну это да. Сейчас поищу, — он порылся в бумагах на столе, потом начал обшаривать карманы. Я терпеливо ждала. Наконец он выудил клочок бумаги и протянул мне. — Вот, здесь фамилия и телефон.

Собственно, мне и смотреть было не надо. Знаю я, кто имеет привычку оставлять такие клочки. Все-таки взглянула. Так и есть! Бедный Андрей, опять придется у него под ногами путаться. Я хихикнула, представив себе физиономию Мельникова, когда я явлюсь к нему и скажу, что решила заняться делом дирижера. Пожалуй, с таким удовольствием не следует тянуть, поеду прямо сейчас.

— Ты что? Знакомый, что ли? — Сашка с любопытством смотрел на меня.

— Да уж, встречались, было дело. Ты не пугайся, он нормальный мужик, так что одно из двух: или я с ним договорюсь, или...

— Или что? — не выдержал Саша моей театральной паузы.

— Или нет! — жизнерадостно закончила я. — Сразу и позвоню.

Мельников, на счастье, оказался на месте. Это уже большая удача, поскольку застать его в рабочей конуре можно было только случайно.

— Танька, опять ты?! — ужаснулся он.

— Я по делу, — как будто я когда-нибудь звонила ему просто так, чтобы поболтать о погоде или поинтересоваться видами на урожай кукурузы.

— Снова хочешь труп подсунуть! — продолжал он в том же тоне.

— Мельников, никаких трупов, просто надо поговорить.

— Это что-то новенькое. Какую гадость ты на этот раз придумала?

— Роскошную. Но хотелось бы обсудить при личной встрече. Я могу сейчас подъехать?

— Некогда мне, — тоскливо сказал Андрей.

— Ладно уж, пять минут, что ли, не выкроишь? Или решил со мной больше никаких дел не иметь?

— Хорошо, приезжай, — куда ему было деваться, если я так поставила вопрос.

— Договорились.

— Только поспеши, а то у меня, и правда, времени в обрез, — и он положил трубку.

* * *

— О! Какие люди и без охраны, — в обычной своей манере встретил меня Мельников. — Признавайся, что тебя занесло в наши палестины? Не иначе, как пришла с повинной. Говори, что натворила?

— Пока ничего, Андрей, пока только собираюсь. В мои ближайшие жизненные планы входит немного потоптаться по твоим любимым мозолям. Ты доволен?

— Я счастлив, — по его кислой физиономии я поняла, что дел у него действительно невпроворот и пришла я не вовремя. — Говори, чего надо?

Под такое свое скверное настроение он вполне мог меня и выгнать. Так сказать, в порядке старой дружбы. Пришлось изобразить самую обаятельную улыбку.

— Андрей, я действительно по делу. Меня тут филармония нанять хочет, ты в курсе, у них дирижера убили. Так я хотела узнать...

— Узнать? — рявкнул Мельников, но тут же взял себя в руки. И продолжил уже негромко, но очень противным голосом: — Узнать она захотела. Целая группа мечется, ничего найти не может, и тут она пришла! Здрассте, я хочу узнать! Конечно, ты же у нас великий сыщик! Мисс Марпл, Пуаро и Холмс в одном лице! У тебя талант, у тебя интуиция, это мы здесь лаптем щи хлебаем, полудурки!

— Что, так все плохо? — я с сочувствием коснулась его руки.

— А, достали, — сердито отмахнулся Андрей. — Только что с ковра вернулся. Танька, на нас семнадцать дел висит! Из них в половине зацепиться не за что! Вот и с твоим дирижером то же самое. Кстати, как тебя в филармонию занесло?

— Мы с директором в детстве в одном дворе жили, в один детский сад ходили. Это ты ему сказал, что убийцу найдут эдак лет через двадцать, да и то случайно?

— Я, Танька. Ты еще не представляешь, что за гнусное дело! На подозрении весь оркестр. Они там все между собой как пауки в банке. Ужас! Видал я коллективчики, но тут что-то особенное. Как это они до сих пор друг друга не поубивали? Не, Танька, пока не запрягли тебя, беги ты оттуда. Не дело, а пустышка полная. Только время потратишь.

Мельников, конечно, правильно советовал. Но бежать я уже не могла, жаль бросать в беде Цыпленка — друг детства все-таки.

— Слушай, Андрей, а может, его кто-то посторонний убил, не из оркестра? — спросила я. — Как думаешь?

— Вполне! Вахтерша, конечно, клянется, что чужих не было, но сама знаешь... Я там походил, посмотрел. Не филармония, а проходной двор какой-то, три выхода... И вполне возможно, что кто-то зашел по-тихому, тюкнул дирижера и по-тихому же ушел.

— А концы какие-нибудь есть?

— Какие концы! Сплошной мрак, темнота. Работаем, как в том анекдоте. Знаешь? Идет ночью патрульный по улице, видит, мужик по тротуару ползает. «Чего, — спрашивает, — ползаешь? Пьян?» — «Да нет, — отвечает мужик, — только немного выпивши. Вот бумажник потерял, никак найти не могу». — «Да что ж ты здесь, в такой темноте, найдешь? Вон на углу фонарь горит — светло, как днем. Там и ищи».

— Значит, искать там, где светло? — уточнила я.

— По крайней мере, начинать оттуда. С оркестра. А уж если ничего не выйдет, тогда расширять круг подозреваемых. Действительно, есть ведь еще и уборщицы, кассирши-билетерши всякие, административная часть... Но по-моему, их пути с покойным Князевым не так часто пересекались, как у оркестрантов. Все-таки вероятность того, что убийца из оркестра, — больше.

— Понятно... Слушай, а ты мне ничего про детали убийства не расскажешь? — я спросила осторожно, опасаясь, что Мельников снова раскричится, но он только хмыкнул:

— Ты, как всегда, с живого не слезешь! На, смотри.

Он распахнул дверцу сейфа, выхватил одну папку и сунул мне в руки.

— Садись, читай. Можешь конспектировать, а с собой не дам, даже не проси.

Через два часа я сделала последнюю запись и сунула блокнот в карман. Закрыла папку, отдала ее Андрею.

— Значит, все-таки попробуешь? — он уже успокоился, теперь просто спрашивал, не злился.

— Пару дней повожусь, а там видно будет. Ты не возражаешь?

— Ты что, Танька, глуховата стала на старости лет? На мне семнадцать дел висит, семнадцать! Если ты с меня одно снимешь, то ящик пива от благодарной милиции тебе обеспечен.

— Знаю я тебя: ты тащишь пиво, а шашлык с меня...

— А что, по-моему, очень разумный подход, — Мельников немного развеселился. — Давай, пробуй. Чем черт не шутит, вдруг у тебя получится. Ты же у нас везучая.

— Везу-у-чая, — сморщилась я. — А что Александр Васильевич Суворов говорил? «Раз везение, два везение... Помилуй бог, а когда же умение?»

— Ну, знаешь, одно дело Суворов, другое дело — ты, частный сыщик Иванова. Чувствуешь разницу? Но пруха у тебя всегда была фантастическая, не спорь.

А чего спорить, удача в нашем деле действительно много значит. И мне тут грех жаловаться. Не раз были случаи, когда я раскручивала дело только потому, что в нужное время оказывалась в нужном месте. Да, хорошая штука — удача.

— Ладно, Танька, мотай, некогда мне с тобой. Получила мое благословение и убирайся.

— Грубый ты, Мельников, — я встала и направилась к дверям. — Не буду я с тобой общаться.

— И что же ты будешь? — машинально спросил Андрей.

За много лет знакомства эта шутка-диалог, когда мы начинали цитировать «Понедельник начинается в субботу», приелась, и я, решив побаловать капитана милиции, видоизменила реплику.

— А я пойду куплю попугая. Назову Андрюшей, научу матерно ругаться и стану с ним разговаривать.

— Ну, знаешь, — Андрей неожиданно обиделся. — Когда это я при тебе ругался?

Что верно, то верно. Каждый раз, когда мне доводилось слышать виртуозный мельниковский мат, он или находился в состоянии аффекта, так что вообще никого не замечал, или предполагалось, что дам поблизости нет. Мне стало стыдно.

— Извини, Андрей, действительно дурацкая шутка. Но честно, я просто хотела тебя рассмешить.

— Ха-ха-ха. Да ты не переживай, все нормально. Это я какой-то психованный стал. Может, мне валерьянки попить для укрепления нервной системы?

— Может, и попить. А вообще, ты, наверное, просто устал. У тебя когда отпуск?

Он фыркнул, как лошадь, и показал мне на дверь.

— Иди, иди, тетенька. Слова она какие знает заграничные, это же надо, «о-отпу-уск»! Иди, не теребонь душу.

— Мельников, я тебе позвоню, если что понадобится? — спросила я уже в дверях.

— А куда я от тебя денусь, кровопийца, звони! И помни, если раскрутишь дело, найдешь убийцу дирижера, ящик пива с меня.

* * *

Уже больше часа я находилась на рабочем месте и усиленно занималась поисками убийцы дирижера филармонического камерного оркестра. Это означает, что я валялась на диване и передо мной стояли две тарелочки. В одну я вытряхнула пару пакетиков фисташек, а во вторую попадали скорлупки, освобожденные мной от содержимого. Кроме того, передо мной лежал блокнот. Я усердно грызла фисташки и листала блокнот, пытаясь... нет не понять, кто убийца, до этого мне далеко, а разобраться в тех данных, которые столь любезно предоставил Мельников. Итак, с самого начала.

Кирилл Васильевич Князев, пятьдесят восемь лет. Вечером одиннадцатого числа, во вторник, дирижировал на концерте. После концерта сидел у себя в кабинете, возился с нотами, составлял какие-то планы. К нему заходили несколько человек. С одними он обсуждал рабочие вопросы, с другими спорил или ругался — это каждый из опрашиваемых определял по-своему. Жил Князев один, домой не торопился, часто задерживался в филармонии до ночи. Поэтому его поздние бдения в тот день никого не удивили и не заинтересовали. Оркестранты спокойно разошлись по домам, не особенно обращая внимание на своего дирижера.

В среду, двенадцатого, утром он на работу не явился. Это было необычно, но в панику никто не ударился, мало ли что случается у людей. Программа наиграна, проблем на концерте возникнуть не должно. Музыканты побродили по филармонии, кто хотел, позанимался сам, потом разошлись до вечера. Директора в это время на рабочем месте не было, весь день он провел у культурного начальства области, согласовывая график предстоящих коллективу гастролей. Девочка, которая заведует нотами в оркестре, позвонила пару раз дирижеру домой, но к телефону никто не подходил. В общем, отсутствие дирижера было замечено, но особого беспокойства не вызвало.

Волноваться народ начал вечером, когда Князев не пришел на концерт. До последней минуты его ждали, снова звонили домой. Даже нашли где-то телефон его бывшей жены и позвонили туда. Женщина, которая развелась с ним больше десяти лет назад и давно находилась замужем за другим, была озадачена и никакой полезной информации дать не смогла. Зная характер своего бывшего супруга, она предположила, что с ним что-то случилось. Представить себе, что Кирилл Васильевич, будучи жив и здоров, не явится на концерт, было невозможно.

Поскольку играть вальсы Штрауса, стоявшие в программе, без дирижера — мероприятие довольно бессмысленное, концерт отменили, зрителям обещали вернуть деньги и с удвоенной силой взялись за поиски Князева. Директор филармонии, Желтков А.В., обзванивал больницы. Ударник, Корецкий С.Д., с группой добровольцев отправился к нему на квартиру. Концертмейстер первых скрипок, Волкова Е.В., взяла на себя переговоры с милицией и моргами.

Я отвлеклась и покачала головой... Крепкая, наверное, дамочка. Кто куда, а она по моргам.

Когда и в четверг дирижер не появился, никто уже не сомневался, что случилось несчастье. Но в милиции их заявление о пропаже человека принимать отказались. «По закону не раньше, чем через трое суток, приходите. Да и что вы переполошились, — удивился милиционер. — Ну запил мужик, мало ли. Не дите уже, шестой десяток. Нагуляется, вернется». Объяснять, что за всю жизнь Князев ни разу не то что не сорвал концерт, но не пришел меньше, чем за час до начала, не стали. Продолжали искать сами. Ударник сумел узнать, что к Князеву приходила женщина из соседнего дома — убираться. Женщину нашли, у нее действительно были ключи от квартиры. Она прошлась по комнатам и заявила, что ничего не тронуто, все на своих местах. Мне надоели фисташки, и я пошла на кухню поставить чайник. М-да, представляю, с каким ужасом открывали дверь квартиры человека, которого они искали уже два дня. Ожидали, очевидно, увидеть что-нибудь страшное, по крайней мере, труп дирижера. Но в квартире было тихо и пусто. Ни живых, ни мертвых, никого не оказалось. То, что посторонние в квартиру не проникали, подтвердила потом и группа Мельникова.

Нашли Князева в тот же день, после обеда. Эта сомнительная удача выпала одному из рабочих. В кабинете дирижера была небольшая кладовка. Она не запиралась на ключ, просто двери плотно закрывались. Там держали всякие необходимые оркестру предметы.

В частности, туда убирали складные пюпитры, когда необходимо было освободить сцену. Поскольку оркестр сейчас все равно не мог работать, директор распорядился пюпитры временно убрать. И вот некто Фатеев Ю.С., рабочий, принес охапку этих железяк в кабинет дирижера и открыл кладовку.

Как вы думаете, сколько пюпитров может за один раз взять рабочий сцены? Фатеев держал девять штук. Так что ему даже не было необходимости орать. Народ сбежался бы только на грохот упавших на пол металлических штативов. Но поскольку парень еще и заорал, народ сбежался очень быстро.

Столпившись в дверях, оркестранты вперемешку с остальными работниками филармонии молча взирали на кучу брошенных рабочим Фатеевым штативов и на скрюченное тело Князева в плохо освещенной кладовке.

Первым пришел в себя Желтков. Он быстро вытолкал всех из кабинета и запер дверь. На карауле у запертых дверей поставил Волкову и валторниста Свиягина, людей не склонных к панике и суете. Фатеева, который уже не орал, но продолжал слегка повизгивать на вдохе и дрожать крупной дрожью, Желтков поручил заботам ударника, велев налить парню коньяка, а если не поможет, то дать по морде. Сам же стал звонить в милицию. Милиция приехала одновременно со «Скорой», которую зачем-то вызвала одна из билетерш. Врач посмотрел на Князева, пожал плечами, проворчав что-то себе под нос, потом его позвали к флейтистке, которой стало плохо.

Мельниковские ребята провернули огромную работу. Они обыскали кабинет Князева и кладовку, взяли у всех отпечатки пальцев и сверили их с найденными на месте преступления, написали десятки страниц протоколов и опросов свидетелей, проверили алиби у всех, у кого оно было... И результатом этой работы стал огромный, впечатляющий ноль. Андрей был прав: ни единой зацепки, ни намека. Что было точно установлено, так это орудие убийства — массивная хрустальная пепельница. Это была единственная в кабинете вещь без единого отпечатка пальцев. Не просто вытертая, а надраенная до блеска. Что сразу приводило к разумной мысли — так постараться мог только убийца. Ни одна уборщица не стала бы возиться с этой пепельницей. И еще судмедэксперт установил время убийства — не позднее двадцати трех часов, во вторник.

Поздно вечером, когда я уже с трудом продиралась сквозь канцелярские дебри протоколов и свидетельских показаний, зазвонил телефон.

— Ну что, ты уже поняла, куда вляпалась? Как тебе понравился прекрасный мир музыки? — жизнерадостно поинтересовался Мельников. Не иначе, как уже пришел домой и поужинал, а то с чего бы это ему так веселиться.

— Разве это вляпалась, — философски заметила я. — По твоему мудрому совету ищу там, где светло. На подозрении камерный оркестр, всего-то сорок человек. А вот если бы покойного отправили на тот свет в оркестре большого филармонического состава, подозреваемых было бы полторы сотни.

— Это ты шутишь так? — осторожно спросил Андрей. — Разве столько народу в оркестре бывает?

— Какие шутки, специально в энциклопедии смотрела. Так что, можно считать, повезло.

— Я же говорил, что ты везучая, — хохотнул Андрей. — Ладно, материалы ты изучила, вопросы есть? Спрашивай, пока я добрый.

— Да я, пожалуй, не переварила еще все. Ты мне вот что скажи: тебе не показалось странным, что в кабинете Князева нашли отпечатки пальцев только четырех человек? Как я поняла, они все туда почем зря шлялись.

— Ну, Танька, ты даешь! Это же культурное заведение, там убирают каждый день. Очень старательная тетечка с тряпкой ходит и все вытирает. Так что и эти четверо, скорее всего, наследили не в день убийства, а в тот день, когда мы приехали. Ладно, если умных вопросов у тебя нет, я пошел спать.

Положив трубку, я подумала, что Мельников подал неплохую идею. Когда умных мыслей нет, самым мудрым решением будет лечь спать.

* * *

Утром, за завтраком, я набросала примерный план действий. Во-первых и в единственных, надо ехать в филармонию, поговорить с оркестрантами, остающимися под подозрением.

Мне действительно повезло, что это всего лишь камерный оркестр и что всю предварительную работу провела группа Мельникова. Оперативники опросили каждого из оркестрантов, каждого из присутствовавших в тот день работника филармонии. Из сорока человек списочного состава четверых во вторник по разным причинам не было. Шестнадцать человек живут в удаленных от центра районах, после вечерних репетиций и концертов их по специальному маршруту развозит филармонический автобус. Эти одиннадцатого после концерта всей толпой погрузились и уехали. Двадцать человек из подозреваемых долой. Хорошо. Еще четверо отправились к живущему неподалеку контрабасисту играть в преферанс. Одиннадцать человек разошлись по домам парами и тройками. Еще лучше.

Итак, остаются пять человек, время ухода которых подтвердить некому. Ответы их на вопросы оперативников очень сходны. Все пятеро утверждают, что спокойно собрали инструменты и ушли домой, никого не встретив, благо выходов на улицу целых три — парадный, служебный и запасной. И все три открыты. В какое время уходили, тоже никто не обратил внимания. Наверное, около половины десятого, как обычно. Конечно, у остальных тоже алиби довольно жидкое, но у этих пятерых и такого нет.

И совершенно непонятно, кто видел Князева последним.

Я посмотрела на лежащий передо мной список из пяти фамилий и подчеркнула одну жирной волнистой линией. Дарьялова Марина, флейтистка, это ей оказывал помощь врач из «Скорой». Она заходила к Князеву после концерта. Ей через две недели уходить в декрет, и она хотела обсудить с дирижером кое-какие административные проблемы. Но Князев был в очень скверном настроении, поэтому Дарьялова решила отложить разговор на завтра. Не знаю, не знаю... Многое, конечно, в жизни бывает... Но чтобы беременная женщина за две недели до декрета долбанула мужика пепельницей по затылку... с трудом верится.

Под вторым номером идет Волкова Елена, концертмейстер первых скрипок. Та самая, что обзванивала морги. И эта заходила, ей просто необходимо было поговорить с дирижером.

Хорошевская Ольга, тоже скрипачка, она же библиотекарь, заведует нотами. Это она пыталась дозвониться Князеву домой. Хорошевская заходила, чтобы положить на место ноты... Точнее, подходила к дверям кабинета, но, услышав, что Князев с кем-то ссорится, входить не стала. Оставила ноты на своем стуле в артистической и ушла домой. Французы говорят: «Ищите женщину». Мы имеем уже три женщины. Хотя для того, чтобы ударить по голове тяжелой хрустальной пепельницей, много силы не надо. А вообще, женщин что-то многовато...

Верников Олег, альтист. Какая-то странная личность — ничего не видел, ничего не слышал, ничего не знает. Судя по протоколу, Мельников сам его допрашивал и ничего не смог добиться. Молодой человек, кроме альта, занимается композицией, а поскольку музыку сочиняет всегда и везде, непрерывно, то на происходящее вокруг просто не обращает внимания. Судя по его ответам, он и об убийстве Князева узнал только от Андрея.

Корецкий Станислав, ударник. Это он ездил к убитому домой, вскрывал его квартиру. Вообще принимал во всех событиях деятельное участие. Оч-чень активный человек. Может быть, слишком активный. Ему за пятьдесят. Очевидно, крепкий мужик. Хотя барабанщики, как мне кто-то говорил, народ легкомысленный. Он в тот вечер к Князеву в кабинет не заходил, уехал сразу после концерта домой. Но это только по его словам, подтвердить никто не может...

Я почувствовала, что без всякого основания начала настраивать себя против оркестрантов, которых совершенно не знаю и которые, вполне возможно, люди совершенно замечательные и никакого отношения к убийству не имеют. Это все от того, что не вижу в деле никакой перспективы... Нет, так нельзя. Все равно надо встретиться с ними, поговорить, может быть, что-нибудь прояснится.

Я позвонила Желткову. Сашка очень мне обрадовался.

— Танька, — кричал он в телефонную трубку, — а я как раз собирался твой номер набрать! Ты сейчас можешь приехать?

— Я поэтому и звоню. Хотела поговорить кое с кем из оркестрантов. Они у тебя сейчас там или их по всему городу искать придется?

— Смотря кто тебе нужен. Кто-то здесь бродит, а кто и дома сидит. Здесь им все равно делать нечего. Тебя кто конкретно интересует?

Я перечислила пять фамилий. Саша не удивился.

— А, эти. Милиция их тоже трясла. Значит, так. Верников живет в общежитии, ему там заниматься композицией неудобно — мешают. Так что он почти все время здесь ошивается, даже каморку себе оборудовал, я разрешил. Его я поймаю. Скрипачей каждый день на репетицию Элен собирает, зверь-баба. Они сейчас как раз работают, ее я тоже предупрежу, она и Хорошевская останутся до твоего приезда.

Саша замолчал. Я немного подождала и спросила:

— Эй, ты что? Куда пропал?

— Да я думаю. Дарьялову я отпустил. Чего ей здесь толочься, все равно через неделю в декрет. Пусть лучше своим здоровьем занимается. Так что к ней придется домой. Но она рядом живет. А Корецкого надо будет поискать. Наверняка халтурит где-нибудь. Ну ничего, я узнаю. Так что приезжай. Я ведь чего звонить собрался — тебя меценат ждет, хочет познакомиться.

— Какой еще меценат?

— Тот самый меценат, который оркестру помогает. Который согласился дать денег, заплатить по твоим кошмарным расценкам.

— Не вяжись к моим расценкам, они совершенно

нормальные, ни капли не завышенные. Так бы и сказал сразу, что спонсор ждет.

— Ну что ты, Танька, какой он спонсор, нельзя же такие элементарные вещи путать! Спонсор — это тот, кто вкладывает деньги и хочет получить если не прибыль, то хотя бы отдачу в виде рекламы. А меценат дает деньги на развитие, не требуя даже процентов со славы. Ясно тебе, серость?

— Тебе, конечно, виднее, у меня отродясь ни спонсоров, ни меценатов не было. А если будешь обзываться, то сам и убийцу будешь искать.

— Все! Признаю свою ошибку, был не прав, вспылил. Танька, кончай трепаться, приезжай, человек ждет!

Можно подумать, это я его отвлекаю разговорами. Если бы он не болтал, давно бы уже в машине была!

* * *

Саша снова встретил меня у дверей филармонии.

— Пойдем ко мне в кабинет. Идеал с деньгами прямо-таки жаждет тебя увидеть.

— Что ж, раз именно он будет мне платить, то, естественно, имеет право знать, кому идут его деньги.

— Таня, не будь такой циничной. Он просто святой человек, он без лишних разговоров согласился заплатить тебе, сколько нужно, по твоим грабительским расценкам!

— А ты не будь занудой, сказано тебе, расценки вполне разумные. И вообще, ты первый из моих клиентов, который столько стонет по этому поводу.

— Это потому, что я думаю не в долларах, а в стройматериалах, — жизнерадостно объяснил Сашка. — Как представлю, сколько шпатлевки можно купить на двести долларов, мне в обморок упасть хочется! Заходи.

Он открыл дверь своего кабинета и пропустил меня вперед.

— Роман Анатольевич, Татьяна Александровна, прошу, знакомьтесь.

Молодой, лет тридцати — тридцати пяти мужчина, высокий и симпатичный, встал и протянул мне руку:

— Очень рад. Александр Викторович мне много хорошего о вас рассказал.

— Мне о вас тоже, — рукопожатие было крепким. Что ж, внешне этот меценат производит очень благоприятное впечатление. И серые глаза вполне в моем вкусе.

— Если я вам не нужен, то у меня дела. Вы меня извините? — Саша был слишком деловит. С другой стороны, не мне его судить. Мне-то не надо думать ни о цементе, ни о шпатлевке для филармонии.

— Разумеется, — отпустил его Роман Анатольевич. — Татьяна Александровна, мы можем немного поговорить?

— Разумеется, — эхом откликнулась я. — Что вас интересует?

Он очень мило улыбнулся.

— Конечно, у меня есть к вам вопросы, но я действительно имел в виду разговор. Знаете, когда сначала один человек говорит, а другой слушает. Потом они меняются.

— Согласна, — мне стало смешно. — Но вы действительно идеалист. Как правило, разговор — это когда один человек говорит, а другой его не слушает. Потом они меняются.

— Такой вариант довольно распространен. Правда, я вовсе не идеалист, я очень трезво смотрю на жизнь.

— Вы же даете деньги на классическую музыку, помогаете филармонии. Что же это, если не идеализм?

— А вам не приходило в голову, что я просто люблю музыку? — он снова улыбнулся. — Понимаете, если жизнь сложилась так, что я имею возможность помочь оркестру выжить, почему я должен отказывать себе в этом удовольствии? Это уже не идеализм, а скорее что-то вроде разумного эгоизма. Помните, одно время такая теория очень популярна была среди демократически настроенной молодежи? Еще Чернышевский много об этом писал.

Честно говоря, я немного растерялась. Конечно, я не считаю, что богатый человек обязательно должен держать пальцы веером, говорить «ну ты че, братан, в натуре?» и в области культуры разбираться только в блатных песнях. В конце концов, я понимаю, что это скорее персонаж из анекдотов про «новых русских». Но эти манеры уверенного в себе интеллигента, плавная литературная речь, да еще упоминание о взглядах Чернышевского, про которого, пожалуй, большинство тарасовцев только и знает, что у нас в городе «стоит такой мужик на площади»! Нет, не ожидала я встретить подобного человека среди современных бизнесменов.

— Музыканты у нас в оркестре вполне приличные, — продолжал этот редкий экземпляр, — и отдаю я туда вовсе не последнюю копейку...

— Хотя суммы, как я поняла, вы выделяете оркестру довольно существенные.

Сама не понимаю, чего я к нему пристала? Хочет помогать оркестру, пусть помогает, мне-то что?

— Существенные, — спокойно согласился он. — Но они составляют сравнительно небольшой процент моего оборота. Видите ли, у меня сеть супермаркетов, довольно прибыльных. А кроме того... Хотите знать, почему из множества культурных учреждений нашего города я остановился на помощи именно филармонии?

— Не считая любви к музыке? Конечно, мне интересно.

— Здесь, знаете ли, определенную роль сыграл случай. Совершенно случайно я познакомился с Александром Викторовичем и, сами понимаете, с его заботами. Он произвел на меня большое впечатление. Люди, настолько преданные своему делу и при этом остающиеся кристально честными, встречаются до такой степени редко, что их, по-моему, надо охранять в государственном масштабе. Вот я и делаю, что могу.

— А если бы он воровал?

— Тогда я бы здесь не сидел и вообще не имел с ним никаких дел. Я могу выделить разумные суммы на выплату премий оркестрантам, на организацию благотворительного концерта, на поездку музыкантов на конкурс... Но, извините, движение этих сумм я контролирую. И когда мы говорим о Желткове, я абсолютно уверен, что каждая копейка будет истрачена на оркестр. Как я уже сказал, я вовсе не идеалист, а трезвый, расчетливый бизнесмен. Это я к тому, что в данный момент я собираюсь оплатить вашу работу, и наша встреча вызвана именно этим.

— То есть вы хотели бы узнать, что получите за свои деньги, — произнесла я, не совсем уверенная, удалась ли мне такая же спокойная доброжелательность, которая исходила от Романа Анатольевича. Этот человек странно действовал на меня: и вызывал уважение, и нервировал, и, пожалуй, просто нравился.

— Не совсем так, — он слегка поморщился. — Разумеется, я навел справки и выяснил, что ваши методы хотя и бывают несколько экстравагантными, но, как правило, достаточно эффективны. Что вы скрупулезно честны во взаимоотношениях с клиентами. Что вам можно доверять и что вас ни в коем случае нельзя пытаться обмануть...

— Вы много выяснили, — забавно, но слушая его сухое перечисление, я чувствовала себя польщенной.

— Всегда надо знать людей, с которыми вступаешь в деловые отношения, — это азбука, — он неожиданно хитро улыбнулся и подмигнул мне. — Ну что, теперь я уже не произвожу на вас впечатления блаженного идеалиста?

— Нет, — засмеялась я. — Скорее, вы прожженный делец.

— Благодарю вас, — Роман Анатольевич принял этот сомнительный комплимент с явным удовольствием. — Так что я представляю себе, что от вас можно ожидать. И я хотел встретиться с вами, чтобы, во-первых, попросить... Пожалуйста, не подумайте, что я собираюсь вас критиковать, но здесь вы будете иметь дело с миром людей несколько, как бы это сказать... более тонкой душевной организации, что ли.

— Вы что, боитесь, что я дам волю своим садистским наклонностям? — удивилась я. — Обычно я к особо жестоким пыткам не прибегаю.

— Ну что вы, конечно, у меня и в мыслях ничего подобного не было, как вы могли такое подумать! — ха, оказывается, мистер Уверенность тоже может нервничать. — Но... Понимаете, это музыканты. По-человечески они, конечно, довольно склочные, даже нахальные люди, постоянно грызутся между собой, оставаясь при этом очень ранимыми. Их музыкальный мир — своеобразные джунгли! И они неплохо приспособились к этим джунглям. Мне сложно объяснять, но, когда вы с ними поближе познакомитесь, вы сами почувствуете то, что я пытаюсь сказать. Пожалуйста, будьте с ними... не знаю, помягче, что ли, поаккуратнее.

— Кажется, я поняла вас. — Господи, похоже, сероглазый владелец супермаркетов искренне переживает за состояние нервной системы этой музыкальной банды!

— А кроме того, — заторопился он, обнадеженный мягкими интонациями в моем голосе, — сама ситуация... Сейчас им всем особенно трудно, они напуганы и растеряны. Дело в том, что Князев был довольно тяжелым человеком. Хороший дирижер, крепкий руководитель, но в общении... В оркестре его не любили. К нему была масса мелких житейских претензий, но поймите, за это не убивают! Не убивают человека за плохой характер!

Роман Анатольевич требовательно посмотрел на меня. Спорить с ним мне сейчас не хотелось и пришлось согласно кивнуть, подтверждая этим, что я тоже не считаю плохой характер веской причиной для убийства. Кивнула просто потому, что он этого ждал. Эх, Роман Анатольевич, а еще говорите, что вы не идеалист... Еще как убивают! Людей порой убивают за такие мелочи!

Он тем временем, ободренный, продолжал:

— А все указывает на то, что убийца кто-то из оркестра. Представляете их состояние? Они же все друг друга сто лет знают, а теперь... Скажем так: ходят по трое и спиной стараются ни к кому не поворачиваться.

— Ужасно! — меня совершенно искренне передернуло, когда я представила эту картину.

— Не просто ужасно, — горячо подхватил Роман Анатольевич, — а неестественно для людей их темперамента, так что я боюсь эмоционального взрыва с непредсказуемыми последствиями. Поэтому я с радостью согласился оплатить вашу работу — убийцу нужно найти как можно быстрее. И так многое в коллективе разрушено, еще пара недель, и оркестр уже не спасти. Честно говоря, я очень на вас рассчитываю, Татьяна Александровна.

— Понимаю, — теперь я смотрела на него серьезно и не пыталась ни шутить, ни ерничать. — К сожалению, дело действительно сложное, убийство не продуманное и подготовленное, а совершенное в состоянии аффекта, в пылу ссоры. Такое раскрыть гораздо трудней.

— Почему вы думаете, что в пылу ссоры? — он смотрел на меня с недоумением.

— Потому что убит Князев пепельницей, которая стояла у него на столе и орудием убийства послужила случайно. Значит, убийца пришел не с конкретным продуманным планом отправить Князева на тот свет, а поговорить. Скорее всего, разговор перешел в ссору, ссора — в драку... Убийца схватился за первое, что под руку попалось, и... Роман Анатольевич, вы ведь эту компанию, оркестр я имею в виду, неплохо знаете. С кем из них Князев ссорился?

— Проще сказать, с кем он не ссорился, — усмешка владельца сети супермаркетов вышла довольно бледной. — Наверное, только со мной. Инстинкт самосохранения, знаете ли.

— Да-а. А в тот день, значит, инстинкт подвел?

— Значит, подвел, — Роман Анатольевич неожиданно встал. — Ну что ж, Татьяна Александровна, думаю, мы выяснили все интересующие нас на данный момент вопросы. Я условия ваши принимаю, вы мои пожелания тоже, надеюсь, учтете. Какие-нибудь проблемы остались?

— Целых две.

— Сейчас решим. Начинайте с первой.

— Дело это, Роман Анатольевич, настолько темное, что, вполне возможно, раскрыть его мне не удастся. — Вообще-то не принято такое говорить заказчику, но Роман Анатольевич понравился мне, и я решила действовать в открытую. — Как только я это пойму, сразу же сообщу вам, чтобы не тратили напрасно свои маркет-доллары.

— Понятно, — он оценил мою откровенность. — Спасибо. Вторая проблема?

— Я не привыкла к обращению по имени-отчеству. Мне было бы комфортнее, если бы вы называли меня просто Таней.

Сверкнула ослепительная улыбка, он протянул мне руку.

— Разумеется. Надеюсь, это имеет обратную силу, так что я тогда Роман.

— Разумеется, — я энергично пожала его большую ладонь. Что я, зря, что ли, гантелями каждое утро размахиваю! И тут же приняла строгий официальный вид. А то что-то он слишком развеселился, сейчас еще на ужин пригласит.

— Таня, — он стоял передо мной, по-прежнему улыбаясь.

— Да? — уронила я с величественностью королевы. Если действительно начнет приглашать, придется объяснить, что с нанимателями я в личные отношения не вступаю. По принципиальным соображениям. Вот закончим дело, тогда, возможно, и соглашусь сходить в ресторан. Почему бы и нет?

— Я хотел сказать, что, если возникнут какие-то вопросы, проблемы или понадобится оплата текущих расходов, сразу же обращайтесь. Вот мой телефон. — Нет, эти современные бизнесмены совершенно дикие люди, абсолютно нелогично подумала я, машинально беря визитку, вместо того чтобы пригласить симпатичную девушку на ужин, он завел разговор о деньгах. А он продолжил: — И еще... Разумеется, я не собираюсь контролировать вашу работу или заглядывать вам через плечо. Но по возможности... Если вам не будет сложно... Держите меня в курсе дела, хорошо?

— Хорошо. То есть, разумеется.

Он засмеялся и ушел. Высокий, богатый, умный и красивый. Хм, уже и красивый? Меньше часа назад он был всего лишь симпатичным. И вообще, я вовсе не хотела, чтобы он приглашал меня на ужин, так что все идет правильно. А сейчас надо идти в кабинет безвременно усопшего Князева, поглядеть там, что к чему. Вдруг на дирижерском письменном столе признание убийцы за подписью двух свидетелей лежит, а Мельников со своими орлами его не заметил. Да и с этими нервными созданиями, с оркестрантами, пора начинать разговаривать. А то время идет, центы капают. За работу, Танечка, за работу!

Я вышла в коридор и остановилась, соображая, где, собственно, может в этом заведении находиться кабинет дирижера оркестра. Тут же рядом со мной материализовался Сашка.

— Таня, я девочкам сказал, что ты с ними хочешь поговорить. Волкова тебя ждет, а Хорошевская только в буфет сбегает, перекусит и вернется. Ты же все равно с ними по очереди будешь, так сказать, беседовать?

— Да, конечно. Саша, а можно я буду с ними беседовать в дирижерском кабинете?

Должна же я побывать на месте преступления, посмотреть, как и что. Много я в этом кабинете, конечно, не увижу. Столько времени прошло, да и затоптали там все основательно и работники филармонии, и мельниковские молодцы. Но все равно в конуре убиенного дирижера побывать надо, атмосферой проникнуться...

— Нет проблем, — с Сашей хорошо, ему и в голову не пришло спросить, зачем мне понадобился именно кабинет Князева. — Пойдем.

Он пошел вперед по коридору, толкнул дверь и пропустил меня в небольшую комнату. Эта клетушка напоминала кабинет Мельникова и так же, как мельниковская, наводила тоску. Только размером она была еще меньше. Здесь стояли такой же, как у Мельникова, старый письменный стол и такие же старые ободранные стулья. Только вместо сейфа — шкафы с нотами, а в углу небольшой диванчик, обтянутый потертым коричневым дерматином. И, естественно, на стенах вместо графиков раскрываемости преступлений висят афиши, извещающие о новых программах Тарасовского камерного филармонического оркестра. Дирижер — Князев К.В.

Едва я успела все это разглядеть, как Саша привел мою первую сегодняшнюю жертву.

— Танечка, познакомься, это краса и гордость нашего оркестра, концертмейстер первых скрипок, Элен Волкова.

Волкова коротко улыбнулась мне одними губами. Исходя из того, что Сашка никогда не был склонен к дешевому подхалимажу, я сделала вывод, что скрипачка она действительно хорошая.

— Элен, а это Татьяна Иванова, частный детектив.

М-да, меня друг детства мог бы представить и поэффектнее. Тоже мог бы придумать что-нибудь насчет красы и гордости. А Сашка, познакомив нас, посчитал свой административный долг исполненным и, извинившись, убежал куда-то по своим директорским делам.

Для большей свободы общения я не стала занимать место за письменным столом. Так что мы с концертмейстером первых скрипок устроились на облезлом диване. С минуту мы занимались самым естественным для двух только что познакомившихся женщин делом: разглядывали друг друга. Мне трудно сказать, какое впечатление я произвела на Элен, маска доброжелательного спокойствия на ее лице не дрогнула ни на мгновение. Самое забавное, что я ни на секунду не усомнилась в том, что это именно маска.

Элен была женщиной без возраста. В том, что она старше меня, я не сомневалась, но на пять, десять или пятнадцать лет, угадать было невозможно. Ухоженная, гладкая кожа без единой морщинки, даже вокруг глаз. Тщательно нанесенный макияж, такой за пять минут не сделаешь, часа два труда перед зеркалом, не меньше. Столь же тщательная, волосок к волоску, прическа. Цвет золотистых волос выглядит настолько натуральным, что нет сомнений, это или «Londa», или что-то еще более эффективное. Небесно-голубые глаза и такого же тона аккуратный костюмчик — удлиненный жакет и мини-юбка. Безупречная фигурка и восхитительные ножки. И абсолютная уверенность в себе. Я попробовала начать разговор с нейтральной темы.

— Извините, сама понимаю, что это неуместное любопытство, но почему Элен? — мне действительно было интересно.

Снова короткая холодная улыбка.

— Просто мне так нравится.

— Самая уважительная причина, — согласилась я. — Ну что ж, вы, конечно, понимаете, что я хотела бы кое о чем вас расспросить в связи со смертью Князева. Вы уже отвечали на массу вопросов, я читала протокол. Но я не из милиции. Меня нанял Роман Анатольевич. Его очень беспокоит сложившаяся ситуация, и мне кажется, он считает, что быстрая поимка преступника необходима...

— Для сохранения работоспособности и самого существования оркестра, — продолжила за меня Элен. — Точка зрения Романа Анатольевича мне известна, он говорил с нами. Я с ним согласна, так что задавайте любые вопросы, какие считаете нужными.

— Прекрасно. Тогда расскажите, пожалуйста, о Князеве, что это был за человек?

— Тяжелый человек, — она откинулась на спинку дивана и расслабила плечи. — Я бы сказала, вздорный. Амбициозный, нетерпимый, скандальный. Достаточно?

— В общем, да. А как дирижер, в профессиональном плане?

— Так себе, ничего особенного. Ну махал палочкой, искренне считая, что создает высокое искусство, а сам... — Элен слегка оживилась, наклонилась ко мне, щеки ее зарумянились. — Я однажды обозлилась на него во время репетиции и весь «Менуэт» Боккерини играла свою партию на полтона ниже, представляете?

Не то чтобы я четко себе это представляла, но головой закивала очень энергично, и она с энтузиазмом продолжила:

— Он ничего не заметил! Так и доиграла до конца, а он не то что замечания не сделал, даже не взглянул в мою сторону! И при этом считал себя гениальным дирижером! Да он вообще ничего не слышал. Только и умел, что вопить про дисциплину и скандалить с Корецким.

— А Корецкий, это кто?..

— Это второй приличный музыкант у нас, — тон ответа предполагал, что в том, кто является первым приличным музыкантом, ни у кого никаких сомнений нет и быть не может.

— И почему же они скандалили? — пусть говорит о том, что ей интересно, увлечется, непременно расскажет больше, чем собиралась. Главное — проявлять интерес и поощрять вопросами.

— Стас — ударник от бога. И музыку он чувствует так, как Князев, доживи он хоть до ста лет, не научился бы. Понимаете, это или есть у человека, или нет. Но он по воспитанию джазовый музыкант, кроме того, долго был «свободным художником».

— Извините, Элен, что значит у вас, у музыкантов, быть «свободным художником»? — переспросила я.

Она посмотрела мне в глаза, очевидно, убедилась, что я действительно этого не понимаю, и коротко пояснила:

— На улице играл.

И непонятно было, осуждала она Корецкого или нет. Кажется, все-таки осуждала...

— После этого ему довольно сложно было научиться подчиняться требованиям камерного оркестра. Кроме того, у него со старых времен осталась масса связей, его постоянно зовут куда-нибудь подхалтурить. И он соглашается — не из-за денег, а из-за возможности сыграть для кайфа. В оркестре, сами понимаете, у него мало возможностей отвести душу. Классики не так часто писали сольные партии для ударных. Вот Корецкий и играет то на презентации какой-нибудь, то на концертике в клубе. Да и ресторанами и свадьбами не брезгует, — она пожала плечами, теперь уже явно без осуждения, просто констатировала факт. — Понимаете, там он — бог. Я специально ходила слушать. Что он творит! Честно говорю, он один со своими барабанами может сольный концерт закатить, публика будет рыдать от восторга! А Князев ему про трудовую дисциплину, как мальчишке. Со мной боялся связываться, вот Стас за двоих и получал. А он еще Лешу Медведева везде с собой стал таскать.

— Леша Медведев, это кто? — уточнила я.

— Виолончелист. Руки неплохие, играть может, но оболтус! Никакой самостоятельности, полное ничтожество. Стас почему-то взялся его опекать, учить жизни, но, по-моему, абсолютно бесполезно. Пока что никаких результатов, кроме того, что Князев получил еще один повод для скандалов. Корецкий, конечно, тоже не отмалчивался, польский гонор! Корецкие это же старая польская шляхта. — Элен усмехнулась. — Так что, когда эти двое схватывались, репетицию можно было прекращать, а нам расходиться. Пух и перья так и летели во все стороны.

— И расходились?

— Да вы что! Пропустить такое представление?

— Но ведь дисциплина, наверное, действительно необходима, — робко попробовала я понять суть конфликта.

— А кто спорит? Но это же оркестр! Знаете, какая группа музыкантов была самой дисциплинированной в истории? — с явным удовольствием спросила она. Я, естественно, не знала. — Крыловский «Квартет»! — в голосе Элен звучало веселое торжество. — Вы только подумайте, сколько раз они, с дисциплинированностью, доходящей до идиотизма, пересаживались с места на место! Но Крылов ведь про что басню написал? Про то, что в оркестре важна не столько дисциплина, сколько талант. Надо уметь играть, а это дано не каждому.

— Тут вы правы, — согласилась я с тем, что играть надо уметь. А вот про то, что, собственно, дедушка Крылов имел в виду, когда писал свой «Квартет», можно поспорить. Но не начинать же сейчас литературную дискуссию. — Про музыкальные достижения этой компании никто, по-моему, не слышал. Но вы-то, я знаю, тоже жестко держите струнную группу. Вот на репетицию их сегодня собрали.

— А как же? — она, похоже, даже удивилась. — Расслабляться даже талантливым музыкантам нельзя, слишком много потом наверстывать придется. Каждый день надо работать. И работать как следует. Весь оркестр я, конечно, не потяну, но скрипки поддерживать в форме вполне в состоянии.

— Скажите, а у вас лично с Князевым конфликты были? Из-за той же дисциплины, например? И почему вы говорите, что с вами он боялся связываться?

— Потому что боялся! — гордо выпрямилась Элен. — Попробовал один раз... Видите ли, я иногда опаздываю на репетиции. Вы, как женщина, поймете, скапливается так много дел... В общем — причины всегда уважительные. Тем более мне и незачем приходить вместе со всеми. Пока перед репетицией идет всякая организационная неразбериха, мне там все равно делать нечего. А к началу настоящей репетиции я почти всегда прихожу. Князев же считал возможным делать мне замечания. Публично. И иногда очень даже нетактичные. Я человек спокойный, выдержанный и обычно до спора с ним не опускалась. Но то, что он позволил себе на прошлой неделе, вышло за рамки всех правил приличия.

— Что же он себе позволил? — полюбопытствовала я. Неужели он эту эмансипированную дамочку публично матом обложил?

— Я задержалась, а он пересадил Ольгу со второго пульта на мое место! — таким тоном обычно говорят о трагедии. О том, что поезд упал под откос или наводнение случилось.

Я, конечно, поняла, что Князев не должен был сажать на ее место Ольгу. Но все же размер катастрофы оценить по-настоящему не смогла, Элен это заметила и решила пояснить.

— Она второй год как из училища. Надо отдать ей должное, за четыре года девочку научили правильно держать скрипку и водить смычком по струнам. Но всерьез говорить о ней, как о музыканте, пока рано. А он посадил ее на мое место. Концертмейстером! Со второго пульта!

Поскольку Элен ожидала, что теперь-то мне все стало ясно, я промычала что-то невразумительное. Конечно, я понимала, что скрипки не раздают по армейскому принципу «на первый-второй рассчитайсь!», но насколько должны различаться скрипачи, играющие первую и вторую скрипку, представляла себе слабо. Еще и нумерация пультов среди первых скрипок... Никогда не задумывалась над тем, как музыканты выбирают место в оркестре. Может, они жребий тянут? Тем не менее, Элен мой невнятный отклик удовлетворил, и она с пылом продолжила:

— Я, естественно, очень вежливо поинтересовалась, где же в таком случае он предпочитает видеть меня? И наш «одаренный» дирижер, надежда филармонии, предложил мне сесть на место Хорошевской. На второй пульт!

Элен поднялась и, встав передо мной, всплеснула руками:

— Меня на второй пульт! Нет уж, унижать себя я никому не позволю! Так что пришлось объяснить ему, что ни на одно место, кроме места концертмейстера, я не сяду. И в работе оркестра я буду участвовать, только играя первую скрипку за первым пультом!

Она говорила все громче, а последние слова почти прокричала, отбивая такт ногой. Элен была настолько выразительна, что я очень ясно представила себе всю сцену.

— И чем все это кончилось? — мой искренний интерес польстил скрипачке.

— Естественно, Ольга пробкой вылетела с моего стула на свой второй пульт. В конце концов, я не первый год в оркестрах и умею за себя постоять, — она глянула мне в глаза и решила, что я опять нуждаюсь в пояснениях. — В музыкальных коллективах часто складывается такая атмосфера, что становится просто необходимо научиться отстаивать свои интересы. Одно из двух — или ты ни с кем не конфликтуешь, сидишь всю жизнь за спинами других, в глубине сцены, и играешь все шефские концерты в домах престарелых. Или ты борешься, наживаешь себе массу врагов, но зато и сольные концерты играешь, и все приличные гастроли без тебя не обходятся, — неожиданно она очень обаятельно мне улыбнулась и, наставительно подняв палец, торжественно закончила: — Такова се ля ви, и с этим приходится считаться.

— Вы знаете, — я серьезно смотрела на нее, — мне кажется, я действительно начинаю понимать.

— Вот и хорошо, — похвалила меня Элен. — А то вечно про оркестры говорят как про «террариум единомышленников». Мы не злодеи какие-нибудь, просто существуют правила игры, и их приходится соблюдать.

— Но вам эти правила нравятся? — честное слово, в моем голосе не было ни капли ехидства, одно уважение. Наверное, поэтому она и ответила.

— Скажем так, я научилась по ним играть. Хорошо научилась, так что они мне уже не мешают, — пожала плечами и почти по-дружески спросила: — Вы еще что-то хотели узнать?

— Да, конечно. Не знаю, насколько это удобно... Про некоторых оркестрантов...

— Ах, это. Кто из них мог убить Князева... — Элен легко засмеялась. — Вы не стесняйтесь, Татьяна, нас всех про это расспрашивали в милиции, причем значительно менее деликатно, чем вы. Так что я вам сразу скажу по вашему списку... Ведь у вас есть список?

— Есть, — призналась я.

не хотела. — Дальше? Ах, да, еще наш юродивый, Олег Верников, — она с сомнением покачала головой. — Но насчет Олега отказываюсь что-нибудь говорить. Он, как все гении, личность непредсказуемая. Тем более что он, может быть, вовсе не гений, а обыкновенный идиот. По крайней мере, я воспитана на классике, а его манера писать... С моей точки зрения, это какофония, сплошные диссонансы. Сразу вспоминается Керосинов с его «физиологической» симфонией.

— Значит, вы считаете, Верников мог бы убить Князева? Например, на почве несходства музыкальных взглядов?

— Я же говорю, что он личность непредсказуемая. А мог он или нет, с этим вам разбираться.

— Но хотя бы с чисто физической точки зрения, сил у него хватило бы? — настаивала я.

— С физической точки зрения сил у любого скрипача хватит, — Элен с удовольствием засмеялась. — Духовики хиловаты, а мы... Попробуйте пару часов подержать на весу на уровне плеч скрипку в левой руке, смычок в правой. А мы ведь не просто держим — играем. И не по паре часов, а гораздо больше. И вообще, знаете ли, в принципе все мы и по физическим данным, и по характеру можем и способны на агрессию. Не говорю, что на убийство, но на резкие действия — вполне. Тогда возникает два вопроса. Во-первых — почему никто ничего не слышал? Я уже говорила, когда Князев со Стасом скандалили, вся филармония ходуном ходила. Между прочим, когда я с ним отношения выясняла, тоже стены дрожали. И Ольгу бог темпераментом не обидел. А во-вторых — зачем?

— Действительно, зачем?

Я не ожидала, что мой простой вопрос, эхом повторивший ее собственный, так на нее подействует. Лицо Элен помрачнело, уголки рта опустились, она как-то сразу ссутулилась и опустила голову.

— Не знаю, — голос прозвучал глухо. Элен подняла голову и повторила чуть громче. — Не знаю. Не понимаю. Не могу представить... Зачем? Да, Князев был

— Ну вот. Дарьялову вычеркивайте сразу, не [тот ха]рактер. Она как раз из тех, что сидят в задних ряда[х. Се]мейная женщина, работа в оркестре ее устраив[ает, за] жизни ни одного сольника не отыграла и не соби[рает]ся. Мышка. Ни разу не слышала, чтобы она голос[по]высила, не то чтобы в скандале от души поучаство[вать].

— Но она в тот день заходила к Князеву.

— И ушла — не стала с ним разговаривать, поско[ль]ку он был в плохом настроении. Именно ее стиль. О[на] всегда так делает, просто не общается с теми, кто ра[з]дражен и настроен на ссору. Я вас убедила?

— Как вам сказать, в жизни ведь всякое случается...

— А вы сами Марину видели? — Элен снова сел[а] рядом со мной на диван.

— Нет еще, она сейчас дома. Я собираюсь попозже к ней зайти.

— Понятно. Вот когда познакомитесь, окончательно поймете, что все мысли о ее причастности — полный бред. Ладно, кто там дальше по списку? Хорошевская? Не знаю, не знаю... Но, между прочим, я бы на вашем месте поинтересовалась, какие у нее с Князевым были отношения.

— А что, есть чем интересоваться? — судя по блеску в глазах, Волкова жаждала поделиться информацией.

— Как вы думаете, он случайно тогда именно ее на мое место посадил? Ерунда! Весь оркестр видит, как он вокруг Ольги восьмерки делает. «Оленька, зайдите, у меня к вам дело», «Оленька, нам с вами надо ноты разобрать», — продребезжала Элен противным голоском, явно пытаясь изобразить Князева.

— И на Хорошевскую он не орал?

— Почему не орал? Орал. Но при этом явно за ней ухаживал.

— Ясно. Спрошу. А что вы скажете об остальных?

— Остальные... Ну кто там... Стас? Не знаю. Они, конечно, ссорились все время, но... не знаю, — это прозвучало скорее, как «не хочу знать». Очевидно, что обсуждать возможную причастность к убийству «второго в оркестре приличного музыканта» Элен категорически

11 Это только цветочки

очень неприятным человеком, я уже говорила. Многие с ним ссорились... Но за это же не убивают!

Некоторое время мы молчали, потом она судорожно вздохнула и спросила бесцветным голосом:

— Еще что-нибудь?

— Только одно, — я заглянула в блокнот. — Вы ведь заходили во вторник, после концерта, к Князеву в кабинет?

— Буквально на минутку, сразу после концерта...

— То есть до половины десятого, — уточнила я.

— Раньше. Закончили мы часов в девять, я только скрипку в футляр убрала, значит, минут пять-десять десятого была уже у него в кабинете. Я всегда захожу... заходила после концерта, чтобы обсудить работу скрипок.

— Зачем? — не поняла я.

— Но я же концертмейстер! — Элен резко вскинула голову. — Контролировать работу скрипок — моя прямая обязанность. И вы уж поверьте мне, что скрипичная группа нашего оркестра лучшая как минимум в области!

— Не сомневаюсь! — поспешила я загладить невольное оскорбление. — Но после концерта вы зашли к нему не первой?

— Что вы, Сергей Александрович, естественно, меня обогнал, — Элен недобро усмехнулась. — Первым был у Князева он.

— Кто это такой, Сергей Александрович?

— Савченко, наш гобоист. Торопился на экзекуцию. Он, понимаете ли, живет далеко, так что спешил получить свое и исчезнуть.

— По поводу чего же экзекуция?

— По поводу вечной его неряшливости. В тот раз он проспал начало своего соло во второй части.

Но эти подробности интересовали меня гораздо меньше вопроса, кто заходил к Князеву после Элен. У Мельникова, помнится, записано, Маркин вошел и пробыл в кабинете не более пяти минут. Но очевидец всегда лучше протокола. Протокол хоть вверх ногами поверни, все равно ничего не изменится. Очевидец же, если его хорошо потрясти, может и что-то новенькое вспомнить. А мне же очень хотелось услышать что-нибудь новенькое...

— Не знаете, кто после вас заходил к Князеву?

— Как не знать — Маркин, наш виолончелист, топтался у дверей, ждал, когда я выйду.

— А почему вы гобоиста Савченко по имени-отчеству называете, а Маркина просто по фамилии?

Элен посмотрела на меня с удивлением, уж слишком неожиданным и странным показался ей мой вопрос.

— Просто из любопытства спрашиваю, — пояснила я.

— Что ж... Это как-то само собой получается... Я и не знаю отчего. — Элен задумалась. — Савченко, несмотря на свою рассеянность, человек какой-то очень солидный, порядочный... Его по фамилии и называть-то неудобно... так естественно: Сергей Александрович да Сергей Александрович. А Маркин — человек пустяшный... Понимаете, случается так в жизни: играет хорошо, а человек какой-то неполноценный...

— Кажется, понимаю, — поддержала ее я. — А вы долго у Князева были?

— Нет. Мы отыграли хорошо, так что разговор был коротким. Тем более в тот вечер у меня было назначено свидание, — вспомнив о свидании, Элен улыбнулась, — и я торопилась домой. Вот, собственно, и все. Боюсь, что больше ничем вам помочь не могу. Надеюсь, я теперь свободна?

— Да, конечно. Но, если можно — еще один вопрос: когда вы уходили, кто еще оставался в филармонии? Кого вы видели?

— Право, не знаю... — Элен задумалась. — Естественно, Маркин оставался, он как раз пошел к Князеву. Хорошевскую я видела, она все еще с нотами возилась, собирала их, складывала. Знаете, молодая девушка, но очень уж медлительная, очень... Копается, копается, могла бы быть поэнергичней... Да, Верников, конечно, оставался, он всегда допоздна сидит. Вот, пожалуй, и все... Хотя нет, Аверин меня остановил, когда я уходила... Такое говорить неприятно, но он у нас к выпивке неравнодушен. Он денег в долг просил. Я не дала. Теперь все. Остальные ушли, а может быть, просто не встретились мне...

— Спасибо, — вполне искренне поблагодарила я Элен.

Вроде бы ничего нового она мне и не рассказала, никакой ниточки в руки не дала, но схемы немного оживила. И вообще, о всем, что она мне рассказала, надо будет подумать.

— Тогда я пойду позову Олю.
— Да, да, — спохватилась я, — пожалуйста.

Элен сдержанно кивнула мне и вышла. Через пару минут в кабинет весело влетела девушка лет двадцати.

— Моя очередь?

Она закрыла за собой дверь, но та, скрипнув, тут же снова приоткрылась. Хорошевская мельком глянула на щель и повернулась ко мне.

— Конечно, прежде всего вас интересуют мои взаимоотношения с Элен, — довольно громко заговорила она. — Уверяю вас, я глубоко уважаю ее как человека и как музыканта. Правда, она почему-то вбила себе в голову, что я мечу на ее место. Сущая ерунда! Я, конечно, хорошая скрипачка, но прекрасно понимаю, что у нее более высокий класс, и исполнительский, и организационный. Я уж не говорю об ее авторитете! У меня просто нет ни такого концертного, ни оркестрового, ни жизненного опыта. Может быть, я сумею составить Элен конкуренцию, когда достигну ее возраста, лет через пятнадцать-двадцать... — дверь с треском захлопнулась, и молодая скрипачка улыбнулась.

— Пожалуй, — согласилась я, а про себя добавила: «И не через пятнадцать лет, а гораздо раньше».

— Хотя, конечно, руки у нее фантастические, — с легкой завистью отметила девушка.

— Оля, расскажите, пожалуйста, как складывались ваши отношения с Князевым?

— Ужасно! — Хорошевская поморщилась. — Непрерывные отеческие похлопывания по плечу, трепание за щечку, щипание за попку... Врезать бы ему как следует, чтобы руки не распускал, так ведь по стенке размазал бы, божий одуванчик.

Я поглядела на Хорошевскую и признала, что если эта врежет, то точно размажет. Девушка была хороша. Высокая, смуглая, с густыми русыми волосами, заплетенными в толстую косу. Лицо, может быть, не слишком красивое по классическим меркам, но оживленное, на чуть тронутых помадой губах легкая улыбка, глаза весело блестят.

— А не боитесь? Вдруг я решу, что все-таки вам надоели его приставания, вот вы и стукнули его пепельницей?

— Видите ли, э-э...

— Таня.

— Ага... Видите ли, Таня, если бы я била пепельницей каждого, кто здесь норовит распустить руки, вся филармония была бы трупами завалена. Главное, эти уроды стараются только ради того, чтобы поддержать легенду о себе, какие они, дескать, все сексуальные. Богема, одним словом, — неожиданно пожаловалась она. — Хоть бы один придурок цветочек подарил или пирожок с повидлом купил, что ли...

— Ой, Оля, с этим везде сложно, — поддержала ее я. — Не только в филармонии мужики измельчали. Но бог с ними... С Князевым-то вы в целом ладили?

— А что мне оставалось делать? — Ольга поморщилась. — У меня ни имени, ни опыта. Я-то знаю, что я хорошая скрипачка, но, кроме меня, об этом знает довольно мало людей вообще и слишком мало нужных людей в частности. Элен хорошо, она может закатывать скандалы, у нее миллион знакомых, репутация, связи. На то, чтобы найти новое место, у нее уйдет пятнадцать минут, один-два телефонных звонка, и все в порядке. Корецкий тоже не пропадет... А мне надо здесь работать. Здесь есть возможность выдвинуться, показать себя. Я второй год после училища, а уже два сольных концерта отыграла. Где бы еще мне дали такую возможность?

— А что плохо?

— Зависимость. Правда, я тоже уже пообтерлась, научилась рот открывать. Князев на меня еще и нотную библиотеку повесил. Суеты много, зато на гастроли без меня не уедут. И право голоса появилось. Постепенно.

— А библиотека — это большие хлопоты?

— Кошмар, полный и абсолютный! Князев понятия не имел о порядке! Вечно перепутывал все партии, медные запросто складывал вместе со струнными. Знаете, где я однажды нашла партию гобоя из «Итальянского каприччио»?

— Представить себе не могу, — призналась я. — Где-нибудь среди нот для арфы?

— Если бы! — Ольга сердито перебросила косу с груди за спину. — Там бы я ее в два счета нашла, к таким шуточкам я уже привыкла. За батареей!

— Господи, там-то ноты как могли оказаться?

— Проще простого! Князев пролил на них стакан воды и положил просушить. Забыл, естественно, и ноты свалились за батарею. Хорошо, я заметила, что оттуда что-то высовывается. Но какой он крик поднял, когда ноты пропали, вы просто не представляете!

— Значит, говорите, с ним сложно было работать?

— Сложно, ну и что? — Оля неожиданно сверкнула улыбкой. — Знаете, моя мама всегда говорила: «Начальство хорошим не бывает. Его просто надо принимать как некую данность и не обращать на него особенного внимания».

— Мудрая женщина, — оценила я. — У меня так никогда не получалось.

— Дело практики, — девушка пожала плечами.

— Наверное. Но я пошла другим путем.

— Каким?

— А просто ликвидировала всех начальников. Ушла в свободное плавание.

— Ах, да, вы же частный детектив! — вспомнила Ольга. — Ну и что, так лучше?

— Есть свои трудности, конечно... Но так лучше.

— А вы... впрочем, ладно, — девушка нахмурилась и напряженно спросила: — Что вы еще хотели узнать? Не убивала ли я Князева? Ответ отрицательный.

— Понятно, значит, вы не убивали... А что вы можете сказать про других оркестрантов. Были у Князева с кем-нибудь из них плохие отношения?

— Ой, а с кем они у него были хорошие? Талантливо человек умел людей против себя настраивать! Уж на что Корецкий золотой мужик, и тот его терпеть не мог.

— У них тоже были трения по вопросам дисциплины?

— Не в дисциплине дело. Корецкий вообще может себе позволить на одну репетицию из десяти ходить, но он никогда такого не допустит на концерте, как Савченко. Князев к нему просто придирался, потому что не мог простить... — Ольга замолчала.

— Чего не мог простить? — вынуждена была спросить я.

— Да так, глупость, — теперь она говорила осторожно, подбирая слова. — Князев на каждом углу кричал про свое дворянское происхождение, очень им гордился. Только и слышно было: «Я — потомственный дворянин!», «Я — потомственный дворянин!» А Стасу это надоело, он однажды и ляпнул дирижеру прямо в глаза, что его предки таких дворян в холопах держали и на конюшне драли. Ох и крику тогда было!

— А что, Князев действительно из дворян?

— Да я откуда знаю? Мне какая разница, охота ему считаться дворянином, так пусть хоть от Рюрика свой род выводит. Сейчас ведь мода такая пошла, все хотят, чтобы их считали благородными. Нравится им — пусть тешатся. Мне безразлично.

Это точно, сейчас благородное происхождение, кажется, стало входить в моду. Сама я еще нынешних дворян не встречала, но в газетах время от времени кто-то заявляет, что он древнего рода и в связи с этим ему должны вернуть особняк в Москве и имение в Тамбовской губернии. Восстановить, одним словом, справедливость. И еще я читала, что не то в Сан-Марино, не то в Монако за хорошие деньги можно графский титул купить. С гербом, девизом и родословной, идущей чуть ли не от Адама, в худшем случае — от Ноя.

Так... Значит, в одном оркестре имеется целых два потомственных дворянина. И никак они не могут определить, кто из них благородней. Очень основательный повод для конфликта. Но не станет же гордый шляхтич хвататься за пепельницу, чтобы доказать, что его род древнее. Или станет? Надо срочно познакомиться с самим паном Корецким. А пока послушаем, что нам еще Оленька расскажет...

— Да нет, Стасу убивать ни к чему, — продолжала рассуждать Хорошевская. — Он, кстати, никогда первым скандала не начинал, только если Князев его совсем достанет. Леша, протеже его, не выдержал?.. Тоже нет, этот оболтус только в подручных ходить может, своей головы вообще нет. Виолончелист крепкий, но средний. В оркестре может за чужими спинами прятаться, а сольный концерт в жизни не потянет.

— Оля, это же не выступление на сцене, это убийство, — напомнила я. — Чтобы человека по голове пепельницей стукнуть, на виолончели хорошо играть необязательно.

— Да, действительно, — казалось, эта мысль ее немного удивила. — И все равно определенный интеллектуальный уровень нужен и для убийства. А у него мозгов столько же, сколько в коробочке с канифолью. И чего Стас с ним возится?

— Ладно, — я едва сдерживала смех. — С Медведевым я поняла. Но у него все равно алиби. А про Дарьялову вы что скажете?

— А это вы по тому же списку идете, что и милиция, — оживилась Ольга. — У вас там, кроме нас с Элен и Корецкого, еще Верников и Дарьялова, так?

— Так, — признала я.

— Про Марину сразу забудьте — это же воробушек. Тишайшая женщина, да и в декрет ей скоро. Она вообще никогда ни с кем не ссорится.

— Ясно. Теперь Верников.

— О, Олег — это что-то! — непонятно, чего в ее голосе было больше: раздражения или восхищения. — Абсолютно не от мира сего. Весь в музыке... — она поколебалась, но все-таки не выдержала: — Меня в упор не замечает!

— Что, совсем? — в такое поверить было трудно. — У него плохо со зрением?

— Хуже, — Ольга наклонилась ко мне. — Я однажды решила дожать его из принципа, чтобы обратил наконец внимание. Надеваю я сарафанчик джинсовый, на молнии, обтягивает меня, как перчатка. Открытый здесь, — она ткнула пальцем в плечо, — только лямочки тоненькие И вот такой длины, — теперь ее палец чиркнул по бедру, сантиметров на тридцать выше колена. — Представляете?

— Представляю... Все мужики в филармонии разинули рты и не смогли их закрыть.

— Поголовно! — Оля вскочила. — А уж какая физиономия у Элен была! — Она зажмурилась и покачала головой. — Вот, кажется, пустячок, а вспомнить приятно.

— Хорошо, а Верников-то что? Ведь не ради Элен вы это затевали? — поторопила я ее.

— А что Верников? Вот кого я бы убила. Посмотрел сквозь меня, пошел эдаким лунатическим шагом, — Ольга плавно заскользила по комнатушке, показывая, как пошел альтист Верников, — и удалился в свою каморку. Ему Желтков как начинающему гению отдельное помещение выделил для творческой работы...

— И все? — разочарованно спросила я. — Он вам даже ничего не сказал?

— Если бы все! — Она неожиданно плюхнулась рядом со мной на диван и захохотала. — Вечером подходит ко мне, Бетховен наш бесценный, и преподносит ноты. «Прошу, — говорит, — Оля, принять. Это я твой портрет написал». Даже не улыбнулся. Просто отдал ноты и пошел дальше. Понимаете, не ушел, а пошел дальше...

— М-да, — не особенно членораздельно посочувствовала я девушке. — Но музыка-то хорошая? Можно будет услышать?

— Сыграю как-нибудь.

Сказала небрежно, но я почувствовала, что этим подарком она будет гордиться и хранить его всю жизнь. Еще бы, не каждой девице дарят написанный в ее честь музыкальный портрет...

— Вам понравилось?

— Не знаю, странная какая-то вещь. А самое смешное — действительно чем-то на меня похожа, не знаю, как объяснить... Но это моя музыка, — Ольга снова погрустнела. — На этом дело и кончилось.

— Ох, Оля, — абсолютно искренне посочувствовала я ей. — Не обращает он на вас внимания, и слава богу! Может быть, так и лучше. А что, если, не дай бог, он на вас женится! Оля, жены всех великих композиторов были самыми несчастными женщинами, вы же это знаете...

— Да, конечно, — без особого энтузиазма согласилась Ольга. — Но мне, похоже, это и не грозит.

— Кто знает, что ждет нас впереди... — попыталась я все-таки вселить в нее надежду сама уж не знаю на что. — Одним словом, вы считаете, что Верников к этому преступлению непричастен.

— Ни в коем случае. И знаете что, Таня? Я не верю, что это кто-то из наших Князева убил. Народ, конечно, шепчется, разное толкуют, но не может этого быть! Ведь мы же здесь все вместе... все привыкли... Мало ли какие скандалы бывают, что же теперь? Ведь из-за мелких ссор не убивают, правда? Нужен по-настоящему серьезный повод.

— Не исключено. Все здесь пока непонятно, и не исключено, что у вас в тот вечер побывал кто-то посторонний. Скажите, Ольга, в последние дни у вас в филармонии ничего особенного, непривычного не происходило? Вы ничего такого, — я неопределенно повела рукой, — не заметили?

Ольга с недоумением посмотрела на меня.

— А вы подумайте. Может быть, пустяк какой-нибудь, вы и внимания не обратили...

— Да нет, вроде ничего такого... Все как обычно... Разве только Князев последнюю неделю злой ходил. Это было что-то...

— Насколько я знаю, он у вас ангельским характером вообще не отличался.

— Да уж, не отличался... Он всегда скандалил много, но тут просто как с цепи сорвался. Я даже не выдержала, стала прятаться от него, надоело его крик слышать.

— А причина? Как вы думаете, почему он стал скандалить больше обычного?

— В том-то и дело, что вроде никакой причины и не было. Все шло, как обычно, а он просто из себя выходил...

Если Князев последние дни был особенно несдержан, то причина тому должна быть. Ольга, судя по ее словам, о ней не догадывается, а мне эту причину непременно надо узнать... Что ж, поспрашиваем других, может быть, что-то прояснится. А пока поинтересуемся еще кое-чем.

— У меня к вам еще один вопрс, Оля. В тот вечер, когда Князева убили, вы должны были после концерта положить ноты на место, в шкаф, который стоит в его кабинете. Вы этого не сделали. Почему?

Ольга пожала плечами, разгладила на коленях юбку.

— Живу я недалеко, домой не торопилась, так что и ноты собирала не торопясь. А когда понесла их в кабинет Кирилла Васильевича, то услышала за дверью крик ну прямо совершенно невозможный. И так мне не захотелось входить туда в это время... Я ушла в артистическую и оставила ноты на стуле. Решила, что положу на место завтра.

— А что за крик стоял в кабинете дирижера? Кто кричал?

— Естественно, Князев.

— Он что, один там был?

— Конечно, не один, он с кем-то ругался, разносил кого-то...

— Кого?

— Представления не имею.

— Как же, Оля, ведь если вы слышали крик, то должны знать, в чем было дело. — Ясно, теперь мне просто необходимо узнать, на кого кричал Князев и что кричал.

— Я же не стала прислушиваться. Подошла, Князев кричит, и очень громко. Какая мне разница, на кого?

— А если подумать? Кто в это время мог быть у Князева?

Оля помолчала, подумала...

— Нет, не могу себе представить.

— А не мог Князев в это время разговаривать... — я заглянула в блокнот, — с Авериным?

— Да что вы, Аверин ведь к нему, наверное, приходил денег в долг попросить. Он перед этим и у меня просил, только я не дала. Князев с ним долго разговаривать не стал бы. Нет, не он.

— Кто же?

— Представить себе не могу, но только не Аверин.

— В какое время это было?

— Я, когда уходила, на часы посмотрела. Как раз было около десяти. Не то без пяти десять, не то без десяти. У меня часы всегда немного вперед уходят, но не на много, минуты на две-три...

Вот именно, около десяти. Кто же был в кабинете у Князева около десяти? На кого он так свирепо кричал? Ладно, попытаемся зайти с другой стороны:

— Кто-то оставался в это время в филармонии?

— Нет, я последняя уходила.

— Хорошо, собеседника Князева вы не узнали. Но голос самого Князева вы ведь слышали хорошо. О чем он кричал?

— Так я же говорю, не прислушивалась. Знаете, мне этот постоянный крик страшно надоел. Услышала, что там ор стоит, повернулась и ушла.

— И совсем ни одного словечка не услышали? — не отставала я.

— Слышала что-то, но не могу вспомнить. Только я тогда внимание обратила, что как-то не по делу идет у Князева ор. И даже удивилась.

— Как это не по делу?

— Ну, как вам объяснить... Не на музыкальную тему... Он ведь всегда нас ругал с профессиональной точки зрения: кто-то опоздал на репетицию, кто-то не настроил инструмент, кто-то не знает свою партию... Понимаете... А здесь слова были совершенно другие, к нашей работе никакого отношения не имеющие. Только я не помню какие...

— Оленька, милая, постарайтесь вспомнить.

— Я уже старалась, ничего не получается...

— А походить снова по коридору не пробовали? Знаете, когда повторяешь действия, часто удается вспомнить то, что ускользает из памяти.

— Мне самой вспомнить хочется, целыми днями сейчас по коридору марширую, — невесело усмехнулась Оля. — И с нотами, и порожняком. Бесполезно.

— Давайте так договоримся: вы постараетесь вспомнить, а когда вспомните, позвоните мне. Непременно позвоните. Вот вам мой телефон, — я дала ей карточку. — Это, Оля, очень важно.

— Хорошо, я постараюсь, — покладисто согласилась она. — Если чего-нибудь вспомню, непременно позвоню.

* * *

Итак, что мы имеем новенького по сравнению с тем, что я узнала из протоколов, составленных мельниковскими молодцами?..

Элен Волкова очень обстоятельно доказывала следующее. Князев — человек скандальный, нетерпимый, амбициозный. И дирижер он тоже не особенно... В коллективе его не любят, и поэтому пепельницей мог стукнуть почти каждый. А Элен хорошая. И ударить его пепельницей она не могла.

Думаю, что так оно и есть. Вот если бы ей хотелось стать дирижером, тогда при ее целенаправленном характере могла бы и стукнуть. Но она первая скрипка, и агрессивные действия в адрес дирижера с ее стороны не имеют никакого смысла. Вот и все, что мы узнали от прекрасной Элен.

А далее у нас молодое, но очень растущее и подающее надежды поколение. Здесь мы узнали побольше. Первое — Князев последние дни вел себя более нервно, чем обычно: больше шумел, больше кричал. Как выразилась Ольга: «Это было что-то». Явной причины, по ее словам, для этого не было. Значит, должна существовать скрытая причина. Ее-то и надо искать... Второе — около десяти часов Князев с кем-то очень крупно ругался в своем кабинете. В том, что ругался и кричал, ничего необычного нет. Важно, что при этом, по словам той же Ольги, «ор шел у Князева не по делу». Вполне возможно, что в это время он и разговаривал с убийцей. Узнаем, о чем шел ор, — возможно, узнаем и убийцу... Вот, кажется, пока и весь наш актив. Не так много. Но для начала не так уж и мало...

Атмосферой кабинета дирижера я, кажется, уже прониклась... Довольно тухленькая атмосфера, какая-то гнетущая. И ничего удивительного. Здесь ведь постоянно кричали, спорили, ругали кого-нибудь. Все это с надрывом, возможно, с ненавистью. Дошло до убийства. В таких комнатах всегда ощущаешь что-то тоскливое... Не люблю я бывать в таких комнатах, но, к сожалению, при моей профессии приходится это делать не столь уж редко. Гораздо чаще, чем хотелось бы.

Вздохнув, я еще раз внимательно осмотрела кабинет. Никаких следов преступления, обыкновенная комната. Судя по протоколу обыска, группа Мельникова ничего существенного здесь не нашла. Никаких улик, ни прямых, ни косвенных.

Я не думала, чтобы они могли что-нибудь пропустить: профессионалы, тем более и сам Мельников здесь были. Но элементарная профессиональная добросовестность диктует: осмотр места происшествия обязателен, кто бы ни работал там до тебя.

Начать я решила со стола. Порылась в ящиках, перебрала все бумажки — ничего интересного. Потом заглянула в шкафы: ноты, ноты, ноты... Сколько же их здесь... И это для одного маленького оркестра... Как только Ольге удается в них разобраться?

Нигде никаких следов тайников, никаких подозрительных записей, никаких посторонних предметов. Я присела и заглянула под стол. Полы здесь действительно моют чисто. Встала на коленки и заглянула в щель под шкафом. Темно, ничего не видно. Я сунула под шкаф руку и выгребла оттуда горсть грязи. Какие-то обрывки, пара окурков. Села на пол, разглядывая свою грязную ладонь.

Князев курил. Окурки должны были оставаться в пепельнице. Убийца схватил пепельницу, ударил... Окурки посыпались на пол, какие-то из них попали под шкафы... Потом убийца отнес тело Князева в кладовку, вернулся к столу, чтобы вытереть пепельницу. Я машинально взглянула на стол. Тяжелой хрустальной пепельницы на нем не было. Ясное дело, и не может быть. Она сейчас у Мельникова в сейфе заперта, вещественное доказательство как-никак. Но когда ребята шуровали в кабинете, пепельница, пустая и чистая, стояла на столе. Вряд ли убийца стал собирать с пола мусор, тем более тот, что попал под шкаф... Вот окурочки и валяются.

Я легла на пол и снова стала выгребать мусор из щелей под шкафами. Горка получилась довольно внушительной. Когда я рассортировала свою добычу, то результат получился такой: шесть окурков, горсть грязи, две пуговицы, четыре клочка бумаги, пустой спичечный коробок и маленький, чуть побольше, чем полсантиметра, камешек. Камешек я заметила, когда он впился мне в ладонь. Сначала я его приняла за осколок стекла, потом, когда отряхнула руки и стерла с него налипшую грязь, убедилась, что это все-таки камень. Что-то он мне напоминал. Сообразить бы, что именно...

А вот пуговица от пиджака. Золотая улика. До чего же хорошо в детективах получается: нашли пуговицу, проверили, у кого на пиджаке именно такой пуговицы не хватает, и сразу надевают на убийцу наручники... К сожалению, этот номер здесь не пройдет. Как говорится, по многим весьма существенным причинам.

Я все еще сидела на полу, когда в кабинет заглянул Саша и зачастил:

— Танька, ты с Ольгой закончила? А то я Верникова

позову... — Тут глаза его округлились — меня увидел. — Ты чего на полу? Тебе нехорошо?

— Все нормально, — успокоила я его, вставая. — Это у нас, у частных сыщиков, такой способ работы. Усаживаемся в позе лотоса на полу и начинаем медитировать. Плохо у тебя уборщицы работают, видишь, сколько мусора под шкафами было.

Сашка посмотрел на мусор, на меня.

— Ты что, нашла что-нибудь?

— Пока не поняла, — честно ответила я и сунула ему под нос камешек. — Посмотри, не знаешь, что это?

— Осколок какой-то, — добросовестно осмотрев мою находку, сказал Саша. — Но не от пепельницы. Она вся прозрачная, хрустальная, а этот зеленоватый. И вообще он какой-то... необработанный.

— Похоже на то, — согласилась я. Вырвала из блокнота листок, завернула камешек-осколок и засунула поглубже в карман джинсов. — Где тут у вас руки помыть можно? Приведу себя в порядок и возьмусь за вашего гения-одиночку.

* * *

Да-а, должна честно признаться, что альтист Верников и на меня произвел сногсшибательное впечатление. Представьте себе юношу, вдохновенного Адониса... Нет, не так. Вдохновенный — без сомнения, а вот на Адониса не тянет. Внешность приятная, но вовсе не красавец. Черты лица мелкие и не слишком правильные, на бледной коже редкие мелкие веснушки. Глаза полуприкрыты веками, цвета не разобрать, длинные светлые волосы зачесаны назад и собраны в аккуратный хвостик. Я, конечно, не стану утверждать, что мой идеал мужской красоты — «Мистер Олимпия», но телосложение нашего гениального композитора совсем не напоминало о его принадлежности к сильной половине рода человеческого. Слишком уж он хрупкий и томный, на мой вкус.

Более того, глядя на Олега, я наконец по-настоящему поняла смысл выражения «не от мира сего». Легкая футболка с короткими рукавами и затертые джинсы не делали парня нашим современником. Если его телесная оболочка и присутствовала в грешном мире, причем в очень скромном, надо заметить, объеме, то дух его, дух музыканта, витал где-то в горних высях, в бесчисленных вселенных. Двигался он очень плавно, мягко, прямо-таки струился по комнате, словно привидение. Не человек, а направленная галлюцинация какая-то.

Вспомнив энергичную, жизнерадостную Олю Хорошевскую, я от души пожелала ей избавиться от этого наваждения в образе альтиста. Честно говоря, я сама, после того как прочла в далекой ранней юности книгу Орлова «Альтист Данилов», привыкла считать альт инструментом чуть ли не дьявольским, а к альтистам стала относиться с некоторой долей опасливого уважения. Юрий Башмет на экране телевизора, отбрасывающий резким движением назад свою длинную смоляную челку, тоже наводил на размышления по поводу этой конкретной породы музыкантов. И хотя в Олеге Верникове не было абсолютно ничего дьявольского, ничего пугающего, в начале разговора мне было немного не по себе.

Через полчаса нашей увлекательной беседы я прокляла все на свете. Отвечая на мои подробные обоснованные вопросы, он на короткое время спускался с небес и ронял короткие «да», «нет», «не знаю» или вовсе отделывался пожатием плеч. С неимоверным трудом мне удалось выяснить, что, проработав в оркестре почти четыре года, Олег был знаком только с дирижером и концертмейстером первых скрипок. Еще он знал о существовании Ольги Хорошевской и несколько раз замечал ударника Корецкого, который произвел на него впечатление, однажды исполнив джазовые импровизации на тему арии Жермона из «Травиаты». Все. Про Медведева и Савченко, о которых я спросила просто для проверки, он не слыхал никогда и не имел представления, кто это такие. О том, что вместе с ним все это время в оркестре работает флейтистка Дарьялова, он тоже узнал от меня.

Возможно, мысль о наличии других оркестрантов уже посещала его голову. Как она туда забрела, не представляю, наверное, он просто услышал однажды звучание трубы или контрабаса. Поэтому, будучи в известной мере джентльменом — а по филармоническим слухам, все альтисты подсознательно считают себя таковыми, — Верников поверил мне на слово, что всего на сцене во время концерта сидят с инструментами, как правило, человек сорок.

Одним словом, расспрашивать его об оркестрантах и их взаимоотношениях с дирижером было совершенно бессмысленно. Сам он к Князеву претензий не имел, поскольку тот не слишком мешал ему заниматься композицией. И как дирижер Князев был на достаточно высоком профессиональном уровне и его, Олега, качеством своей работы не слишком раздражал. Естественно, достойным сожаления был тот факт, что Кирилл Васильевич не проявлял никакого интереса к сочинениям Верникова. Но, как известно, «нет пророка в своем отечестве», и Олег, как всякий настоящий гений, понимал, что его творчество будет понято и оценено только через века, поэтому относился к своей непризнанности философски.

— Ну, хорошо, — потеряла я терпение, — вы сами говорите, что после концерта сразу закрылись в вашей комнате и работали. Сколько прошло времени, вы не помните, когда вернулись домой, не помните... Ладно, я уже и с этим согласна. Но ведь ваша каморка через стенку с дирижерским кабинетом! Как можно было совсем ничего не услышать?

— Понимаете, Таня, — Олег говорил тихо, глядя куда-то вдаль, поверх моего правого плеча. — Когда пишешь музыку, нужна полная сосредоточенность, я бы сказал, самопогруженность. А там, в соседнем кабинете, постоянно свары какие-то были, я научился не замечать. Как бы отключаться от всего земного...

Да уж, что-что, а отключаться этот уникум научился потрясающе. Другому бы для этого недельный запой понадобился, а Верников умудрялся простенько так:

взял в руки карандаш, лист нотной бумаги, и все... никого нет дома.

— Послушайте, Олег, это ведь уже не просто свара была, там драка, убийство, в конце концов, произошло! Неужели вы так ничего и не слышали?

— Убийство? — казалось, удивился Верников.

Я сжала зубы и постаралась взять себя в руки. Иначе сейчас в этих же стенах произойдет второе убийство. Точно, пришибу этого идиота и пойду сдаваться Мельникову.

— А, да, — он все-таки вспомнил, что об убийстве ему кто-то говорил... — Но я ничего не слышал. Мне в этот вечер писалось как-то необычно. Знаете, как-то очень быстро. Все связывалось, просто целыми фразами писал, словно мне кто на ухо нашептывал. Это редко бывает. В тот вечер я очень много сделал.

— А вы можете показать мне то, что сочинили тогда? У вас записи сохранились? — может быть, этот гений, окунувшись в свое творчество, хоть что-нибудь дельное вспомнит.

— Вы хотите ноты посмотреть? — Он встал.

— Нет, ноты мне показывать бессмысленно. Если нетрудно, сыграйте.

— Я сейчас, — Олег быстро вышел.

Через минуту он вернулся с тонкой пачкой нот и инструментом. Спокойно достал из кладовки складной пюпитр, несколькими экономными движениями собрал его, установил посреди кабинета. Порылся в листочках, которые принес с собой, расставил их на пюпитре по какому-то только ему ведомому порядку. Все это молча, деловито, не обращая на меня никакого внимания. Господи, и что такая девушка, как Ольга, могла найти в нем! Верников взял альт, быстро подстроил его и обернулся ко мне:

— Только здесь не все закончено. Над гармонией поработать надо, кое-где нет связок. Это, собственно, отрывки, я даже не знаю пока, во что они сложатся...

— Мое музыкальное образование ограничивается редкими уроками пения в школе. Меня даже из общего хора выгнали за минусовые способности, так что не волнуйтесь. Несвязанных знаков и неподобранных гармоний я просто не замечу, — нетерпеливо сказала я.

Он неожиданно смущенно улыбнулся и кивнул. Секунду смычок неподвижно парил над струнами, потом Олег заиграл, с извиняющейся улыбкой поднимая на меня глаза каждый раз, когда переходил от одного отрывка к другому. Я слушала завороженно, боясь пошевелиться. Да, я действительно не самый крупный специалист в области музыки. Скажем так, отличить фа-диез от соль-бемоля я бы не смогла даже ради спасения собственной жизни. И пусть то, что играл Олег, было всего лишь набросками... Но при всем при этом я сейчас слышала... У меня просто нет слов, чтобы объяснить, что же именно я слышала. Все-таки точно, есть в этих альтистах что-то дьявольское.

Верников опустил смычок, посмотрел на меня спокойно, без ожидания похвалы, вообще не интересуясь моим мнением. Попросили его сыграть, он сыграл. Еще вопросы будут?

— Олег, — голос мой зазвучал, на удивление, хрипло, пришлось откашляться, — а еще раз можно?

Он не удивился, ничего не спросил, просто снова поднял смычок и заиграл.

Я во второй раз прослушала незаконченную сюиту «Убийство в соседней комнате». Потом попросила Верникова взять ноты и сесть рядом со мной на диван.

— Извините меня, может, я ошибаюсь, — мягко начала я, — но ваша музыка вызвала у меня некие... ассоциации. Где у вас самое начало? Посмотрите это место. Правда, похоже на разговор двух людей? И разговор довольно напряженный.

Олег склонился над нотами, мурлыкая себе под нос и отбивая ритм пальцем. Поморщился, не вставая с дивана, дотянулся до стола, взял карандаш и, подумав несколько секунд, что-то поправил. Снова задумался.

— Олег, — окликнула я его. — Так что вы скажете, я права?

— Да, действительно, тут явный диалог... э-э,

Таня, — он явно с трудом вспомнил мое имя, тут же снова уткнулся в ноты и забормотал: — Экспозицию надо немного расширить. Крещендо здесь, пожалуй, не пойдет, это попозже, а вот если что-то вроде эха... Или резко уйти в другую тональность...

Олег снова поднял голову и уставился сквозь меня в пространство, губы его продолжали шевелиться. Это безобразие необходимо было немедленно прекратить. Я резко положила руку ему на плечо и встряхнула.

— Отложите пока работу. Давайте посмотрим, что у вас дальше.

— А дальше как раз крещендо, — с готовностью откликнулся он. — Нарастание напряжения.

Верников снова вскочил и схватился за альт. Сыграв пару отрывков, подтвердил:

— Ссора, самый разгар! — и с неожиданной симпатией посмотрел на меня. — А вы умеете слышать. Наверняка тоже пишете.

— Только отчеты о проделанной работе для обоснования представляемых счетов, — несколько суше, чем хотела, сказала я и коротко напомнила: — Я частный детектив.

Впрочем, моя холодность ничуть не обескуражила его. Боюсь, он ее даже не заметил. Олег уже азартно схватился за следующий листок, испещренный совершенно загадочными для меня нотными знаками.

— А вот и драка, смотрите! — звуки закружились по комнате, как двое мужчин, вцепившихся друг в друга. Напряженное пыхтение, высокие, повизгивающие ноты, потом жесткий аккорд удара, альт всхлипнул, и я отчетливо представила себе оседающее на пол тело. Смычок замер, Олег опустил инструмент, и мы молча посмотрели друг на друга.

Он с автоматической аккуратностью положил инструмент в футляр, накрыл какой-то пеленкой. Отвернувшись, прокашлялся. Кажется, до него начало доходить.

— Вы считаете, что в это время как раз убивали Князева, а я... — он судорожно вдохнул воздух, — а я все это записал?

Я молча пожала плечами. Олег сложил ноты, сел рядом, глядя на тонкие листки с суеверным ужасом.

— И что мне теперь с этим делать?

— Не знаю. Вам решать... Или вы по этим наброскам напишете замечательный реквием по Князеву, или больше никогда не возьмете их в руки.

Судя по выражению его лица, Верников склонялся ко второму варианту. У меня же возникла новая бредовая идея.

— Послушайте, Олег, если судить по вашей музыке, то в ссоре один голос был намного ниже другого?

— Это же естественно.

— У Князева какой был голос, высокий или низкий?

— Низкий, почти бас, — неохотно ответил он. — И по тембру он очень похож на то, что там... — Олег с отвращением кивнул на стопочку нотной бумаги.

— А второй голос? Его, наверное, тоже можно узнать? По крайней мере, у меня такое ощущение, что голос явно мужской.

— Пожалуй. Ближе к тенору. Только как его узнаешь? Одно дело — из двух тембров выбрать похожий на князевский, а здесь...

— А у кого из мужчин в оркестре высокие голоса? — господи, нашла у кого спрашивать, балда! Он в лицо-то никого не знает, а я про голоса...

Естественно, Олег только развел руками. Но желание сотрудничать настолько укрепилось в нем, что по собственной инициативе он предложил:

— Надо у Элен спросить. У нее слух сверхабсолютный. И она всех прекрасно знает, — он слабо улыбнулся. — Вторая после бога в нашем оркестре.

— Вы ей покажете? Я имею в виду, сыграете? На слух это, наверное, легче будет оценить.

— Да, конечно, — он снова покосился на ноты. Отвращения в его взгляде не убавилось, но Олег явно решил быть мужественным и оказать следствию посильную помощь.

— Тогда, наверное, все, спасибо вам большое. —

Я встала. — Пойду сейчас к Желткову зайду. Да, Олег, а личный вопрос не по делу можно? Просто так.

— Пожалуйста, — он явно удивился личному интересу к его персоне.

— Вы откуда приехали? Мне говорили, что вы в общежитии живете, значит, не тарасовский.

— Со Ставрополья, — его бледные щеки порозовели. Секунду он колебался, потом решился со мной поделиться: — Вчера от мамы письмо получил. Пишет, что абрикосов в этом году хороший урожай будет. Так что поеду в отпуск, наемся на весь год...

* * *

Когда я зашла в кабинет Желткова, он разговаривал по телефону. Я смирно села в кресло и прикрыла глаза. Вымотали меня, честно говоря, эти служители Евтерпы. А ведь я только с тремя пообщалась. Сегодня, пожалуй, еще к Дарьяловой схожу, и все. Интересно, что скажет Элен, когда послушает музыку Верникова? Забавный способ опознания получается, сличение голоса человека с музыкальным представлением о нем чокнутого композитора...

— Таня, ты что хотела? — Саша уже положил трубку.

— К Дарьяловой сходить. Ты говорил, она недалеко живет. Какой адрес?

— Ага, сейчас, — он быстро написал несколько строк на листе бумаги. — Я ей звонил, так что она ждет тебя.

Флейтистка действительно жила совсем рядом, не прошло и пятнадцати минут, как я была у нее.

— Проходите, проходите, Александр Викторович предупредил, что вам нужно со мной поговорить, — приветливо встретила меня миловидная женщина, моего примерно возраста, в веселеньком, в цветочках, халате. Двигалась она, несмотря на большой живот, очень плавно и изящно.

Мы прошли в комнату, и я увидела двух маленьких ребятишек, очень мирно складывающих какое-то огромное сооружение из цветных кубиков.

— Мои... — засмеялась хозяйка. — Мите пять лет, а Катюше три. Садитесь, спрашивайте, что вы хотели узнать? Дети заняты, они нам не помешают.

— Я знаю, что в милиции вас обо всем уже расспрашивали, но расскажите, пожалуйста, еще раз про тот день, когда вы в последний раз видели Князева, — я посмотрела на нее и неуверенно добавила: — Если это вам нетрудно.

— Да нет, ничего, все нормально, — она слегка нахмурилась. — Дело в том, что рассказывать-то особенно нечего. День как день, самый обычный. С утра репетиция, вечером концерт. Князев сердит был очень, но для него это состояние естественное, он вообще свои эмоции практически не контролирует. Мне надо было обсудить с ним кое-какие вопросы технического характера. По моей работе в следующем сезоне.

— Но ведь вы же... — я выразительно посмотрела на ее живот.

— Ну и что? Конечно, полноценно участвовать в работе оркестра я не смогу, но некоторые программы вполне можно спланировать так, чтобы я играла. Это и мне необходимо, чтобы форму не терять, и для оркестра удобнее. Я хотела подойти еще днем, после репетиции, но он быстро собрался и куда-то убежал. А вечером, после концерта, только заглянула к нему и сразу решила отложить разговор на завтра. Он почти невменяемым был от бешенства, какой смысл с ним в это время о планах работы говорить... Я и ушла домой.

— Сложно с ним было работать?

— Обыкновенно. Среди дирижеров вообще редко души попадаются, — она усмехнулась. — Очень специфическая профессия, требует определенного процента сволочизма в характере, иначе ничего не добьешься.

— Необязательно, наверное. Про вас я, например, ни от кого плохого слова не услышала.

— Так я ведь не дирижер. И в области музыки ничего особенного не добилась. Мои достижения — вон, бегают.

Она кивнула в сторону детей, которые, радостно повизгивая, теперь разваливали башню. Полюбовавшись на них, я согласилась:

— Да, это достижения, ничего не скажешь. Хорошо, я бы еще хотела услышать ваше мнение о некоторых оркестрантах. Что вы можете сказать о Волковой?

— Элен? Прекрасный музыкант, очень умна, сильный характер, великолепный организатор. Она родилась для того, чтобы стать концертмейстером первых скрипок.

— В нашем тарасовском оркестре?

— Все равно. В нашем или в Филадельфийском большом симфоническом, безразлично. Она концертмейстер первых скрипок, и этим все сказано.

— А ее взаимоотношения с Князевым?

— Вы имеете в виду, не могла ли она убить его? — Марина покачала головой. — Забудьте. Не ее стиль. Она, конечно, дама ядовитая, при желании до нервного срыва любого доведет. Но убивать... это ей ни к чему. Она и так у нас в оркестре королева, она с Кириллом Васильевичем легко управлялась.

— А Корецкий? Они, насколько мне известно, с Князевым постоянно ссорились, скандалили.

— Да что вы! На самом деле Стас просто лапочка! — в голосе ее прозвучали нотки какой-то нежности. — Эти легендарные скандалы — чепуха, просто два талантливых музыканта нашли способ сбрасывать адреналин. Уверяю вас, что они оба получали от этих своих показательных выступлений огромное удовольствие. Кстати, они ведь никогда не ругались наедине! И то, что у их ссор всегда были благодарные зрители, доказывает, что это были в значительной мере театрализованные представления. — Марина посмотрела на меня и, поняв, что такая мысль для меня неожиданна, убедительно продолжила: — Вы наверняка замечали, что свидетели ссоры всегда испытывают неловкость, стараются или незаметно исчезнуть, или как-то погасить конфликт... А когда народ сбегается посмотреть, как два немолодых мужика орут друг на друга, ясно, что никто не принимает этого всерьез, так ведь?

— Возможно, вы и правы... — мне вспомнились некоторые сцены, которые мы устраивали в свое время с Мельниковым. Уже укоренившееся представление о напряженных отношениях между дирижером и ударником дало трещину.

— Конечно, права! — эта веселая женщина снова засмеялась. — Кроме того, Стас вообще не способен...

— Мама, Катя хочет раскрашивать книжку! — подбежавший Митя затеребил ее за руку. Катя, сосредоточенно пыхтя, карабкалась матери на колени.

— Хорошо, маленький, только сначала уберите все кубики. Катюша, пусть тебе Карлсон поможет, — она чмокнула девочку в нос и снова спустила на пол.

— А я возьму машину и все отвезу на место! — поставил нас в известность мальчуган и, схватив здоровенный деревянный грузовик, начал набивать кубиками кузов.

Катя достала из ящика с игрушками большую тряпичную куклу — Карлсона, повесила ему на шею сумку, а затем, обняв куклу и громко жужжа, «полетела» к цветным руинам. Митя возил кубики на грузовике, Катя, не переставая жужжать, складывала их в сумку. За несколько минут все было убрано.

Заметив, что меня зачаровало это фантастическое зрелище, Марина объяснила:

— В одном журнале я прочитала, что, во-первых, детям легче убирать игрушки сразу, до начала другой игры, а во-вторых, убирать надо играя.

Ребята получили карандаши и большие книжки-раскраски, улеглись на полу и принялись за дело.

— Марина, вы начали говорить, что Корецкий не способен... — напомнила я.

— А, да. Он очень порядочный человек и не способен на хладнокровное продуманное убийство.

— Но убийство не было ни хладнокровным, ни продуманным. У меня есть основания считать, что был разговор, который перешел в ссору, а потом — в драку. И вот тогда, в запале, скорее всего случайно... Но никак не умышленно.

— Значит, даже так... — нахмурилась Марина. — Но тогда это тем более не мог быть Корецкий. Понимаете, я, в общем, неплохо разбираюсь в людях. Уверена, Стас такого сделать не мог. Конечно, от несчастного случая никто не застрахован... Но Стас артист больше, чем человек. Если бы он убил Князева, через пятнадцать секунд об этом знала бы вся филармония! И не стал бы он прятать тело в кладовку. Стас устроил бы роскошное героико-трагическое представление на тему «Вяжите меня, убивца, люди добрые!», о котором знало бы полгорода. Нет, его участие я категорически исключаю.

Что ж, ее слова звучали убедительно. Она очень логично объясняла, кто и почему не убивал Князева. Правда, меня больше интересовал ответ на другой вопрос: кто все-таки его убил? И желательно также на третий — почему убил? Но когда я прямо спросила об этом, Марина погрустнела и только пожала плечами.

— Сама об этом постоянно думаю. Перебираю всех наших и никак не могу понять, что произошло. Но если вы говорите, что это было неумышленное убийство, почти несчастный случай... Мне надо над этим подумать.

— Марина, если вы подберете подходящую кандидатуру, человека, достаточно невыдержанного, чтобы затеять драку, достаточно нервного, чтобы шарахнуть в драке пепельницей, при этом достаточно хладнокровного, чтобы скрыть все следы, и достаточно хорошего артиста, чтобы ничем не выдать себя потом, то сообщите мне. Да, желательно, чтобы у него был высокий голос.

— Высокий голос? — подняла брови Марина.

— Да, почти тенор, — подтвердила я.

— Хо-ро-шо, — сказала она как-то странно, по складам. — Я действительно над этим подумаю.

Я вручила ей свою визитку и встала. Уже прозвучала обязательная программа вежливых формулировок «спасибо-за-помощь-рада-была-познакомиться», и мы продвигались в сторону выхода, когда в замке повернулся ключ и дверь открылась.

Дети с радостным визгом «Папа!» пронеслись в коридор, едва не сбив меня с ног. Марина расцвела улыбкой. То есть улыбалась-то она почти постоянно во время нашего разговора, но что такое настоящая ее улыбка, я увидела только сейчас.

В комнату вошел облепленный детьми невысокий мужчина. Ничего особенного, на мой вкус. Но Марина смотрела на него так, будто он был Ален Делон и Жан-Поль Бельмондо одновременно. Мужчина с доброжелательным любопытством взглянул на меня.

— Знакомьтесь, — сказала Марина с заметной гордостью. — Это мой муж, Алексей. Леша, это Таня, частный детектив. Она зашла поговорить по поводу Князева...

Честное слово, я всего несколько раз в жизни видела, чтобы лицо человека так быстро менялось. Доброжелательность сменилась хмурой напряженностью. Он крепче прижал к себе детей и быстро шагнул в мою сторону так, что почти загородил от меня жену. Можно подумать, я собиралась палить в нее из пистолета!

— Извините, — жестко сказал Алексей, — я бы не хотел, чтобы Марину тревожили разговорами на эту тему. Она тяжело перенесла всю эту историю, потом ее допрашивали в милиции, а теперь еще вы...

— Леша, — она нежно потянула его сзади за рукав, — не волнуйся, со мной все в порядке, мы уже поговорили.

Муж устремил на нее очень серьезный, испытующий взгляд.

— Честное слово, я чувствую себя прекрасно! — торопливо заверила его она и снова улыбнулась. Он ответил ей кивком, потом с сомнением снова посмотрел на меня.

— А я уже ухожу! — быстро заявила я и тоже заслужила одобрительную улыбку.

— Извините, но Марина сейчас в таком состоянии, я беспокоюсь за нее... — сказал он, открывая мне дверь.

— О чем речь, конечно, я все понимаю. Надеюсь, я не слишком утомила ее.

Мы обменялись прощальными улыбками, и милейший Леша с облегчением захлопнул за мной дверь. По лестнице я спускалась, сгорая от зависти. Я тоже так хочу! Хочу, чтобы рядом находился мужчина, который будет вот так же неосознанно бросаться на мою защиту при первом признаке даже не опасности, а малейшей тревоги. Мужчина, который будет заботиться обо мне и которому я буду улыбаться такой же особенной улыбкой, как Марина своему Леше... Ради этого я даже согласна родить ему троих детей и сидеть дома в веселеньком ситцевом халатике... Или это уже для меня перебор?

Ах, нет! Пока я не буду готова к такой незатейливой жизни, около меня и не появится подобный мужчина. Наверное, это как-то связано. А сейчас в радиусе прямой видимости имеется только мой наниматель, Роман Анатольевич. Тоже мне, сокровище, не догадался даже девушку поужинать пригласить. Я бы, естественно, отказалась. Но пригласить ему ничего не стоило, а мне было бы приятно. Или он побоялся, что соглашусь? Нет, будущее, похоже, не сулит мне ничего радостного.

От всех этих мыслей стало грустно и одиноко. Захотелось домой, захотелось пошептаться с моими верными помощниками — магическими костями. Что они подскажут симпатичной девушке — характер славный, сердце доброе, запросы... Да, запросы-то, пожалуй, кое-какие имеются, причем высокие. И отмахнуться от этого просто невозможно.

* * *

Я всегда считала, что если сердце чего-то просит, то его надо слушаться. А уж когда к сердцу присоединяется желудок и оба в один голос зовут домой, было бы совсем глупо их игнорировать.

Сначала я себя, лапочку, покормила. Потом уложила на диван и позволила немного погрустить, задумчиво поигрывая кисетом, в котором хранятся мои гадальные кости.

Некоторые в такой способ гадания не верят. Ради бога, их личное дело. А я точно знаю — в этом что-то есть. И никогда не забуду выражение лица Мельникова, когда он долго издевался надо мной, рассуждая о темных суеверных бабах, а потом, поддавшись на мое провокационное предложение проверить свои рассуждения, задал вопрос «Прав ли я?» и кинул кости. Тогда выпало 10+36+17.

Я молча протянула Андрею книгу, чтобы он сам нашел расшифровку. Хотите верьте, хотите нет, но там действительно было написано: «С женщинами шутить глупо и неприлично». Больше Мельников эту тему никогда не затрагивал.

Основное неудобство общения с костями в том, что с ними нельзя вести светскую беседу, задавая интересующие тебя вопросы, уточняя и переспрашивая. Необходимо сконцентрироваться только на одной проблеме и задать один-единственный вопрос. А что прикажете делать, если у меня их в данный момент два? Первый, естественно, — кто убил дирижера? А второй — что мне делать с Романом, про которого я вообще думать не собиралась?

Попытка объединить их привела к тому, что формулировка вопроса получилась довольно туманной: «Достигну ли я успеха в своих делах?». Кости легли на стол в сочетании 4+20+25 — «В принципе нет ничего невозможного для человека с интеллектом». М-да, каков вопрос, таков и ответ, ничего не скажешь. Спасибо, что хоть в интеллекте мне не отказали. Повздыхав, я убрала кости обратно в кисет и потянулась к телефонной трубке. Отдохнула немного, и хватит. Еще не поздно, может, Сашка выяснил, где именно подхалтуривает Корецкий, сегодня бы и съездила, поговорила.

Телефон опередил меня на какое-то мгновение, зазвонил прямо под рукой.

— Я слушаю.

Секундная заминка, очевидно, на другом конце провода не ожидали, что я так сразу сниму трубку. Потом незнакомый хриплый голос произнес:

— Вот и хорошо, что слушаешь. Добрые советы всегда надо слушать...

— А что, имеется добрый совет? — перебила я.

— Очень добрый. Обходи-ка ты, милочка, филармонию сторонкой. Не надо тебе там ничего искать.

— Почему это вдруг?

— Вредно для здоровья. Ты девушка молодая, симпатичная, мало ли что может случиться... Ручки-ножки случайно поломать могут, а то и по личику кто ножичком чиркнет. Зачем тебе эти неприятности? Ты уж поостерегись, и сама целее будешь, и хорошим людям хлопот меньше.

— Хорошим людям хлопот меньше будет, если тот, кто Князева убил, с повинной явится. На суде, говорят, учитывается...

Я хотела еще и адресок продиктовать, где его встретят с нежностью и любовью, но мой хриплый собеседник не был склонен продолжать разговор и бросил трубку. Очевидно, посчитал, что дело свое сделал.

Ну-ну, значит, даже так... Давненько мне никто не звонил с подобными угрозами. А еще говорят — репутация! И что с того, что репутация, что все серьезные люди в Тарасове знают: угрожать мне таким образом — все равно, что от осы отмахиваться, только злее становлюсь. Нашелся же придурок, которому сие неизвестно... Ага, испугалась я его, в погреб со страху залезла и в бочке с квашеной капустой спряталась. Размечтался! А может, это Сашка шустрит, хочет меня зацепить покрепче? Хотя вряд ли, скорее мой «клиент» резвится. Прослышал, значит, что гроза криминала Татьяна Иванова начала на него охоту, и забеспокоился. Откуда узнал, интересно? Собственно, филармонические все в курсе, у них ведь, как я поняла, что-то вроде непрерывного собрания по данному поводу... Опять приходим к мысли, что убийца свой, из оркестра.

Значит, надо продолжать знакомиться с остальными обитателями этого богоугодного заведения. Кто у меня остался из первоочередных, один Корецкий? Польский шляхтич, пан Станислав, гениальный ударник, подхалтуривающий где-то в отдалении от родной филармонии. Как там Верников говорил — джазовые импровизации на тему арии Жермона... Надо же! Даже интересно послушать. Что ж, пора звонить Желткову, наверняка он уже узнал, где мне искать этого виртуоза.

Сашка, как обычно, не подкачал: не только нашел

ударника, но и договорился с ним. Корецкий сегодня с какой-то джаз-бандой играл в ночном клубе на вечеринке, устраиваемой одной бульварной газеткой по поводу своего трехлетнего юбилея. Там он и будет меня ждать, надо только сказать, что я пришла к ударнику Корецкому, и меня немедленно пропустят. Я поинтересовалась, не слишком ли рано в шесть вечера являться в ночное заведение, но Сашка успокоил: «Они там с обеда празднуют».

Ну что ж, ночной клуб — значит, ночной клуб. Я задумалась, не приодеться ли мне поприличнее, потом решила, что в вечернем платье буду чувствовать себя неуютно, в конце концов, меня на эту вечеринку никто не приглашал. Так что джинсы я оставила, сменила только блузочку да цепочку блестящую на шею повесила. И подкрасилась, естественно, потщательнее, соответственно случаю. Все-таки ночной клуб...

От моего дома до него было сравнительно недалеко — минут двадцать прогулочным шагом, и я решила пройтись пешком. По дороге прокручивала в голове собранные сведения. Да, по результатам своей работы я недалеко ушла от Мельникова. Пока установлено только, что Князев был человеком неприятным. Последнее время был раздражен и агрессивен. Хорошевская слышала ссору, которая показалась ей «неправильной». Если верить таланту Верникова, то была и драка. Может, осмотреть всех оркестрантов, и пусть объяснят происхождение каждой царапины? Гениальная мысль... И еще тенор... Вполне возможно, что Князева убил тенор. Что же теперь делать? Как его найти? А очень просто: выстроить всех мужчин и заставить их петь. Потом вывести из строя теноров и допросить их с пристрастием.

Я представилась на входе «подружкой ударника Корецкого», и меня не просто немедленно пропустили, но со всем уважением выделили в провожатые паренька, который и отвел «подружку» к выделенной для музыкантов комнатушке. Корецкого среди ребят, сидевших вокруг пива, я угадала сразу. Крепкий мужик, выше среднего роста, намного старше остальных, седые волосы коротко подстрижены. «Под бобрик» — почему-то всплыло в памяти. Румяные щеки, веселые голубые глаза. Я представилась, и он обрадовался так, словно я действительно была его старинной подругой. Быстренько турнул ребят, очень вежливо, впрочем, дескать, не видите, ко мне девушка пришла, поговорить надо. Ребята, посмеиваясь, прихватили по банке пива и тактично удалились.

— Хлебнете? — Корецкий протянул банку и мне.

— С удовольствием, — я открыла банку и глотнула в меру холодного «Хольстена». — Самое то.

Он отсалютовал мне своей банкой:

— Рад знакомству. Никогда в жизни не видел частного детектива. А тут еще такая милая девушка!

— Взаимно, — он был настолько обаятелен, что я не могла не улыбнуться. — Я тоже впервые пью пиво со знаменитым ударником. Извините, Станислав, а как ваше отчество, а то мне неловко...

— Что вы, Таня, у артистов отчества не бывает, вы разве не знаете? Так что просто Стас, хорошо? У нас до следующего выхода минут сорок, успеем поговорить. — Он по-мальчишески наклонил голову набок и неожиданно выпалил: — А можно, я вас первый спрошу, как вы дошли до жизни такой? Я имею в виду, стали частным детективом?

Меня не первый раз спрашивали об этом, но никогда еще с таким милым детским любопытством. Так что я ответила очень любезно, почти с удовольствием.

— Ничего особенного. Училась, кончила юридический, проработала несколько лет в прокуратуре. Потом надоело цапаться с начальством, а тут новые времена, вот и рискнула. Сначала было сложно, потом несколько удачных дел, появилась репутация, пошли клиенты... Вот, собственно, и все.

— Ваше здоровье, — он сделал большой глоток. — А как вы в этом деле оказались?

— Желтков попросил, мы с ним старые знакомые. А оплачивает работу Роман... Анатольевич.

— Хороший мужик, — кивнул Стас. — Вы знаете, это он меня в оркестр позвал. Я тогда на улице работал.

Хорошее было время! У меня тоже с начальством всегда сложности были, а на улице я сам себе хозяин. И заработки, скажу вам, дай боже...

— А почему же тогда сменили амплуа?

— Возраст, Танечка, возраст, — засмеялся он. — Улица хороша для молодых, а мне ведь шестой десяток.

— Вот уж не сказала бы, — совершенно искренне заявила я.

Мое явное удивление, кажется, польстило Корецкому.

— Да-да, шестой десяток, я всего-то на пять лет моложе покойного Князева, — вспомнив о дирижере, он сразу помрачнел. — Да, Князев... Что-нибудь выяснили или пока пусто?

— Как вам сказать, — дипломатично ответила я. — Рано говорить о результатах. Хожу, разговариваю с людьми. Думаю. Вот ваши отношения с Князевым ведь нельзя было назвать безоблачными, правда?

— Не знаю, — он пожал плечами. — Нормальные были отношения. Ну скандалили, не без этого... Знаете, как в семье, без ссор никто не живет. Дирижер он, конечно, был средний, областного масштаба, а считал себя по меньшей мере Гербертом Караяном. Ну и эти его заскоки насчет благородного происхождения... Он со всеми своими выпендрежами сам постоянно на скандал нарывался.

— А что, он в самом деле из дворян?

— Да что вы, из каких дворян? Из дворовых он, а не из дворян!

— Но ведь фамилия у него благородная — Князев, из князей, значит...

— Танюша, вы, простите, ерунду говорите. Князев и есть самая холопская фамилия — князев человек, слуга княжеский. Учтите, у настоящих, природных дворян, фамилии не от титулов образованы.

— А Корецкий? Мне сказали, что вы из старой польской шляхты?

— Правильно, — спокойно ответил Стас и высыпал на тарелку пакетик чипсов. — Не из самых родовитых, конечно, но мы к Вишневецким да Чарторыйским никогда в родню и не набивались. Своей славы хватает. Предки мои еще во время восстания девяносто четвертого года себя показали, — глянув на меня, он, очевидно, усомнился в моих глубоких знаниях истории Польши и решил пояснить, — в польском восстании тысяча семьсот девяносто четвертого года. Ян Корецкий рядом с Костюшко сражался, плечом к плечу. И позже прапрапрадед мой, Казимир Корецкий, с Домбровским Гданьск брал... Бумаг, конечно, не сохранилось никаких, только семейные предания...

Я решила, что самое время щегольнуть эрудицией, и с выражением продекламировала:

> Но от князей ведут свой древний род Юраги,
> И мне-то каково разыскивать бумаги!
> Пускай москаль пойдет и спросит у дубравы,
> Кто ей давал патент перерасти все травы?

— Что такое? — брови Корецкого изумленно поползли вверх. — Вы знаете Мицкевича?

— Не слишком хорошо, — честно призналась я. — Прочитала только «Пан Тадеуш».

— Но почему? То есть я хочу сказать, что Адам Мицкевич не входит на данный момент в число самых популярных в России поэтов.

— В общем-то, случайно. Прочитала в «Известиях» интервью с Анджеем Вайдой, где он рассказывает о съемках «Пана Тадеуша» и говорит, что эта поэма для поляков сравнима по культурному значению с «Евгением Онегиным» для русских. Мне стало интересно... Вот и прочитала.

— Понравилось? — его голубые глаза блестели.

— Очень! — я не кривила душой. Хотя обычно через стихотворную форму я продираюсь с некоторым трудом, эта поэма действительно привела меня в восторг. — И написано дивно, и чувство юмора потрясающее. А уж как вылеплены сами поляки! И на охоте, и в драке, и сборища эти... Как там сказано, «сеймиковать собрались»! Я, в общем-то, по разным историческим романам события представляла, но у Мицкевича все настолько живо...

— Шановна паненка, я весь ваш! — Стас встал и

прижал правую руку к сердцу. — Девушка, которая читает великого Адама Мицкевича, может требовать от меня всего, чего угодно! Хотите, я вам «Лунную сонату» на ударных сыграю?

— А что, это возможно, «Лунную» на ударных?..
— Для меня все возможно, — тряхнул он головой.
— Тогда обязательно.
— Все, договорились. После перерыва с этого и начнем, — Корецкий взглянул на часы. — А пока что вам рассказать? Про мои взаимоотношения с Князевым вы спрашивали... Коротко говоря, не настолько я его уважал, чтобы убивать. Просто тот вечер как-то по-дурацки сложился. Устал я очень, голова болела. Обычно вокруг меня народу много, а тут никого видеть не хотелось. Так что я тихо смылся пораньше, поехал домой и лег спать, а потом выяснилось, что у меня алиби нет.

Дверь приоткрылась, и в щели показалась взлохмаченная голова.

— Стас, готовность десять минут!

Корецкий коротко кивнул, и обладатель буйных кудрей испарился.

— Это Леша Медведев, тоже из оркестра, виолончелист. Вот, таскаю его с собой.

— А-а, тот самый оболтус, которого Корецкий учит жить, но бесполезно?

— Элен! — расцвел Стас. — Узнаю милую по походке. Ну и змеюка! Вот у кого талант прямо пропорционален стервозности!

Мы еще немного поговорили, потом его позвали играть. Меня усадили за столик в уголочке. Пошептавшись с ребятами, Корецкий один прошел к своей установке, картинно поклонился в мою сторону и, ничего не объявляя, заиграл...

Теперь мне будет, что рассказать внукам. Это действительно был Людвиг ван Бетховен, исполняемый на ударной установке. Судя по физиономиям остальных музыкантов, сбившихся тесной кучкой, они были потрясены не меньше меня. Только Леша Медведев гордым молодым петушком поглядывал вокруг, дескать, «а вы что, сомневались?». Гораздо более слабое впечатление игра Стаса произвела на гуляющих журналистов, но они ведь и притомились уже. Да и вообще, не для них он играл, а для меня. А уж я-то оценила. Элен была права, Стас вполне мог давать сольные концерты. Стадионы бы собирал, а Киркоров повесился бы от зависти.

Потом ребята играли вместе, тоже, должна признать, очень неплохо, потом мы со Стасом снова пили пиво и разговаривали. Потом к нам присоединился расхрабрившийся Леша, и снова я слушала музыку... Было уже довольно поздно, и мы все перешли на «ты», когда я наконец решила, что пора домой, и стала прощаться.

— Леша, собираемся, — объявил Стас.

— Куда? — изумился Леша. — Нам же до утра работать!

— Леша, панна Татьяна собирается домой. Не может же она в такое позднее время идти одна. Мы проводим паненку и сдадим ее домашним в полной сохранности. Рыцарь ты, Леша, или не рыцарь!?

— Рыцарь, а как же! — заявил Леша. — Все правильно, идем провожать паненку...

Они проводили меня до самого дома, и всю дорогу Стас рассказывал интереснейшие истории из своей жизни. А пожил он богато.

В общем, когда я наконец вошла к себе в квартиру, сбросила туфли и плюхнулась на диван, то честно могла сказать, что это был один из самых приятных вечеров в моей жизни. И абсолютно бесполезный в смысле продвижения расследования. Вся информация, полученная мной от Корецкого и Медведева, опять свелась к перечислению причин, почему ни Элен, ни Ольга, ни гениальный Олег, ни Марина, ни сам Стас не стали бы убивать дирижера. Правда, в дальнейшем мнения немного разошлись. Алексей с молодой здоровой верой утверждал, что ручается за каждого оркестранта и что скорее всего у Князева были какие-то темные дела на стороне. Но на мой провокационный вопрос: «А если бы тебе сказали, что Князев замешан в грязной афере, ты бы поверил?», он не менее горячо воскликнул: «Да никогда в жизни!» За что тут же был уличен в полной нелогичности своих взглядов.

Более умудренный жизнью Стас в результате наших разговоров совсем погрустнел и бурчал только, что человек — это такое паскудное насекомое, что никогда не знаешь, где нагадит.

Одним словом, после первого дня работы по делу об убийстве дирижера Князева пустышка у меня была не менее впечатляющая, чем у Мельникова. Хотя нет, у меня еще было сообщение об особенно нервозном в последние дни состоянии дирижера и убийца-тенор из музыки Верникова. Позвонить, что ли, Андрею, порадовать? Я взглянула на часы — почти двенадцать. Ладно, пусть живет. Да и неохота мне сейчас с ним разговаривать, диван зовет со страшной силой.

* * *

Я уже засыпала. Обрывки мыслей, воспоминаний, разговоров прошедшего дня медленно кружились в голове. Стас как бы парит над своей ударной установкой, Олег бережно пристраивает альт к плечу, начинает играть, но вместо музыки слышится жужжание, и появляется маленькая Катюша в обнимку с Карлсоном. Ольга Хорошевская и Элен, обнявшись, убеждают меня, что оранжевый бархат нехорош, Роман Анатольевич им это объяснил, и они с ним совершенно согласны. Саша Желтков, друг детства по прозвищу Цыпленок, с недоумением смотрит на меня: «Что это? Осколок какой-то?»

Мне так и осталось неясным, что произошло сначала: я вспомнила, испугалась и проснулась или, наоборот, проснулась и уже тогда вспомнила и испугалась. Точно знаю одно: когда я резко вскочила и кинулась к брошенным на стул джинсам, в голове у меня внутренний голос истерически вопил: «Камень!»

Чего вдруг я всполошилась из-за какого-то осколка, я и сама понять не могла, но почему-то чувствовала, что он мне очень нужен, и, если я его потеряла, — это катастрофа.

Слава богу, камень, завернутый в листочек из моего блокнота, был на месте. Зажав его в кулаке, я включила люстру, положила на стол лист чистой белой бумаги и уже на нее осторожно выложила свою находку. Постепенно успокаиваясь, внимательно стала ее разглядывать.

Небольшой, милиметров пять-семь. По форме больше всего похож на грубый обломок тонкого граненого карандаша. Темная зелень граней покрыта какими-то бурыми пятнышками. Может быть, малахит? На сколе явно зернистая структура. Что у нас еще бывает зеленым? Не изумруд же, в конце концов, слишком уж цвет тусклый.

Что делает человек, если срочно хочет что-то узнать, а спросить не у кого? Правильно, смотрит в справочнике. Единственная сложность, которая может возникнуть, — отсутствие необходимого издания. Но это, к счастью, не про меня. С детства обожаю разные справочники, словари и другую научно-популярную литературу.

В американских комедиях частенько появляется полудебильный персонаж, обычно мафиози, который читает энциклопедию подряд, по алфавиту, и приходит в восторг от той массы нового и интересного, что он там нашел. Правда, как правило, его пристреливают раньше, чем он добирается до буквы «н». Но зрители успевают к тому времени вволю повеселиться над придурком.

Авторитетно заявляю, шутки эти глупы и несмешны. Энциклопедии — увлекательнейшее чтение! Конечно, я не призываю всех поголовно в качестве легкого развлечения читать словарь ударений, да и меня саму не часто застанешь за упоенным изучением русско-английского разговорника. Но в грустную минуту, когда за окном дождь, а вам холодно и одиноко, снимите с полки томик толкового словаря Владимира Ивановича Даля. Думаете, что и так знаете русский язык? А вы попробуйте проверить себя! Гарантирую, через двадцать минут всю меланхолию как рукой снимет. И вы, дрожа от возбуждения, будете названивать подруге с одной целью — поделиться новыми знаниями: «Знаешь, что означает «напитериться»? Побывать в Питере и стать продувным плутом, вот как!»

А уж при моей работе иметь под рукой справочную литературу просто необходимо. Не знаю, может, чего-то у меня и нет, но пока каждый раз, когда возникала необходимость, моя библиотека меня не подводила. Вот они, выстроились рядами на полках — словари, энциклопедии, книжки серии «Эврика», всякие справочники.

Естественно, и сейчас я обратилась к старым друзьям. Провела пальцем по корешкам книг. Ага, вот она. Старенькая, пятьдесят девятого года издания, «Занимательная минералогия» академика А.Е. Ферсмана. Цветных иллюстраций не так много... Вот хризопраз зелененький. Но на картинке это обработанный, отполированный овал, трудно сравнивать с тем обломком, что лежит у меня на столе. Дальше... нефрит, малахит и изумруд. Малахит тоже сфотографирован обработанным, а нефрит — скол круглого окатыша. А вот изумруд... Я перевела взгляд с фотографии, на которой, судя по подписи, были изображены изумруды в слюдяном сланце, на невзрачный камешек. Не сказать, что очень похоже, но достаточно для того, чтобы задуматься. Все-таки изумруд? Странно.

Я нашла еще одну иллюстрацию. Там красовался изумруд весом 2226 г со Среднего Урала. Вот когда я ахнула! На картинке был брат-близнец моего камешка. За исключением того, что мой примерно на два килограмма двести двадцать граммов легче.

* * *

Естественно, с утра я первым делом рванула на геологический факультет университета. Решила, что там-то наверняка специалисты с первого взгляда определят, что, собственно, я нашла. В общем, ожидания мои оправдались. Совсем недолго поплутав по коридорам и кабинетам, я добралась до комнаты со скромной табличкой «Музей минералогии». Пожилая, очень благородного вида женщина, склонившаяся над какими-то разложенными на столе таблицами, обернулась и не слишком дружелюбно оглядела меня.

— Вы кого-то ищете?

— Добрый день! Это вы заведующая музеем? — жизнерадостно начала я. — Извините, пожалуйста, что отрываю вас от дела, но мне необходима консультация по поводу одного камня, и мне сказали, что именно вы можете помочь.

Вежливость творит чудеса, я это всегда знала. Женщина улыбнулась мне, отставив свои таблицы, предложила мне сесть и спросила:

— Так что у вас за камень?

— Вот, посмотрите, пожалуйста.

Теперь камешек лежал в спичечном коробке, завернутый в бумажную салфетку. Я аккуратно развернула его и положила на стол между нами.

— Ого! — заведующая довольно неаристократично присвистнула и осторожно взяла камешек в руки. — И где вы нашли это сокровище?

— Именно что нашла. Случайно, среди мусора.

— Да? Скажите адресок, я бы в таком мусоре с удовольствием покопалась. Вы хотите сказать, что не знаете, что это такое?

— Вообще-то я подозреваю, что это изумруд. В книжках картинки посмотрела, там очень похожие. Но, понимаете, я не уверена, я ведь не специалист, точнее говоря, совсем в камнях не разбираюсь...

— Угу, — она вертела камень своими тонкими пальцами, подносила к глазам, терла бурые пятна, даже, кажется, понюхала. — И вы принесли его к специалисту, чтобы он подтвердил ваши подозрения. Ну что ж, поздравляю вас, это изумруд.

— Вы уверены? — во рту у меня неожиданно пересохло.

— Милая моя, — снисходительно улыбнулась мне женщина, — вы все перепутали. Это вы не разбираетесь в камнях, а я в этом котле уже сорок лет варюсь. И если я говорю, что это изумруд, то можете не сомневаться и нести его ювелиру, делать колечко или брошку.

— Откуда? — довольно тупо спросила я. Ну откуда в мусоре мог взяться изумруд? Но заведующая решила, что я спрашиваю у нее.

— Точность, конечно, не стопроцентная, но очень похоже на Малышевское месторождение. Это под Екатеринбургом.

— А можно определить точно?

— Сейчас, — она легко встала, отошла с моим камешком к столу возле окна, где стояли микроскоп, какие-то колбочки, пробирки. Некоторое время она возилась там, потом открыла одну из витрин, достала что-то, очевидно, для сравнения. Еще через несколько минут вернула мне мой изумруд.

— Малышевское, точно. Так что прибыл ваш камешек с прииска из окрестностей славного Ельцинграда.

— А... этот прииск, там и сейчас работают? Я имею в виду, добывают изумруды?

— Наверное. По крайней мере, я не слышала, чтобы его закрывали.

— Понятно. И последний вопрос... Как вы думаете, — я замялась, заведующая музеем спокойно смотрела на меня и ждала продолжения. Я решилась: — Скажите, там воруют?

— А где сейчас не воруют? — ответила она просто, ничуть не шокированная моим вопросом. — С приисков сейчас до пятой части добычи разворовывается.

— И вы думаете, что этот камень тоже ворованный? — осторожно спросила я.

— Обычно необработанные изумруды в продажу не поступают. Так что... — женщина развела руками.

— Ясно. Вы мне очень помогли, спасибо большое. — Я встала и направилась к дверям.

— Пожалуйста. Появятся еще... вопросы, заходите, — ответила она.

В ее голосе прозвучала заметная нотка любопытства, так что я, продолжая рассыпаться в благодарностях, побыстрее улизнула и сразу же отправилась домой. Лучше всего мне думается именно дома. Поэтому, когда появляется сложный вопрос, я почти подсознательно стремлюсь в родные стены. А сейчас передо мной во весь рост встал не просто вопрос, а вопросище: как, черт побери, изумруд, уворованный с уральского прииска, мог оказаться в филармонии — под шкафом в кабинете дирижера камерного оркестра?!

* * *

Домой я добралась без приключений, но сосредоточиться и спокойно подумать мне не удалось. Мигание огонька автоответчика меня всегда раздражает, поэтому, войдя в квартиру, я немедленно прослушиваю записанные на нем сообщения. И сейчас сразу же его включила, вдруг что-то важное... Как же, размечталась! Сообщение было только одно — Мельников требовал отчета. Какой тут отчет, если я ни в чем не разобралась и ничего не могу понять. Если все в оркестре — почти ангелы и убить Князева никто не мог... Я еще продолжала в раздумье качать головой, когда раздался телефонный звонок. От неожиданности машинально схватила трубку и тут же обругала себя. Конечно, это опять был Мельников.

— Танька, где тебя носит? Все утро названиваю. Ну рассказывай, чего нарыла?

— Пока ничего интересного, — я старалась говорить голосом скучным и утомленным. — Беседую пока с оркестрантами, очень милые люди...

— Кто? Эти скорпионы? — Андрей хохотнул. — Тань, мы про одних и тех же людей говорим?

— Да ладно тебе, нормальные ребята. Особенно Корецкий.

— А, этот барабанщик. Конечно, по сравнению с остальными вполне ничего мужик.

— Я вчера слушала, как он играет. Это что-то потрясающее! Ты его не слышал?

— Мне сейчас только барабаны слушать... Эй, никого близко к вещдокам не подпускай, а то ходят тут всякие, потом самовары пропадают... — Я не успела удивиться последней фразе, как Андрей пояснил: — Это я не тебе, это я Сидорову. У меня тут свои тамтамы день и ночь тарабанят. Я здесь, как в Африке, — негром работаю. А ты, Татьяна, явно темнишь... Что-то накопала, нюхом чую. Давай выкладывай! — приказал он. — А то больше близко к протоколам не подпущу.

Ну и волчара, этот Мельников, за версту чует жареное. Придется кое-что ему выдать...

— Тут такое дело выяснилось, товарищ начальник: минут за пятнадцать-двадцать до убийства Князев у себя в кабинете ругался с неким тенором. Ор стоял невозможный.

— С кем он ругался? — переспросил Мельников. — С каким тенором? Кто такой?

— А вот это как раз и неизвестно. Известно только, что тенор.

— Вот это хорошо, — произнес он ехидно. — Значит, среди басов, баритонов и альтов убийцу искать нет смысла. Только среди теноров. Ты себе не представляешь, Татьяна, насколько ты облегчила нам работу. Талант, он завсегда себя проявляет. Действуй в том же духе и, как только найдешь своего тенора, немедленно звони — приеду с наручниками. Будь здорова, не кашляй. — И он положил трубку.

Похоже, Андрей опять забыл, что я не вхожу в его группу. Что ж, пусть ехидничает, тут уж его не исправишь. А про изумруд я ему ничего не сказала. Обойдется. Я и сама толком не знаю, что с этим изумрудом делать...

Я положила трубку. Телефон тут же снова зазвонил.

— Да, Андрей, что забыл?

Небольшое замешательство, потом голос в трубке медленно произнес:

— Это не Андрей, извините... Это Роман.

— Ох, господи, надо же, как глупо получилось... Роман, здравствуйте, я очень рада!

Снова ошибка, слишком много энтузиазма, я начала сердиться на себя: «Школьница ты, Татьяна, что ли? Никогда с мужиками дела не имела?» Взяв себя в руки, заговорила нормальным ровным голосом:

— Я как раз хотела с вами поговорить...

— Да? — в голосе легкое сомнение.

— Тут кое-что любопытное появилось.

Это называется «взяла себя в руки»? Что я несу? Я ведь даже еще не решила, говорить кому-нибудь про изумруд или нет.

— Тогда я могу подъехать...

— Э-э, мне нужно сначала еще кое-что сделать, — с грацией дрессированного бегемота вывернулась я. — Давайте встретимся часа через два в филармонии.

— Хорошо, договорились, — особого энтузиазма в голосе нет. Ну и черт с ним! Буду я себе голову забивать. Мне сейчас с изумрудом разбираться надо. Я снова достала камешек, положила на ладонь.

Итак, что дальше? Прежде всего надо решить главный вопрос: имеет он отношение к убийству Князева или нет? Если не имеет, то и заниматься им нечего. Нашла и нашла, хозяев нет. Вставлю изумруд в колечко, как геологиня советовала, и буду носить на пальце. Тоже неплохо.

А если имеет? Тогда это вещдок. И вполне может быть, что из-за него человека убили... Не посоветоваться ли мне с потусторонними силами? Я вынула из мешочка кости, сосредоточилась и бросила их на стол.

21+33+11 — «Вы настроены на «хорошую волну». Близится несколько неожиданных и очень выгодных для вас событий, почти каждый ваш шаг принесет удачу».

Ладно, будем трактовать. Посчитаем, что изумруд имеет отношение к убийству и является вещдоком. И я через него размотаю всю эту историю...

Значит, геологиня утверждает, что изумруд уральский. Как же он к нам-то попал? Исходя из самой примитивной логики, кто-то привез. Очень все просто: кто-то был на Урале, нашел там изумруд, привез в Тарасов и бросил под шкаф в конуре дирижера... Да нет, изумруды под шкаф не бросают. Значит, потерял. Упал камень на пол, и хозяин найти его не смог. По личному опыту знаю — такое возможно. Когда у меня что-нибудь мелкое падает на пол, сразу найти почти никогда не удается. Оно в конечном итоге оказывается совсем в другом месте, не там, где искала... А если камешек убийца уронил, у него и времени искать не было.

Узнать бы для начала, не гастролировал ли недавно оркестр в уральских краях. Или кто-нибудь из оркестрантов. Пожалуй, с перепугу я правду сказала — надо мне сейчас ехать в филармонию, есть у меня там пара дел. Вот так-то. Но об изумруде пока никому ни слова...

* * *

Первым делом я получила от Сашки планы гастрольных поездок за последние три года. Изучив этот увлекательный документ, я только головой покачала. Совсем неплохо живут ребята. За границу мотаются не реже, чем раз в квартал. В основном, правда, заграница не слишком жирная — Польша да Словакия. Однако и в Германию заезжали, в прошлом году в Австрию на какой-то фестиваль смотались, в позапрошлом — в Японию. Нет, я бы сказала, грех жаловаться.

Но Уральские горы в маршрут коллектива никак не вписывались. Куда бы ни ехал славный камерный оркестр, ни разу его путь не пролегал достаточно близко от Екатеринбурга и изумрудного прииска. Ну что ж, значит, это чьи-то личные дела. Пожалуй, имеет смысл выяснить, нет ли в оркестре уральских аборигенов.

При хорошо поставленной работе отдела кадров нет ничего проще, чем получить интересующие сведения. Девица, сидевшая при бумагах, получив от Желткова указание «во всем содействовать Татьяне Александровне и ответить на все ее вопросы», весело принялась за дело, и вскоре передо мной лежали личные дела оркестрантов: тоненькие коричневые папочки, и в каждой — листок по учету кадров, небольшая фотография и собственной рукой написанная автобиография. А мне больше ничего и не нужно было.

Я устроилась в отделе кадров за пустующим столом и стала просматривать папочки. Тарасов, Тарасов, Тарасов... Большинство родилось и выросло здесь, в Тарасове. Ничего странного: музыкальное училище, консерватория, музыкальный город со славными историческими традициями. У нас даже какие-то идиоты от меломании возвели возле консерватории музыкальный фонтан — на зависть всем другим городам и весям. Но встречались и Рязань, и Казань, и другие крупные и мелкие населенные пункты. Стоп — Свердловская область... Ну почему в нашем деле всегда ожидает какая-нибудь подлянка?! С фотографии на меня таращился парень, с которым мы вчера вечером так хорошо пили пиво и обсуждали убийство Князева, — кудрявый Лешка Медведев. Тогда что же, он и есть связующее звено между изумрудами и оркестром? Он замешан в убийстве дирижера?

Я быстро пересмотрела остальные папки, которых передо мной лежало еще десятка полтора, надеясь, что найду другого кандидата в убийцы. Опять Тарасов, Тарасов, Тамбов, неожиданно Южно-Сахалинск, Ставропольский край — это Олег Верников, снова Тарасов... И пусто — ни одного человека из Екатеринбуржья. Так что пришлось вернуться к Леше Медведеву.

Я вчера с ним столько пива выпила и столько чипсов съела, что вполне зачтется не за один, а за два пуда соли. И поскольку за мной полного идиотизма раньше не замечалось, значит, он или не имеет отношения к этой истории, или он самый потрясающий актер, которого я видела в своей жизни. И если он в состоянии так сыграть, ему следовало бы не в тарасовской филармонии сидеть, а в Голливуде «Оскары» собирать. Ой, как не хочется, чтобы симпатичный Леша оказался убийцей...

А может быть, изумруд и ни при чем вовсе? Убийство — само собой, а камень — сам собой. Просто Медведев привез из родного дома сувенир на память, изумрудик, и положил его в дирижерском кабинете под шкаф, для сохранности. Бред какой-то.

Зайдем с другой стороны. Была драка, убийца схватил пепельницу, размахнулся ею, на пол посыпались окурки, изумруды... Почему множественное число? Ведь камень был только один. Мельников никаких изумрудов не нашел, в протоколах о них ни слова нет. А если изумрудов все-таки было несколько? Остальные убийца подобрал и унес с собой, а этот не нашел, он под шкаф улетел вместе с окурками... Ребята Мельникова под шкаф не лазили, факт. Грязь там была старая, никак не трехдневная, скорее, трехнедельная, а то и трехмесячная. Но откуда изумруды в пепельнице? Какой идиот станет держать в пепельнице изумруды?!

Нет, как хотите, а изумруд этот связан с убийством. В конце концов классический закон единства времени, места и действия, как закон тяготения, отменить невозможно. И если в одно время в одном месте появились изумруд и убийца, то несомненно, что они связаны между собой, участвовали в одном действии! Вот только что делать с кудрявым уральцем Лешей?

Я медленно брела по коридору, прикидывая различные версии, и не слишком внимательно глядела по сторонам. Точнее говоря, вообще не глядела. И не только по сторонам, но и вперед. Так что, когда я плавно уткнулась в чью-то широкую грудь, это было вполне закономерно. Подняв глаза, я мысленно застонала. Ну на кого еще я могла налететь, словно неуправляемая баржа в густом тумане, посреди широченного филармонического коридора? Роман осторожно взял меня за плечи и слегка отодвинулся.

— Все в порядке? — спросил он скорее с любопытством, чем с беспокойством.

— Конечно, — я вывернулась из его рук и отступила назад. — Извините, задумалась...

— Я заметил, — легкая улыбка. — Вы не спешите, надеюсь? Хотелось бы с вами поговорить.

— Да, понимаю. Вы желаете узнать, насколько продвинулось расследование?

— И это тоже, — кивнул он. — Я знаю, что подробные доклады не в ваших правилах, но хотя бы в общих чертах...

— Хвастаться, честно говоря, пока нечем. Хожу, знакомлюсь с людьми, разговариваю. — Я медленно двинулась дальше по коридору, он рядом. — Кое-что начинает проясняться, но о существенном прорыве говорить пока рано.

— Разумеется, глупо было бы рассчитывать, что вы за один день все раскрутите, — Роман вздохнул. Похоже, он все-таки на это рассчитывал. — Ладно, не буду задавать дурацких вопросов. Может, хотите что-то спросить?

— Да как вам сказать... — Я на несколько секунд задумалась, потом решилась: — Скажите, Роман, в сферу ваших интересов входят драгоценные камни?

— Как это?

— Ну мало ли... Продаете там, покупаете, меняете на что-нибудь.

— Не-ет. У меня же супермаркеты, а не ювелирные магазины.

Сзади послышался звук шагов. Кто-то догнал нас и шел почти вплотную. Я быстро обернулась, не люблю, когда мне на пятки наступают. Это был мужчина лет тридцати. Он выглядел именно так, как должен выглядеть музыкант в обывательском представлении. Высокий, худой, движения резкие. Бледное выразительное лицо, тонкие губы, светлые волосы зачесаны назад, открывая высокий красивый лоб. Он поравнялся с нами.

Роман тоже остановился.

— Добрый день, Роман Анатольевич, — мужчины пожали друг другу руки, и Роман представил нас друг другу.

— Рекомендую — Николай Маркин, виолончелист. Таня — расследует дело об убийстве Князева.

Маркин немного неуверенно взял мою руку, подержал секунду на весу, словно раздумывая, пожать или поцеловать. Потом принял решение, энергично сжал и сразу отпустил, почти бросил.

— Роман Анатольевич, вы долго здесь будете? А то Элен вас искала, у нее предложения есть по концертам. Но там какие-то вопросы. Вы же знаете, — Маркин улыбнулся, — она не терпит, когда ее скрипачи простаивают.

— Ни дня без сцены! — кивнул Роман. — Спасибо, я к ней подойду.

Маркин торопливо двинулся дальше, а Роман повернулся ко мне:

— Таня, а при чем здесь драгоценные камни?

— Если бы я знала! Да нет, я не шучу, не смотрите на меня так. Просто если вдруг услышите что-то об изумрудах, сразу сообщите мне, ладно? — Он неуверенно кивнул, явно подозревая, что я его разыгрываю. — А теперь пошли к Элен, мне тоже надо с ней поговорить.

— Пошли, — Роман не двинулся с места. — А можно мне задать вопрос не по делу?

— Спросить можно, ответить не обещаю, — усмехнулась я.

— Я понимаю, что это глупо, но... — Он сунул руки в карманы и явно неохотно спросил: — Кто такой Андрей?

— Андрей? — в первую секунду я не сообразила, о ком это он спрашивает. Потом вспомнила свои вчерашние телефонные разговоры. — Это Мельников, начальник группы, которая ведет дело об убийстве Князева. Он вчера перед вами звонил, тоже спрашивал, что у меня нового. Хороший мужик, мы с ним много вместе работали. Я ответила?

— Да. Спасибо, — он снова смотрел на меня дружелюбно и улыбался. — Пошли к Элен?

Волкова работала на сцене со скрипачами. Увидев нас, остановилась, отложила скрипку, быстро подошла. Сегодня на ней был салатного цвета костюм, длинная шифоновая юбка красиво развевалась при ходьбе.

— Извините, Роман Анатольевич, мне только пару слов Татьяне сказать.

Меценат наклонил голову и послушно сделал шаг в сторону. Элен протянула мне лист бумаги.

— Олег сыграл мне свою... в общем, музыку, которую он написал в тот вечер. Голос Князева выделяется очень четко, я согласна, а насчет второго я не уверена. Ближе всего по тембру четыре человека, здесь их фамилии. Но сами понимаете, это больше всего напоминает гадание на ромашке.

— Большое спасибо, — я развернула листок.

— Чем могу... — холодно ответила Элен. — А теперь извините, у меня важный разговор.

Она развернулась к Роману, который с недоумением смотрел на меня и даже попытался что-то спросить. Но Элен беседу со мной уже закончила и взялась за мецената.

— Роман Анатольевич, совершенно шикарное предложение, вся скрипичная группа в восторге! Но с финансовой точки зрения...

Я воспользовалась возможностью с достоинством удалиться.

На листе плотной белой бумаги крупным четким почерком Элен написала четыре фамилии. Первым, наверняка с чувством глубокого удовлетворения, она записала самого Верникова. «Змеюка», вспомнила я определение Стаса. Дальше шли Ионов (скрипка), Маркин (виолончель) и Савченко (гобой). Фамилии Леши, слава богу, здесь не было. На душе стало чуть-чуть легче. Я продолжала разглядывать бумагу. Забавно, что она к фамилиям добавила не имя-отчество, а инструмент, на котором человек играет. Все-таки музыканты — люди со своим взглядом на мир.

Ну что ж, Лешу Медведева все равно надо поспрашивать, не верю я в совпадения. Вот только где его сейчас искать? Я немного покрутилась по филармонии, но ни его, ни Стаса нигде не было.

Я снова пошла на поклон к Сашке. Он поразил меня измученным, совершенно замордованным видом.

— Найти Медведева? Танька, все бы вопросы так просто решались! — Он взял телефонную трубку, набрал номер. Долго, не меньше десяти гудков, ждал. Наконец трубку сняли.

— Алло, Леша? Давай быстренько просыпайся, приводи себя в порядок, к тебе через двадцать минут Иванова подойдет, ей надо поговорить с тобой, — из трубки донеслось невнятное протестующее лопотание. — Ладно, через полчаса, — нетерпеливо согласился Сашка, — но чтобы был как огурчик.

Полчаса Медведеву явно не хватило. Он успел встать, надеть майку и шорты и, возможно, умыться. Проснуться он не успел.

Собственно, я же знала, что они со Стасом, проводив меня, вернутся в клуб и будут работать до утра. Так что мое появление у него в полдень вполне можно было бы квалифицировать как жестокое обращение. А ведь обещала Роману не давать воли своим садистским наклонностям...

— Пойдем на кухню, я кофе сделаю, — Леша моргал глазами и отчаянно зевал.

Естественно, я согласилась, все равно разговаривать с ним сейчас было бесполезно. Кофе он не варил, а именно делал: насыпал в чашку две ложки порошка, вскипятил воду, залил, чудом не ошпарившись. Я с интересом осмотрела банку — эквадорский, никогда такого не видела. Это был картонный цилиндр с жестяными донышками. А содержимое банки больше всего напоминало темно-коричневую муку. Естественно, предложено было и мне, но мое любопытство не простиралось столь далеко, и я отказалась.

Леша в три глотка выпил свою чашку, тут же сделал вторую и посмотрел на меня уже более осмысленно.

— А хорошо вчера поиграли, — улыбнулся он. — Только ушла ты очень рано. Мы там до шести утра были.

— Самой жалко, — совершенно сознательно соврала я, — но у меня же работа. Подумай сам, какая я сегодня была бы, если бы до утра с вами сидела? Леша, ты как, уже в состоянии разговаривать?

— В состоянии. Только не очень быстро.

— Хорошо, давай медленно, — я задумалась.

Не могу же я вот так просто спросить у парня: «Не ты ли это, друг мой, возишь в Тарасов ворованные с прииска изумруды?» Это было бы, по-моему, немного бестактно. Я молчала, Леша с любопытством смотрел на меня.

— Давай так, — наконец решилась я, — расскажи мне сначала о себе.

— Что рассказать? — парень растерялся, этого он не ожидал.

— Откуда ты, про семью расскажи, где жил, где учился...

— А зачем тебе?.. Хотя какая разница, мне не жалко, слушай. — И начал в лучших традициях канцелярского стиля: — Я, Медведев Алексей Николаевич, родился в одна тысяча девятьсот семьдесят четвертом году в Свердловской области...

— Подожди, — засмеялась я, — говори нормально, здесь же не аттестационная комиссия.

— Да что говорить-то? Родился я в поселке Крылово, наша семья там еще до войны обосновалась. Первым прадедов брат приехал с женой, в двадцать девятом году. Устроились, потом и остальные подтянулись. Отец мой там родился. Семья большая, за пятьдесят-то лет полпоселка родственников получилось. Там у меня, кроме всяких двоюродных, родители, брат с сестрой да дед с бабкой. Все как полагается. Ну мы, Медведевы, всегда при музыке были, хор там народный, батя на баяне играет. Школа у нас в поселке есть музыкальная, так батя нас всех троих туда записал. Толя, старший брат, на баяне, а нас с Нинкой на фортепиано. А потом, я уже в третьем классе был, учительница приехала новая, виолончелистка. И так мне понравилось, как она играет, что решил я тоже виолончелистом стать. Три дня ревел без остановки! Мать первая не выдержала, сказала бате: «Хватит над дитем издеваться! Хочет с этой бандурой таскаться, шут с ним». Привезли мне из города виолончель, и перешел я заниматься к Елене Николаевне. Очень хорошая учительница, хотя и молодая была. Руки мне так поставила, потом в училище педагоги удивлялись. Она родителей и уговорила, что мне дальше учиться надо. Правда, они и сами видели, что у меня получается. Эх, а какие мы концерты втроем устраивали! На всех школьных вечерах гвоздь программы — трио Медведевых. Понимающие люди в обморок падали: как это, виолончель с баяном! Но мы на областном конкурсе три года подряд первое место занимали. А потом, когда школу кончили, что ж... Толя к бате на прииск подался, Нина продавщицей работает, замуж вышла. А я училище кончил, потом в Тарасов, в консерваторию. Еще на четвертом курсе здесь в оркестре стал играть, так что, когда закончил, естественно, меня в филармонию взяли. В общем, все нормально...

— Леша, а что за прииск, ты говоришь, там у вас?

— Изумрудный. У нас почти все поселковые на этом прииске работают. Может, слыхала когда про Малышевское месторождение? Наши изумруды одни из лучших в мире, по двести долларов за карат идут, — с наивной гордостью, как будто это его личные изумруды, похвастался он.

Карат, мера веса драгоценных камней, это ноль целых две десятых грамма, так было написано в моей любимой энциклопедии. Что ж получается, если в моем камешке, допустим, граммов шесть, то в каратах это будет... это будет тридцать карат. Шесть тысяч долларов? Даже если при обработке изумруд потеряет в весе, все равно он стоит сумасшедшие деньги!

Обалдевшее выражение моего лица Леша принял за восхищение его замечательным поселком и принялся рекламировать его с удвоенной силой:

— А места у нас там какие! Природа богатейшая! Это же Урал. Сказы Бажова читала, наверное. Красота! Горы невысокие, но такие красивые, что смотришь, смотришь и насмотреться не можешь. А леса, а поля... А в лугах такие травы — идешь, и они тебе по пояс. И речка совсем рядом. Здесь, конечно, Волга, ничего не скажешь, но зато наша речушка чистоты необыкновенной, и рыба в ней — что-то неописуемое. Знаешь, я каждый год летом в отпуск приезжаю домой и словно в другой мир попадаю. Какая красота, какое спокойствие... Ладно, ты думаешь, я так говорю потому, что там мой дом. Но я и ребят туда возил, они то же самое говорят!

— И кого ты возил?

— В прошлом году мы со Стасом ездили. Ну, это было что-то! Они с батей подружились, водой не разольешь. Спелись, концерты устраивали на всю деревню. Установку свою Стас, ясное дело, туда не повез, прямо на месте всякие инструменты навыдумывал. В бутылки воду налил, стиральную доску у матери выпросил, в мыльницу свою гвоздей насыпал, пилу двуручную взял. И вот батя на баяне наяривает, Стас то по бутылкам лупит, то молоточком по пиле, а весь поселок пляшет. Мне мыльницу доверили.

Вот-вот, только Стаса мне и не хватало на этом изумрудном прииске. Ну что за сволочная работа!

— Только Стас к тебе ездил?

— Почему только Стас? В позапрошлом году Колю Маркина брал. Ему там так понравилось, что он остаться хотел. Была бы у нас в поселке для виолончелиста работа, я бы сам остался!

— А Маркин, значит, концертов не устраивал?

— Нет, они больше с Толей. Или в горы уйдут — Толя ему интересные места показывал, или отправятся в гости к кому-нибудь из приисковых, или просто сядут в углу, за бутылочкой, и толкуют... — Леша подумал немного и неохотно добавил: — Матери это не больно нравилось. Толя у нас не очень пьющий, но когда в компании, да еще угощают... Вот мама и не велела мне его на следующий год привозить.

— Вы с ним дружили тогда, что ли? Как получилось, что ты его пригласил?

— Да не то чтобы очень дружили. Ну сидим рядом в оркестре. Случайно разговор зашел, я про Урал начал рассказывать, ему интересно стало, вот бы, говорит, посмотреть! А мне что, жалко, что ли? У нас со всеми поселковыми перезнакомился, целыми днями по гостям... Даже на прииск хотел пройти, честно! — Леша засмеялся. — Туда же просто так не пускают — закрытая зона. Ясное дело, его оттуда охрана погнала, но он и с ними подружился, сидел потом с мужиками, я видел.

— А Стас получил от матери разрешение на второй заход?

— А как же! Стас что, он, конечно, не дурак выпить, но дом и хозяйку всегда уважает. И потом — не для пьянки пьет, а для куражу. Самогону, может, две рюмки проглотит, а концерт потом на два часа закатит.

Батя с ним помолодел просто. Так что если Стас в этом году захочет, то обязательно возьму. Я ему уже сказал, что родители звали. Батя в каждом письме привет передает.

— Ясно. А еще кого возил?

— Из нашего оркестра больше никого. В консерватории с одним парнем вместе учились, так он два раза на каникулы приезжал. Но сейчас он в Перми работает. А хочешь, поехали летом с нами? Хата большая, всем места хватит. Родители любят, когда в доме много народу.

— Почти уговорил, — согласилась я. — Ладно, теперь плавненько переходим к текущим событиям. Ты одиннадцатого, после концерта, к Князеву не заглядывал?

— Нет, зачем мне? Я от него подальше старался держаться. Не люблю, когда по пустякам цепляются. А ему, чтобы наорать на человека, и повода никакого не надо. Он как в том армейском анекдоте: «Почему в шапке? Почему без шапки?»

— А кого-нибудь видел, кто в кабинет заходил?

— Да я вообще в той стороне, где его кабинет, не был. Кончили играть, я виолончель в чехол и домой. В моем же доме еще две наши девчонки квартиру снимают, мы вместе и пошли. Знаю только, что Коля Маркин должен был к Князеву зайти.

— Откуда знаешь? Маркин сказал?

Что-то этот Маркин стал мне сегодня часто встречаться. Маркин ездил на Урал. Маркин хотел попасть на прииск. Маркин подружился с охранниками. И у него тенор — фамилия Маркина стоит третьей в списке, который дала мне Элен. Вот ведь как иногда все сходится. Помню, один профессор в институте нас, студентов, постоянно предупреждал: «Бойтесь, молодые люди, косвенных улик, они могут довести до тюрьмы совершенно невинного человека». Но я-то знала, что Маркин заходил к Князеву в пятнадцать минут десятого, после этого дирижера видели еще несколько человек...

— Он когда мимо нас проходил, буркнул Коле, злобно так, зайдешь, дескать, ко мне, разговор есть. Я сам слышал...

— Кто буркнул? — не поняла я. — Извини, я задумалась и что-то пропустила.

— Князев, он Маркину велел зайти, — терпеливо объяснил Леша. — Коля сразу к нему и пошел. Только Савченко его обогнал, на автобус спешил.

— Угу. Значит, Князев вызвал Маркина к себе. Зачем, интересно? — произнесла я вслух, а про себя ехидно добавила: «Неужели затем, чтобы Маркин отпросился у него с завтрашней репетиции?»

— Мало ли... — Леша смотрел на жизнь философски. — Он на Колю последнее время зуб точил. Что-то у них произошло на последних гастролях. Не знаю, что уж там Коля натворил, но взъелся на него Князев по-черному.

— На гастролях. Где?

— В Братиславе мы тогда были, на фестивале. А что? Это имеет значение?

— Не знаю. Леша, а где я могу сейчас Маркина найти?

— Представления не имею... — Леша пожал плечами. — В филармонии надо спросить, обычно они нас как-то находят.

— Значит, вернусь туда. А то я почти со всеми поговорила, а его как-то пропустила, — я решила не афишировать свой интерес к Маркину.

— О чем с ним разговаривать? — изумился Леша. — Он в оркестре бывает только от сих и до сих. Постоянно какие-то дела проворачивает, вечно у него деловые встречи, то он покупает, то продает что-то. Знаешь, даже на гастролях, куда бы мы ни приехали, хоть у нас, хоть за границей, обязательно у него деловые знакомые найдутся. А нашими оркестровыми проблемами он себе голову не забивает.

— Но ты же сам говоришь, что Князев его вызывал. Вдруг Маркин про их встречу что-нибудь интересное расскажет.

Честно говоря, я очень на это рассчитывала.

* * *

Выйдя от Леши, я продолжала думать об этом Маркине. Выходит, он соврал Мельникову. Зачем? Не хотел, чтобы узнали, о чем был у него с Князевым разговор... С другой стороны, он ведь ушел домой задолго до десяти. Это подтверждено свидетельскими показаниями! Я остановилась и прямо на улице стала листать блокнот. Так и есть, Николай Маркин ушел домой вместе с Орловым А.Г., вторая скрипка. Они вместе дошли до троллейбусной остановки. Орлов остался ждать троллейбуса, а Маркин направился домой. Соседка подтверждает, что он пришел в половине десятого — она выносила мусор и встретилась с ним в подъезде. Господи, какой бред все эти выписки из протоколов! Ну пришел он домой, поздоровался с соседкой, громко хлопнул дверью и тут же быстренько рванул обратно. Если бегом бежал, то вполне мог успеть вернуться и в девять пятьдесят вовсю ругаться с Князевым. Такие вот дела...

Но из-за чего им ругаться? Ольга слышала что-то, но вспомнить не может. Спорили, по ее мнению, о чем-то непривычном. То есть не относящемся к обычным темам оркестровых скандалов. А изумруд оказался под шкафом. Упал и закатился? Если Маркин и Князев ссорились из-за драгоценных камней, то это действительно к музыкальным проблемам отношения не имело и могло показаться Хорошевской странным.

А почему ссорились? Допустим, Маркин наладил контакты с теми, кто ворует изумруды с прииска. Привезти в Тарасов камни из Екатеринбурга — нет проблем. Но в России настоящую цену за камни не получишь, их надо переправлять за границу. Так... А у Маркина везде есть деловые знакомства, даже за границей. Если он сумел провезти некоторое количество изумрудов и передать надежному человеку...

Какова тогда роль Князева? Подельник? И ссора их была вульгарной дележкой добычи? Что-то произошло в Братиславе, ведь Леша говорит, что отношения между Князевым и Маркиным обострились именно после этих гастролей. А в будущем месяце оркестр собирается в Польшу. Это как-то повлияло на события?

Я споткнулась о выступающий край люка канализационного колодца и огляделась по сторонам. М-да, занятая своими мыслями, я забрела довольно далеко от места, куда направлялась. А куда, собственно, я направлялась? В свете последних данных мне нужно встретиться с Маркиным. А где его найти, знают в филармонии. Кто знает? Да какая разница! Там есть Сашка Желтков, который наверняка знает того, кто знает, где Маркин. Значит, надо выруливать в сторону филармонии.

Но в этот раз добраться до филармонии без приключений мне было не суждено. Оставалось пройти каких-то два-три квартала, когда дорогу загородили два здоровенных парня. Думая о своем, я машинально попыталась обойти их, но они двинулись в ту же сторону, не пропуская меня. Ну что скажешь, слишком тесно оказалось нам троим на этом широком тротуаре. Я остановилась и посмотрела на них — ничего особенного, обыкновенные уличные амбалы. Не профессионалы. Да, Танечка, совсем не уважает тебя этот малахольный убийца дирижеров, какую шушеру посылает... Быстро оглядевшись по сторонам, я убедилась, что в пределах видимости никого больше нет, значит, никто не помешает нашей душевной беседе.

— Что, девочка, испугалась? — довольно ржанул один из амбалов, по-своему истолковав мое движение. — Раньше надо было пугаться, а теперь поздно, теперь мы тебе бо-бо будем делать...

— И кто же вас таких послал, мальчики? — с холодным любопытством спросила я.

Очевидно, он обиделся, потому что ответ его, хотя и был очень пространным, полезной информации не содержал вовсе. Второй не был склонен к длительным дискуссиям, просто шагнул ко мне и замахнулся. Конечно, я могла бы подождать и посмотреть, куда, собственно, он собирался бить, но я была уже немного раздражена, а парень был так медлителен... Не дождавшись удара, я коротко ткнула его кулаком в солнечное сплетение. Он тут же сложился пополам, подставляя шею. Не отказываться же. Так что врезала и по шее. Щедро, от души. Амбал хрюкнул и прилег на теплый асфальт. Я подняла глаза на первого.

— Так кто же вас послал? — несмотря на мой ласковый тон, первый попятился от меня и что-то невнятно забормотал. — Не слышу!

Я попробовала подойти к нему ближе, но он отскочил назад. Услышав за спиной какое-то кряхтение, я резко обернулась. Молчаливый амбал, немного отдохнувший на асфальте, со скрипом поднимался. Я заняла более удобную позицию, чтобы видеть обоих, и того, который поднимался, и того, который продолжал пятиться.

Парни переглянулись, молчаливый смачно сплюнул, говорун остановился. Снова передо мной стояли два амбала, еще менее склонные к переговорам, чем полторы минуты назад.

Они ринулись на меня одновременно. Зря они это сделали. Такие вещи отрабатываются долгими часами на тренировках с партнерами, пока не появляется полное взаимодействие, а иначе... Ясно, что мои противники прежде всего помешали друг другу. Мне только и оставалось, что коротким нырком уйти из-под удара говоруна, по дороге врезав ему в челюсть так, что сама услышала лязганье зубов. Почти одновременно я ударила носком туфли по голени правой ноги второму. Теперь дорогу к филармонии мне никто не загораживал, но не убегать же от этих болванов.

— Может, все-таки скажете, какой придурок вас послал, а, мальчики?

Увы, мальчики не хотели разговаривать, теперь они оба пятились от меня. А когда я резко шагнула к ним, дрогнули и рванули за угол. Бежали они, впрочем, тоже плохо, я бы обогнала их, даже не запыхавшись. Ну и черт с ними, все равно такие шестерки ничего не знают. Нанимают их через третьи руки и, ничего не объясняя, велят отметелить конкретную личность.

Убежали, и ладно, у меня своих дел полно. Мне в филармонию надо, убийцу дирижера Князева искать, некогда мне всяких хулиганов по улицам ловить.

Сашка был на месте, еще более измученный и задерганный. Просто удивительно, меня и не было-то часа два.

— А, Таня, — поднял он на меня воспаленные глаза. — Тебя тут Коля Маркин искал, не знаю, что ему нужно...

Очевидно, я сейчас не очень хорошо владела своим лицом, потому что он запнулся и спросил неуверенно:

— Что-то не так? Я так и думал, что ты сюда вернешься, сказал, что ты скоро будешь. Он еще раз зайдет, — Саша посмотрел на часы, — через полчаса. Если не хочешь с ним встречаться, то я от него отделаюсь, никаких проблем.

— Да нет, сама идея, пожалуй, неплоха, просто его инициатива оказалась для меня несколько неожиданной. А что он вообще за человек, этот Маркин?

— Человек... Откуда я знаю? Нормальный человек, ничего особенного. Виолончелист хороший, в консерватории на конкурсах играл, дипломы есть. Тесть у него — золото! Начальник цеха на одном заводике, мелочевку всякую делают, скобяной товар. У нас все петли дверные, щеколды, шпингалеты... Все оттуда. Он их как бракованные списывает.

— Саша, я про Маркина спрашивала, а не про его тестя, — напомнила я. — В оркестре у него с народом какие отношения?

— Близких друзей нет. Какой-то он, можно сказать, суетливый, все время куда-то по делам торопится. С репетиций часто отпрашивается, и всегда у него уважительные причины. Но на концертах ни разу не подводил, ни одной фальшивой ноты. — Он устало потер лоб и встал из-за стола. — Понимаешь, Танька, — продолжал он, расхаживая по кабинету, — я сейчас не знаю, что сказать про любого из наших. Я на каждого из них смотрю и думаю: а вдруг это он Князева долбанул пепельницей? Потом начинаю соображать, нет, этот не мог. И другой не мог. И третий... Но кто-то же его убил! Может, все-таки этот, что сейчас передо мной? И опять по кругу. Танька, я скоро с ума сойду! Слушай, у нас же еще несколько таких здоровенных пепельниц есть. Сегодня же велю, чтобы их выбросили. Пусть купят легкие, знаешь, маленькие такие, пластмассовые.

Я присела на край стола, сказала с сочувствием:

— Понимаю. Саш, ты не переживай так. В любом случае это только один человек, а не весь оркестр.

— Ты когда этого одного найдешь?

— Давай не будем загадывать. Чтобы тебе было легче, скажу, что кое-какие идеи у меня появились.

— Напала на след преступника? — с надеждой посмотрел на меня Саша.

— Скорее, на след от его следа... Слушай, пока Маркин не пришел, как бы мне князевские бумаги посмотреть?

— Какие именно?

— А я знаю? Дарьялова говорила, что, когда она к Князеву заглядывала, он листал какие-то бумаги. Вот эти и хочу полистать. Надеюсь, милиция их с собой не забрала?

— Да нет. Они у Князева на столе лежали. Этот твой знакомый милиционер просмотрел их, и все. Я потом убрал в сейф. Так, на всякий случай.

Сашка достал ключ из ящика стола, открыл сейф и вручил мне большую картонную коробку с бумагами.

— До чего цивилизация дошла! — восхитилась я. — Я только в американских фильмах видела, как герои, когда их увольняли, все свое имущество на работе в такие коробки складывали.

— А где, ты думаешь, я эту идею подцепил? Мы люди культурные, тоже телевизор смотрим. Так что бери, ройся, что найдешь — твое. Если очень захочешь, могу и коробку подарить.

— Саша, я пойду к Князеву в кабинет, там устроюсь, ладно?

— Как тебе удобнее, Танюша. Сейчас все для тебя.

— До чего мне приятно, Саша, с тобой общаться, — призналась я. — Так бы и стояла и разговаривала...

— Нет уж, ты лучше иди делом занимайся. А Маркин придет, мне как с ним быть? К тебе отправить или прогнать?

— Пожалуй, ко мне. Надо же выяснить, почему ему так захотелось со мной увидется, что он хочет мне рассказать?

Решив вопрос с Маркиным, я поволокла коробку в кабинет дирижера. Там вывалила ее содержимое на письменный стол и стала просматривать бумаги. Их, кстати, оказалось не так уж и много. Сначала я выловила разрозненные листы нотной бумаги, на которых, кроме нот, ничего не было, и отложила их в сторону, чтобы не мешались. Потом разделила оставшееся на две неровные стопки. В той, что побольше, были машинописные списки. Стопка поменьше состояла из листков, исписанных от руки. В основном это были варианты программ различных концертов и планы работы. Было несколько набросков дирижерских планов разных произведений. Ничего личного, все бумаги исключительно деловые. Машинописные документы тем более носили чисто профессиональный характер. Среди них попадались программы концертов, приказы по оркестру, гастрольные планы, списки оркестрантов, участвующих в выездных концертах или гастролях.

Я не представляла себе, что я ищу и что надо искать, но тщательно изучала каждый листок, сортируя документы по датам. Даты стояли на всех машинописных листах. За одиннадцатое число была только одна бумага — отпечатанный на машинке список оркестрантов для выезда на двухнедельные гастроли в Польшу. Как я поняла, машинистка просто напечатала весь списочный состав оркестра, а Князев внес в него от руки свои пометки.

Из сорока фамилий пять были вычеркнуты. Около одного отвергнутого Князев приписал мелкими буквами «паспорт». Дарьялова была густо заштрихована и рядом стояло: «декрет». Фамилия Савченко была зачеркнута слабой пунктирной линией, которая кончалась большим вопросительным знаком. Еще около одного была приписка «обойдется». Фамилия Маркина была перечеркнута двумя жирными диагональными линиями, и никаких пояснений. Я откинулась на спинку стула, разглядывая список. Интересно, чего же это он так на Маркина взъелся? Не хотел, оказывается, Кирилл Васильевич, чтобы Маркин ехал в Польшу с оркестром.

Довольно любопытная новость... Не зря, значит, я эти бумаги просматривать стала... А теперь этот самый Коля Маркин рвется поговорить со мной. Вот и хорошо. Мне тоже интересно будет с ним пообщаться. Хочет что-то рассказать? Или выведать, что я накопала? Ладно, прикинусь шлангом, откуда ему знать, что на самом деле я змея, да еще какая. А пока Маркина не было, стала читать остальные бумаги, рукописные. Почерк у Князева был тот еще, но хорошо хоть, что их было немного. Ничего для себя интересного я в них не нашла...

— Добрый день! Александр Викторович сказал, что я могу к вам зайти, — человек остановился в дверях.

— Да-да, конечно, прошу. Входите, пожалуйста, садитесь, Николай.

Маркин вошел. Теперь я его вспомнила. Тот самый, с которым меня познакомил в коридоре филармонии Роман. О чем мы тогда с ним разговаривали? Кажется, я спрашивала Романа, не имеет ли он дела с изумрудами. А Маркин шел за нами. Интересно, что из нашего разговора он мог слышать?

Я присмотрелась к нему повнимательнее. Действительно, довольно хорош собой. Прическа немного жидковата, но, говорят, если мужик лысеет со лба, то это от ума. Примем пока на веру, что Коля Маркин не дурак.

Он кашлянул, поморщился под моим изучающим взглядом. Как-то очень осторожно сел на стул. Явно сильно нервничает. Впрочем, основания для этого могут быть самые разные. В любом случае путать Маркина в мои планы пока не входило. Я улыбнулась ему широкой, дружеской улыбкой:

— Вы хотели мне что-то рассказать?

— Д-да. Дело в том... Когда меня допрашивали в милиции, я не все им рассказал. — Он вытащил из внутреннего кармана пиджака авторучку и начал крутить ее в руках. — Я не был уверен, что имею право... С другой стороны, Князев все-таки убит, это преступление, и оно не может оставаться безнаказанным...

Он замолчал, сосредоточившись на своей авторучке.

— Я вас внимательно слушаю., — Черт, неужели решил признаться? Надо с ним подобрее, чтобы не передумал, не дай бог. Я старательно приняла самый ласковый вид, как умный психоаналитик в американской мелодраме. — Не волнуйтесь так, Николай, рассказывайте. Какая бы ни была проблема, будьте уверены, мы найдем оптимальное решение.

— Да, конечно, — он зябко повел плечами. — Я так и подумал, вы все-таки частный сыщик. И сможете учесть интересы оркестра. Тем более что Роман Анатольевич...

— Николай, что вы не рассказали в милиции? — мягко поторопила я его. Вот еще, будет он мне объяснять, как я должна соблюдать интересы нанимателя. Решил сознаться в убийстве, давай! Четко, ясно, с подробностями. А уж смягчающие обстоятельства, разговор о непредумышленности содеянного, хорошая характеристика от коллектива и просьба взять на поруки — это все потом.

— Дело в том, что когда я в тот вечер заглянул к Князеву, — заторопился Маркин, — а я именно заглянул, долго ли отпроситься...

— Э-э, минуточку! — снова остановила его я. — Ну-ка сначала. Зачем вы пошли к Князеву?

— Так я же и говорю! Я и в милиции так сказал — мне надо было отпроситься со следующей репетиции, к зубному, — послушно начал сначала Маркин.

Я смотрела на него во все глаза. Вот тебе, Танечка, и

признание, размечталась! А Маркин продолжал рассказывать, сжимая авторучку дрожащими пальцами.

— И только я стал ему это объяснять, как зазвонил телефон. Князев мне махнул рукой, подожди, дескать, и снял трубку. Поговорил, потом я ему объяснил про талон к врачу. Он обругал меня за то, что беру талоны на рабочее время, но отпустил. А когда его нашли, я, конечно, об этом телефонном разговоре вспомнил. Князев тогда договорился о встрече и того, с кем разговаривал, по фамилии назвал. Так и сказал: «Жду тебя, Медведев, до десяти, не задерживайся!» Вот.

Ай да Коля! Ай да сукин сын! Сознается он в убийстве, щасс! Он же слышал, что я с Романом о драгоценных камнях говорила. И почувствовал, что пахнет жареным. Как он ловко все стрелки на Лешу перевел. Я быстро прокрутила в голове все, что могло быть против Леши. Он родом с прииска — это раз, в камнях разбирается — это два, репутация оболтуса — три. Неплохой букет. И хотя алиби на время убийства и, пожалуй, на время телефонного звонка, имевшего место, по словам Маркина, минут в пятнадцать десятого, у него есть, оно не менее жидкое, чем у самого Маркина... Что у нас еще остается? Голос! Лешу Элен не занесла в свой список, а вот Маркина занесла. И вообще, какого черта? Леше я верю на миллион долларов, а Николаю Маркину ни на грош. И если я ошибаюсь, то чего стоит моя хваленая интуиция?

— Только я вас попрошу, вы об этом никому не рассказывайте, — продолжил он. — Коллектив, понимаете, могут не так понять...

— А вот этого, Николай, я вам обещать не могу... Значит, в милиции вы об этом звонке говорить не стали, — отметила я. Не спрашивала, просто констатировала факт.

— Видите ли, тогда я был несколько оглушен случившимся и растерялся.

Вот в это я верю. Но в то время и не было необходимости сваливать убийство на Лешу. Интересно, он сразу продумал эту идею в качестве запасного варианта или это экспромт, рожденный под моим влиянием?

— А почему решили рассказать мне?

— Ну, во-первых, вы все-таки не милиция. А потом, ситуация в оркестре... Все как-то подвисло, а ведь у нас на будущий месяц намечены заграничные гастроли. Конечно, нет никакой уверенности, что они состоятся — найти нового дирижера, наиграть с ним программу, это все требует времени. Но то, что происходит сейчас... И пока дело не будет закрыто, все проблемы оркестра так и останутся нерешенными. А вы наверняка имеете опыт и сумеете сделать все так, что никто не пострадает.

— То есть вы считаете, что Князева убил Медведев? — спросила я спокойно.

— Нет-нет, ни в коем случае! Как я могу такое утверждать! Но, с другой стороны, нельзя отрицать, что Князев обладал незаурядным талантом доводить человека до бешенства, прямо-таки до состояния аффекта!

Ясно, милейший Коля Маркин не хочет обвинять Лешу в убийстве дирижера. Он хочет, чтобы я самостоятельно пришла к этому выводу. Ну-ну, пусть пока будет так, пусть потешит себя надеждой.

— Понятно, понятно, — чтобы добавить ему уверенности, я еще и головой покивала. — Николай, а вы сможете еще некоторое время оставаться здесь, в филармонии, в пределах досягаемости? У меня могут появиться кое-какие вопросы.

— Разумеется!

— Хорошо. А теперь извините, мне надо хорошо все обдумать.

— Да, конечно. Я буду в филармонии.

* * *

Когда он наконец ушел, я встала из-за стола и прошлась по кабинету. Подошла к окну, немного полюбовалась пейзажем. Уверенность, что Князева убил Маркин, была абсолютной. Но одной моей уверенности, к сожалению, недостаточно.

Улики все косвенные. Мало ли кто еще мог получать ворованные с прииска изумруды, мало ли кто имеет деловые связи за границей. Князев вычеркнул его из списка выезжающих на очередные гастроли в Польшу? Маркин может сказать, что не знал об этом. Хотя я не сомневалась, что Князев вызвал его после концерта именно для того, чтобы сообщить это пренеприятнейшее известие. Что касается тембра голоса... В любом суде только посмеются над такой уликой. А Мельников, тот и смеяться не станет. В лучшем случае молча покрутит пальцем у виска, а в худшем... Те издевательские слова, которые я услышу от Андрея в худшем случае, мне даже представлять не хотелось. Я снова закружила по кабинету.

Можно просто выложить все, что я знаю, и все, что думаю, моим дорогим нанимателям, Сашке с Романом. И пусть они сами решают, как выпутываться. Но это будет вопреки всем моим правилам. Не привыкла Татьяна Иванова закрывать свои дела подобным образом.

Мне стало тесно в кабинете, и я вышла в коридор. Пошла прогулочным шагом, рассеянно разглядывая выкрашенные в спокойный бежевый цвет филармонические стены. Дверь впереди открылась, и в коридор аккуратно выплыла Марина Дарьялова. Мы поздоровались и пошли дальше вместе. Исключительно в целях поддержания беседы я сказала:

— Не ожидала здесь встретиться. Желтков ведь отпустил вас?

— Справки собираю, таскаю с места на место, — засмеялась Марина. — Из консультации нужна справка на работу, с работы — справка в консультацию. Скучать не дают.

Она внимательно на меня посмотрела, явно хотела о чем-то спросить, но не спросила. А я, наоборот, решила воспользоваться случаем.

— Марина, расскажите мне, пожалуйста, про Маркина. Что вы о нем думаете?

Кажется, вопрос мой прозвучал для нее очень неожиданно. Она даже остановилась:

— Вы... вы тоже? Вы думаете, это он?

— А что, вы пришли к такому же выводу? — удивилась я.

— Понимаете, — Дарьялова тревожно смотрела на меня, — это ведь только мои ощущения.

— Вы говорили, что неплохо разбираетесь в людях, — напомнила я.

— Да. И я перебрала всех наших, очень тщательно все обдумала. И у меня получилось, что больше всего подходит Коля Маркин.

— Но вы не поделились со мной этим открытием. Не позвонили.

— Нет, конечно. Мало ли, что мне примерещится. Если вы тоже имеете основания... — Она опустила голову и замолчала.

— Так, — решительно сказала я. — У вас есть сейчас хоть полчаса свободных? Марина, вы должны помочь мне разобраться. В конце концов, это ваш гражданский долг!

Мы вернулись в кабинет Князева, и я подробно изложила ей собранные сведения и свои сомнения. Марина слушала очень внимательно.

— А теперь говорите вы, — потребовала я, закончив рассказ. — Почему вы решили, что это Маркин?

— Дело в том, что нам и в училище, и в консерватории немного читали психологию, — она словно извинялась за это. — Не скажу, что это был мой самый любимый предмет, но в целом было довольно интересно. Особенно, если отбросить всю научную заумь и сосредоточиться на, так сказать, прикладной части.

— Что-то вроде того, что пишет Карнеги?

— В общем, да, хотя это немного узко. Есть очень много разного рода литературы с описанием приемов, как приспособиться к окружающим и приспособить их к себе, как научиться блокировать отрицательные эмоции, настроиться на добро и все такое.

— «Цель вижу, в себя верю, препятствий не замечаю!» — вспомнила я урок, который давал Виторган Абдулову во всенародно любимом новогоднем фильме «Чародеи».

— Примерно так, — улыбнулась Марина. — Очень помогает в создании вокруг себя комфортной атмосферы. И в воспитании детей тоже.

Я вспомнила, как весело ребята убирали игрушки, и согласилась с тем, что знание некоторых приемов прикладной психологии в обыденной жизни может оказаться весьма полезным.

— Один раз поняв это, — продолжала Марина, — начинаешь смотреть на мир с определенной точки зрения. Стараешься понять причины поступков людей, пытаешься составить что-то вроде психологического портрета каждого, с кем имеешь дело. Сначала делаешь это осознанно, потом машинально. А в какой-то момент замечаешь: ты настолько хорошо понимаешь какого-либо человека, что угадываешь его реакции. Это довольно увлекательное занятие. Наш оркестр, сами понимаете, дает почти неограниченный простор для такого рода развлечений. Народ творческий, у каждого свои фанаберии. Не все, конечно, столь колоритные фигуры, как Стас или Олег, но уверяю вас, каждый член нашего оркестра по-своему уникален.

— Теперь мы подошли к самому неприятному, — мягко продолжила за нее я, — к психологическому портрету Коли Маркина.

— Да, Коля, — Марина вздохнула. — Мы познакомились довольно давно, до совместной работы. Он еще в консерватории производил впечатление человека очень работоспособного, целеустремленного и честолюбивого.

— По-моему, нормальное явление в вашей среде? — предположила я.

— Нормальное, — согласилась она. — Собственно, то, что он не слишком обременял себя переживаниями об этичности своего поведения, тоже нормально. На вершине не так много места, и, если человек хочет туда пробиться, у него должны быть достаточно крепкие локти и достаточно гибкая система нравственных ценностей.

— Марина, а риторику вы не изучали? — поинтересовалась я.

— Обязательно. С первого курса училища. Очень помогает донести свои мысли до собеседника.

— Это точно! Извините, я вас перебила. Вернемся к Маркину.

— Коля ставил перед собой цель и добивался ее любыми средствами. Была неприятная история с одним международным конкурсом. Он, конечно, работал как проклятый и в результате поехал на этот конкурс. Но, с другой стороны, на поездку претендовали не менее талантливые и не менее работоспособные ребята. И они тоже готовились, каждый рассчитывал, что сумеет пройти отбор. А Коля сумел провернуть дело так, что никакого отбора не было. Просто на конкурс послали его, а остальным желающим было предложено ехать за свой счет. Потом ходили слухи, что все решила некоторая сумма денег, но точно я ничего не знаю.

— И что, Маркин выиграл на этом конкурсе?

— И на этом, и на нескольких других разного значения. Но лауреатство впрок ему как-то не пошло. Престижных или просто выгодных предложений он так и не дождался, поболтался некоторое время по разным экспериментальным да молодежным оркестрам, потом пришел сюда. В филармонию его, конечно, взяли с радостью: виолончелист он прекрасный. Сгоряча даже предложили должность концертмейстера виолончелей, но он отказался.

— Почему?

— Работы много, а славы и денег мало. И отвечаешь не только за себя, а за целый коллектив, хоть и небольшой. Нет, это ему было не нужно. Вообще, в какой-то момент работа в оркестре у него отошла на второй план. Собственно, я даже знаю когда. Дело в том, что Коля по натуре очень азартен. Он игрок, причем игрок серьезный. Не то что наши ребята, которые собираются на ночь пульку расписать. Так что, когда в городе стали появляться казино, Коля завяз моментально. И ему стали нужны деньги. Не в обычном смысле — перехватить полсотни до зарплаты, а настоящие, крупные деньги. Мужик он оборотистый, нюх на выгоду у него хороший. Он и раньше всегда из поездок с мешком товара возвращался, а в последнее время это приняло просто промышленные масштабы. Князев кривился, но делал вид, что не замечает. В конце концов, в той или иной форме все наши тем же самым занимаются. Но если Коля взялся за контрабанду изумрудов, а Князев об этом узнал... Нет, этого он не позволил бы. Кирилл Васильевич очень высоко себя ценил, а оркестр воспринимал как неотделимую свою часть. И он никогда не допустил бы никакого скандала вокруг оркестра.

— Леша сказал, что черная кошка пробежала между Маркиным и Князевым еще в Братиславе. Возможно, Князев тогда и узнал об изумрудах?

— Возможно. Была у Князева мерзкая привычка — вваливался в номер без стука, даже к женщинам. Так что вполне мог застать Колю врасплох.

— И Князев не стал поднимать скандал, не стал выгонять Маркина, но решил отстранить его от гастролей. Он, очевидно, вызвал Маркина и сказал, что больше тот вообще никуда с оркестром не поедет. Маркин пришел после этого разговора домой, — продолжала рассуждать я, — обеспечил себе алиби и вернулся, чтобы убить Князева.

— Нет, только не для этого. Возможно, Коля и убил Князева, в это я могу поверить, но только не умышленно. Он вернулся не убивать. Может быть, хотел уговорить его или попытался подкупить. Да, скорее всего, подкупить. Коля привык все проблемы решать при помощи денег. А Князев — романтик в своем роде, для него попытка подкупа была оскорбительной. Мог и в драку полезть. Нет, убийство — это только несчастный случай, никак иначе.

— Подкупить... Конечно, поделиться изумрудами. Не таскал же Маркин их с собой все время! Значит, поговорив с Князевым, быстренько рванул домой, взял изумруды, вернулся и предложил тому сделку. Все довольно логично.

— Логично. И вполне в Колиной манере.

— Остается один маленький вопрос. Понимаете, Марина, чтобы обвинить Маркина в этом преступлении, нужны факты, доказательства. У нас же пока только плоды размышлений...

— Нужно, чтобы Коля признался? — поняла меня Дарьялова.

— Совершенно верно, если он признается, тогда все встает на свои места. Кстати, в случае добровольного признания и суд может отнестись к нему более снисходительно. Можно его уговорить?

— Уговорить? Вряд ли. Наверное, можно заставить. Если неожиданно навалиться... Коля — человек, в общем-то, довольно нервный и удар держит плохо. Думаете, почему он к вам прибежал на Лешу ябедничать? Просто напряжения не выдержал. Сейчас, когда ему кажется, что выкрутился...

— Надо застать его врасплох, надавить, и он признается, — продолжила я мысль Марины.

— Думаю, это реально.

— Что ж, попробовать в любом случае стоит. Марина, вы еще можете задержаться? Мне бы хотелось, чтобы вы присутствовали. Или вы... — я снова вспомнила про ее беременность.

— Не думаю, что мне это помешает, — спокойно ответила она. — Конечно, я останусь.

— Хорошо. Я думаю, за час мы всех соберем, — и я отправилась к Саше.

Я не стала интересоваться ни его общим самочувствием, ни чем он занят, просто с порога проинформировала:

— Не знаю, как ты этого добьешься, но не позже чем через час в кабинете дирижера должны быть, — и я перечислила, загибая пальцы, — Верников, Корецкий, Медведев, Маркин, Хорошевская, Волкова. И ты, разумеется.

— Семь человек, — машинально сосчитал Сашка. —

Ты восьмая. Зачем в дирижерском? У меня кабинет больше, давай в нем.

— Ты не понимаешь, здесь психологический фактор. Мне необходимо провести разговор на месте преступления.

— Значит... Все понял. — Сашка вскочил, уставился на меня. — Танюша, не сомневайся, и часа не пройдет, все будут на месте!

— Да, ты говорил, у тебя тоже такая пепельница есть, ты ее не выбросил еще?

— Нет, вон она на окне, я ее за занавеску спрятал.

— Хорошо! — я схватила пепельницу. — Действительно тяжелая. Ладно, собирай народ.

* * *

Вернувшись в дирижерский кабинет, я поставила пепельницу в центре стола. Для большего психологического эффекта. Марина куда-то ушла, и я решила сбегать пока в буфет, подкрепиться перед предстоящей сценой.

Самыми съедобными, по крайней мере на вид, в филармоническом буфете оказались бутерброды. Господи, опять бутерброды! Как только закончу это дело, напеку пирожков с капустой, много! Интересно, Роман любит пирожки с капустой? Тьфу ты, и лезет же в голову всякая ерунда, когда нужно думать о том, как лучше провести разговор с Маркиным.

Я взяла пару бутербродов с копченой колбасой, бутылочку минералки и устроилась за столиком. А что, если мне немного подыграть ему? Навалиться сначала на Лешу, показать изумруд, рассказать про прииск. Потом про телефонный звонок, спросить, зачем Леша звонил Князеву. Обвинить его в том, что это он вернулся и подрался с дирижером. И сразу, резко разворот на Маркина. Он к этому времени расслабится, потеряет бдительность... Может, конечно, и сработать. А что делать, если он не сломается? Будет себе твердить с ясными глазами, что ничего не знает, ни о чем понятия не имеет... Тогда мне его не достать. Может, пригрозить обыском в квартире?

Я жевала безвкусный бутерброд, а на сердце становилось все неспокойнее. Что это было — интуиция, предчувствие, нервы? — не знаю, но аппетит у меня пропал начисто. Еще пару минут я боролась с собой, потом не выдержала. Встала из-за стола и пошла туда, куда настойчиво звал внутренний голос — в кабинет дирижера. Шла все быстрее, а метров за двадцать до него уже бежала. С разбега, не останавливаясь, распахнула дверь и вломилась в кабинет. Описание того, что я увидела и сделала, займет времени раз примерно в десять больше, чем ушло на все события в реальности.

В общем, так. Влетаю я в кабинет и вижу, что посреди комнаты Коля Маркин левой рукой прихватил Марину за горло, чтобы не орала, а в правой держит пепельницу, которую я своими руками полчаса назад поставила на стол. И не просто держит, а уже замахнулся и сейчас опустит ее Марине на голову. А она барахтается, неумело пытаясь вырваться или хотя бы уклониться от удара.

Кажется, я заорала, точно не помню. Не останавливаясь, я врезалась в Маркина и отшвырнула его от Марины. Потом прыгнула к нему и добавила несколько ударов, рассчитанных на то, чтобы вывести человека из строя на возможно более долгий срок. Обернулась к Марине, задыхаясь от ужаса. Если сейчас я увижу, что она лежит с разбитой головой... Слава богу, она сидела на полу, потирая шею. Под пальцами у нее быстро вспухала широкая багровая полоса.

Я плюхнулась рядом с ней на пол, схватила за плечи. Она сморщилась, но, взглянув мне в лицо, торопливо заговорила:

— Танечка, все в порядке, он меня и не задел почти, ты очень вовремя прибежала...

— Что случилось? Почему он на тебя набросился?

— Понимаешь, я решила с ним поговорить, а он подумал, будто я что-то знаю. И схватил меня за горло. Стало очень больно. Хорошо, что ты вовремя пришла.

— Вовремя! — голос мой сорвался на какой-то неприличный визг. — Вовремя! Ты что здесь устроила, дура! Ты зачем с ним говорить стала, идиотка! У тебя двое детей, ты о них подумала? Ты же знала, что он убийца!

— Танечка, но пойми, я же с ним сто лет знакома, я никак не могла поверить, вот и решила...

— Что ты решила? А если бы я не успела? Да твой Леша меня на атомы бы распылил!

— Но ведь успела же, все хорошо кончилось...

Марина гладила меня, как маленькую, по голове, негромко говорила что-то ласковое, успокаивая. Помогало слабо, я чувствовала, как меня сотрясает крупная дрожь. Нервная реакция, ничего не поделаешь...

Неожиданно в кабинете стало очень тесно, ввалилась целая толпа народа. Чьи-то руки поднимали меня с пола, голос Романа спрашивал:

— Таня, что случилось?

Я подняла голову — серые глаза с тревогой смотрели на меня.

— А ты как здесь оказался? — довольно невежливо поинтересовалась я.

— Желтков позвонил, попросил срочно приехать. Что случилось? Ты в порядке?

— Абсолютно, — я обернулась к Марине и увидела, что Корецкий уже усаживает ее на диван. — Марине врача вызвать, немедленно!

За спиной Романа я увидела Элен, которая кивнула мне и тут же исчезла из комнаты.

Леша возился около Маркина, пытался взгромоздить его на стул. Рядом с ним появился Стас, достал из какого-то кармана плоскую фляжку, отвинтил пробку. Заставил Маркина хлебнуть прямо из горлышка, тот закашлялся.

От окна за всей этой суматохой с отрешенным видом наблюдал Верников, неведомыми путями просочившийся в глубь кабинета. Мимо меня он не проходил, это точно.

— Танька! — побледневший Сашка уставился на валяющуюся на полу пепельницу. Губы его дрожали, голос, впрочем, тоже. — Что это... опять...

— Спокойно, Викторыч, — подоспевший Стас обнял его за плечи. — В этот раз все живы, все хорошо, пойдем, сядешь, успокоишься... Ты, главное, дышать не забывай.

Он помог Сашке устроиться за столом, дал глотнуть из той же фляжки, и директор филармонии сразу почувствовал себя намного увереннее.

— Повыкидываю! Лично, сегодня же... — пригрозил он.

Из коридора послышался цокот каблучков, и вбежала женщина в белом халате, очевидно, врач из филармонического медпункта. Она сразу бросилась к Марине, та схватила ее за руку, потянула на диван и стала быстро что-то объяснять. Врачиха показала на ее живот, а Марина отрицательно покачала головой и улыбнулась.

В дверях появилась Элен, к ней боязливо жалась Ольга. Концертмейстер первых скрипок невозмутимо оглядела комнату и спросила деловито:

— Так что, собственно, здесь произошло?

Роман наконец отпустил меня, отошел к окну и присел на подоконник, не сводя с меня вопросительного взгляда.

Я, в свою очередь, осмотрела собравшихся в кабинете. Никто из них ничего не понимал. Только мне, Марине да Маркину все было ясно. Последний сидел на стуле, наклонив голову, и смотрел в пол.

— Стас, — попросила я Корецкого, — присмотри, пожалуйста, за Маркиным.

— Ничего с ним не будет, — не понял меня ударник. — Коньяк — самое хорошее лекарство. Еще минут десять, и он будет как огурчик.

— Вот поэтому и присмотри. У него, понимаешь, может появиться нездоровое желание покинуть наш дружный коллектив. А мне бы этого очень не хотелось. Так что, поглядывай, пожалуйста.

— Никаких проблем, — согласился Стас. — Могу даже рядом встать. А в чем дело-то?

— Танечка, ты им расскажи, они ведь ничего не знают, — подала с дивана голос Марина.

— Да, конечно, — мой глубокий вздох притянул ко мне внимательные взгляды всех собравшихся. Пора было разъяснить ситуацию. Не то чтобы я совсем успокоилась, но говорить уже была в состоянии. — Если с самого начала, то прежде всего я должна показать камень, который нашла вчера в кабинете Князева.

Я порылась в кармане, достала спичечный коробок и совсем неэффектно выложила на центр стола изумруд. Сашка посмотрел на него, пожал плечами и с недоумением поднял на меня глаза. Ну да, ему я камешек уже показывала. Роман перегнулся из-за его спины, взглянул на изумруд и тоже перевел взгляд на меня. Меня он разглядывал гораздо дольше. Потом посмотрел в сторону Маркина, выпрямился и снова сел на подоконник. Стас, не отходя от Маркина, как-то очень ловко потянулся в сторону стола и, разглядывая камень, морщился, пытаясь что-то вспомнить. Олег тоже рассеянно взглянул на предмет общего интереса. Пальцы его барабанили по стене, отбивая какой-то ритм, ведомый только ему. Марина, хорошо разглядевшая изумруд раньше, осталась на диване, а Элен с Ольгой не поленились подойти. Без особого интереса посмотрели, потом Элен спросила:

— А что это?

— Так это же изумруд! — Леша тоже подошел к столу. — На наш похож... Помнишь, Таня, я рассказывал? — Он взял камень в руки поднес к глазам, посмотрел на свет. Не знаю, что там можно было разглядеть, но заключил Медведев очень убежденно: — Точно наш. Земляк.

— Изумруд! — удивилась Ольга.

Все с гораздо большим интересом стали разглядывать камень. Элен посмотрела на кольцо с крохотным изумрудиком на своем пальце, и глаза ее расширились. Очевидно, вспомнила, сколько отдала за кольцо, и прикинула стоимость изумруда, лежащего на столе. Даже Олег, хотя и не отошел от стены, вытянул шею, чтобы тоже увидеть его.

— Это действительно изумруд, у меня есть подтверждение специалистов. Кроме того, у меня есть все основания предполагать, что он имеет отношение к той трагедии, что разыгралась здесь, — я невольно взглянула на плотно закрытые двери кладовки. — Действительно, он с Малышевского месторождения, Леша правильно сказал. Думаю, что, когда Маркин гостил на Урале, он нашел на прииске людей, которые воровали изумруды. Договорился с ними и взялся камни сбывать.

Теперь все смотрели на Маркина, который по-прежнему сидел, опустив голову.

— Может такое быть, Леша? — продолжила я. — Ты ведь из приискового поселка, для нас ты сейчас вроде эксперта.

— Ну, как сказать... вообще-то там охрана... Хотя воруют, конечно... Так что, наверное, возможно. Только зачем они ему здесь? У нас дорого даже хороший камень не продашь. Они же необработанные...

— А если вывезти за границу?

— Там можно хорошую цену получить, — согласился Леша. — Но только это же контрабанда...

— Контрабанда, — подтвердила я и обратилась к Маркину: — Хотя игра стоила свеч, не так ли, Николай?

Он не ответил. Сидел, тяжело дыша, на бледном лице выступили бисеринки пота.

— Вспомнила! — ахнула Хорошевская. — «Ты не повезешь свои булыжники в Краков!» Так?! Вот что я тогда слышала! Вот что тогда кричал Князев. Это ты убил его ради паршивых изумрудов, — она подошла к Маркину, взяла его за лацканы пиджака и как следует встряхнула.

Он побледнел еще сильнее и громко, со всхлипом, втянул в себя воздух.

А мы все, как зачарованные, наблюдали за этой сценой. Самое удивительное, что первым очнулся Олег. Он подошел к Ольге и положил руки ей на плечи.

— Не надо, Оля, — мягко сказал он. — Отпусти его. Пойдем.

— Как ты не понимаешь, — она повернулась к нему, в глазах стояли слезы. — Ты не понимаешь, он же был здесь, в кабинете, когда я подходила. Господи, если бы я тогда зашла, Князев остался бы жив.

Верников мягко потянул Ольгу за руку, увел от Маркина и передал под крылышко Элен.

— Масса мелких улик, — медленно заговорила я. — Маркин вполне мог организовать контрабанду изумрудов. Маркин скрыл, что Князев вызывал его к себе: соврал, что ходил отпрашиваться к зубному. Маркин слышал, как я говорила об изумрудах, и почти сразу на меня было организовано нападение...

Он наконец открыл рот и высказался. Ничего особенного не сказал, мог бы и промолчать, все-таки творческий человек. Интеллигент, можно сказать. Зато Элен и Олег, при звуках его голоса, встрепенулись и переглянулись.

— Он? — спросила Элен.

— Без сомнения, — подтвердил Олег. — Голос, тембр, абсолютно точно, это он.

— Вот и еще одна улика, — вымученно улыбнулась я. — Кроме того, Маркин пришел ко мне и прямо обвинил Медведева в убийстве дирижера.

— Чего? — растерялся Леша. — Как это, зачем?

— Зачем — понятно. Отвести подозрения от себя. Он сказал, что слышал разговор Князева с тобой по телефону и вы договорились о встрече около десяти часов...

— Вот гад! Не звонил я Князеву никогда, врет он!

— Спокойно, Леша, никто и не сомневается, что врет... Но все эти улики косвенные. Я надеялась, что сумею дожать его на признание, но полной уверенности не было. И тут занялась самодеятельностью наша мать-героиня, мадам Дарьялова. Рассказывай, Марина.

Теперь все смотрели на Марину. Она немного смутилась, откашлялась.

— Конечно, очень глупо все получилось... Татьяна рассказала мне про все, что против Коли, очень убедительно. А потом, когда она вышла, я подумала — не может быть. Коля не подарок, я не спорю, но ведь и не убийца же! Я просто должна была с ним поговорить, мы же учились вместе. Вот я и нашла его и привела сюда. Стала спрашивать... Он отвечал спокойно, но чем больше говорил, тем меньше я ему верила. А потом он обернулся, увидел на столе пепельницу, и у него стало такое лицо... Тогда я соврала ему. Сказала, что не сообщила милиции правду. Что задержалась в тот день и видела, как он вернулся. И как он пошел в кабинет Князева. И что слышала потом крики.

— Соврала?! — крикнул Маркин. Он медленно поднимался со стула. — Ты соврала!

— Да, — кивнула Марина. — И ты купился.

— Сидеть! — резко прикрикнул на Маркина Стас, когда тот попытался шагнуть в сторону Дарьяловой.

— Он спросил, говорила ли я кому-нибудь об этом, — продолжила рассказ Марина. — И я сказала, что еще никому, но как только вернется Иванова, немедленно ей расскажу. Я думала, что он сразу убежит и это будет как бы признанием вины... — Она снова неуверенно улыбнулась.

— Думала! — фыркнула я. — А он думал по-другому. И решил перед побегом убрать нежелательного свидетеля.

— Да уж, Мариночка, от тебя я такой глупости не ожидала, — осудила Дарьялову Элен.

— Но ведь кончилось все хорошо, — безмятежно улыбнулась Марина.

Я только махнула рукой. Действительно, нам повезло, и все кончилось хорошо. Мало того, Маркин своим нападением изобличил себя полностью.

— Осталось несколько темных моментов. Николай, когда Князев узнал о том, что вы занимаетесь контрабандой камней? В Братиславе? — деловито спросила я.

— Там, — он не хуже меня понимал, что все кончено, выкрутиться он не сможет. — Я возил их внутри виолончели. Маленький пакетик сквозь эфы просовывал и скотчем к верхней деке приклеивал. А в Братиславе я как раз пакетик вынимал, когда Князев ко мне в номер влетел. Я от неожиданности и рассыпал все. А он, оказывается, после войны мальчишкой с геологами ходил, так что сразу изумруды узнал, научили они его, на мою голову. Ну, ясное дело, позеленел весь, орать начал... Хотел отобрать у меня камни и выкинуть, но я его упросил. Это же такие деньги, меня просто убили бы...

— Конечно, убить Князева — гораздо более удачное решение вопроса, — рассудительно сказала я.

— Да не хотел я его убивать, — сердито сказал Маркин. — Я вообще не думал, что какое-то продолжение у этой истории будет. Какая, в конце концов, ему разница, как я себе на масло зарабатываю? Ну пообещал я Князеву, что больше никогда изумруды не повезу. Но это же такие деньги! А он мне, выходит, не поверил. Вообще после Братиславы волком на меня смотрел. Мне уже новую партию камней прислали, гастроли в Польше намечаются, а тут он вызывает меня и говорит, что больше я никуда за пределы Тарасовской области с оркестром не поеду. Он, видите ли, не позволит марать честь Тарасовского камерного! Я попробовал его уговорить, он только визжать громче начал. Тогда я решил, что надо его в долю взять. Поехал домой за изумрудами, — Маркин поднял голову, обвел затаивших дыхание слушателей и сказал убежденно: — Я этому старому идиоту по-честному предложил, четыре камня вот таких, — он мотнул головой в сторону изумруда, лежащего на столе, и замолчал.

— Дальше, — приказала я.

— А что дальше... Когда я вернулся, Князев один был, — неохотно продолжил Маркин. — Я к нему: так, мол, и так, давайте работать вместе. Еще и камешки на ладони протягиваю. А он затрясся весь. «Меня! Потомственного дворянина! Купить хочешь!» Да как хряснет по руке. Изумруды, ясное дело, веером по всей комнате, а этот потомственный ненормальный хватает меня за грудки и начинает мутузить. Прижал меня к столу, и, главное, все по морде норовит заехать. Тут мне пепельница под руку и подвернулась. Я его не собирался убивать... Зачем?.. Ударил просто, чтобы он меня выпустил. Он же вцепился, словно клещ какой! И не сильно ведь стукнул. А Князев только захрипел так, руки сразу разжались, и сползать начал. Я испугался. Хотел «Скорую» вызвать, даже «ноль три» набрал, только там занято было. А потом он умер, как-то сразу. Они бы все равно не успели! — Он снова обвел всех нас злобным взглядом. Действительно, по заключению эксперта, смерть наступила почти мгновенно. — И я ничего уже не мог сделать. Затолкал его в кладовку и ушел. Камни только собрал. И то только три нашел, четвертый улетел куда-то.

— Под шкаф закатился, — любезно пояснила я.

— Я же не знал... Подобрал три камня, пепельницу вытер, чтобы отпечатков пальцев не было, и все.

Маркин замолчал. Я обвела взглядом собравшихся.

— И эту мразь я своим коньяком отпаивал, — сплюнул Стас. — Холера!

— Ну что ж. Если бы я продолжала работать в прокуратуре, то просто арестовала бы сейчас Маркина, и тема была бы закрыта. Но в данном случае мои наниматели — Александр Викторович и Роман Анатольевич. Мне было поручено отыскать убийцу Князева, он перед вами. Теперь прибавилось еще одно преступление — нападение на Дарьялову. Я обязана немедленно сообщить обо всем в милицию. И дело здесь даже не в том, что, если я этого не сделаю, у меня немедленно отберут лицензию. Я не прошу на это разрешения и не советуюсь, я... ставлю вас в известность о своих действиях. Надеюсь, никто не собирается со мной спорить?

Спорить никто не собирался.

— Хорошо. Имейте в виду, все мы слышали признание Маркина и, вполне возможно, понадобимся для составления протокола как свидетели. Так что лучше никому не уходить, — сказала я и взяла телефонную трубку. Несколько длинных гудков, и наконец знакомый голос:

— Мельников слушает.
— Андрей, это я.
— Танька? Если ты опять труп нашла...
— Никак нет! — отрапортовала я. — Все живы и здоровы, даже убийца.
— Что?! Ты что несешь?
— Ничего я не несу, а совершенно ответственно заявляю, что нашла тебе, Мельников, убийцу дирижера Князева. И он только что в присутствии девяти свидетелей признался в содеянном.

Потрясенная происходящим врачиха неподвижно сидела, забившись в уголок дивана. Я про нее просто забыла и только сейчас, пересчитывая взглядом свидетелей, заметила.

— Танька, ты прелесть, я тебя люблю! — заорал Андрей. И тут же забеспокоился: — У тебя там все в порядке, ты в безопасности?
— Конечно, я же тебе говорю, здесь, кроме меня и убийцы, еще полно народу. Только нам его компания не очень нравится. Помнишь, ты обещал приехать с наручниками и забрать его? Так что не тяни, приезжай.
— Считай, что уже едем. Вы где?
— В филармонии, в кабинете покойного дирижера. На месте преступления.
— Все-таки любишь ты, Иванова, дешевые эффекты, — хмыкнул Андрей. — Через десять минут будем. Смотри, чтобы свидетели не разбежались.

Эти десять минут вполне могли бы стать самыми длинными в моей жизни, но судьба решила побаловать меня новым развлечением. На лестнице раздался громкий топот, и в кабинет ворвался Алексей Дарьялов. Не иначе Элен удружила, позвонила ему, когда за врачом бегала. Я тихо порадовалась, что дверь была распахнута. Если бы мы ее заперли, то в том состоянии, в каком он был, Алексей неминуемо вышиб бы весь косяк. Окинув нас диким взглядом, он бросился к Марине, упал возле нее на колени и стал быстро ощупывать дрожащими руками. Теперь Марина гладила по голове и успокаивала его, ссылаясь на забившуюся в уголок дивана врачиху, мол, вот, и доктор говорит, что все в порядке. Женщина в белом халате энергично, но немного нервно кивала. Впрочем, то, что ей пришлось наблюдать последние полчаса, любого выбило бы из колеи.

Наконец Алексей убедился, что с женой ничего страшного не случилось, и мысли его приняли новое направление. Он поднялся и вопросительно взглянул на Элен. Вроде она и не подала ему никакого знака, но Дарьялов, развернувшись, молча пошел на Маркина. При всей неказистости и невысоком росте он больше всего напоминал сейчас разъяренного медведя. Маркин снова вскочил со стула и попытался, прижавшись к стене, ускользнуть от рук Алексея. Не получилось. Да, не зря я боялась гнева грозного супруга Марины.

Стас отодвинулся в сторону и с большим интересом стал разглядывать пятна на потолке. Сашка очень хорошим директорским тоном потребовал «немедленно прекратить», но основные действующие лица не обратили на него никакого внимания. Роман с Лешей неуверенно двинулись к ним. Стас бросил разглядывать потолок и стал помогать Роману оттаскивать Дарьялова в сторону, но делали они это так аккуратно, что почти не мешали ему молотить Маркина. Леша же вообще, по-моему, присоединился к ним только для того, чтобы тоже успеть пару раз саданyть коллегу.

Олег, естественно, наблюдал от стены со слабым любопытством. Дамы тоже, хотя и с несколько большим интересом.

Я бросилась к Марине:

— Ты что смотришь, останови его! Он же сейчас убьет Маркина!

Элен царственным жестом остановила меня и отодвинула в сторону.

— Спокойнее, Татьяна, ничего не случится, Стас присмотрит.

Тут мне пришла в голову новая мысль, и я развернулась к мужчинам.

— Роман, Стас, оттаскивайте его быстрее, сейчас ведь Мельников с группой приедет, они его укатают за хулиганство! Лешка, пшел вон, а то и тебе достанется! Роман, кому говорю, оттаскивай!

Забеспокоившаяся Марина тоже стала нежным голоском звать своего благоверного, разумно не вставая с дивана. Соединенными усилиями благородного рыцаря Дарьялова удалось отодрать от обидчика, так что, когда в комнату влетел запыхавшийся Мельников, все выглядело вполне пристойно. Ну, может быть, некоторые из присутствующих мужчин выглядели несколько встрепанными, и преступник немного потерял товарный вид, но Андрей мудро предпочел это не заметить.

Он поздоровался вежливо, внимательно оглядел всех присутствующих, дольше всего задержал взгляд на Романе, после чего обернулся ко мне и подмигнул. Нахал.

— Роман, вы ведь не знакомы. Это Андрей Мельников, мой старый товарищ, — с нажимом сказала я.

— Очень приятно, — бархатным голосом сказал Роман. Андрею я успела показать кулак, поэтому он пожал протянутую руку молча, только довольная улыбка осветила его лицо. Наверняка уже предвкушал, как будет меня доставать своими шуточками.

— Я правильно понимаю, это и есть наш клиент? — спросил у меня Мельников, кивнув в сторону Маркина.

— Правильно, — пробурчала я. — Упакован и ленточкой перевязан.

В кабинет зашли еще двое ребят, и стало совсем тесно.

— Танька, ты посиди пока где-нибудь, я здесь быстренько закончу, потом спокойно с тобой поговорю, — попросил Мельников. И тут же церемонно обратился к Роману: — Вы, я надеюсь, тоже сможете подождать?

— Разумеется, — Роман был, как обычно, спокоен, только брови чуть поднялись.

Работа закипела. Андрей увел Маркина на допрос в кабинет Желткова, остальные ребята сели записывать свидетельские показания. Мы с Романом ушли в фойе, устроились на мягкой плюшевой банкеточке.

— Ну вот и все, — вздохнула я. — Вы довольны?

— А мне показалось, что мы перешли на «ты», — он смотрел на меня без улыбки.

— Да, действительно, — немного удивилась я. — Хорошо, ты доволен?

— Ты действительно работаешь очень эффективно, — серые глаза смотрели на меня серьезно, немного печально. — Нашла убийцу всего за два дня.

— Все это, думаю, было для... тебя очень неприятно? — с сочувствием спросила я.

— Да уж, удовольствие несколько ниже среднего, — уголки его губ дернулись. При некоторой доле фантазии это могло сойти за усмешку. — Таня, — Роман тряхнул головой, отгоняя неприятные мысли. Теперь он снова смотрел на меня, улыбаясь. — Давай лучше о другом. Теперь, когда работу можно считать законченной, я могу пригласить тебя поужинать?

— Ну-у, — мне захотелось немного пококетничать, — если подходить с формальной точки зрения, то я еще не написала отчет и не получила свой гонорар...

— Это все решаемые вопросы. Формальности мы можем обсудить в рабочем порядке.

— Тогда... не вижу, собственно, причин, почему я должна отказываться от дармового ужина.

Он пару секунд пристально смотрел на меня, потом коротко кивнул:

— Я заеду за тобой в семь.

Подошел очень довольный Мельников. Он быстро записал показания Романа, потом я очень подробно рассказала ему о своих подвигах и о подвигах Марины. Романа он прогонять не стал, так что тот тоже слушал, проявляя большой интерес. Когда я описывала, как стала выгребать мусор из-под шкафа и нашла изумруд, губы Андрея беззвучно зашевелились. А вот так тебе и надо, а то все удача, удача! Место преступления осматривать тщательнее положено. Хотя, если бы на мне висело семнадцать дел, я бы тоже, может, под шкаф не полезла. Так что язвить и издеваться над ним я не стала.

Второй раз Андрей беззвучно ругнулся, когда я рассказала, что Князев сам вызвал Маркина после концерта.

— Все ясно, — сказал он, поставив в протоколе последнюю жирную точку, и подвинул его мне за росписью. — Маркин уже написал полное признание, просто конфетка, а не документ. Так что от всей Тарасовской милиции выношу тебе, Иванова, искреннюю благодарность!

— А пиво? — гнусным голосом напомнила я.

— В любой выходной! — с энтузиазмом отозвался Андрей. — С меня ящик, как договаривались. Едем на природу, ребята всяких огурчиков-помидорчиков наберут, а мясо для шашлыка ты все равно лучше всех маринуешь.

— Ну что, соглашаемся на такой вариант? — спросила я у Романа. — А то ведь знаю я этого типа, другим способом я от него свой честно заработанный ящик пива никогда не получу.

Роман не слишком уверенно кивнул. Ин-те-ресно... Он что, собирается ограничиться одним благодарственным ужином в ресторане? Я, честно говоря, рассчитывала на некоторое развитие сюжета. А в ресторан я могу и сама сходить, если мне вдруг захочется. Я удивилась, насколько неприятной оказалась для меня мысль, что этот сероглазый айсберг исчезнет навсегда за горизонтом. Неужели за эти два дня он успел занять какое-то место в моей жизни? Надо попробовать погадать на него по моим костям.

* * *

Никуда, конечно, Роман не делся и одним ужином не ограничился. Прошло уже три месяца, и все было, как положено. И романтические свидания, и прогулки под луной... Несколько раз мы ходили в оперный театр, консерваторию, филармонию. Он действительно любил музыку и начал меня потихоньку приобщать, так что жизнь я вела довольно насыщенную. И, разумеется, была поездка на шашлыки со всей милицейской братией. Ничего, Роман вполне вписался в нашу компанию. За это время мне пришлось поработать по нескольким делам, но они оказались довольно несложными и ничем не нарушили эту идиллию.

А сегодня утром он позвонил мне и спросил:

— У тебя вечер свободен?

— Если ничего не случится... — что делать, жизнь приучила меня быть осторожной в своих прогнозах.

— Тогда имей в виду, сегодня я веду тебя в филармонию. Играет наш оркестр. — Он замялся, но все-таки добавил: — Ты оденься... чтобы все упали. Концерт в шесть, так что в пять я буду у тебя.

Я онемела от такой наглости. Можно подумать, до этого я выходила с ним в свет исключительно в обносках, подобранных на помойке. Ну ладно, милый, ты сам этого хотел! И если все должны упасть, то первым будешь ты.

Полдня я занималась собой. Ванна, массаж, маски, прическа, макияж и маникюр — уверяю, что результат был достаточно впечатляющий. Примерила вечернее платье, Роман его еще не видел. Открытое, серо-жемчужного шелка, оно струилось по фигуре, эффектно подчеркивая все мои достоинства, а длинные разрезы давали возможность продемонстрировать ножки, обутые в туфельки-шпильки в тон платью. Подобрала украшения — серебряную цепочку из тонких, изящно переплетенных колечек и серьги такой же работы с маленькими жемчужинами. Потом немного подумала, выбирая между элегантными часиками с ажурным, украшенным камнями браслетом и просто браслетом. Победил браслет — витая серебряная змейка, произведение ювелирного искусства. Подготовив все, стала ждать пяти часов.

Роман приехал без десяти пять. Я открыла ему дверь в халате, и, конечно, этот зануда немедленно посмотрел на часы.

— Ты сказал, что я должна быть готова в пять, и ровно в пять я буду готова, — сварливо сказала я. Можно подумать, мы хоть раз куда-нибудь из-за меня опоздали! Привычка к дисциплине у меня в крови, я всегда и везде прихожу вовремя. Так что я сунула ему журнал «Автопанорама» и удалилась в спальню одеваться.

Честно говоря, без трех минут пять я, уже полностью одетая и подкрашенная, вертелась перед зеркалом. Но из принципа решила, что выйду только с последним ударом часов.

И вот этот торжественный миг настал. Ровно в пять я распахнула дверь спальни и явилась перед восхищенной аудиторией. Аудитория подняла на меня глаза и ахнула, журнал с шелестом выскользнул из рук на пол. Сколько живу, приятнее комплимента не слышала. Все эти «вы сегодня очаровательны», «вы восхитительны» и тому подобное, конечно, очень милы, но ничто не сравнится с непроизвольным «Ах!», вырвавшимся у мужчины при взгляде на вас.

— Одобряешь? — Я крутнулась на каблучках. — Можно со мной на людях показаться в таком виде?

— Танюшка, я потрясен! — Он поднялся и подошел ко мне. Хотел было поцеловать в губы, но в последний момент передумал и осторожно коснулся щеки. — Ты как произведение искусства, до тебя дотрагиваться боязно, вдруг испорчу.

— Не до такой же степени я хрупкая, — засмеялась я.

— А кто тебя знает. Ты, видишь ли, полна сюрпризов. Я, разумеется, знал, что ты красавица, но не до такой же степени. — Он снова осмотрел меня с восхищением и неожиданно ухмыльнулся, чем-то очень довольный. — Да, точно. Ты настоящее произведение искусства.

— Разумеется, — скорчила я рожицу. — Шестой час, мы едем или твои планы изменились?

— Вообще-то... — По лицу его расплылась широкая улыбка, но он тут же согнал ее. — Нет, все-таки едем.

Перед концертом мы заглянули за кулисы. Все были

очень рады меня видеть, особенно Стас, а Элен внимательно осмотрела меня со всех сторон, потратив на это минуты три, не меньше, внушительно покачала головой и протянула: «О-о!» И это «О-о!» согрело меня не меньше, чем «Ах!» Романа. Да, все они были рады меня видеть, но у всех были свои дела, они готовились к концерту, поэтому, перекинувшись со мной парой слов, убегали. Марины не было, — кстати, месяц назад она родила девочку, — а то бы она объяснила, что с точки зрения прикладной психологии все естественно. События прошлого, даже самые волнующие и трагические, постепенно отходят на второй план. Люди, с которыми не встречаешься постоянно и с которыми тебя в обыденной жизни ничто не связывает, кроме каких-то общих воспоминаний, тоже забываются. Нет, их приятно встретить, с ними приятно пообщаться минут пять, но дольше с ними говорить уже не о чем. Все естественно, хотя и несколько печально.

Поболтавшись за сценой, мы спустились в зал и заняли свои места. Начался концерт. В тот вечер играли небольшие популярные пьесы, играли, на мой взгляд, очень хорошо. Новый дирижер, молодой и энергичный, сумел восстановить то, что я бы назвала «боевым духом» оркестра. Все играли азартно, с удовольствием. Одним словом, мне понравилось. Прочая публика разделяла мое мнение, награждая музыкантов бурными аплодисментами после каждого номера.

В конце первого отделения дама, которая вела концерт, — не знаю, как называется в филармонии эта должность, кажется, не конферансье, а как-то по-другому, — сладко улыбнувшись, объявила:

— А сейчас коллектив оркестра с особенным удовольствием представляет вашему вниманию произведение нашего молодого тарасовского композитора, — Роман чуть наклонился в мою сторону, его теплая ладонь легла на мои пальцы, — Олега Верникова!

Олег поднялся со своего места, вышел вперед и остановился на авансцене, левее дирижерского пульта. Я смотрела на него не слишком внимательно, очень уж забавным было это ощущение — мы с Романом сидим, держась за руки, словно школьники на последнем ряду в кинотеатре.

— Концертная пьеса для альта с оркестром «Татьяна». Исполняет камерный оркестр Тарасовской филармонии. Партию альта исполняет автор, — громко, хорошо поставленным голосом объявила эта филармоническая дама и удалилась. Я вздрогнула и крепче ухватилась за руку Романа.

Олег медленно, словно в глубокой задумчивости, поднял свой альт, плавно взмыл вверх смычок... «И стала музыка...» Кто-то из великих это сказал, или я сама придумала? Не помню. Но это выражение очень точно определяет то, что произошло, когда Олег заиграл. Наверное, он все-таки гений. Или все дело было в том, что пьеса называлась «Татьяна»? Я завороженно слушала альт и узнавала себя, свои интонации, и мне, честно говоря, это нравилось. Знаете, как портрет, который немного льстит оригиналу, портрет, где художник делает ваши волосы более густыми, а глаза более блестящими. Веснушки незаметно исчезают, ресницы становятся длиннее, и в результате при полном сохранении портретного сходства понимаешь, что ты сам до этого уровня немного не дотягиваешь. Такое же ощущение было у меня. Музыка была немного сумбурной, веселой, но при этом довольно изящной, я бы даже сказала, утонченной. Оркестр вступил незаметно для меня, создавая фон для мелодии, которую самозабвенно расплескивал альт. А в глубине сцены Стас хулиганил на своей ударной установке, очевидно, символизируя криминальный мир. Честно говоря, я была очарована и тронута.

Когда Олег закончил играть, под гром аплодисментов налетела целая толпа девочек с букетиками. С ума сойти, сколько, оказывается, у Верникова поклонниц развелось!

Я повернулась к Роману. Он, довольно щурясь, смотрел, как девочки карабкаются на сцену, а Олег с отрешенной улыбкой принимает цветы и складывает их у ног дирижера.

— Ты все знал, — я ткнула ему в грудь пальцем свободной руки.

— Разумеется, — он и не думал отрицать. — Олег советовался со мной. Он боялся, что тебе не понравится, и сыграл сначала мне. Я сказал, что ты будешь восхищена, и пообещал привести тебя на премьеру. Он поверил мне, но все равно очень волновался. В антракте подойдем к нему?

— Конечно. Дивная музыка, мне действительно очень понравилось. Слушай, а я что, правда такая милая?

— Ты в тысячу раз лучше. — Роман нежно улыбнулся мне, и мое глупое сердце счастливо затрепыхалось. Нет, с этим надо что-то делать. Замуж за него выйти, что ли? Правда, он меня не звал пока, но это вопрос решаемый. Надо посоветоваться с моими верными друзьями, магическими «костями». Уж они точно знают все правильные ответы. Надо только сосредоточиться и задать правильный вопрос.

СОДЕРЖАНИЕ

ЭТО ТОЛЬКО ЦВЕТОЧКИ 5
ЛОВУШКА ДЛЯ КРЫСЫ 133
СЮИТА ДЛЯ УБИЙЦЫ 279

Литературно-художественное издание
Серова Марина Сергеевна

ЭТО ТОЛЬКО ЦВЕТОЧКИ

Ответственный редактор *О. Рубис*
Редакторы *Т. Другова, И. Шведова*
Художественный редактор *А. Стариков*
Технический редактор *Н. Носова*
Компьютерная верстка *Л. Косарева*
Корректор *Н. Кирилина*
В оформлении использованы фотоматериалы
Р. Горелова, С. Мамонтова

Налоговая льгота — общероссийский классификатор
продукции ОК-005-93, том 2; 953000 — книги, брошюры.

Подписано в печать с готовых диапозитивов 20.02.2001.
Формат 84х108$^1/_{32}$ Гарнитура «Таймс».
Печать офсетная. Усл. печ. л. 21,84. Уч.-изд. л. 19,66.
Тираж 15 000 экз. Заказ 4102021.

Отпечатано с готовых диапозитивов
в ГИПП «Нижполиграф».
603006, Нижний Новгород, ул. Варварская, 32.

ЗАО «Издательство «ЭКСМО-Пресс»
Изд. лиц. № 065377 от 22.08.97.
125190, Москва, Ленинградский проспект, д. 80, корп. 16, подъезд 3.
Интернет/Home page — www.eksmo.ru
Электронная почта (E-mail) — info@ eksmo.ru

Книга — почтой:
Книжный клуб «ЭКСМО»
101000, Москва, а/я 333. E-mail: bookclub@ eksmo.ru

Оптовая торговля:
109472, Москва, ул. Академика Скрябина, д. 21, этаж 2
Тел./факс: (095) 378-84-74, 378-82-61, 745-89-16
E-mail: reception@eksmo-sale.ru

ООО «Медиа группа «ЛОГОС»
103051, Москва, Цветной бульвар, 30, стр. 2
Единая справочная служба: (095) 974-21-31
E-mail: mgl@logosgroup.ru
contact@logosgroup.ru

Мелкооптовая торговля:
117192, Москва, Мичуринский пр-т, д. 12/1
Тел./факс: (095) 932-74-71

ООО «Унитрон индастри». Книжная ярмарка в СК «Олимпийский».
г. Москва, Олимпийский пр-т, д. 16, метро «Проспект Мира».
Тел.: 785-10-30. E-mail: bookclub@cityline.ru

Дистрибьютор в США и Канаде — Дом книги «Санкт-Петербург»
Тел.: (718) 368-41-28. **Internet: www.st-p.com**

Всегда в ассортименте новинки издательства «ЭКСМО-Пресс»:
ТД «Библио-Глобус», ТД «Москва», ТД «Молодая гвардия»,
«Московский дом книги», «Дом книги на ВДНХ»
ТОО «Дом книги в Медведково». Тел.: 476-16-90
Москва, Заревый пр-д, д. 12 (рядом с м. «Медведково»)
ООО «Фирма «Книинком». Тел.: 177-19-86
Москва, Волгоградский пр-т, д. 78/1 (рядом с м. «Кузьминки»)
ГУП ОЦ МДК «Дом книги в Коптево». Тел.: 450-08-84
Москва, ул. Зои и Александра Космодемьянских, д. 31/1